全本
新注
聊斋志异

书名题字／沈尹默

插图本

中国古典小说藏本

全本新注 聊斋志异 (二)

蒲松龄 著

朱其铠 主编

朱其铠 李茂肃 李伯齐 牟通 校注

人民文学出版社

卷 四

余 德

武昌尹图南,有别第[1],尝为一秀才税居[2]。半年来,亦未尝过问。一日,遇诸其门,年最少,而容仪裘马,翩翩甚都[3]。趋与语,即又蕴藉可爱[4]。异之。归语妻。妻遣婢托遗问以窥其室[5]。室有丽姝,美艳逾于仙人;一切花石服玩[6],俱非耳目所经[7]。尹不测其何人,诣门投谒[8],适值他出。翼日,即来答拜。展其刺呼[9],始知余姓德名。语次,细审官阀,言殊隐约[10]。固诘之,则曰:"欲相还往,仆不敢自绝。应知非寇窃逋逃者[11],何须逼知来历。"尹谢之。命酒款宴,言笑甚欢[12]。向暮,有昆仑捉马挑灯[13],迎导以去。

明日,折简报主人。尹至其家,见屋壁俱用明光纸裱,洁如镜。金猊猊爇异香[14]。一碧玉瓶,插凤尾孔雀羽各二,各长二尺馀。一水晶瓶,浸粉花一树,不知何名,亦高二尺许,垂枝覆几外;叶疏花密,含苞未吐;花状似湿蝶敛翼[15];蒂即如须[16]。筵间不过八簋[17],而丰美异常。既[18],命童子击鼓催花为令[19]。鼓声既动,则瓶中花颤颤欲拆[20];俄而蝶翅渐张;既而鼓歇,渊然一声[21],蒂须顿落,即为一蝶,飞落尹衣。余笑起,飞一巨觥,酒方引满[22],蝶亦飏去。顷之,鼓又作,两蝶飞集余冠。余笑云:"作法自弊矣[23]。"亦引二觥。三鼓既终,花乱堕,翩翩而下[24],惹袖沾衿[25]。鼓僮笑来指数:尹得九筹[26],余四筹。尹已薄醉,不能尽筹,强引三爵,离席亡去。由是益奇之。

然其为人寡交与,每阖门居,不与国人通吊庆[27]。尹逢人辄宣播;闻其异者,争交欢余,门外冠盖常相望[28]。余颇不耐,忽辞主人去。去后,尹入其家,空庭洒扫无纤尘;烛泪堆掷青阶下[29];窗间零帛断线,指印宛然。惟舍后遗一小白石缸,可受石许。尹携归,贮水养朱鱼。经年,水清如初贮。后为佣保移石,误碎之。水蓄并不倾泻。视之,缸宛在,扣之虚嗖。手入其中,则水随手泄;出其手,则复合。冬月亦不冰。一夜,忽结为晶,鱼游如故。尹畏人知,常置密室,非子婿不以示也。久之渐播,索玩者纷错于门[30]。腊夜[31],忽解为水,荫湿满地,鱼亦渺然。其旧缸残石犹存。忽有道士踵门求之。尹出以示。道士曰:"此龙宫蓄水器也。"尹述其破而不泄之异。道士曰:"此缸之魂也。"殷殷然乞得少许。问其何用,曰:"以屑合药[32],可得永寿。"予一片,欢谢而去。

据《聊斋志异》手稿本

---

〔1〕 别第:正宅以外的宅舍;别墅。
〔2〕 税:租赁。
〔3〕 翩翩甚都:仪表文雅优美。翩翩,形容仪态文雅。都,美。
〔4〕 蕴藉:含蓄、宽厚。《后汉书·桓荣传》:"荣被服儒衣,温恭有蕴藉。"
〔5〕 遗(wèi 慰)问:备礼探望。遗,赠予。
〔6〕 花石服玩:花草、异石、服饰、珍玩。

〔7〕 耳目所经:耳所闻,目所见。经,经历。
〔8〕 诣门投谒:登门请见。投,投刺,投递名帖。
〔9〕 刺呼:名帖上的署名。刺,古时在竹木简片上刻刺名字,因称"刺",犹后世的名帖。
〔10〕 言殊隐约:说得非常含糊。隐约,谓话语闪烁、支吾。
〔11〕 非寇窃逋逃者:并非盗贼之类的逃亡者。逋逃,畏罪逃亡。
〔12〕 甚:此据铸雪斋抄本,原作"言"。
〔13〕 昆仑:代称奴仆。我国古代称肤色黑的人为昆仑,见《晋书·后妃列传》。唐代泛称南洋诸岛及其居民为昆仑,用这个地区的人为奴仆称"昆仑奴"。唐裴铏《传奇·昆仑奴传》所写的磨勒即是昆仑奴。
〔14〕 金猊爇异香:金狮子香炉里点燃着珍贵的奇香。猊,狮子。金猊,一种金属香炉,上铸有猊,有口可通烟火。
〔15〕 湿蝶敛翼:沾水的蝴蝶闭上双翅。
〔16〕 蒂:花蒂;花与枝相连的部位。
〔17〕 八簋(guǐ 轨):指八样菜肴。簋,古代食器。
〔18〕 既:指入席之后。
〔19〕 击鼓催花为令:打鼓催促花开,以此作为酒令。唐南卓《羯鼓录》谓唐玄宗令高力士取羯鼓临轩纵击,奏《春光好》曲,曲罢,花已发坼。
〔20〕 坼:绽开。
〔21〕 渊然:形容鼓声低沉。《诗·商颂·那》:"鞉鼓渊渊。"
〔22〕 引满:斟酒满杯。此指干杯。
〔23〕 作法自弊:《史记·商君列传》:"商君亡至关下,欲舍客舍。客人不知其是商君也,曰:'商君之法,舍人无验者坐之。'商君喟然叹曰:'嗟乎,为法之敝,一至此哉!'"后因称自己立法反使自己受害为"作法自敝"。敝,同"弊"。
〔24〕 翩翩:上下飞动。
〔25〕 惹袖沾衿:纷落在袖襟之上。惹,沾染。
〔26〕 筹:酒筹,饮酒计数之具。
〔27〕 国人:指社会上的人们。

[28] 冠盖常相望：达官贵人来访者，常常络绎不绝。晁错《论贵粟疏》："千里游敖，冠盖相望。"冠，冠服。盖，车盖。
[29] 烛泪：流滴的烛油。青阶：青石阶。
[30] 纷错：纷乱交错；形容人来人往，极为繁多。
[31] 腊夜：腊日之夜。腊，祭名，岁终祭诸神。汉代于农历十二月初八日腊祭，称这天为腊日。
[32] 合药：配药。

杨 千 总

毕民部公即家起备兵洮岷时[1],有千总杨化麟来迎[2]。冠盖在途,偶见一人遗便路侧。杨关弓欲射之,公急呵止。杨曰:"此奴无礼,合小怖之。"乃遥呼曰:"遗屙者!奉赠一股会稽籦簬绾髻子[3]。"即飞矢去,正中其髻。其人急奔,便液污地[4]。

据《聊斋志异》手稿本

----

[1] "毕民部公"句:毕自严,字景曾,号白阳,淄川人。毕际有之父。万历二十年进士,历仕万历、泰昌、天启、崇祯四朝,官至户部尚书。卒赠少保。《明史》、《淄川县志》、《山东通志》有传。万历四十一年,毕自严自河东副使再举卓异,时朝议有辽海参政之推,旨未下而自严以故引疾径归。后即家补陕西参政,备兵洮岷,事在万历末年。民部,户部的别称。洮岷,明初于陕西洮州、岷州置卫,负责今甘肃洮水、岷山一带防务。
[2] 千总:下级武官,位在把总上,守备下。
[3] 会稽籦簬:籦可作簬。会稽之竹作箭杆自古有名。此错落其名物以戏称用会稽竹作箭杆的箭。绾(wǎn 挽):挽结。
[4] 便液:此从铸雪斋抄本,底本作"便掖"。

瓜　异

二十六年六月[1],邑西村民圃中[2],黄瓜上复生蔓,结西瓜一枚,大如碗。

据《聊斋志异》手稿本

----

[1] 二十六年六月:铸雪斋抄本句前有"康熙"二字。
[2] 邑:指淄川县城。

青　梅

白下程生[1],性磊落,不为畛畦[2]。一日,自外归,缓其束带,觉带端沉沉,若有物堕。视之,无所见。宛转间,有女子从衣后出,掠发微笑,丽绝。程疑其鬼,女曰:"妾非鬼,狐也。"程曰:"倘得佳人,鬼且不惧,而况于狐。"遂与狎。二年,生一女,小字青梅。每谓程:"勿娶,我且为君生男。"程信之,遂不娶。戚友共诮姗之。程志夺,聘湖东王氏。狐闻之怒,就女乳之,委于程曰:"此汝家赔钱货,生之杀之,俱由尔。我何故代人作乳媪乎!"出门径去。

青梅长而慧;貌韶秀[3],酷肖其母。既而程病卒,王再醮去。青梅寄食于堂叔;叔荡无行[4],欲鬻以自肥。适有王进士者,方候铨于家[5],闻其慧,购以重金,使从女阿喜服役。喜年十四,容华绝代。见梅忻悦,与同寝处。梅亦善候伺,能以目听,以眉语[6],由是一家俱怜爱之。

邑有张生,字介受。家窭贫,无恒产,税居王第。性纯孝,制行不苟[7],又笃于学。青梅偶至其家,见生据石啖糠粥;入室与生母絮语,见案上具豚蹄焉。时翁卧病,生入,抱父而私[8]。便液污衣,翁觉之而自恨;生掩其迹,急出自濯,恐翁知。梅以此大异之。归述所见,谓女曰:"吾家客,非常人也。娘子不欲得良匹则已;欲得良匹,张生其人也。"女恐父厌其贫。梅曰:"不然,是在娘子。如以为可,妾潜告,使求伐焉[9]。夫人必召商之;但应之曰'诺'也,则谐矣。"女恐终贫为天下笑。梅曰:"妾自谓能相天下士,必无谬误。"明日,往告张媪。媪大惊,谓其言不祥[10]。梅曰:"小姐闻公子而贤之也,妾故窥其意以为言。冰人往,我两人袒焉,计合允遂。纵其否也,于公子何辱乎?"媪曰:"诺。"乃托侯氏卖花者往。夫人闻之而笑,以告王。王亦大笑。唤女至,述侯氏意。女未及答,青梅亟赞其贤,决其必贵。夫人又问曰:"此汝百年事。如能啜糠覈也[11],即为汝允之。"女俛首久之,顾壁而答曰:"贫富命也。倘命之厚,则贫无几时;而不贫者无穷期矣[12]。或命之薄,彼锦绣王孙[13],其无立锥者岂少哉[14]?是在父母。"初,王之商女也;将以博笑[15];及闻女言,心不乐曰:"汝欲适张氏耶?"女不答;再问,再不答。怒曰:"贱骨,了不长进[16]!欲携筐作乞人妇,宁不羞死!"女涨红气结,含涕引去[17]。媒亦遂奔。

青梅见不谐,欲自谋。过数日,夜诣生。生方读,惊问所来;词涉吞吐[18]。生正色却之。梅泣曰:"妾良家子,非淫奔者[19];徒以君贤,故愿自托。"生曰:"卿爱我,谓我贤也。昏夜之行,自好者不为,而谓贤者为之乎?夫始乱之而终成之,君子犹曰不可;况不能成,彼此何以自处?"梅曰:"万一能成,肯赐援拾否[20]?"生曰:"得人如卿,又何求?但有不可如何者三[21],故不敢轻诺耳。"曰:"若何?"曰:"不能自主,则不可如何;即能自主,我父母不乐,则不可如何;即乐之,而卿之身直必重,我贫不能措,则尤不可如何。卿速退,瓜李之嫌可畏也[22]!"梅临去,又嘱曰:"君倘有意,乞共图之。"生诺。梅归,女诘所往,遂跪而自投[23]。女怒其淫奔,将施扑责。梅泣白无他,因而实告。女叹曰:"不苟合,礼也;必告父母,孝也;不轻然诺,信也。有此三德,天必祐之,其无患贫也已。"既而曰:"子将若何?"曰:"嫁之。"女笑曰:"痴婢能自主耶?"曰:"不济,则以死继之。"女曰:"我必如所愿。"梅稽首而拜之[24]。又数日,谓女曰:"曩而言之戏乎,抑果欲慈悲耶?果尔,尚有微情,并祈垂怜焉。"女问之,答曰:"张生不能致聘,婢又无力可以自赎,必取盈焉[25],嫁我犹不嫁也。"女沉吟曰:"是非我之能为力矣。我曰嫁汝,且恐不得当;而曰必无取直焉,是大人所必不允,亦余所不敢言也。"青梅闻之,泣数行下,但求怜拯。女思良久,曰:"无已,我私蓄数金,当倾囊相助。"梅拜谢,因潜告张。张母大喜,多方乞贷,共得如干数,藏待好音。会王授曲沃宰[26],喜乘间告母曰:"青梅年已长,今将莅任,不如遣之。"夫人固以青梅太黠,恐导女不义,每欲嫁之,而恐女不乐也,闻女言甚喜。逾两日,有佣保妇白张氏意。王笑曰:"是只合偶婢子,前此何妄也!然鬻媵高门,价当倍于曩昔[27]。"女急进曰:"青梅侍我久,卖为妾,良不忍。"王乃传语张氏,仍以原金署券[28],以青梅媵于生[29]。入门,孝翁姑,曲折承顺[30],尤过于生;而操作更勤,屝糠秕不为苦。由是家中无不爱重青梅。梅又以刺绣作业,售且速,贾人候门以购,惟恐弗得。得资稍可御穷[31]。且劝勿以内顾误读,经纪皆自任之。因主人之任[32],往别阿喜。喜见之,泣曰:"子得所矣[33],我固不如。"梅曰:"是何人之赐,而敢忘之?然以为不如婢子,恐促婢子寿[34]。"遂泣相别。

王如晋,半载,夫人卒,停柩寺中。又二年,王坐行赇免,罚赎万计[35],渐贫不能自给,从者逃散。是时,疫大作,王染疾亦卒。惟一媪从女。未几,媪又卒。女伶仃益苦。有邻妪劝之嫁,女曰:"能为我葬双亲者,从之。"妪怜之,赠以斗米而去。半月复来,曰:"我为娘子极力,事难合也:贫者不能为葬,富者又嫌子为陵夷嗣[36]。奈何!尚有一策,但恐不能从也。"女曰:"若何?"曰:"此间有李郎,欲觅侧室[37],倘见姿容,即遣厚葬,必当不惜。"女大哭曰:"我搢绅裔而为人妾耶!"妪无言,遂去。日仅一餐,延息待价[38]。居半年,益不可支。一日,妪至。女泣告曰:"困顿如此,每欲自尽;犹恋恋而苟活者,徒以有两柩在。已将转沟壑[39],谁收亲骨者?故思不如依汝言也。"妪于是导李来,微窥女,大悦。即出金营葬,双榇具举[40]。已,乃载女去,入参冡室[41]。冡室故悍妒,李初未敢言妾,但托买婢。及见女,暴怒,杖逐而出,不听入门。女披发零涕,进退无所。

有老尼过,邀与同居,喜从之。至庵中,拜求祝发[42]。尼不可,曰:"我视娘子,非久卧风尘者[43]。庵中陶器脱粟[44],粗可自支[45],姑寄此以待之。时至,子自去。"居无何,市中无赖窥女美,辄打门游语为戏,尼不能制止。女号泣欲自尽。尼往求吏部某公揭示严禁[46],恶始稍敛迹。后有夜穴寺壁者,尼警呼始去。因复告吏部,捉得首恶者,送郡笞责,始渐安。又年馀,有贵公子过庵,见女惊绝,强尼通殷勤,又以厚赂啖尼。尼婉语之曰:"渠簪缨冑[47],不甘媵御[48]。公子且归,迟迟当有以报命。"既去,女欲乳药死[49]。夜梦父来,疾首曰[50]:"我不从汝志,致汝至此,悔之已晚。但缓须臾勿死,凤愿尚可复酬。"女异之。天明,盥已,尼望之而惊曰:"睹子面,浊气尽消,横逆不足忧也[51]。福且至,勿忘老身矣。"语未已,闻叩户声。女失色,意必贵家奴。尼启扉,果然。骤问所谋。尼甘语承迎,但请缓以三日。奴述主言,事若无成,俾尼自复命。尼唯唯敬应,谢令去。女大悲,又欲自尽。尼止之。女虑三日复来,无词可应。尼曰:"有老身在,斩杀自当之。"次日,方晡,暴雨翻盆,忽闻数人挝户大哗。女意变作,惊怯不知所为。尼冒雨启关,见有肩舆停驻;女奴数辈,捧一丽人出;仆从煊赫,冠盖甚都。惊问之,云:"是司李内眷,暂避风雨。"导入殿中,移榻肃坐。家人妇群奔禅房,各寻休憩。入室见女,艳之,走告夫人。无何,雨息,夫人起,请窥禅室。尼引入,睹女艳绝,凝眸不瞬。女亦顾盼良久。夫人非他,盖青梅也。各失声哭,因道行踪。盖张翁病故,生起复后[52],连捷授司理[53]。生先奉母之任,后移诸眷口。女叹曰:"今日相看,何啻霄壤!"梅笑曰:"幸娘子挫折无偶,天正欲我两人完聚耳。倘非阻雨,何以有此邂逅?此中具有鬼神,非人力也。"乃取珠冠锦衣,催女易妆。女俛首徘徊。尼从中赞劝之。女虑同居其名不顺,梅曰:"昔日自有定分,婢子敢忘大德!试思张郎,岂负义者?"强妆之。别尼而去。

抵任,母子皆喜。女拜曰:"今无颜见母。"母笑慰之。因谋涓吉合卺。女曰:"庵中但有一丝生路,亦不肯从夫人至此。倘念旧好,得受一庐,可容蒲团足矣[54]。"梅笑而不言。及期,抱艳妆来。女左右不知所可[55]。俄闻乐鼓大作,女亦无以自主。梅率婢媪强衣之,挽扶而出。见生朝服而拜,遂不觉盈盈而亦拜也。梅曳入洞房,曰:

"虚此位以待君久矣。"又顾生曰:"今夜得报恩,可好为之。"返身欲去。女捉其裾,梅笑曰:"勿留我,此不能相代也。"解指脱去。青梅事女谨,莫敢当夕[56]。而女终惭沮不自安。于是母命相呼以夫人。梅终执婢妾礼,罔敢懈。三年,张行取入都[57],过庵,以五百金为尼寿。尼不受。强之,乃受二百金,起大士祠[58],建王夫人碑。后张仕至侍郎[59]。程夫人举二子一女,王夫人四子一女。张上书陈情,俱封夫人。

异史氏曰:"天生佳丽,固将以报名贤;而世俗之王公,乃留以赠纨袴[60]。此造物所必争也。而离离奇奇,致作合者无限经营[61],化工亦良苦矣[62]。独是青夫人能识英雄于尘埃,誓嫁之志,期以必死;曾俨然而冠裳也者[63],顾弃德行而求膏粱[64],何智出婢子下哉!"

据《聊斋志异》手稿本

---

[1] 白下:古地名,在今南京市西北,也名白石陂。唐武德时,改金陵曰"白下"。后沿用为南京的别称。
[2] 不为畛畦:谓心胸坦荡,不受礼俗约束。畛畦,也作畦畛,界域、规范。曾巩《酬李国博》诗:"洞无畦畛心常坦,凛若冰霜节最高。"
[3] 韶秀:美好秀丽。韶,美好。
[4] 荡无行(xìng杏):品行恶劣。荡,行为放纵。行,德行。
[5] 候铨:听候铨选。旧时初由考试或原官因故开缺,皆赴吏部报到,候部依法选用,称候铨或候选。
[6] 以目听,以眉语:极言其聪明伶俐,善解人意。
[7] 制行不苟:严格遵礼而行;谓品行端正。制行,本指制法立行,语出

《礼记·表记》。
- [8] 私:便溺。
- [9] 求伐:请人作媒。伐,伐柯,语出《诗·豳风·伐柯》,指作媒或媒人。
- [10] 谓其言不祥:认为青梅的话有悖常情,似非佳兆。意谓贫家攀附高门,将难得福。
- [11] 啜糠覈(hé合):啜食粗劣食物,谓过着穷苦生活。啜,食、饮。糠,米皮。覈,碎米屑。
- [12] 无穷期:没有尽期;言时间长久。
- [13] 锦绣王孙:指贵族子弟。锦绣,织彩为锦,刺彩为绣,皆精丽的服饰。
- [14] 无立锥:贫无立锥之地,谓贫无寸土。《汉书·食货志》:"富者田连阡陌,贫者亡立锥之地。"
- [15] 博笑:取笑。
- [16] 了不长进:全不长进;没有出息。了,完全。
- [17] 引去:抽身离去。
- [18] 词涉吞吐:指青梅的回答吞吞吐吐,闪烁其词。
- [19] 淫奔:旧指封建时代青年男女的自行结合。一般指女性往就男方。
- [20] 援拾:收留的意思。
- [21] 不可如何:无可奈何。
- [22] 瓜李之嫌:比喻涉嫌的处境。瓜李,指瓜田李下。古乐府《君子行》:"君子防未然,不处嫌疑间;瓜田不纳履,李下不整冠。"
- [23] 自投:主动承认;坦诚自白。
- [24] 稽首而拜:古时最重的拜礼,跪拜时头至地,稽留多时。
- [25] 取盈:所取满其所定之额。《孟子·滕文公》上:"凶年粪其田而不足,则必取盈焉。"此谓婢女虽穷,赎身钱也不会减少。必,据铸雪斋抄本补,手稿本残缺。
- [26] 授:授官,任命。曲沃:县名,在今山西省南部。宰,县令。
- [27] "鬻腾高门"二句:如果卖给富贵人家做妾,卖价应当比原来买价加倍。鬻,卖。高门,显贵的人家。曩昔,以前。
- [28] 仍以原金署券:仍照原买的身价,立了赎身契。署,签署。券,契约。

[29] 嫔：下嫁。

[30] 曲折承顺：委曲细心，顺承人意。承，奉。

[31] 御穷：应付穷日子。《诗·邶风·谷风》："宴尔新婚，以我御穷。"

[32] 之任：赴任。之，往。

[33] 得所：如愿。

[34] 促婢子寿：使我短寿。婢子，青梅自称。促寿，犹言折福。

[35] 罚赎万计：赎罪罚款的银两，有上万之多。计，计数。

[36] 陵夷：败落。此指破落家庭。陵，底本作"凌"。

[37] 侧室：妾。旧时称妻为正室，称妾为侧室。

[38] 延息：犹言苟延残喘。息，呼吸。

[39] 转沟壑：辗转沟壑；谓将饥寒而死。沟壑，指野死之处。

[40] 槽：薄棺。

[41] 冢室：正室，嫡妻。冢，大、嫡长。

[42] 祝发：削发；指削发为尼。祝，断。

[43] 风尘：喻困厄的社会处境。

[44] 陶器脱粟：粗碗、糙米；指简朴生活。

[45] 粗可自支：大体上可以自给。

[46] 吏部：旧时中央六部之一，掌管官吏的任免、考核、升降等事。这里指任职吏部的官员。揭示：张贴告示。

[47] 渠簪缨胄：她是官宦人家的后代。渠，他。簪和缨是古时达官贵人的冠饰，因以代称贵官。胄，后裔。

[48] 不甘媵御：不乐意做侍妾。御，本指妃嫔之类的女官，这里指女侍。

[49] 乳药死：谓饮毒药自尽，语出《后汉书·王允传》。乳，以水或酒调药。

[50] 疾首：忧恨之极。《诗·小雅·小弁》："心之忧矣，疢如疾首。"

[51] 横逆：强暴无理的行为。语出《孟子·离娄》。此指对阿喜的迫害。

[52] 起复：古时官员遭父母丧，守制尚未满期而应召任职，称"起复"。明清时，则专指为父母守丧期满重新出来做官。

[53] 连捷：指由举人而进士，不隔科而连续中式。司理：官名，宋于各州置司理参军，主管狱讼，简称司理，又写作"司李"。明代俗称"推

官"为司理。
- 〔54〕 蒲团:僧、尼打坐的圆草垫。
- 〔55〕 左右不知所可:左右为难,不知如何是好。
- 〔56〕 莫敢当夕:指不敢代替正妻侍寝,这是古代约束侍妾的封建礼法。《礼记·内则》:"妻不在,妾御莫敢当夕。"当夕,值夕。这里是指青梅视阿喜为正妻。
- 〔57〕 行取:明清时官员铨选的一种制度。有政绩的州、县官,吏部可调取入京,转任六科给事中或各道御史等职,称为"行取"。
- 〔58〕 大士:佛教称菩萨为大士。
- 〔59〕 侍郎:旧时中央各部的副长官。
- 〔60〕 纨袴:古代贵族子弟所穿的绢裤,后以代称富贵人家的子弟。
- 〔61〕 作合者:从中撮合的人。经营:筹划营谋。
- 〔62〕 化工:造化之工;上天之力。
- 〔63〕 冠裳:指衣冠人物。
- 〔64〕 膏粱:美味;与"纨袴"同指富贵人家的不材子弟。

罗刹海市

马骥,字龙媒,贾人子。美丰姿。少倜傥,喜歌舞。辄从梨园子弟[1],以锦帕缠头,美如好女,因复有"俊人"之号。十四岁,入郡庠,即知名。父衰老,罢贾而居。谓生曰:"数卷书,饥不可煮,寒不可衣。吾儿可仍继父贾。"马由是稍稍权子母[2]。

从人浮海[3],为飓风引去,数昼夜至一都会。其人皆奇丑;见马至,以为妖,群哗而走。马初见其状,大惧;迨知国中之骇己也,遂反以此欺国人。遇饮食者,则奔而往;人惊遁,则啜其馀。久之,入山村。其间形貌亦有似人者,然褴褛如丐。马息树下,村人不敢前,但遥望之。久之,觉马非噬人者,始稍稍近就之。马笑与语。其言虽异,亦半可解。马遂自陈所自[4]。村人喜,遍告邻里,客非能搏噬者。然奇丑者望望即去[5],终不敢前;其来者,口鼻位置,尚皆与中国同。共罗浆酒奉马。马问其相骇之故,答曰:"尝闻祖父言:西去二万六千里,有中国,其人民形象率诡异[6]。但耳食之[7],今始信。"问其何贫。曰:"我国所重,不在文章,而在形貌。其美之极者,为上卿[8];次任民社[9];下焉者,亦邀贵人宠[10],故得鼎烹以养妻子[11]。若我辈初生时,父母皆以为不祥,往往置弃之;其不忍遽弃者,皆为宗嗣耳。"问:"此名何国?"曰:"大罗刹国[12]。都城在北去三十里。"马请导往一观。于是鸡鸣而兴[13],引与俱去。天明,始达都。都以黑石为墙,色如墨,楼阁近百尺。然少瓦,覆以红石;拾其残块磨甲上,无异丹砂。时值朝退,朝中有冠盖出,村人指曰:"此相国也[14]。"视之,双耳皆背生,鼻三孔,睫毛覆目如帘。又数骑出,曰:"此大夫也[15]。"以次各指其官职,率髻髵怪异[16];然位渐卑,丑亦渐杀[17]。无何,马归,街衢人望见之,嗥奔跌蹶,如逢怪物。村人百口解说[18],市人始敢遥立。既归,国中咸知村有异人,于是搢绅大夫,争欲一广见闻,遂令村人要马。然每至一家,阍人辄阖户,丈夫女子窃窃自门隙中窥语;终一日,无敢延见者。村人曰:"此间一执戟郎[19],曾为先王出使异国,所阅人多,或不以子为惧。"造郎门。郎果喜,揖为上客[20]。视其貌,如八九十岁人。目睛突出,须卷如猬[21]。曰:"仆少奉王命,出使最多;独未尝至中华。今一百二十馀岁,又得睹上国人物,此不可不上闻于天子。然臣卧林下,十馀年不践朝阶,早旦,为君一行。"乃具饮馔,修主客礼。酒数行,出女乐十馀人,更番歌舞。貌类夜叉[22],皆以白锦缠头,拖朱衣及地。扮唱不知何词,腔拍恢诡[23]。主人顾而乐之,问:"中国亦有此乐乎?"曰:"有。"主人请拟其声,遂击桌为度一曲。主人喜曰:"异哉!声如凤鸣龙啸,从未曾闻。"翼日,趋朝,荐诸国王。王忻然下诏。有二三大夫,言其怪状,恐惊圣体。王乃止。郎出告马,深为扼腕[24]。居久之,与主人饮而醉,把剑起舞,以煤涂面作张飞。主人以为美,曰:"请君以张飞见宰相,宰相必乐用之,厚禄不难致。"马曰:"嘻!游戏犹可,何能易面目图荣显[25]?"主人固强之,马乃诺。主人设筵,邀当路者饮[26],令马绘面以待。未几,客至,呼马出见客。客讶曰:

"异哉！何前媸而今妍也！"遂与共饮，甚欢。马婆娑歌"弋阳曲"[27]，一座无不倾倒[28]。明日，交章荐马[29]。王喜，召以旌节[30]。既见，问中国治安之道[31]，马委曲上陈[32]，大蒙嘉叹，赐宴离宫[33]。酒酣，王曰："闻卿善雅乐，可使寡人得而闻之乎？"马即起舞，亦效白锦缠头，作靡靡之音[34]。王大悦，即日拜下大夫[35]。时与私宴[36]，恩宠殊异。久而官僚百执事颇觉其面目之假[37]；所至，辄见人耳语，不甚与款洽。马至是孤立，惘然不自安[38]。遂上疏乞休致[39]，不许；又告休沐[40]，乃给三月假。于是乘传载金宝[41]，复归山村。村人膝行以迎。马以金资分给旧所与交好者，欢声雷动。村人曰："吾侪小人受大夫赐，明日赴海市，当求珍玩，用报大夫。"问："海市何地？"曰："海中市，四海鲛人[42]，集货珠宝；四方十二国，均来贸易。中多神人游戏。云霞障天，波涛间作。贵人自重，不敢犯险阻，皆以金帛付我辈，代购异珍。今其期不远矣。"问所自知，曰："每见海上朱鸟来往，七日，即市。"马问行期，欲同游瞩。村人劝使自贵。马曰："我顾沧海客，何畏风涛？"

未几，果有踵门寄资者，遂与装资入船。船容数十人，平底高栏。十人摇橹，激水如箭。凡三日，遥见水云幌漾之中，楼阁层叠；贸迁之舟[43]，纷集如蚁。少时，抵城下。视墙上砖，皆长与人等。敌楼高接云汉[44]。维舟而入，见市上所陈，奇珍异宝，光明射目，多人世所无。一少年乘骏马来，市人尽奔避，云是"东洋三世子"[45]。世子过，目生曰："此非异域人？"即有前马者来诘乡籍[46]。生揖道左，具展邦族[47]。世子喜曰："既蒙辱临，缘分不浅！"于是授生骑，请与连辔。乃出西城。方至岛岸,所骑嘶跃入水。生大骇失声。则见海水中分,屹如壁立。俄睹宫殿,玳瑁为梁[48],魴鳞作瓦;四壁晶明,鉴影炫目。下马揖入。仰视龙君在上,世子启奏:"臣游市廛,得中华贤士,引见大王。"生前拜舞[49]。龙君乃言:"先生文学士,必能衙官屈、宋[50]。欲烦椽笔赋'海市'[51],幸无吝珠玉[52]。"生稽首受命。授以水精之砚[53],龙鬣之毫[54],纸光似雪,墨气如兰。生立成千馀言,献殿上。龙君击节曰[55]:"先生雄才,有光水国矣!"遂集诸龙族,宴集采霞宫。酒炙数行,龙君执爵而向客曰:"寡人所怜女,未有良匹,愿累先生。先生倘有意乎?"生离席愧荷[56],唯唯而已。龙君顾左右语。无何,宫人数辈,扶女郎出。珮环声动[57],鼓吹暴作。拜竟,睨之,实仙人也。女拜已而去。少时酒罢,双鬟挑画灯[58],导生入副宫[59]。女浓妆坐伺。珊瑚之床,饰以八宝[60];帐外流苏[61],缀明珠如斗大;衾褥皆香耎。天方曙,则雏女妖鬟,奔入满侧。生起,趋出朝谢。拜为驸马都尉[62]。以其赋驰传诸海。诸海龙君,皆专员来贺[63];争折简招驸马饮。生衣绣裳,驾青虬[64],呵殿而出[65]。武士数十骑,背雕弧[66],荷白棓[67],晃耀填拥。马上弹筝[68],车中奏玉[69]。三日间,遍历诸海。由是"龙媒"之名,噪于四海。宫中有玉树一株,围可合抱;本莹澈,如白琉璃,中有心,淡黄色,稍细于臂;叶类碧玉,厚一钱许,细碎有浓阴。常与女啸咏其下。花开满树,状类薝葡[70]。每一瓣落,锵然作响。拾视之,如赤瑙雕镂[71],光明可爱。时有异鸟来鸣,毛金碧色,尾长于身,声等哀玉[72],恻人肺腑。生闻之,辄念乡土。因谓女曰:"亡出三年,恩慈间阻[73]，每一念及，涕膺汗背[74]。卿能从我归乎？"女曰："仙尘路隔[75]，不能相依。妾亦不忍以鱼水之爱[76]，夺膝下之欢[77]。容徐谋之。"生闻之，涕不自禁。女亦叹曰："此势之不能两全者也！"明日，生自外归。龙君曰："闻都尉有故土之思，诘旦趣装，可乎？"生谢曰："逆旅孤臣，过蒙优宠，衔报之诚[78]，结于肺肝。容暂归省，当图复聚耳。"入暮，女置酒话别。生订后会。女曰："情缘尽矣。"生大悲，女曰："归养双亲，见君之孝。人生聚散，百年犹旦暮耳，何用作儿女哀泣？此后妾为君贞[79]，君为妾义[80]，两地同心，即伉俪也，何必旦夕相守，乃谓之偕老乎？若渝此盟，婚姻不吉。倘虑中馈乏人[81]，纳婢可耳[82]。更有一事相嘱：自奉衣裳[83]，似有佳朕[84]，烦君命名。"生曰："其女耶，可名龙宫；男耶，可名福海。"女乞一物为信[85]。生在罗刹国所得赤玉莲花一对，出以授女。女曰："三年后四月八日，君当泛舟南岛，还君体胤[86]。"女以鱼革为囊，实以珠宝，授生曰："珍藏之，数世吃著不尽也。"天微明，王设祖帐[87]，馈遗甚丰。生拜别出宫。女乘白羊车，送诸海涘[88]。生上岸下马。女致声珍重，回车便去，少顷便远。海出复合，不可复见。

生乃归。自浮海去，咸谓其已死；及至家，家人无不诧异。幸翁媪无恙，独妻已他适。乃悟龙女"守义"之言，盖已先知也。父欲为生再婚；生不可，纳婢焉。谨志三年之期，泛舟岛中。见两儿坐浮水面，拍流嬉笑，不动亦不沉。近引之，儿哑然捉生臂[89]，跃入怀中。其一大啼，似嗔生之不援己者。亦引上之。细审之，一男一女，貌皆婉秀。额上花冠缀玉，则赤莲在焉。背有锦囊，拆视，得书云："翁姑计各无恙。忽忽三年,红尘永隔;盈盈一水,青鸟难通[90]。结想为梦,引领成劳[91],茫茫蓝蔚,有恨如何也!顾念奔月姮娥,且虚桂府[92];投梭织女,犹怅银河[93]。我何人斯[94],而能永好?兴思及此,辄复破涕为笑。别后两月,竟得孪生。今已啁啾怀抱[95],颇解言笑[96];觅枣抓梨,不母可活。敬以还君。所贻赤玉莲花,饰冠作信。膝头抱儿时,犹妾在左右也。闻君克践旧盟[97],意愿斯慰。妾此生不二,之死靡他[98]。奁中珍物,不蓄兰膏;镜里新妆,久辞粉黛。君似征人,妾作荡妇[99],即置而不御[100],亦何得谓非琴瑟哉[101]?独计翁姑亦既抱孙,曾未一觌新妇,揆之情理,亦属缺然。岁后阿姑窀穸[102],当往临穴[103],一尽妇职。过此以往,则'龙宫'无恙,不少把握之期[104];'福海'长生,或有往还之路。伏惟珍重[105],不尽欲言。"生反覆省书揽涕[106]。两儿抱颈曰:"归休乎[107]!"生益恸,抚之曰:"儿知家在何许?"儿啼,呕哑言בא。生视海水茫茫,极天无际;雾鬓人渺[108],烟波路穷[109]。抱儿返棹,怅然遂归。生知母寿不永[110],周身物悉为预具[111],墓中植松楸百馀[112]。逾岁,媪果亡。灵舆至殡宫[113],有女子缞绖临穴[114]。众方惊顾,忽而风激雷轰,继以急雨,转瞬已失所在。松柏新植多枯,至是皆活。福海稍长,辄思其母,忽自投入海,数日始还。龙宫以女子不得往,时掩户泣。一日,昼瞑,龙女忽入,止之曰:"儿自成家,哭泣何为?"乃赐八尺珊瑚一树,龙脑香一帖[115],明珠百颗,八宝嵌金合一双,为嫁资。生闻之突入,执手啜泣。俄顷,疾雷破屋,女已无矣。

异史氏曰:"花面逢迎,世情如鬼[116]。嗜痂之癖,举世一辙[117]。'小惭小好,大惭大好'[118]。若公然带须眉以游都市[119],其不骇而走者盖几希矣。彼陵阳痴子,将抱连城玉向何处哭也[120]?呜呼!显荣富贵,当于蜃楼海市中求之耳[121]!"

据《聊斋志异》手稿本

---

〔1〕 梨园子弟:戏曲艺人。《新唐书·礼乐志》,谓唐玄宗曾选乐工及宫女数百人,亲授乐曲于梨园。后因称演戏的场所为"梨园",称戏曲艺人为"梨园子弟"。
〔2〕 权子母:指经商。权,权衡。子母,原指货币的大小、轻重,后来指利息与本钱。
〔3〕 浮海:泛海;航海。此指到海外经商。
〔4〕 自陈所自:自己陈述来历。所自,从哪里来。
〔5〕 望望即去:掉头不顾而去。《孟子·公孙丑》上:"望望然去之,若将浼焉。"
〔6〕 率:全,都。诡异:怪异。
〔7〕 耳食:指不加审察,轻信传闻。《史记·六国年表序》:"学者牵于所闻,见秦在帝位日浅,不察终始,举而笑之,不敢道。此与以耳食无异。"《索隐》:"言俗以浅识,举而笑秦,此犹耳食,不能知味也。"
〔8〕 上卿:周官制,最尊贵的诸侯臣称上卿。《公羊传·襄公十一年》:"古者上卿下卿,上士下士。"
〔9〕 任民社:古称直接理民的地方官为"职任民社"。民社,人民和社稷。
〔10〕 邀:获取。
〔11〕 鼎烹:美食,贵人所享。此指贵人赐与的"残杯冷炙"。鼎,古代炊器,三足两耳。
〔12〕 罗刹:梵语音译,意思是恶鬼。这里作为国名。《文献通考》谓罗刹国朱发黑面,兽牙鹰爪,作市以夜,昼则掩面。

〔13〕 兴：起床。
〔14〕 相国：宰相。
〔15〕 大夫：古诸侯国中，国君之下有卿、大夫、士三级。这里指位次于相国的高级官员。
〔16〕 鬇鬡（zhēng níng 争宁）：毛发散乱貌。
〔17〕 杀：煞；减。
〔18〕 百口解说：极力解说。百，多。口，代指语言。
〔19〕 执戟郎：古代警卫宫门的官员。《史记·淮阴侯列传》："臣事项王，官不过郎中，位不过执戟。"秦汉郎官中有中郎、侍郎、郎中等，负责执戟宿卫殿门，故称执戟郎。
〔20〕 揖：拱手为礼。这里是尊奉的意思。
〔21〕 须卷（quán 拳）如猬：胡须密集像刺猬。卷，弯曲。
〔22〕 貌类夜叉：此据铸雪斋抄本，原作"貌类如夜叉"。
〔23〕 腔拍恢诡：腔调和节奏都很特别。恢诡，离奇。
〔24〕 扼腕：紧握己腕，表示惋惜。
〔25〕 易面目图荣显：改换面貌来谋取荣华显贵；指迎合世俗所好，换取功名利禄。易，改变。
〔26〕 当路者：居于要职的人，指掌握政权的官员。《孟子·公孙丑》："夫子当路于齐。"
〔27〕 婆娑：形容舞姿；此指起舞。弋阳曲：南曲腔调的一种，明清时代流行于江西弋阳，故名。《顾曲麈谈》谓弋阳腔是"俗腔"，昆山腔是"雅乐"。马骥唱俗腔，罗刹国王却认为是"雅乐"；这说明罗刹国雅俗颠倒。
〔28〕 倾倒：佩服。
〔29〕 交章：纷纷上奏章。
〔30〕 召以旌节：派人持旌节去召见他。古礼，君有所命，召唤大夫用旌、旐。旌节，以竹为竿，上缀以旄牛尾和五彩鸟羽，古代出使者持之，以为凭证。
〔31〕 治安之道：治国安邦的法则。
〔32〕 委曲：原原本本地。
〔33〕 离宫：别宫。古时帝王于正式宫殿之外，别筑宫室，供随时游处，称

"离宫"。
〔34〕 靡靡之音:淫靡的乐曲;本指俗腔,而罗刹国好之,视为雅乐。
〔35〕 拜:授官。下大夫:古官名,周王室及诸侯各国,卿以下有大夫,大夫分上中下三等。
〔36〕 时与私宴:经常参加皇帝的家宴。与,参与。
〔37〕 百执事:犹言百官。《书·盘庚》:"邦伯师长,百执事之人,尚皆隐哉。"执事,指各部门专职人员。
〔38〕 悯然:不安的样子。
〔39〕 乞休致:请求辞官家居。清制,自陈衰老而批准休致的,称"自请休致";非自己所请,谕旨令其休致的,称"勒令休致"。
〔40〕 休沐:休息沐浴;指短期休假。汉制,吏五日一休沐;唐代十日一休沐。
〔41〕 乘传(zhuàn 撰):乘驿站的传车。传,传车,古代驿站的公用车辆。马骥休沐,得用传乘,可见深得国王恩宠。
〔42〕 鲛人:神话传说,谓南海有鲛人,善纺织,所织薄纱叫"鲛绡";鲛人常哭泣,其泪则凝为珠,见《博物志》和《述异记》。
〔43〕 贸迁:贸易。
〔44〕 敌楼:城楼。云汉:天河;这里指高空。
〔45〕 世子:帝王或诸侯的嫡妻所生之子。
〔46〕 前马者:在马前开路的人。
〔47〕 具展:一一陈述。邦族:籍贯与姓氏。
〔48〕 玳瑁为梁:以玳瑁为饰的屋梁。玳瑁,龟类动物,背甲光亮,可作装饰。
〔49〕 拜舞:跪拜舞蹈。舞蹈,古朝仪之一。
〔50〕 衙官屈、宋:意思是超过屈原、宋玉。《续世说》谓杜审言曾自夸:"吾之文章合得屈、宋作衙官,吾之书迹合得王羲之北面。"衙官,唐代刺史的属官。以屈原、宋玉为其衙官,是说自己的作品压倒屈、宋。
〔51〕 椽笔:如椽之笔,比喻能写文章的大手笔。赋海市:写一篇描写海市的赋。赋,文体名,这里指作赋。
〔52〕 珠玉:比喻美好的文章。

〔53〕 水精:即水晶。
〔54〕 龙鬛(liè列)之毫:用龙的鬛毛制成的笔。
〔55〕 击节:抚手或拍板以调节乐曲,表示激赏。这里指赞赏。
〔56〕 离席:离座站起,表示恭敬。愧荷:以自愧的心情表示感激。
〔57〕 珮环:珮和环都是古时佩在身上的玉饰。
〔58〕 双鬟:指幼婢。古时幼女结双鬟。
〔59〕 副宫:旁宫。
〔60〕 八宝:指金银、珍珠、玛瑙等各种珠宝。
〔61〕 流苏:用彩丝或鸟羽做成的垂缨。
〔62〕 驸马都尉:官名,汉武帝时置,掌副车之马,秩二千石,多以宗室及外戚诸公子孙担任。魏晋以后,帝婿例加驸马都尉称号,简称驸马,皆非实职。
〔63〕 耑员:派专人。
〔64〕 驾青虬(qiú求):驾驭青虬拉的车子。《离骚》:"驷玉虬以乘鹥兮,溘埃风余上征。"王逸注:"有角曰龙,无角曰虬。"
〔65〕 呵殿:古时贵官出行的威仪。呵,在前喝道。殿,在后随从。
〔66〕 背:据铸雪斋抄本,原作"皆"。雕弧:雕有纹彩的弓。
〔67〕 桲:同"棒"。
〔68〕 筝:古代弦乐的一种。
〔69〕 玉:指玉笛之类的管乐。
〔70〕 蘸(zhān沾)薝:栀子花。
〔71〕 赤瑙:红色玛瑙。
〔72〕 声等哀玉:声音如同玉制乐器所奏的哀婉曲调。
〔73〕 恩慈间阻:指与父母隔离。父母慈爱有恩,故以"恩慈"代称。
〔74〕 涕膺汗背:泪下沾胸,汗流浃背;形容悲伤与惶恐。
〔75〕 仙尘:仙境与尘世。
〔76〕 鱼水之爱:喻夫妇之爱。
〔77〕 膝下之欢:指父子之情。
〔78〕 衔报之诚:感恩图报的心情。衔报,指衔环报恩。《后汉书·杨震传》注引《续齐谐记》:东汉杨宝救了一只黄雀,夜间梦见一个黄衣童子衔四枚白环相报,谓当使其子孙洁白,位登三公。后杨宝子孙

四世,果都显贵。

〔79〕 贞:封建时代妻不改嫁叫"贞"。
〔80〕 义:此指封建时代丈夫因妻守贞,己亦不重婚另娶。
〔81〕 中馈乏人:无人主持家务。古代妇女在家料理饮食、祭品等事务,叫做"主中馈"。
〔82〕 纳婢:以婢女为妾。封建时代纳妾不算娶妻,这样仍然算作对前妻"守义"。
〔83〕 自奉衣裳:意为自结婚以来。奉衣裳,指妻子侍奉丈夫衣着。古时上曰衣,下曰裳。《诗·齐风·东方未明》:"东方未明,颠倒衣裳。"
〔84〕 佳朕:佳兆,指怀孕。朕,征兆。
〔85〕 信:信物;凭证。
〔86〕 体胤:亲生儿女。胤,后嗣。
〔87〕 设祖帐:意为设宴饯别。古时出行,为行者祭奠路神,祝福饯别,叫"祖祭"。祖祭时设置的帷帐叫"祖帐"。
〔88〕 海涘(sì 四):海边。涘,水边。
〔89〕 哑(è 厄)然:发出笑声的样子。哑,笑声。
〔90〕 "盈盈一水"二句:意谓虽然一水之隔,但却音信难通。《古诗十九首》:"盈盈一水间,脉脉不得语。"盈盈,水清浅的样子。青鸟,借指使者。《汉武故事》:七月七日,日正中,汉武帝见青鸟从西方来。东方朔说,西王母即将到来。不久,果然到来。后因以青鸟称传信的使者。
〔91〕 引领:形容殷切盼望。领,颈。
〔92〕 "奔月姮娥"二句:意谓像嫦娥这样仙女尚且在月宫孤身独处。姮娥,即嫦娥,传说是后羿的妻子,因偷吃不死药,飞升月宫。见《淮南子·览冥训》。桂府,相传月宫有桂树,高五百丈,后因称月宫为"桂府"。见《酉阳杂俎》。
〔93〕 "投梭织女"二句:意谓天上的织女,尚且因天河阻隔,不能同牛郎团聚,而感到惆怅。织女,神话人物,为天帝孙女,长年织造云锦,嫁与河西牛郎以后,织造中断,天帝怒,责令她与牛郎分离,只准每年七夕渡河与牛郎相会。故事初见于《古诗十九首》。怅,恨。银

河,天河。
- 〔94〕 斯:兮,语气词。
- 〔95〕 啁啾(zhōu jiū 周究):小鸟鸣声。这里形容幼儿学话的声音。
- 〔96〕 言笑:据铸雪斋抄本,原作"笑言"。
- 〔97〕 克践旧盟:能够履行旧时的盟誓;指守义不娶。克,能。
- 〔98〕 之死靡他:到老死也无他心;指誓不改嫁。
- 〔99〕 荡妇:荡子妇;出游不归者的妻子。《古诗十九首》:"昔为倡家女,今为荡子妇。荡子行不归,空床难独守。"
- 〔100〕 置而不御:意谓两地远隔,仍保持夫妇名义。御,用;因喻夫妇为琴瑟之设词。
- 〔101〕 琴瑟:喻夫妇。《诗·周南·关雎》:"窈窕淑女,琴瑟友之。"以琴瑟谐合喻夫妇和合。
- 〔102〕 窀穸(zhūn xì 谆细):墓穴。这里指下葬。
- 〔103〕 临穴:亲临墓穴。
- 〔104〕 把握:携手,握手;指见面。
- 〔105〕 伏惟:恭敬地希望。惟,希望。
- 〔106〕 揽涕:挥泪。
- 〔107〕 归休乎:回家吧? 休,语词。
- 〔108〕 雾鬟人渺:意谓已看不到龙女。雾鬟,借指想望中的龙女。杜甫《月夜》:"今夜鄜州月,闺中只独看。……香雾云鬟湿,清辉玉臂寒。"渺,渺茫。
- 〔109〕 烟波路穷:烟波之上,漫无道路。穷,尽。
- 〔110〕 不永:不长。
- 〔111〕 周身物:指死者的服饰、棺椁等物。
- 〔112〕 槚:楸树。
- 〔113〕 灵舆:灵车。殡宫:停放灵柩的墓穴。
- 〔114〕 缞绖(cuī dié 崔喋):封建丧礼规定的子女所穿的孝服。缞,披在胸前的麻布。绖,系在额部和腰上的麻带。
- 〔115〕 龙脑香:由龙脑树所提炼的香料,即冰片。一帖:一包。
- 〔116〕 "花面逢迎"二句:意谓装出一副假面目,迎合世俗所好;如此世态与鬼域无异。花面,本指女子饰面,这里指装扮一副假面孔。

〔117〕"嗜痂之癖"二句:谓怪僻的嗜好,天下都有。《南史·刘穆之传》,谓南朝宋人刘邕嗜食疮痂,以为味似鳆鱼。后世因称乖僻的嗜好为"嗜痂"。这里用以比喻颠倒美丑、屈意逢迎的怪癖。举,全。一辙,一样。

〔118〕小惭小好,大惭大好:唐代韩愈《与冯宿论文书》:"时时应事作俗下文字,下笔令人惭,及示人,则人以为好矣。小惭者亦蒙谓之小好,大惭者即必以为大好矣。"意谓世人喜欢虚假的迎合。惭,指曲意取悦别人,违背自己的本心。

〔119〕"公然带须眉"句:意谓保持男子汉的本色立身行事,耻于媚俗诏世。须眉,胡须、眉毛,代指男子。

〔120〕"彼陵阳痴子"二句:意谓真正才德之士,不被赏识,将无处倾诉他的委曲和悲痛。陵阳痴子,指春秋时楚人卞和,曾受封陵阳侯。卞和在楚山发现一璞玉,曾献给楚厉王和楚武王,都被视为石头。卞和被诬欺诳,先后被刖双脚。楚文王即位,卞和抱璞哭于荆山之下。楚文王使人问之。卞和曰:"臣非悲刖。宝玉而题之以石,贞士而名之为诳,所以悲也。"楚文王使人剖璞,果得宝玉,称为"和氏璧"。见《韩非子·和氏》。连城玉,价值连城的宝玉,指和氏璧。

〔121〕蜃(shèn 慎)楼海市:喻虚幻世界。蜃,蛟类。旧说蜃能吐气为楼台,称为"蜃楼",也称"海市"。实为一种因光线折射作用而出现的虚影,多现于海上或沙漠。此句以幻域否定现实。

田 七 郎

武承休,辽阳人[1]。喜交游,所与皆知名士。夜梦一人告之曰:"子交游遍海内,皆滥交耳。惟一人可共患难,何反不识?"问:"何人?"曰:"田七郎非与?"醒而异之。诘朝,见所与游,辄问七郎。客或识为东村业猎者。武敬谒诸家,以马簻挝门。未几,一人出,年二十馀,貙目蜂腰[2],着腻帢[3],衣皂犊鼻[4],多白补缀。拱手于额而问所自。武展姓氏;且托途中不快,借庐憩息。问七郎,答曰:"我即是也。"遂延客入。见破屋数椽,木岐支壁。入一小室,虎皮狼蜕[5],悬布楹间,更无机榻可坐。七郎就地设皋比焉[6]。武与语,言词朴质,大悦之。遽贻金作生计,七郎不受。固予之,七郎受以白母。俄顷将还,固辞不受。武强之再四。母龙钟而至[7],厉色曰:"老身止此儿,不欲令事贵客!"武惭而退。归途展转,不解其意。适从人于舍后闻母言,因以告武。先是,七郎持金白母,母曰:"我适睹公子,有晦纹[8],必罹奇祸。闻之:受人知者分人忧,受人恩者急人难。富人报人以财,贫人报人以义。无故而得重赂,不祥,恐将取死报于子矣[9]。"武闻之,深叹母贤;然益倾慕七郎。

翼日,设筵招之,辞不至。武登其堂,坐而索饮。七郎自行酒,陈鹿脯[10],殊尽情礼。越日,武邀酬之,乃至。款洽甚欢。赠以金,即不受。武托购虎皮,乃受之。归视所蓄,计不足偿,思再猎而后献之。

入山三日,无所猎获。会妻病,守视汤药,不遑操业。浃旬[11],妻淹忽以死。为营斋葬[12],所受金稍稍耗去。武亲临唁送,礼仪优渥。既葬,负弩山林,益思所以报武,而迄无所得。武探得其故,辄劝勿亟。切望七郎姑一临存[13];而七郎终以负债为憾,不肯至。武因先索旧藏,以速其来。七郎检视故革,则蠹蚀殄败[14],毛尽脱,懊丧益甚。武知之,驰行其庭,极意慰解之。又视败革,曰:"此亦复佳。仆所欲得,原不以毛。"遂轴韏出[15],兼邀同往。七郎不可,乃自归。七郎念终以不足报武,裹粮入山[16],凡数夜,得一虎,全而馈之。武喜,治具,请三日留。七郎辞之坚。武键庭户,使不得出。宾客见七郎朴陋,窃谓公子妄交。而武周旋七郎,殊异诸客。为易新服,却不受;承其寐而潜易之,不得已而受之。既去,其子奉媪命,返新衣,索其敝褚[17]。武笑曰:"归语老姥,故衣已拆作履衬矣[18]。"自是,七郎日以兔鹿相贻[19],召之即不复至。武一日诣七郎,值出猎未返。媪出,踦门语曰[20]:"再勿引致吾儿[21],大不怀好意!"武敬礼之,惭而退。

半年许,家人忽白:"七郎为争猎豹,殴死人命,捉将官里去。"武大惊,驰视之,已械收在狱。见武无言,但云:"此后烦恤老母。"武惨然出,急以重金赂邑宰;又以百金赂仇主。月馀无事,释七郎归。母慨然曰:"子发肤受之武公子[22],非老身所得而爱惜者矣。但祝公子终百年无灾患[23],即儿福。"七郎欲诣谢武,母曰:"往则往耳,见公子勿谢也。小恩可谢,大恩不可谢。"七郎见武;武温言慰藉,七郎唯唯。家人咸怪其疏;武喜其诚笃,益厚遇之。由是恒数日留公子家。馈遗辄受，不复辞，亦不言报。

会武初度[24]，宾从烦多，夜舍屡满[25]。武偕七郎卧斗室中，三仆即床下藉刍藁。二更向尽，诸仆皆睡去，两人犹刺刺语[26]。七郎佩刀挂壁间，忽自腾出匣数寸许[27]，铮铮作响，光闪烁如电。武惊起。七郎亦起，问："床下卧者何人？"武答："皆厮仆。"七郎曰："此中必有恶人。"武问故，七郎曰："此刀购诸异国，杀人未尝濡缕[28]。迄今佩三世矣。决首至千计[29]，尚如新发于硎[30]。见恶人则鸣跃，当去杀人不远矣。公子宜亲君子，远小人，或万一可免。"武颔之。七郎终不乐，辗转床席。武曰："灾祥数耳，何忧之深？"七郎曰："我诸无恐怖，徒以有老母在。"武曰："何遽至此？"七郎曰："无则便佳。"盖床下三人：一为林儿，是老弥子[31]，能得主人欢；一僮仆，年十二三，武所常役者；一李应，最拗拙，每因细事与公子裂眼争，武恒怒之。当夜默念，疑必此人。诘旦，唤至，善言绝令去。武长子绅，娶王氏。一日，武他出，留林儿居守。斋中菊花方灿。新妇意翁出，斋庭当寂，自诣摘菊。林儿突出勾戏。妇欲遁，林儿强挟入室。妇啼拒，色变声嘶。绅奔入，林儿始释手逃去。武归闻之，怒觅林儿，竟已不知所之。过二三日，始知其投身某御史家。某官都中，家务皆委决于弟。武以同袍义[32]，致书索林儿，某弟竟置不发。武益恚，质词邑宰[33]。勾牒虽出[34]，而隶不捕，官亦不问。武方愤怒，适七郎至。武曰："君言验矣。"因与告愬。七郎颜色惨变，终无一语，即径去。武嘱干仆逻察林儿[35]。林儿夜归，为逻者所获，执见武。武掠楚之。林儿语侵武。武叔恒，故长者，恐侄暴怒致祸，劝不如治以官法。武从之，絷赴公庭。而御史家刺书邮至[36]；宰释林儿，付纪纲以去[37]。林儿意益肆，倡言丛众中[38]，诬主人妇与私。武无奈之，忿塞欲死。驰登御史门，俯仰叫骂[39]。里舍慰劝令归。逾夜，忽有家人白："林儿被人脔割[40]，抛尸旷野间。"武惊喜，意稍得伸。俄闻御史家讼其叔侄，遂偕叔赴质。宰不听辨，欲答恒。武抗声曰："杀人莫须有[41]！至辱詈搢绅，则生实为之，无与叔事。"宰置不闻。武裂眦欲上，群役禁捽之。操杖隶皆绅家走狗[42]，恒又老耄，箠数未半[43]，奄然已死。宰见武叔垂毙，亦不复究。武号且骂，宰亦若弗闻也者。遂异叔归，哀愤无所为计。因思欲得七郎谋，而七郎更不一吊问[44]。窃自念：待七郎不薄，何遽如行路人？亦疑杀林儿必七郎。转念：果尔，胡得不谋？于是遣人探索其家，至则扃镡寂然，邻人并不知耗。一日，某弟方在内廨[45]，与宰关说。值晨进薪水[46]，忽一樵人至前，释担抽利刃，直奔之。某惶急，以手格刃[47]，刃落断腕；又一刀，始决其首。宰大惊，窜去。樵人犹张皇四顾。诸役吏急阖署门，操杖疾呼。樵人乃自刎死。纷纷集认，识者知为田七郎也。宰惊定，始出复验。见七郎僵卧血泊中，手犹握刃。方停盖审视，尸忽崛然跃起，竟决宰首，已而复踣。衙官捕其母、子，则亡去已数日矣。武闻七郎死，驰哭尽哀。咸谓其主使七郎。武破产夤缘当路[48]，始得免。七郎尸弃原野三十馀日，禽犬环守之。武取而厚葬。其子流寓于登[49]，变姓为佟。起行伍，以功至同知将军[50]。归辽，武已八十馀，乃指示其父墓焉。

异史氏曰："一钱不轻受，正一饭不敢忘者也[51]。贤哉母乎！

七郎者,愤未尽雪,死犹伸之,抑何其神?使荆卿能尔[52],则千载无遗恨矣。苟有其人,可以补天网之漏[53];世道茫茫,恨七郎少也[54]。悲夫!"

据《聊斋志异》手稿本

----

[1] 辽阳:清代州名,治所在今辽宁省辽阳市辽阳县。
[2] 貙(chū 初):兽名。《尔雅·释兽》:"貙似貍。"《注》:"今貙虎也,大如狗,文如貍。"
[3] 腻帢(qià 恰):满是油污的便帽。帢,圆形便帽。又,即"腻颜帢",见《世说新语·轻诋》。
[4] 皂犊鼻:黑色遮膝围裙。犊鼻,即"犊鼻裈",围裙。
[5] 狼蜕:狼皮。蜕,蝉、蛇之类的脱皮,这里指兽皮。
[6] 皋比:虎皮。《左传·庄公十年》:"公子偃……自雩门窃出,蒙皋比而先犯之。"《注》:"皋比,虎皮也。"
[7] 龙钟:形容衰老、行动不便。
[8] 晦纹:主有晦气的纹理;此为旧时相者之言。晦,晦气,倒霉。
[9] 死报:以死相报。
[10] 脯:干肉。
[11] 浃旬:过了十天。浃,周匝,圆满。旬,十天。
[12] 斋葬:祭祀与葬埋。斋,斋祭。
[13] 临存:看望。
[14] 殃败:败坏。殃,败也,见《广雅·释诂》。
[15] 轴鞟(kuò 括):卷起皮革。鞟,去毛的兽皮。
[16] 裹粮:携带干粮。
[17] 敝褶:破衣。
[18] 履衬:做鞋用的衬褙。
[19] 贻:赠送。
[20] 跨门:犹"跨闾",两人倚门对语。《公羊传·成公二年》:"相与跨

阓而语。"何休《注》："阓,当道门。闭一扇,开一扇,一人在外,一人在内,曰踦阓。"
[21] 引致:招引。
[22] 发肤受之武公子:犹言武公子为再生父母。发肤,代指身体。《孝经·开宗明义章》:"身体发肤,受之父母。"
[23] 终百年:犹言终生。
[24] 初度:生日。《离骚》:"皇览揆余于初度兮。"
[25] 夜舍屦(jù具)满:留客过夜的馆舍,住满了人。夜舍,馆舍、客舍。屦,履,汉以前称屦。古代席地而坐,宾客入室脱鞋就席。屦满,犹客满。
[26] 刺刺:话多不停。
[27] 匣:此指刀鞘。
[28] 未尝濡缕:意谓刀过头落,血尚不及沾衣。《史记·刺客列传》谓荆轲所用匕首,"以试人,血濡缕,人无不立死者。"濡缕,沾湿衣服。
[29] 决首:斩首。
[30] 新发于硎:新从磨石上磨过。语出《庄子·养生主》。硎,磨刀石。
[31] 老弥子:指久受宠爱的娈童。弥子,春秋时卫灵公的幸臣弥子瑕。他曾假托君命,驾灵公车外出,又曾把自己吃过的桃子给灵公品尝。灵公不但不予责怪,反而更加宠信。见《韩非子·说难》。
[32] 同袍义:同事的情谊。《诗·秦风·无衣》:"岂曰无衣,与子同袍。"袍,长衣,类似后来的斗篷,军人行军时,日以当衣,夜以当被。义,情谊。
[33] 质词邑宰:具状请县令审理。质,评断。
[34] 勾牒:拘捕犯人的公文。
[35] 干仆:干练的仆人。
[36] 刺书:书信。《释名·释书契》:"书曰刺,书以笔刺纸简之上也。"
[37] 纪纲:管家;奴仆之管领者。语出《左传·僖公二十四年》。
[38] 倡言:扬言。丛众:人群。
[39] 俯仰:意谓指天划地。
[40] 脔割:碎割。脔,割成肉块。
[41] 杀人莫须有:意谓说我杀人,这是诬陷。南宋秦桧陷害岳飞,狱成,

韩世忠不平,质问秦桧。桧曰:"飞子云与张宪书虽不明,其事莫须有。"世忠艴然曰:"相公,莫须有三字何以服天下乎?"见《建炎以来系年要录·绍兴十一年》。莫须有,两可之言。俞正燮《癸巳存稿·岳武穆狱论》:"莫须有者,莫、一言也,须有、一言也;桧迟疑之,又言有之。世忠截其语而合之,以诋桧之妄。"

〔42〕 操杖隶:执行杖刑的衙役。

〔43〕 籤数:指杖刑的杖数。封建官衙施杖刑时,审讯者确定杖数后,从公案籤筒中抽籤掷地,施刑者按照分付的数目施刑。

〔44〕 吊问:慰问。

〔45〕 内廨:官署的内舍。廨,官署房舍的通称。

〔46〕 薪水:柴草和水。

〔47〕 格:拒;抵挡。

〔48〕 夤缘当路:通过关系,贿赂当权者。

〔49〕 登:登州,明清时为府,府治在今山东省牟平县,后迁至蓬莱县。

〔50〕 同知将军:犹言副将军。同知,佐贰官秩。

〔51〕 一饭不敢忘:汉代韩信,少年贫困,曾钓鱼于淮阴城下,接受漂母赠食。后来,韩信为楚王,不忘一饭之德,酬谢漂母千金。见《史记·淮阴侯列传》。

〔52〕 荆卿:指荆轲。荆轲曾奉燕太子丹之命刺秦王,不中,被秦王所杀。见《史记·刺客列传》。

〔53〕 "苟有其人"二句:意谓如果多有几位像田七郎这样的人物,将可以弥补天道惩恶的疏漏。天网,上天设置的罗网,喻天道的制裁;语出《老子》:"天网恢恢,疏而不失。"

〔54〕 "世道茫茫"二句:意谓社会黑暗,只恨像田七郎这样的人太少了。茫茫,昏暗不明。

产　龙

壬戌间[1],邑邢村李氏妇[2],良人死[3],有遗腹[4],忽胀如瓮,忽束如握。临蓐,一昼夜不能产。视之,见龙首,一见辄缩去。家人大惧,不敢近。有王媪者,焚香禹步[5],且捘且咒。未几,胞堕,不复见龙;惟数鳞,皆大如盏。继下一女,肉莹澈如晶[6],脏腑可数。

据《聊斋志异》手稿本

------

[1] 壬戌:指康熙二十一年(1682)。
[2] 邢村:淄川县旧东北乡有邢家庄。见《淄川县志》二。
[3] 良人:丈夫。《孟子·离娄》下:"良人者,所仰望而终身也,今若此!"
[4] 遗腹:丈夫死时尚未出生的胎儿。
[5] 禹步:行走时一腿后拖。此指巫婆行法术时的步法。
[6] 晶:水晶。

保　住

吴藩未叛时[1],尝谕将士:有独力能擒一虎者,优以廪禄[2],号"打虎将"。将中一人,名保住,健捷如猱[3]。邸中建高楼[4],梁木初架。住沿楼角而登,顷刻至颠;立脊檩上,疾趋而行,凡三四返;已,乃踊身跃下,直立挺然。

王有爱姬,善琵琶。所御琵琶,以暖玉为牙柱[5],抱之一室生温。姬宝藏,非王手谕,不出示人。一夕宴集,客请一观其异。王适惰,期以翼日。时住在侧,曰:"不奉王命,臣能取之。"王使人驰告府中,内外戒备,然后遣之。

住逾十数重垣,始达姬院。见灯辉室中,而门扃锢,不得入。廊下有鹦鹉宿架上。住乃作猫子叫;既而学鹦鹉鸣,疾呼"猫来"。摆扑之声且急。闻姬云:"绿奴可急视,鹦鹉被扑杀矣!"住隐身暗处。俄一女子挑灯出,身甫离门,住已塞入[6]。见姬守琵琶在几上,径携趋出。姬愕呼"寇至",防者尽起。见住抱琵琶走,逐之不及,攒矢如雨[7]。住跃登树上。墙下故有大槐三十馀章[8],住穿行树杪[9],如鸟移枝;树尽登屋,屋尽登楼;飞奔殿阁,不啻翅翎[10],瞥然间不知所在[11]。客方饮,住抱琵琶飞落筵前,门扃如故,鸡犬无声。

据《聊斋志异》手稿本

〔1〕 吴藩：吴三桂，字长白，辽东人。明崇祯时为总兵，镇守山海关。后勾结清兵入关，镇压农民起义，并执杀明桂王朱由榔。清初封平西王，就藩云南。康熙十二年（一六七三年）下令撤藩，吴三桂与靖南王耿精忠、平南王尚之信相继起兵反清，时称三藩之乱。

〔2〕 廪禄：犹言官俸。

〔3〕 猱：猕猴。《尔雅·释兽》："猱蝯善缘。"

〔4〕 邸：王邸，指平西王府。

〔5〕 暖玉：据说是一种常暖之玉，即冬温夏凉的玉。唐苏鹗《杜阳杂编》下：唐大中初，日本国王子来朝，携有冷暖玉棋子，云出本国东三万里之集真岛池中，"冬温夏冷，故谓之冷暖玉棋子。"牙柱：乐器上的弦枕。

〔6〕 塞入：谓侧身挤入。

〔7〕 攒矢：密集的箭矢。

〔8〕 章：棵。"大材曰章"，见《史记·货殖列传》索隐。

〔9〕 树杪（miǎo 秒）：树梢。杪，树枝的细梢。

〔10〕 不啻（chì 斥）翅翎：不亚于飞鸟。啻，但，只。翅翎，鸟类代称。

〔11〕 瞥然间：一转眼的工夫。

公孙九娘

于七一案[1],连坐被诛者[2],栖霞、莱阳两县最多。一日,俘数百人,尽戮于演武场中[3]。碧血满地[4],白骨撑天。上官慈悲,捐给棺木,济城工肆[5],材木一空。以故伏刑东鬼[6],多葬南郊[7]。甲寅间[8],有莱阳生至稷下[9],有亲友二三人亦在诛数,因市楮帛[10],酹奠榛墟[11]。就税舍于下院之僧[12]。明日,入城营干,日暮未归。忽一少年,造室来访。见生不在,脱帽登床,着履仰卧。仆人问其谁何,合眸不对。既而生归,则暮色朦胧,不甚可辨。自诣床下问之。瞠目曰:"我候汝主人,絮絮逼问,我岂暴客耶[13]!"生笑曰:"主人在此。"少年即起着冠,揖而坐,极道寒暄。听其音,似曾相识。急呼灯至,则同邑朱生,亦死于七之难者。大骇却走。朱曳之云:"仆与君文字交,何寡于情?我虽鬼,故人之念,耿耿不去心。今有所渎,愿无以异物遂猜薄之[14]。"生乃坐,请所命。曰:"令女甥寡居无耦,仆欲得主中馈。屡通媒妁,辄以无尊长之命为辞。幸无惜齿牙馀惠[15]。"先是,生有女甥,早失怙[16],遗生鞠养,十五始归其家。俘至济南,闻父被刑,惊恸而绝。生曰:"渠自有父,何我之求?"朱曰:"其父为犹子启椟去[17],今不在此。"问:"女甥向依阿谁?"曰:"与邻媪同居。"生虑生人不能作鬼媒。朱曰:"如蒙金诺[18],还屈玉趾[19]。"遂起握生手。生固辞,问:"何之?"曰:"第行!"勉从与去。北行里许,有大村落,约数十百家。至一第宅,朱叩扉,即有媪出。豁开二扉,问朱:"何为?"曰:"烦达娘子,阿舅至。"媪旋反,顷复出,邀生入。顾朱曰:"两椽茅舍子大隘,劳公子门外少坐候。"生从之入。见半亩荒庭,列小室二。女甥迎门啜泣,生亦泣。室中灯火荧然。女貌秀洁如生时。凝眸含涕,遍问姻姑[20]。生曰:"具各无恙,但荆人物故矣[21]。"女又呜咽曰:"儿少受舅妗抚育,尚无寸报[22],不图先葬沟渎,殊为恨恨。旧年,伯伯家大哥迁父去,置儿不一念;数百里外,伶仃如秋燕。舅不以沉魂可弃[23],又蒙赐金帛[24],儿已得之矣。"生乃以朱言告,女俛首无语。媪曰:"公子曩托杨姥三五返。老身谓是大好;小娘子不肯自草草,得舅为政[25],方此意慊得。"言次,一十七八女郎,从一青衣,遽掩入;瞥见生,转身欲遁。女牵其裾曰:"勿须尔!是阿舅,非他人。"生揖之。女郎亦敛衽[26]。甥曰:"九娘,栖霞公孙氏。阿爹故家子,今亦'穷波斯'[27],落落不称意。且晚与儿还往。"生睨之,笑弯秋月[28],羞晕朝霞[29],实天人也。曰:"可知是大家,蜗庐人那如此娟好[30]。"甥笑曰:"且是女学士,诗词俱大高。昨儿稍得指教。"九娘微哂曰:"小婢无端败坏人,教阿舅齿冷也。"甥又笑曰:"舅断弦未续[31],若个小娘子,颇能快意否?"九娘笑奔出,曰:"婢子颠疯作也!"遂去。言虽近戏,而生殊爱好之。甥似微察,乃曰:"九娘才貌无双,舅倘不以粪壤致猜[32],儿当请诸其母。"生大悦。然虑人鬼难匹。女曰:"无伤,彼与舅有夙分。"生乃出。女送之,曰:"五日后,月明人静,当遣人往相迓。"生至户外,不见朱。翘首西望,月衔半规[33],昏黄中犹认旧径。见南面一第,朱坐门石上,起逆曰:"相待已久,寒舍即劳垂顾。"遂携手入,殷殷展谢。出金爵一、晋珠百枚[34],曰:"他无长物[35],聊代禽仪[36]。"既而曰:"家有浊醪,但幽室之物,不足款嘉宾,奈何!"生拱谢而退[37]。朱送至中途,始别。生归,僮仆集问。隐之曰:"言鬼者,妄也。适赴友人饮耳。"后五日,果见朱来,整履摇箑[38],意甚欣适。才至户庭,望尘即拜[39]。少间,笑曰:"君嘉礼既成[40],庆在今夕,便烦枉步。"生曰:"以无回音,尚未致聘,何遽成礼?"朱曰:"仆已代致之矣。"生深感荷,从与俱去。直达卧所,则女甥华妆迎笑。生问:"何时于归[41]?"女曰:"三日矣。"生乃出所赠珠,为甥助妆[42]。女三辞乃受,谓生曰:"儿以舅意白公孙老夫人,夫人作大欢喜。但言老耄无他骨肉,不欲九娘远嫁,期今夜舅往赘诸其家。伊家无男子,便可同郎往也[43]。"朱乃导去。村将尽,一第门开,二人登其堂。俄白:"老夫人至。"有二青衣,扶妪升阶。生欲展拜,夫人云:"老朽龙钟,不能为礼,当即脱边幅[44]。"乃指画青衣[45],进酒高会[46]。朱乃唤家人,另出肴俎,列置生前;亦别设一壶,为客行觞[47]。筵中进馔,无异人世。然主人自举,殊不劝进[48]。既而席罢,朱归。青衣导生去。入室,则九娘华烛凝待。邂逅含情[49],极尽欢昵。初,九娘母子,原解赴都。至郡[50],母不堪困苦死,九娘亦自到。枕上追述往事,哽咽不成眠。乃口占两绝云[51]:"昔日罗裳化作尘,空将业果恨前身[52]。十年露冷枫林月,此夜初逢画阁春[53]。""白杨风雨绕孤坟,谁想阳台更作云[54]?忽启镂金箱里看,血腥犹染旧罗裙[55]。"天将明,即促曰:"君宜且去,勿惊厮仆。"

自此昼来宵往,婴惑殊甚[56]。一夕,问九娘:"此村何名?"曰:"莱霞里[57]。里中多两处新鬼[58],因以为名。"生闻之歔欷。女悲曰:"千里柔魂,蓬游无底[59];母子零孤,言之怆恻。幸念一夕恩义,收儿骨归葬墓侧,使百年得所依栖,死且不朽。"生诺之。女曰:"人鬼路殊,君不宜久滞。"乃以罗袜赠生,挥泪促别。生凄然出,忉怛若丧,心怅怅不忍归。因过拍朱氏之门。朱白足出逆[60];甥亦起,云鬟鬅鬆[61],惊来省问。生惆怅移时,始述九娘语。女曰:"妗氏不言,儿亦夙夜图之。此非人世,久居诚非所宜。"于是相对汍澜[62],生亦含涕而别。叩寓归寝,展转申旦[63]。欲觅九娘之墓,则忘问志表[64]。及夜复往,则千坟累累,竟迷村路,叹恨而返。展视罗袜,着风寸断,腐如灰烬,遂治装东旋。

半载不能自释,复如稷门,冀有所遇。及抵南郊,日势已晚,息驾庭树[65],趋诣丛葬所。但见坟兆万接[66],迷目榛荒;鬼火狐鸣,骇人心目。惊悼归舍。失意遨游,返辔遂东。行里许,遥见女郎独行丘墓间,神情意致,怪似九娘。挥鞭就视,果九娘。下与语,女竟走,若不相识;再逼近之,色作怒[67],举袖自障。顿呼"九娘",则烟然灭矣。

异史氏曰:"香草沉罗,血满胸臆[68];东山佩玦,泪渍泥沙[69]:古有孝子忠臣,至死不谅于君父者。公孙九娘岂以负骸骨之托[70],而怨怼不释于中耶?脾鬲间物[71],不能掬以相示,冤乎哉!"

据《聊斋志异》手稿本

〔1〕 于七一案:指于七抗清事件。于七,名乐吾,字孟熹,行七。明崇祯武举人,山东栖霞人。清顺治五年(1648),据莱阳、栖霞等县,起义抗清。康熙元年(1662)起义失败。清政府对起义地区人民进行血腥屠杀,栖霞、莱阳两县受害最烈。

〔2〕 连坐:被牵连罚罪。坐,获罪。

〔3〕 演武场:练兵场,故址在山东省济南市南门外。

〔4〕 碧血:无辜者的血迹。《庄子·外物》,谓周大夫苌弘无辜被杀,其血收藏三年,变为碧玉。

〔5〕 济城:指济南府城。工肆:作坊;这里指棺材铺。

〔6〕 伏刑东鬼:指栖霞、莱阳等地人民在济南被屠杀者。因栖霞、蓬莱地处鲁东,故称"东鬼"。

〔7〕 南郊:指济城南郊。

〔8〕 甲寅:指康熙十三年(1674)。

〔9〕 稷下:本来是古齐国都城临淄附近地名,在今山东淄博市临淄区;此指济南。济南自北魏称齐州,唐天宝元年改齐州为临淄郡,五载又改为济南郡。见《历城县志》。后遂以"稷下"、"稷门"代指济南。

〔10〕 市:买。楮帛:纸钱。

〔11〕 酹奠榛墟:到草木丛生的坟地去祭奠。酹奠,以酒洒地祭奠鬼神。榛墟,草木丛生的荒野,指荒丘墓地。

〔12〕 下院:佛教大寺院分设的寺院。

〔13〕 暴客:指强盗。

〔14〕 猜薄:猜疑、鄙薄。

〔15〕 齿牙馀惠:夸奖褒美的好话。《南史·谢朓传》:谢朓好褒奖人才,曾云:"士子声名未立,应共奖成,不惜齿牙馀论。"

〔16〕 失怙:丧母。《诗·小雅·蓼莪》:"无父何怙,无母何恃。"后因称丧母为"失恃"。

〔17〕 犹子:侄子。启椟:指迁葬。椟,棺材。

〔18〕 金诺:对人许诺的敬称,言守信不渝,珍贵如金。《史记·季布栾布列传》:"楚人谚曰:得黄金百斤,不如得季布一诺。"

〔19〕屈玉趾：烦您走一趟。玉趾，犹言贵步，称人行止的敬词。
〔20〕妗：舅母。
〔21〕荆人：旧时对人谦称己妻；意谓荆钗布裙之人。
〔22〕寸报：孟郊《游子吟》："谁言寸草心，报得三春晖。"此用其意，言尽孝报恩。
〔23〕沉魂：沉沦于阴间的鬼魂。此也兼指沉冤之魂。
〔24〕赐金帛：指上文莱阳生焚楮帛祭奠。
〔25〕为政：做主，主持。
〔26〕敛衽：整饬衣襟表示敬意，为古时的一种拜礼；后专指妇女行礼。
〔27〕穷波斯：不详。波斯，古国名，即今伊朗。古代波斯商人多经营珠宝，因以波斯代指富商。又，何垠《注》："《俗呼小录》：跑谓之波。穷波斯，盖谓穷而奔忙也。"
〔28〕笑弯秋月：笑时眉毛弯曲如秋夜之月。
〔29〕羞晕朝霞：害羞时，脸上的红晕如同清晨的彩霞。
〔30〕蜗庐：《古今注·鱼虫》："野人结圆舍，如蜗牛之壳，曰蜗舍。"此以"蜗庐"喻小户人家的居室。
〔31〕断弦未续：指妻死，尚未续娶。古时以琴瑟谐合象征夫妇，丧妻称"断弦"，再娶叫"续弦"。
〔32〕粪壤：犹言异物，指已死的人。魏文帝《与吴质书》，谓看到徐幹、陈琳、应玚、刘桢等人的遗文，"观其姓名已为鬼录，追思昔游，犹在心区，而此诸子，化为粪壤，可复道哉！"
〔33〕月衔半规：月亮半圆。衔，含，隐没。规，圆形。
〔34〕晋珠：山西产的珠玉。《尔雅·释地》："西方之美者，有霍山之多珠玉焉。"霍山，在今山西省。
〔35〕长（zhàng涨）物：多馀物。
〔36〕禽仪：订婚用的聘礼。古时订婚以雁为聘礼，称为"委禽"。仪，礼物。
〔37〕拗谢：谦谢。
〔38〕箑（shàn扇，或读jié捷）：扇子。
〔39〕望尘即拜：意谓老远望见就下拜。晋石崇与潘岳谄媚贾谧，贾出，石崇立路旁望尘下拜。见《晋书·潘岳传》。尘，车行时扬起的

尘土。
- [40] 嘉礼:古代五礼之一,后专指婚礼。
- [41] 于归:指女子出嫁。《诗·周南·桃夭》:"之子于归,宜其室家。"于,往。归,旧时妇女以夫家为家,故出嫁叫"归"。
- [42] 助妆:古时女子出嫁,亲友赠送的服饰等礼物。
- [43] 郎:古时妇女对丈夫或所爱男子的称呼。往:此据铸雪斋抄本,原作"拜"。
- [44] 脱边幅:意谓不拘礼节。边幅,布帛边缘整齐,喻人的容止合乎礼仪。
- [45] 指画:指使、指挥。
- [46] 进酒:此据铸雪斋抄本,原作"追酒"。
- [47] 行觞:行酒,斟酒。
- [48] 劝进:劝客进食、饮酒。
- [49] 邂逅:指两相爱悦。《诗·唐风·绸缪》:"今夕何夕,见此邂逅。"
- [50] 郡:指济南府。
- [51] 口占两绝:随口作成两首绝句。口占,随口念出,不用笔写。绝,绝句,旧诗体的一种。每首四句。每句五字的叫五绝,七字的叫七绝。这里是两首七绝。
- [52] "昔日罗裳"二句:意谓生前穿的衣裳都已腐烂成尘土,对自己的悲惨遭遇只有空自怨恨。罗裳,丝裙。业果,佛教语,指人的行为所招致的果报或报应。业有善业、恶业;果报也有善报、恶报。这是前生命定的迷信说法。
- [53] "十年露冷"二句:意谓十年来置身于寒露冷月、枫林萧瑟的秋野,今天才初次享受闺阁中的人间春意。画阁,彩饰的闺阁,这里指洞房。
- [54] "白杨风雨"二句:意谓一向是凄风苦雨,白杨萧萧,孤寂冷漠环绕着土坟;没有想到还能过着夫妇恩爱的生活。阳台,指男女欢会之处。宋玉《高唐赋序》:楚王游于高唐,梦中与一神女欢会。神女临别告诉楚王:"妾在巫山之阳,高丘之阻,旦为朝云,暮为行雨,朝朝暮暮,阳台之下。"
- [55] "忽启镂金"二句:意谓忽然打开镂金的衣箱,那血污的罗裙使人怵目惊心。镂金箱,有雕金纹饰的箱子。
〔56〕 嬖惑:宠爱迷恋。
〔57〕 莱霞里:于七起义失败后,清兵大肆屠杀无辜。《莱阳县志》:"今锯齿山前,有村曰血灌亭,省城南关有荒冢曰栖莱里,杀戮之惨可知矣。""莱霞里"当据此虚拟。
〔58〕 两处:指莱阳、栖霞。
〔59〕 蓬游无底:像蓬草一样随风飘游,没有归宿。底,休止。
〔60〕 白足:赤脚,谓仓促未及穿鞋。
〔61〕 鬅鬙:此据铸雪斋抄本,原作"笼鬙"。
〔62〕 汍澜:流泪的样子。
〔63〕 展转申旦:翻来覆去,直到天亮。申旦,自夜达旦。
〔64〕 志表:碑志、墓表;指墓前的标志。
〔65〕 息驾:停下车马。
〔66〕 坟兆:坟地。兆,界域。
〔67〕 怒:据铸雪斋抄本,原作"努"。
〔68〕 "香草沉罗"二句:指屈原自沉于汨罗江,悲愤不能自已。见《史记·屈原贾生列传》。香草,屈原赋中常以香草喻忠贞之志,这里指屈原本人。血满胸臆,血泪盈襟的意思。
〔69〕 "东山佩玦"二句:指晋太子申生遭受谗害,冤抑莫伸。《左传·闵公二年》:"晋侯使太子申生讨伐东山皋落氏";临行,"公衣之偏衣,佩之金玦。"玦,半环形佩玉。以金所制作者称金玦。古人以玦表示决绝。
〔70〕 负骸骨之托:指莱阳生辜负公孙九娘归葬尸骨的嘱托。
〔71〕 脾鬲间物:指心。鬲,同"膈"。

促　织

宣德间[1],宫中尚促织之戏[2],岁征民间[3]。此物故非西产[4];有华阴令欲媚上官[5],以一头进[6],试使斗而才,因责常供。令以责之里正[7]。市中游侠儿[8],得佳者笼养之,昂其直,居为奇货[9]。里胥猾黠[10],假此科敛丁口[11],每责一头,辄倾数家之产。邑有成名者,操童子业[12],久不售[13]。为人迂讷[14],遂为猾胥报充里正役,百计营谋不能脱。不终岁,薄产累尽。会征促织,成不敢敛户口,而又无所赔偿,忧闷欲死。妻曰:"死何裨益[15]?不如自行搜觅,冀有万一之得。"成然之。早出暮归,提竹筒铜丝笼,于败堵丛草处探石发穴,靡计不施,迄无济;即捕得三两头,又劣弱不中于款[16]。宰严限追比[17];旬馀,杖至百,两股间脓血流离,并虫亦不能行捉矣。转侧床头,惟思自尽。

时村中来一驼背巫,能以神卜。成妻具资诣问。见红女白婆[18],填塞门户。入其舍,则密室垂帘,帘外设香几。问者爇香于鼎[19],再拜。巫从旁望空代祝,唇吻翕辟[20],不知何词。各各竦立以听。少间,帘内掷一纸出,即道人意中事,无毫发爽[21]。成妻纳钱案上,焚拜如前人。食顷,帘动,片纸抛落。拾视之,非字而画:中绘殿阁,类兰若[22];后小山下,怪石乱卧,针针丛棘,青麻头伏焉[23];旁一蟆,若将跳舞[24]。展玩不可晓[25]。然睹促织,隐中胸怀。摺藏之,归以示成。成反复自念,得无教我猎虫所耶?细瞻景状,与村东大佛阁真逼似。乃强起扶杖,执图诣寺后。有古陵蔚起[26];循陵而走,见蹲石鳞鳞[27],俨然类画。遂于蒿莱中,侧听徐行,似寻针芥[28];而心目耳力俱穷,绝无踪响。冥搜未已[29],一癞头蟆猝然跃去[30]。成益愕,急逐趁之[31]。蟆入草间。蹑迹披求[32],见有虫伏棘根;遽扑之,入石穴中。拨以尖草[33],不出;以筒水灌之,始出。状极俊健,逐而得之。审视,巨身修尾,青项金翅。大喜笼归,举家庆贺,虽连城拱璧不啻也[34]。土于盆而养之[35],蟹白栗黄[36],备极护爱,留待限期,以塞官责。

成有子九岁,窥父不在,窃发盆,虫跃掷径出,迅不可捉,及扑入手,已股落腹裂,斯须就毙。儿惧,啼告母。母闻之,面色灰死,大骂曰:"业根[37]!死期至矣!而翁归[38],自与汝复算耳!"儿涕而出。未几成归,闻妻言,如被冰雪。怒索儿,儿渺然不知所往。既得其尸于井,因而化怒为悲,抢呼欲绝[39]。夫妻向隅[40],茅舍无烟,相对默然,不复聊赖[41]。日将暮,取儿藁葬。近抚之,气息惙然[42]。喜置榻上,半夜复苏。夫妻心稍慰。但蟋蟀笼虚,顾之则气断声吞,亦不敢复究儿。自昏达曙,目不交睫。

东曦既驾[43],僵卧长愁。忽闻门外虫鸣,惊起觇视,虫宛然尚在。喜而捕之。一鸣辄跃去,行且速。覆之以掌,虚若无物;手裁举,则又超忽而跃[44]。急趁之。折过墙隅,迷其所往。徘徊四顾,见虫伏壁上。审谛之,短小,黑赤色,顿非前物。成以其小,劣之。惟彷徨瞻顾,寻所逐者。壁上小虫,忽跃落衿袖间[45],视之,形若土狗,梅花翅,方首长胫,意似良。喜而收之。将献公堂,惴惴恐不当意,思试之斗以觇之。村中少年好事者,驯养一虫,自名"蟹壳青",日与子弟角,无不胜。欲居之以为利,而高其直,亦无售者[46]。径造庐访成。视成所蓄,掩口胡卢而笑[47]。因出己虫,纳比笼中。成视之,庞然修伟,自增惭怍,不敢与较。少年固强之。顾念蓄劣物终无所用,不如拚博一笑。因合纳斗盆。小虫伏不动,蠢若木鸡[48]。少年又大笑。试以猪鬣毛,撩拨虫须,仍不动。少年又笑。屡撩之,虫暴怒,直奔,遂相腾击,振奋作声。俄见小虫跃起,张尾伸须,直龁敌领。少年大骇,解令休止。虫翘然矜鸣[49],似报主知。成大喜。方共瞻玩,一鸡瞥来[50],径进以啄。成骇立愕呼。幸啄不中,虫跃去尺有咫[51];鸡健进,逐逼之,虫已在爪下矣。成仓猝莫知所救,顿足失色。旋见鸡伸颈摆扑;临视,则虫集冠上,力叮不释。成益惊喜,掇置笼中。

翼日进宰。宰见其小,怒诃成。成述其异,宰不信。试与他虫斗,虫尽靡[52];又试之鸡,果如成言。乃赏成。献诸抚军[53]。抚军大悦,以金笼进上,细疏其能[54]。既入宫中,举天下所贡蝴蝶、螳螂、油利挞、青丝额……一切异状,遍试之,无出其右者[55]。每闻琴瑟之声,则应节而舞。益奇之。上大嘉悦[56],诏赐抚臣名马衣缎。抚军不忘所自;无何,宰以"卓异"闻[57]。宰悦,免成役[58]。又嘱学使,俾入邑庠[59]。由此以善养虫名,屡得抚军殊宠。不数岁,田百顷,楼阁万椽[60],牛羊蹄躈各千计[61]。一出门,裘马过世家焉[62]。

异史氏曰:"天子偶用一物,未必不过此已忘;而奉行者即为定例。加之官贪吏虐,民日贴妇卖儿[63],更无休止。故天子一跬步[64],皆关民命,不可忽也。独是成氏子以蠹贫[65],以促织富,裘马扬扬。当其为里正、受扑责时,岂意其至此哉!天将以酬长厚者[66],遂使抚臣、令尹,并受促织恩荫[67]。闻之:一人飞升,仙及鸡犬[68]。信夫!"

据《聊斋志异》手稿本

---

〔1〕 宣德间:宣德年间。宣德,明宣宗朱瞻基的年号(1426—1435)。

〔2〕 促织:蟋蟀的别名。《帝京景物略》卷三《胡家村》条,谓蟋蟀"斗则矜鸣,其声如织,故幽州谓之促织也"。

〔3〕 征:征收;勒令交纳。

〔4〕 西:西部地区;这里指陕西。

〔5〕 华阴:县名,在今陕西省。

〔6〕 进:进奉。

〔7〕 里正:古时有"里正",明代称"里长"。明代役法规定,各地以邻近的一百一十户为一"里",从中推丁多粮多的十户,轮流充当里长,故又称"富户役"。里长负责催征粮税及分派徭役。后来赋役日渐繁苛,富户贿赂官府,避免承当,而使中、下户担任。任里长的中下户,不敢向豪绅富户征派,往往被迫自己赔垫,有的甚至倾家荡产。

〔8〕 游侠儿:古称抑强扶弱、具有侠义精神的人为"游侠"。这里指游手好闲、不务正业的青年。

〔9〕 居为奇货:囤积起来当作珍贵的财货。居,居积、囤积。

〔10〕 里胥:乡里中的公差。胥,官府中的小吏。猾黠:狡猾奸诈。

〔11〕 科敛丁口:按人口摊派费用。科敛,摊派、征收。丁口,泛指人口;男子称"丁",女子称"口"。

〔12〕 操童子业:意谓读书欲考秀才。操,从事。童子业,指"童生"。科

举时代凡没有考中秀才的人统称"童生"。
〔13〕不售:志愿未遂,指没有考中。售,达到、实现。
〔14〕迂讷:迂阔而拙于言辞。
〔15〕裨益:补益。
〔16〕不中(zhòng重)于款:不合规格。中,符合。款,款式、规格。
〔17〕严限追比:严定期限,按期查验催逼。旧时地方官府规定限期要求差役或百姓完成任务或交清赋欠,并按期查验完成情况。逾期不能完成则施杖责。查验有一定期限,每误一期责打一次,叫"追比"。
〔18〕红女白婆:红妆少女和白发老妇。
〔19〕爇香:烧香。鼎:三足香炉。
〔20〕翕(xī西)辟:一合一开。
〔21〕无毫发爽:没有丝毫差错。爽,差错。
〔22〕兰若:梵文"阿兰若"的音译,即佛寺。
〔23〕青麻头:一种上等品种蟋蟀的名称。《帝京景物略》卷三,谓"凡促织,青为上,黄次之,赤次之,黑又次之,白为下"。后文"蝴蝶"、"螳螂"、"油利挞"、"青丝额"等都是蟋蟀品种名。
〔24〕蟆:虾蟆。跳舞:跳跃。
〔25〕展玩:展视玩味。玩,玩味、思索。
〔26〕古陵蔚起:茂密丛草中古墓隆起。蔚,草木茂盛的样子。
〔27〕蹲石鳞鳞:乱石蹲踞,密集像鱼鳞。
〔28〕针芥:针和芥子,喻非常细小的东西。
〔29〕冥搜:到处搜索。冥,幽远。
〔30〕癞头蟆:癞虾蟆。猝然:突然。
〔31〕逐趁:追赶。
〔32〕蹑迹披求:拨开丛草,跟踪寻求。蹑,追随。披,分开。
〔33〕掭(tiàn 瑱):轻轻拨动。
〔34〕虽连城拱璧不啻(chì赤)也:即便是价值连城的大璧玉,也比不上它。《史记·廉颇蔺相如列传》:战国时,赵国得和氏璧,秦国愿以十五城交换。故称和氏璧为"连城璧",谓其价值连城。拱璧,大璧。《左传·襄公二十八年》:"与我共拱璧。"《疏》:"此璧两手拱

抱之,故为拱璧。"不啻,不止。
〔35〕 土于盆而养之:《帝京景物略》卷三《胡家村》,谓都人繁殖蟋蟀,"其法土于盆而养之,虫生子土中。"此指用装有泥土的盆蓄养促织。
〔36〕 蟹白栗黄:蟹肉和栗实,喂养蟋蟀的饲料。
〔37〕 业根:犹言祸根。业,佛教名词,指过去所作。业有善有恶,此指恶业。
〔38〕 而翁:你父亲。而,你。
〔39〕 抢呼:头碰地,口喊天,形容悲痛已极。抢,碰、撞。
〔40〕 向隅:失意悲伤。《说苑·贵德》:"今有满堂饮酒者,有一人独索然向隅而泣,则一堂之人皆不乐矣。"
〔41〕 不复聊赖:不再有所指望。聊赖,依赖,指生活或感情上的凭借。
〔42〕 惙(chuò 辍)然:形容呼吸微弱。
〔43〕 东曦(xī 析)既驾:东方太阳已经升起。曦,阳光。驾,指羲和为日御。《初学记》引《淮南子·天文训》:"爰止羲和,爰息六螭。"许慎注:"日乘车,驾以六龙,羲和御之。"
〔44〕 超忽:远远地。
〔45〕 衿:同"襟"。
〔46〕 售:这里作"买"讲。
〔47〕 掩口胡卢而笑:笑不可忍,自掩其口。胡卢,也作"卢胡",强自忍笑的样子。
〔48〕 蠢若木鸡:形容外形呆蠢无有生气。木鸡,木雕的鸡,喻呆板无生气。古时善斗鸡的,要求把鸡训练得不虚骄,不恃气,安闲镇定,"望之似木鸡",才能战胜敌鸡。见《庄子·达生》。
〔49〕 翘然:谓两翅振起。矜鸣:骄傲地鸣叫。
〔50〕 瞥来:突然而来。瞥,眼光一掠,形容迅疾。
〔51〕 尺有咫(zhǐ 止):一二尺远。咫,周制八寸为咫。
〔52〕 靡:披靡,被打败。
〔53〕 抚军:明清时巡抚的别称。
〔54〕 细疏其能:在表章上详细陈述蟋蟀的本领。疏,向皇帝陈述政事的奏章。

〔55〕 右:上,古时以右为上。
〔56〕 嘉悦:赞美、喜悦。
〔57〕 以"卓异"闻:以"卓异"的考绩上报。明清时每三年对官员举行一次考绩,外官的考绩叫"大计",由州、县官上至府、道、司层层考察属员,再汇送督、抚作最后考核,然后报呈吏部。"大计"最好的考语为"卓异",意思是才能卓越优异。闻,上报。
〔58〕 免成役:指免去成名担任里正的差役。
〔59〕 俾:使。入邑庠:入县学,即取得生员资格。
〔60〕 万椽(chuán 船):犹言万间。
〔61〕 牛羊蹄躈(jiào 叫)各千计:意思是牛羊各二百头。蹄躈,语出《史记·货殖列传》。躈,尻窍,肛门。又作"噭"。噭,嘴。牛羊每头四蹄一躈,合以"千计",则为二百头。
〔62〕 裘马过世家:轻裘肥马过访世族之家。裘马,衣裘策马,指豪华生活。
〔63〕 贴妇卖儿:典妻鬻子。贴,典质。南朝宋明帝曾用"百姓卖儿贴妇钱",兴建湘宫寺。
〔64〕 跬(kuǐ 傀)步:指一举一动。举一足叫"跬",举两足叫"步"。
〔65〕 蠹:蛀虫,这里指里胥。
〔66〕 长(zhǎng 掌)厚者:忠厚老实的人。
〔67〕 并受促织恩荫:封建时代,子孙可以因父、祖的功劳而得到朝廷恩赐的功名或官爵,叫做"恩荫"。这里说"受促织恩荫"是讽刺、嘲骂。
〔68〕 一人飞升,仙及鸡犬:《列仙传》谓汉淮南王刘安学道,服仙药飞升,"馀药器存庭中,鸡犬舐之皆飞升。"这里以之讽刺促织受宠,众官得益。

柳 秀 才

明季[1],蝗生青兖间[2],渐集于沂[3]。沂令忧之。退卧署幕[4],梦一秀才来谒,峨冠绿衣[5],状貌修伟。自言御蝗有策。询之,答云:"明日西南道上,有妇跨硕腹牝驴子[6],蝗神也。哀之,可免。"令异之,治具出邑南[7]。伺良久,果有妇高髻褐帔,独控老苍卫,缓蹇北度[8]。即燕香,捧卮酒,迎拜道左[9],捉驴不令去。妇问:"大夫将何为[10]?"令便哀恳:"区区小治[11],幸悯脱蝗口。"妇曰:"可恨柳秀才饶舌[12],泄我密机!当即以其身受,不损禾稼可耳。"乃尽三卮,瞥不复见。后蝗来,飞蔽天日,然不落禾田,但集杨柳,过处柳叶都尽。方悟秀才柳神也。或云:"是宰官忧民所感。"诚然哉!

据《聊斋志异》手稿本

----

[1] 明季:明朝末年。
[2] 青兖间:青州府(治益都)和兖州(治瑕丘)一带,指今山东省中部地区。
[3] 集:停落。沂:沂水县。
[4] 署幕:即衙内县令住室。
[5] 峨冠:高冠。
[6] 牝(pìn聘)驴子:母驴。牝,雌性禽兽。

〔7〕 治具:指置办酒食。
〔8〕 缓蹇北度:迟缓艰难地向北走来。
〔9〕 道左:道旁。
〔10〕 大夫:对沂水知县的尊称。三代时,下大夫治一邑之地。
〔11〕 小治:犹言小县。治,管内,辖区。
〔12〕 饶舌:多言;俗云多嘴多舌。

水　灾

康熙二十一年,苦旱[1],自春徂夏,赤地无青草。六月十三日小雨,始有种粟者。十八日大雨沾足[2],乃种豆。一日,石门庄有老叟,暮见二牛斗山上,谓村人曰:"大水将至矣!"遂携家播迁[3]。村人共笑之。无何,雨暴注,彻夜不止,平地水深数尺,居庐尽没[4]。一农人弃其两儿,与妻扶老母奔避高阜[5]。下视村中,已为泽国,并不复念及儿矣。水落归家,见一村尽成墟墓。入门视之,则一屋仅存,两儿并坐床头,嬉笑无恙。咸谓夫妻之孝报云。此六月二十二日事。

康熙三十四年,平阳地震[6],人民死者十之七八。城郭尽墟[7];仅存一屋,则孝子某家也[8]。茫茫大劫中,惟孝嗣无恙,谁谓天公无皂白耶[9]?

据《聊斋志异》手稿本

------

[1] 苦旱:铸本作"山东旱"。
[2] 沾足:雨下得充足。沾,沾润。
[3] 播迁:流离迁徙。指逃难。
[4] 居庐:住宅房舍。
[5] 阜:土丘。
[6] 平阳:明清府名,府治临汾县,即今山西省临汾市。

〔7〕 城郭尽墟:谓城内外尽成废墟。内城叫城,外城叫郭。
〔8〕 孝子某:底本"孝子"后空一字,此据青柯亭本补。二十四卷抄本作"王孝子"。
〔9〕 无皂白:喻不辨是非、善恶。

诸城某甲

学师孙景夏先生言[1]：其邑中某甲者，值流寇乱，被杀，首坠胸前。寇退，家人得尸，将舁瘗之[2]。闻其气缕缕然[3]；审视之，咽不断者盈指。遂扶其头，荷之以归。经一昼夜始呻，以匕箸稍稍哺饮食，半年竟愈。又十馀年，与二三人聚谈，或作一解颐语[4]，众为閧堂[5]。甲亦鼓掌。一俯仰间，刀痕暴裂，头堕血流。共视之，气已绝矣。父讼笑者。众敛金赂之，又葬甲，乃解。

异史氏曰："一笑头落，此千古第一大笑也。颈连一线而不死，直待十年后成一笑狱[6]，岂非二三邻人负债前生者耶！"

据《聊斋志异》手稿本

----

[1] 学师孙景夏：孙瑚，字景夏，山东诸城人。举人。康熙四年任淄川县儒学教谕。后升任鳌山卫教授，泾县知县。见《淄川县志》四。
[2] 舁瘗(yú yì 鱼义)之：抬尸埋葬。舁，抬，扛。
[3] 缕缕然：形容呼吸细弱，不绝如缕。
[4] 解颐语：逗笑的话。解颐，破颜为笑。
[5] 閧堂：又作"哄堂"，谓合座大笑。
[6] 笑狱：由玩笑造成的讼案。狱，讼案。

库　官

邹平张华东公[1],奉旨祭南岳。道出江淮间,将宿驿亭[2]。前驱白:"驿中有怪异,宿之必致纷纭[3]。"张弗听。宵分,冠剑而坐[4]。俄闻靴声入,则一颁白叟[5],皂纱黑带[6]。怪而问之。叟稽首曰:"我库官也。为大人典藏有日矣[7]。幸节钺遥临[8],下官释此重负。"问:"库存几何?"答言:"二万三千五百金。"公虑多金累缀[9],约归时盘验[10]。叟唯唯而退。

张至南中[11],馈遗颇丰。及还,宿驿亭,叟复出谒。及问库物,曰:"已拨辽东兵饷矣[12]。"深讶其前后之乖[13]。叟曰:"人世禄命[14],皆有额数,锱铢不能增损[15]。大人此行,应得之数已得矣,又何求?"言已,竟去。张乃计其所获,与所言库数适相吻合。方叹饮啄有定[16],不可以妄求也[17]。

据《聊斋志异》手稿本

---

[1] 邹平张华东公:张延登,字济美,号华东,山东省邹平县人。明万历壬辰进士。历内黄、上蔡知县,有德政。行取京职。历擢吏科给谏,官至工部尚书,以左右都御史两掌南京都察院。辛巳(崇祯十四年)署刑部,以劳病卒。诰授资政大夫,谥忠定。传见《邹平县志》十五。

[2] 驿亭:驿站,官员、信使公出止宿之处。

〔3〕 必致纷纭:必然惹来麻烦。纷纭,纠纷,扰乱。
〔4〕 冠剑而坐:身穿官服,佩剑而坐。
〔5〕 颁白叟:须发参白的老人。
〔6〕 皂纱黑带:皂色纱帽,黑色衣带;吏员的服饰。
〔7〕 典藏(zàng葬):管理库存财物。典,司,管理。藏,库存之物。
〔8〕 节钺:钦差官员的仪仗;代指钦差。节,旌节,使臣仪仗中的一种旗子。钺,仪仗中的大斧。
〔9〕 累缀:即"累赘"。冗杂妨事。
〔10〕 盘验:检查过数。
〔11〕 南中:南方地带。
〔12〕 拨:拨充。
〔13〕 乖:乖背,不相符。
〔14〕 禄命:指命定的进项、收入。
〔15〕 锱铢:喻微量财物。锱与铢,皆古代重量单位,六铢为锱,二十四铢为两。
〔16〕 饮啄有定:犹言一餐一饭皆为命定。饮啄,本指鸟类饮水啄食;"一饮一啄",见《庄子·养生主》。后泛指人之饮食。《太平广记》一五八《贫妇》引《玉堂闲话》:"谚云:一饮一啄,系之于分。"
〔17〕 妄求:任意强求。

酆都御史

酆都县外有洞[1],深不可测,相传阎罗天子署。其中一切狱具,皆借人工。桎梏朽败[2],辄掷洞口,邑宰即以新者易之,经宿失所在。供应度支,载之经制[3]。

明有御史行台华公[4],按及酆都,闻其说,不以为信,欲入洞以决其惑[5]。人辄言不可。公弗听,秉烛而入,以二役从。深抵里许,烛暴灭。视之,阶道阔朗,有广殿十馀间,列坐尊官,袍笏俨然;惟东首虚一坐。尊官见公至,降阶而迎,笑问曰:"至矣乎?别来无恙否?"公问:"此何处所?"尊官曰:"此冥府也。"公愕然告退。尊官指虚坐曰:"此为君坐,那可复还。"公益惧,固请宽宥。尊官曰:"定数何可逃也!"遂检一卷示公,上注云:"某月日,某以肉身归阴。"公览之,战栗如濯冰水。念母老子幼,泫然涕流。俄有金甲神人,捧黄帛书至。群拜舞启读已,乃贺公曰:"君有回阳之机矣。"公喜致问。曰:"适接帝诏,大赦幽冥,可为君委折,原例耳[6]。"乃示公途而出。

数武之外,冥黑如漆,不辨行路。公甚窘苦。忽一神将,轩然而入,赤面长髯,光射数尺。公迎拜而哀之。神人曰:"诵佛经可出。"言已而去。公自计经咒多不记忆[7],惟《金刚经》颇曾习之[8],遂乃合掌而诵,顿觉一线光明,映照前路。忽有遗忘之句,则目前顿黑;定想移时，复诵复明。乃始得出。其二从人，则不可问矣[9]。

据《聊斋志异》手稿本

----

〔1〕 酆都县：隋置。清初属重庆府，即今四川省丰都县。县有平都山仙都观，系道家七十二福地之一，谓为阴府所在。参段成式《酉阳杂俎·玉格》。
〔2〕 桎梏：脚镣和手铐。
〔3〕 载之经制：谓将上述专项费用列入附加税内征收报销。别立名目增收之税称"经制钱"。
〔4〕 御史行台：又称行台御史。元以后指代表御史台对地方行使监察权的御史。
〔5〕 决其惑：破除其迷惑，即确定真假。
〔6〕 委折，原例：谓援引前例，委曲折免华御史之罪。委折，委曲折免；即设法减除。原例，原本往例；义近"援例"，谓照章行事而已。
〔7〕 经咒：指佛经经文和祝祷词。
〔8〕 金刚经：佛教经典，全称《金刚般若波罗蜜经》。参卷三《鲁公女》注。
〔9〕 不可问：不必再问，意思是已死无疑。

青梅

罗刹海市

田七郎

公孙九娘

促织

小猎犬

辛十四娘

木雕美人

龙 无 目

沂水大雨[1],忽堕一龙,双睛俱无,奄有馀息[2]。邑令公以八十席覆之[3],未能周身。又为设野祭。犹反复以尾击地,其声塈然[4]。

据《聊斋志异》手稿本

----

[1] 沂水:今山东省沂水县,清初属沂州。
[2] 奄有馀息:微弱得只剩一丝呼吸。奄,气息微弱的样子。息,气息。
[3] 邑令公:指沂水知县某人。
[4] 塈(bì 毕):本义为土块。此用以象声。

狐　谐

万福,字子祥,博兴人也[1]。幼业儒。家少有而运殊蹇[2],行年二十有奇,尚不能掇一芹[3]。乡中浇俗[4],多报富户役[5],长厚者至碎破其家。万适报充役,惧而逃,如济南[6],税居逆旅。夜有奔女,颜色颇丽。万悦而私之,请其姓氏。女自言:"实狐,但不为君祟耳。"万喜而不疑。女嘱勿与客共,遂日至,与共卧处。凡日用所需,无不仰给于狐。

居无何,二三相识,辄来造访,恒信宿不去[7]。万厌之,而不忍拒;不得已,以实告客。客愿一睹仙容。万白于狐。狐谓客曰:"见我何为哉?我亦犹人耳。"闻其声,呖呖在目前[8],四顾即又不见。客有孙得言者,善俳谑[9],固请见,且谓:"得听娇音,魂魄飞越;何吝容华[10],徒使人闻声相思?"狐笑曰:"贤哉孙子!欲为高曾母作行乐图耶[11]?"诸客俱笑。狐曰:"我为狐,请与客言狐典[12],颇愿闻之否?"众唯唯。狐曰:"昔某村旅舍,故多狐,辄出祟行客。客知之,相戒不宿其舍,半年,门户萧索。主人大忧,甚讳言狐。忽有一远方客,自言异国人,望门休止[13]。主人大悦。甫邀入门,即有途人阴告曰:'是家有狐。'客惧,白主人,欲他徙。主人力白其妄,客乃止。入室方卧,见群鼠出于床下。客大骇,骤奔,急呼:'有狐!'主人惊问。客怨曰:'狐巢于此,何诳我言无?'主人又问:'所见何状?'客曰:'我今所见,细细幺麼[14],不是狐儿,必当是狐孙子!'"言罢,座客为之粲然[15]。孙曰:"既不赐见,我辈留宿,宜勿去,阻其阳台[16]。"狐笑曰:"寄宿无妨;倘小有迕犯[17],幸勿滞怀[18]。"客恐其恶作剧,乃共散去。然数日必一来,索狐笑骂。狐谐甚,每一语,即颠倒宾客[19],滑稽者不能屈也[20]。群戏呼为"狐娘子"。

一日,置酒高会,万居主人位,孙与二客分左右座,上设一榻屈狐[21]。狐辞不善酒。咸请坐谈,许之。酒数行,众掷骰为瓜蔓之令[22]。客值瓜色,会当饮,戏以觥移上座曰[23]:"狐娘子大清醒,暂借一觞[24]。"狐笑曰:"我故不饮。愿陈一典,以佐诸公饮。"孙掩耳不乐闻。客皆言曰:"骂人者当罚。"狐笑曰:"我骂狐何如?"众曰:"可。"于是倾耳共听。狐曰:"昔一大臣,出使红毛国[25],着狐腋冠[26],见国王。王见而异之,问:'何皮毛,温厚乃尔[27]?'大臣以狐对。王言:'此物生平未曾得闻。狐字字画何等[28]?'使臣书空而奏曰[29]:'右边是一大瓜[30],左边是一小犬。'"主客又复哄堂。二客,陈氏兄弟,一名所见,一名所闻。见孙大窘,乃曰:"雄狐何在,而纵雌流毒若此[31]?"狐曰:"适一典,谈犹未终,遂为群吠所乱,请终之。国王见使臣乘一骡,甚异之。使臣告曰:'此马之所生。'又大异之。使臣曰:'中国马生骡,骡生驹驹[32]。'王细问其状。使臣曰:'马生骡,乃"臣所见[33]";骡生驹驹,是"臣所闻"。'"举坐又大笑。众知不敌,乃相约:后有开谑端者,罚作东道主[34]。顷之,酒酣,孙戏谓万曰:"一联请君属之[35]。"万曰:"何如?"孙曰:"妓者出门访情人,来时'万福',去时'万福'[36]。"合座属思不能对。狐笑曰:

"我有之矣。"众共听之。曰:"龙王下诏求直谏[37],鳖也'得言',龟也'得言[38]'。"四座无不绝倒[39]。孙大恚曰:"适与尔盟,何复犯戒?"狐笑曰:"罪诚在我;但非此,不成确对耳[40]。明旦设席,以赎吾过。"相笑而罢。狐之诙谐[41],不可殚述。

居数月,与万偕归。及博兴界,告万曰:"我此处有葭莩亲[42],往来久梗[43],不可不一讯[44]。日且暮,与君同寄宿,待旦而行可也。"万询其处,指言:"不远。"万疑前此故无村落,姑从之。二里许,果见一庄,生平所未历。狐往叩关,一苍头出应门。入则重门叠阁,宛然世家。俄见主人,有翁与媪,揖万而坐。列筵丰盛,待万以姻娅[45],遂宿焉。狐早谓曰:"我遽偕君归[46],恐骇闻听。君宜先往,我将继至。"万从其言,先至,预白于家人。未几,狐至,与万言笑,人尽闻之,而不见其人。逾年,万复事于济[47],狐又与俱。忽有数人来,狐从与语,备极寒暄。乃语万曰:"我本陕中人,与君有夙因,遂从尔许时。今我兄弟至矣,将从以归,不能周事[48]。"留之不可,竟去。

据《聊斋志异》手稿本

----

〔1〕 博兴:县名,清代属山东青州府。
〔2〕 运殊蹇:命运很不好。蹇,蹇滞,不顺利。
〔3〕 掇一芹:指取得秀才资格。《诗·鲁颂·泮水》:"思乐泮水,薄采其芹。"后因称考取秀才为"掇芹"或"游泮"。
〔4〕 浇俗:犹言陋俗。浇,浮薄。
〔5〕 富户役:指里正役。参见《促织》注。

〔6〕 如：往。
〔7〕 信宿：再宿为信。
〔8〕 呖呖：形容声音清脆婉转。
〔9〕 俳谑：此据青本，底本作"诽谑"。
〔10〕 容华：容颜的美称。
〔11〕 高曾母：高、曾祖母。父之祖为曾祖，祖之祖为高祖。行乐图：习指个人画像。
〔12〕 狐典：有关狐的故事。典，事典，故事。
〔13〕 望门休止：谓不暇探询，见有人家，即投宿止息。
〔14〕 细细幺麽（yāo mó 夭么）：微不足道的小东西。细细，小小，轻微。幺麽，微小；含鄙视意味。
〔15〕 粲然：露齿而笑。
〔16〕 阳台：阳台之会，喻男女欢好。见宋玉《高唐赋》。
〔17〕 连犯：冒犯。
〔18〕 滞怀：在意。
〔19〕 颠倒：犹言倾倒。佩服，心折。
〔20〕 滑（gǔ 古）稽：俳谐；指言、行、事态引人发笑。
〔21〕 屈狐：犹言待狐。屈，屈尊、屈驾。
〔22〕 瓜蔓（wàn 万）之令：酒令的一种。令法不详。下文说得"瓜色"当饮，似为顺序掷骰，掷采当令（得瓜色）者罚酒。
〔23〕 觥（gōng 工）：此泛指酒杯。
〔24〕 暂借一觞：意谓权请代饮一杯。
〔25〕 红毛国：明清时称荷兰人为红夷、红毛夷或红毛番，红毛国即指荷兰，抑或泛指海西之国。
〔26〕 狐腋冠：用狐腋下的毛皮所制的名贵皮帽。
〔27〕 温厚乃尔：如此又暖又厚。
〔28〕 字画：笔画。
〔29〕 书空：用手指向空中写字。
〔30〕 大瓜：旧本冯镇峦评："山左人谓妓女为大瓜，骂左右二客也。"按今山东方言谓傻瓜为"大瓜"，"大"字读上声。
〔31〕 "雄狐"二句："雄"、"雌"分指万福与狐女。流毒，犹言放毒；谓恶

语伤人。

〔32〕 驹驹:是狐女应机编造的一种畜牲名,骡不能生育,实际亦无此畜牲,故下文谓仅系"所闻"。

〔33〕 "臣所见":"陈所见"的谐音。下句"臣所闻",谐"陈所闻"。两句骂二陈为骡和驹驹。

〔34〕 东道主:语出《左传·僖公三十年》,本指东路所经,可供应使者饮食及所缺之居停主人;后来又称出酒食待客之人为东道主,此处即是。

〔35〕 属(zhǔ主)之:对出下句。属,属对,联句成对。

〔36〕 万福:旧时女子向客行礼时的祝颂之词。谐万生之名。

〔37〕 直谏:直言谏诤。《史记·文帝纪》:二年十二月,令"举贤良方正,能直言极谏者,以匡朕之不逮。"后来某些封建王朝亦偶以"举直言极谏"之类名目,表示要求臣下直言批评。

〔38〕 得言:可以进言。谐孙生之名。

〔39〕 绝倒:形容笑得激烈,透不过气,乃至仆下。

〔40〕 确对:妥帖、工整的对句。

〔41〕 诙谐:此从铸本,底本作"恢谐"。

〔42〕 葭莩(jiā fú夹孚)亲:远亲。葭莩,芦苇中的薄膜,喻关系疏远。

〔43〕 久梗(gěng鲠):长期阻隔。

〔44〕 讯:讯访,探问。

〔45〕 待万以姻娅:谓以待婿之礼,款待万福。姻娅,犹姻亲。婿父称姻,两婿互称娅。

〔46〕 遽:仓猝,突然。

〔47〕 事于济:有事到济南;到济南办事。

〔48〕 周事:犹言终侍,谓终身相伴。

雨　钱

滨州一秀才[1]，读书斋中。有款门者，启视，则皤然一翁[2]，形貌甚古[3]。延之入，请问姓氏。翁自言："养真，姓胡，实乃狐仙。慕君高雅，愿共晨夕[4]。"秀才故旷达，亦不为怪。遂与评驳今古[5]。翁殊博洽[6]，镂花雕缋[7]，粲于牙齿[8]；时抽经义[9]，则名理湛深[10]，尤觉非意所及。秀才惊服，留之甚久。一日，密祈翁曰："君爱我良厚。顾我贫若此，君但一举手，金钱宜可立致。何不小周给？"翁默然，似不以为可。少间，笑曰："此大易事。但须得十数钱作母[11]。"生如其请。翁乃与共入密室中，禹步作咒[12]。俄顷，钱有数十百万，从梁间锵锵而下，势如骤雨，转瞬没膝；拔足而立，又没踝。广丈之舍，约深三四尺已来。乃顾语秀才："颇厌君意否？"曰："足矣。"翁一挥，钱即画然而止。乃相与扃户出。秀才窃喜，自谓暴富。顷之，入室取用，则满室阿堵物皆为乌有[13]，惟母钱十馀枚寥寥尚在。秀才失望，盛气向翁，颇怼其诳。翁怒曰："我本与君文字交，不谋与君作贼！便如秀才意，只合寻梁上君交好得[14]，老夫不能承命[15]！"遂拂衣去。

据《聊斋志异》手稿本

---

〔1〕　滨州：旧州名，治所在今山东省滨县。
〔2〕　皤（pó婆）然：须发皆白的样子。

〔3〕 古：古雅，不同于时俗。
〔4〕 共晨夕：意谓朝夕过往。
〔5〕 评驳：评论。驳，辨正是非。
〔6〕 博洽：知识广博。
〔7〕 镂花雕缋（huì绘）：镂刻花纹，彩饰锦绣；比喻藻饰词语。《南史·颜延之传》：鲍照评颜延之诗，谓"若铺锦列绣，亦雕缋满眼"。
〔8〕 粲于牙齿：意谓谈吐美雅，如百花粲丽。《开元天宝遗事》下：李白"每与人谈论，皆成句读，如春葩丽藻，粲于齿牙之下，时人号曰李白粲花之论"。
〔9〕 抽经义：阐发儒家经书的义理。抽，同"紬"，引申，阐发。
〔10〕 名理湛深：辨名究理极为深奥。湛深，深奥。
〔11〕 作母：作本钱。
〔12〕 禹步：跛行，旧时巫师、道士作法时的步法。扬雄《法言·重黎》："昔者姒氏治水土，而巫步多禹。"《注》："姒氏，禹也，治水土，涉山川，病足，故行跛也，……而俗巫多效禹步。"
〔13〕 阿堵物：那个东西；指金钱。见《世说新语·规箴》。阿堵，六朝和唐代的口语，意即"这"、"这个"。
〔14〕 梁上君：即"梁上君子"。东汉陈寔，夜间发现小偷藏在屋梁上。陈不声张，却召集子孙，告诫他们好好做人，否则就会堕落得像梁上那位君子一样。小偷大惊，自己下地请罪。见《后汉书·陈寔传》。后因称小偷为"梁上君子"。
〔15〕 承命：遵命。

妾　击　贼

益都西鄙之贵家某者[1]，富有巨金，蓄一妾，颇婉丽。而冢室凌折之[2]，鞭挞横施。妾奉事之惟谨。某怜之，往往私语慰抚。妾殊未尝有怨言。一夜，数十人逾垣入，撞其屋扉几坏。某与妻惶遽丧魄，摇战不知所为。妾起，默无声息，暗摸屋中，得挑水木杖一[3]，拔关遽出。群贼乱如蓬麻。妾舞杖动，风鸣钩响[4]，击四五人仆地；贼尽靡，骇愕乱奔墙，急不得上，倾跌咿哑，亡魂失命。妾拄杖于地，顾笑曰："此等物事，不直下手插打得[5]，亦学作贼！我不汝杀，杀嫌辱我。"悉纵之逸去[6]。某大惊，问："何自能尔？"则妾父故枪棒师[7]，妾尽传其术，殆不啻百人敌也[8]。妻尤骇甚，悔向之迷于物色[9]。由是善颜视妾。妾终无纤毫失礼。邻妇或谓妾："嫂击贼若豚犬，顾奈何俯首受挞楚？"妾曰："是吾分耳[10]，他何敢言。"闻者益贤之。

异史氏曰："身怀绝技，居数年而人莫之知，而卒之捍患御灾[11]，化鹰为鸠[12]。呜呼！射雉既获，内人展笑[13]；握槊方胜，贵主同车[14]。技之不可以已也如是夫[15]！"

据《聊斋志异》手稿本

----

[1]　益都：县名。清代为山东青州府治。
[2]　冢室：古称冢妇，指正妻。冢，大。凌折：凌辱折磨。

〔3〕 挑水木杖：指扁担；方言"担杖"。
〔4〕 钩：扁担两端所垂的铁钩。
〔5〕 插打：谓亲与厮打。插，俗语"插身"，谓身预其事。
〔6〕 逸去：逃走。
〔7〕 枪棒师：教习枪棒的武师。
〔8〕 不啻百人敌：武艺不止可敌百人。
〔9〕 迷于物色：迷于形貌。意谓只看到妾的婉丽温顺，而不知她武艺出众。
〔10〕 分：名分。
〔11〕 捍患御灾：抵御灾祸。《礼记·祭法》："能御大灾则祀之，能捍大患则祀之。"捍、御义近，谓抗拒、抵御。
〔12〕 化鹰为鸠：意谓使正妻改变悍恶的性格。《礼记·月令》："仲春之月……鹰化为鸠。"注："鸠，搏穀也。"即布谷鸟。此借用其句，鹰指凶悍，鸠指善良。
〔13〕 "射雉既获"二句：谓丑夫有射雉之长，就能取得妻子欢心。《左传·昭公二十八年》："昔贾大夫恶（貌丑），取妻而美。三年不言不笑；御以如皋，射雉获之，其妻始笑而言。"
〔14〕 "握槊方胜"二句：谓蠢夫赌双陆获胜，也能引起妻子自豪。握槊，古博戏，双陆之一类。贵主，公主。《新唐书·诸帝公主列传》：高祖女丹阳公主，下嫁将军薛万彻。"万彻蠢甚，公主羞，不与同席者数月。太宗闻，笑焉，为置酒，悉召它婿，与万彻从容语，握槊赌所佩刀，阳不胜，遂解赐之。主喜，命同载以归。"
〔15〕 技之不可以已：意谓技能不可止而不习或弃置不用。已，止。

驱　怪

长山徐远公[1],故明诸生也。鼎革后[2],弃儒访道,稍稍学敕勒之术[3],远近多耳其名。某邑一巨公,具币,致诚款书[4],招之以骑[5]。徐问:"召某何意?"仆辞以"不知。但嘱小人务屈临降耳。"徐乃行。

至则中庭宴馈[6],礼遇甚恭;然终不道其所以致迎之旨。徐不耐,因问曰:"实欲何为? 幸祛疑抱[7]。"主人辄言:"无何也。"但劝杯酒。言辞闪烁,殊所不解。言话之间,不觉向暮。邀徐饮园中。园构造颇佳胜,而竹树蒙翳[8],景物阴森,杂花丛丛,半没草莱中[9]。抵一阁,覆板上悬蛛错缀[10],大小上下,不可以数。酒数行,天色曛暗,命烛复饮。徐辞不胜酒,主人即罢酒呼茶。诸仆仓皇撤肴器,尽纳阁之左室几上。茶啜未半,主人托故竟去。仆人便持烛引宿左室。烛置案上,遽返身去,颇甚草草。徐疑或携襥被来伴,久之,人声殊杳。即自起扃户寝。窗外皎月,入室侵床;夜鸟秋虫,一时啾唧。心中怛然[11],不成梦寝。

顷之,板上橐橐,似踏蹴声,甚厉。俄下护梯[12],俄近寝门。徐骇,毛发蝟立,急引被覆首,而门已豁然顿开。徐展被角微伺之,则一物,兽首人身;毛周其体,长如马鬣[13],深黑色;牙粲群峰,目炯双炬。及几,伏舐器中剩肴;舌一过,连数器辄净如扫。已而趋近榻,嗅徐被。徐骤起，翻被幂怪头[14]，按之狂喊。怪出不意，惊脱，启外户窜去。徐披衣起遁，则园门外扃，不可得出。缘墙而走，择短垣逾，则主人马厩也。厩人惊；徐告以故，即就乞宿。

将旦，主人使伺徐，失所在，大骇。已而得之厩中。徐出，大恨，怒曰："我不惯作驱怪术；君遣我，又秘不一言；我橐中蓄如意钩一[15]，又不送达寝所：是死我也！"主人谢曰："拟即相告，虑君难之[16]。初亦不知橐有藏钩。幸宥十死[17]！"徐终怏怏，索骑归。自是而怪遂绝。主人宴集园中，辄笑向客曰："我不忘徐生功也。"

异史氏曰："'黄狸黑狸，得鼠者雄[18]。'此非空言也。假令翻被狂喊之后，隐其所骇惧，而公然以怪之遁为己能，天下必将谓徐生真神人不可及。"

据《聊斋志异》手稿本

---

[1] 长山：旧县名。明清属济南府，今为山东省邹平县之一部。徐远公：徐处阖，字见区，原名之邈，字远公。明末济南府学生员。入清后，弃儒访道。常着道人服，杖悬一瓢，刻杖上曰："悬瓢非为逻斋饭，时挹寒泉泼热肠。"又有辞催试诗等《衣巾谣》三十六首。嘉庆《长山县志》"文学"有传。

[2] 鼎革：《易·杂卦》："革，去故也；鼎，取新也。"后因以指改朝换代。此指由清代明。

[3] 敕勒之术：道士符法之术。详卷一《焦螟》注。

[4] 致诚款书：送去表达恳邀之意的书信。诚款，真诚恳切。

[5] 招之以骑：派人牵着坐骑去接他。

[6] 中庭：此从青柯亭本，底本作"中途"，铸本作"中亭"。中庭，宅院

之中。
〔7〕 祛:解除。疑抱:心中的疑闷。
〔8〕 蒙翳:遮蔽。
〔9〕 草莱:杂草。莱,即藜草。
〔10〕 覆板:阁顶盖板。
〔11〕 怛(dá 靼)然:惊恐。
〔12〕 护梯:带扶手的阁梯。
〔13〕 马鬐:马鬣,马颈鬃毛。
〔14〕 幂(mì 觅):罩;覆盖。
〔15〕 如意钩:一种数齿多向形如船锚的铁钩,柄端系有长绳,可缘以逾垣登高。
〔16〕 难之:作难。
〔17〕 十死:十死之罪,喻重罪。
〔18〕 "黄狸黑狸,得鼠者雄":出处待查。狸,狸猫。雄,雄杰。此语犹今俗谚:黑猫白猫,捉住耗子便是好猫。

姊妹易嫁

掖县相国毛公[1]，家素微[2]。其父常为人牧牛。时邑世族张姓者，有新阡在东山之阳[3]。或经其侧，闻墓中叱咤声曰[4]："若等速避去，勿久溷贵人宅[5]！"张闻，亦未深信。既又频得梦，警曰："汝家墓地，本是毛公佳城[6]，何得久假此[7]？"由是家数不利[8]。客劝徙葬吉，张听之，徙焉。一日，相国父牧，出张家故墓，猝遇雨，匿身废圹中[9]。已而雨益倾盆，潦水奔穴[10]，崩淘灌注[11]，遂溺以死。相国时尚孩童。母自诣张，愿丐咫尺地[12]，掩儿父。张徵知其姓氏，大异之。行视溺死所，俨当置棺处，又益骇。乃使就故圹窆焉[13]。且令携若儿来。葬已，母偕儿诣张谢。张一见，辄喜，即留其家，教之读，以齿子弟行[14]。又请以长女妻儿。母不敢应。张妻云："既已有言，奈何中改！"卒许之。

然此女甚薄毛家[15]，怨惭之意，形于言色。有人或道及，辄掩其耳；每向人曰："我死不从牧牛儿！"及亲迎[16]，新郎入宴，彩舆在门，而女掩袂向隅而哭。催之妆，不妆；劝之亦不解。俄而新郎告行[17]，鼓乐大作，女犹眼零雨而首飞蓬也[18]。父止婿，自入劝女，女涕若罔闻。怒而逼之，益哭失声。父无奈之。又有家人传白：新郎欲行。父急出，言："衣妆未竟，乞郎少停待。"即又奔入视女。往来者，无停履。迁延少时，事愈急，女终无回意。父无计，周张欲自死[19]。其次女在侧，颇非其姊，苦逼劝之。姊怒曰："小妮子，亦学人喋聒[20]！尔何不从他去？"妹曰："阿爷原不曾以妹子属毛郎[21]；若以妹子属毛郎，何烦姊姊劝驾也？"父以其言慷爽，因与伊母窃议，以次易长。母即向女曰："忤逆婢不遵父母命[22]，今欲以儿代若姊，儿肯之否？"女慨然曰："父母教儿往，即乞丐不敢辞；且何以见毛家郎便终身饿莩死乎[23]？"父母闻其言，大喜，即以姊妆妆女，仓猝登车而去。入门，夫妇雅敦逑好[24]。然女素病赤鬝[25]，稍稍介公意。久之浸知易嫁之说[26]，益以知己德女。居无何，公补博士弟子[27]，应秋闱试[28]。道经王舍人店[29]，店主人先一夕梦神曰："旦夕当有毛解元来[30]，后且脱汝于厄[31]。"以故晨起，崟伺察东来客。及得公，甚喜。供具殊丰善，不索直。特以梦兆厚自托。公亦颇自负；私以细君发鬖鬖[32]，虑为显者笑，富贵后念当易之。已而晓榜既揭[33]，竟落孙山[34]，咨嗟蹇步，懊惋丧志。心赧旧主人[35]，不敢复由王舍，以他道归。后三年，再赴试，店主人延候如初。公曰："尔言初不验，殊惭祗奉。"主人曰："秀才以阴欲易妻，故被冥司黜落[36]，岂妖梦不足以践[37]？"公愕而问故。盖别后复梦而云。公闻之，惕然悔惧，木立若偶。主人谓："秀才宜自爱，终当作解首[38]。"未几，果举贤书第一人[39]。夫人发亦寻长[40]，云鬟委绿[41]，转更增媚。

姊适里中富室儿，意气颇自高。夫荡惰，家渐陵夷，空舍无烟火。闻妹为孝廉妇，弥增惭怍。姊妹辄避路而行。又无何，良人卒[42]，家落。顷之，公又擢进士[43]。女闻，刻骨自恨，遂忿然废身为尼。

及公以宰相归,强遣女行者诣府谒问[44],冀有所贻。比至,夫人馈以绮縠罗绢若干疋[45],以金纳其中,而行者不知也。携归见师。师失所望,恚曰:"与我金钱,尚可作薪米费;此等仪物我何须尔!"遂令将回。公及夫人疑之。启视而金具在,方悟见却之意。发金笑曰:"汝师百馀金尚不能任,焉有福泽从我老尚书也。"遂以五十金付尼去,曰:"将去作尔师用度。多恐福薄人难承荷耳。"行者归,具以告。师嘿然自叹,念平生所为,辄自颠倒,美恶避就[46],繄岂由人耶[47]?后店主人以人命逮系囹圄,公为力解释罪。

异史氏曰:"张家故墓,毛氏佳城,斯已奇矣。余闻时人有'大姨夫作小姨夫[48],前解元为后解元[49]'之戏,此岂慧黠者所能较计耶?呜呼!彼苍者天,久不可问,何至毛公,其应如响?"

据《聊斋志异》手稿本

----

〔1〕 掖县:在今山东省。相国:官名,秦置,辅佐皇帝的最高官职。唐以后多用以对相当宰相职位者的尊称。明代以大学士为辅臣,因尊称大学士为相国。毛公:毛纪,字维之,明成化年间进士,官至谨身殿大学士。
〔2〕 素微:原本贫寒卑微。
〔3〕 新阡:新墓。阡,墓道。阳:山南为"阳"。
〔4〕 叱咤(chì zhà 斥乍)声:怒斥声。
〔5〕 溷:混占;扰乱。
〔6〕 佳城:指墓地。《博物志·异闻》:汉滕公夏侯婴葬时,掘地得名,上有铭文:"佳城郁郁,吁嗟滕公居此室。"后因称墓地为"佳城"。
〔7〕 假:借;这里意思是占据。

〔8〕 家数(shuò 朔)不利:言家中屡次发生不吉利之事;意谓受到鬼神惩儆。
〔9〕 废圹:迁葬后废弃的墓穴。圹,墓穴。
〔10〕 潦水:雨后大水。
〔11〕 崩訇(hōng 轰):浪涛冲激声。
〔12〕 丐:乞讨;求。
〔13〕 窆(biǎn 贬):下葬。
〔14〕 以齿子弟行(háng 杭):意谓把他当作自己的子弟辈看待。齿,列,收录。
〔15〕 薄:鄙薄;轻视。
〔16〕 亲迎:古婚礼之一。夫婿于成婚日亲自服至女家迎新娘入室,行交拜合卺之礼。
〔17〕 告行:请行。告,请。
〔18〕 眼零雨:流眼泪。零雨,断续不止的雨。《诗·豳风·东山》:"零雨其濛。"首飞蓬:《诗·卫风·伯兮》:"首如飞蓬。"谓头发像蓬草一样散乱。
〔19〕 周张:急迫无计,不知所措。
〔20〕 喋聒(guō 锅):多嘴多舌;啰嗦。
〔21〕 属:归属,指许配。
〔22〕 忤逆婢:不孝顺的丫头。忤逆,不遵父母之命。婢,这里是对长女的恨称。
〔23〕 饿莩(piǎo 瞟)死:犹言饿死。饿莩,饿死的人。身:据铸本补。
〔24〕 雅敦逑好:非常和睦融洽。雅,甚、很。敦,敦睦,亲厚和睦。逑好,指夫妇融洽相处,语出《诗·周南·关雎》:"窈窕淑女,君子好逑。"
〔25〕 赤鬝(qiān 千):头发稀秃。韩愈《南山》诗:"或赤若秃鬝,或燻若柴楢。"
〔26〕 浸知:渐渐知道。
〔27〕 补博士弟子:指考中秀才。汉武帝设博士官,令郡国选送弟子五十人入太学就博士受业,称"补博士弟子"。唐以后也称生员为"博士弟子"。
〔28〕 应秋闱试:指参加乡试。秋闱,明清时每隔三年,(逢子、卯、午、酉

年）于八月间在北京、南京以及各省省城举行乡试，考中的称为举人。因考试时间在秋天，故称"秋闱"。闱，考场。
〔29〕王舍人店：村镇名，又称"王舍人庄"，在今济南市东郊。
〔30〕解（jiè戒）元：唐代举人由乡贡举，叫"解"，后世因称乡试为"解试"，称乡试第一名为"解元"。
〔31〕脱汝于厄：救你脱离苦难。厄，苦难。
〔32〕细君：旧时对己妻的代称。鬑鬑（lián lián 廉廉）：鬓发稀少的样子。
〔33〕晓榜既揭：录取榜文公布之后。晓榜，犹言正榜。乡试于放榜前一日午后写榜，先写草榜，后写正榜。正榜写成，已至半夜，天晓时张挂出去，故称"晓榜"。
〔34〕落孙山：即"名落孙山"，指榜上无名。详《叶生》注。
〔35〕心赧（nǎn 蝻）旧主人：意谓心中羞愧，怕见那位店主人。赧，羞愧脸红。
〔36〕黜落：除名，落榜。
〔37〕岂妖梦不足以践：意谓并非怪异的梦兆不能实现。妖梦，指前时店主人所梦的神人告语。践，实现。
〔38〕解首：犹言"解元"。
〔39〕举贤书第一人：指考中第一名举人。举贤书，这里指乡试榜文。
〔40〕寻：旋即。
〔41〕云鬟委绿：发髻乌黑光亮。元稹《刘阮妻诗》："芙蓉脂肉绿云鬟。"云鬟，美丽的发髻。云，形容发多。委，堆积。绿，绿云，发黑有光彩似浓绿，故云。
〔42〕良人：旧时妇女称丈夫为"良人"。
〔43〕擢进士：擢进士第，指考中进士。擢，选拔。科举时代考试及第，称"擢第"。
〔44〕女行者：女尼。
〔45〕绮縠：绉纱一类的丝织品。
〔46〕美恶避就：犹言避美就恶。
〔47〕繄（yì）：语词。此据铸雪斋抄本，原作"翳"。
〔48〕大姨夫作小姨夫：《事文类聚》：宋朝欧阳修与王拱辰同为薛家女婿。欧阳修娶薛家长女，王拱辰娶薛家次女。后欧阳修妻死，继娶

其小妹。因而当时有"旧女婿为新女婿,大姨夫作小姨夫"之说。这里指毛公本该娶张家的大女儿,后来竟娶了张家的小女儿。

〔49〕 前解元为后解元:指毛公本该为前届乡试的解元,现在成了后一届的解元。

续 黄 粱

福建曾孝廉,高捷南宫时[1],与二三新贵[2],遨游郊郭。偶闻毗卢禅院[3],寓一星者,因并骑往诣问卜。入揖而坐。星者见其意气[4],稍佞谀之[5]。曾摇箑微笑[6],便问:"有蟒玉分否[7]?"星者正容许二十年太平宰相。曾大悦,气益高。值小雨,乃与游侣避雨僧舍。舍中一老僧,深目高鼻,坐蒲团上,淹蹇不为礼[8]。众一举手[9],登榻自话,群以宰相相贺。曾心气殊高,指同游曰:"某为宰相时,推张年丈作南抚[10],家中表为参、游[11],我家老苍头亦得小千把[12],于愿足矣。"一坐大笑。

俄闻门外雨益倾注,曾倦伏榻间。忽见有二中使[13],赍天子手诏[14],召曾太师决国计[15]。曾得意,疾趋入朝。天子前席[16],温语良久。命三品以下,听其黜陟[17]。赐蟒玉名马。曾被服稽拜以出。入家,则非旧所居第,绘栋雕榱[18],穷极壮丽。自亦不解,何以遽至于此。然拈须微呼,则应诺雷动[19]。俄而公卿赠海物[20],伛偻足恭者[21],叠出其门。六卿来[22],倒屣而迎[23];侍郎辈,揖与语;下此者,颔之而已。晋抚馈女乐十人[24],皆是好女子。其尤者为袅袅[25],为仙仙,二人尤蒙宠顾。科头休沐[26],日事声歌。一日,念微时尝得邑绅王子良周济,我今置身青云[27],渠尚蹉跎仕路[28],何不一引手[29]?早旦一疏,荐为谏议[30],即奉俞旨[31],立行擢用。又念郭太仆曾睚眦我[32],即传吕给谏及侍御陈昌等[33],授以意旨;越日,弹章交至[34],奉旨削职以去。恩怨了了[35],颇快心意。偶出郊衢,醉人适触卤簿,即遣人缚付京尹[36],立毙杖下。接第连阡者,皆畏势献沃产。自此,富可埒国。无何而嬝嬝、仙仙,以次殂谢,朝夕遐想。忽忆曩年见东家女绝美,每思购充媵御,辄以绵薄违宿愿,今日幸可适志。乃使干仆数辈,强纳资于其家。俄顷,藤舆舁至,则较昔之望见时,尤艳绝也。自顾生平,于愿斯足。

又逾年,朝士窃窃[37],似有腹非之者[38]。然各为立仗马[39];曾亦高情盛气,不以置怀。有龙图学士包上疏[40],其略曰:"窃以曾某,原一饮赌无赖,市井小人。一言之合,荣膺圣眷[41],父紫儿朱[42],恩宠为极。不思捐躯摩顶,以报万一[43];反恣胸臆,擅作威福[44]。可死之罪,擢发难数!朝廷名器,居为奇货,量缺肥瘠,为价重轻[45]。因而公卿将士,尽奔走于门下,估计贪缘,俨如负贩[46],仰息望尘,不可算数[47]。或有杰士贤臣,不肯阿附[48],轻则置之闲散[49],重则裓以编氓[50]。甚且一臂不袒,辄连鹿马之奸;片语方干,远窜豺狼之地[51]。朝士为之寒心,朝廷因而孤立。又且平民膏腴[52],任肆蚕食[53];良家女子,强委禽妆。沴气冤氛[54],暗无天日!奴仆一到,则守、令承颜[55];书函一投,则司、院枉法[56]。或有厮养之儿[57],瓜葛之亲,出则乘传[58],风行雷动。地方之供给稍迟,马上之鞭挞立至。荼毒人民,奴隶官府[59],扈从所临,野无青草[60]。而某方炎炎赫赫,怙宠无悔[61]。召对方承于阙下,萋菲辄进于君前[62];委蛇才退于自公,声歌已起于后苑[63]。声色狗马[64],昼夜荒淫;国计民生,罔存念虑。世上宁有此宰相乎!内外骇讹,人情汹汹。若不急加斧锧之诛,势必酿成操、莽之祸[65]。臣夙夜祗惧[66],不敢宁处[67],冒死列款[68],仰达宸听[69]。伏祈断奸佞之头,籍贪冒之产,上回天怒,下快舆情。如果臣言虚谬,刀锯鼎镬[70],即加臣身。"云云。疏上,曾闻之,气魄悚骇[71],如饮冰水[72]。幸而皇上优容[73],留中不发[74]。又继而科、道、九卿[75],交章劾奏;即昔之拜门墙、称假父者[76],亦反颜相向。奉旨籍家,充云南军。子任平阳太守[77],已差员前往提问。曾方闻旨惊怛,旋有武士数十人,带剑操戈,直抵内寝,褫其衣冠,与妻并系。俄见数夫运资于庭,金银钱钞以数百万,珠翠瑙玉数百斛[78],幄幕帘榻之属,又数千事,以至儿襁女舄,遗坠庭阶。曾一一视之,酸心刺目。又俄而一人掠美妾出,披发娇啼,玉容无主。悲火烧心,含愤不敢言。俄楼阁仓库,并已封志。立叱曾出。监者牵罗曳而出。夫妻吞声就道,求一下驷劣车,少作代步,亦不得。十里外,妻足弱,欲倾跌,曾时以一手相攀引。又十馀里,己亦困惫。欻见高山,直插霄汉,自忧不能登越,时挽妻相对泣。而监者狞目来窥,不容稍停驻。又顾斜日已坠,无可投止,不得已,参差蹩躠而行[79]。比至山腰,妻力已尽,泣坐路隅。曾亦憩止,任监者叱骂。忽闻百声齐噪,有群盗各操利刃,跳梁而前[80]。监者大骇,逸去。曾长跪,言:"孤身远谪,橐中无长物。"哀求宥免。群盗裂眦宣言:"我辈皆被害冤民,只乞得佞贼头,他无索取。"曾叱怒曰:"我虽待罪,乃朝廷命官[81],贼子何敢尔!"贼亦怒,以巨斧挥曾项。觉头堕地作声,魂方骇疑,即有二鬼来,反接其手,驱之行。

行逾数刻,入一都会。顷之,睹宫殿;殿上一丑形王者,凭几决罪福。曾前,匐伏请命[82]。王者阅卷,才数行,即震怒曰:"此欺君误国之罪,宜置油鼎[83]!"万鬼群和,声如雷霆。即有巨鬼捽至墀下。见鼎高七尺已来,四围炽炭,鼎足尽赤。曾觳觫哀啼[84],窜迹无路[85]。鬼以左手抓发,右手握踝,抛置鼎中。觉块然一身,随油波而上下;皮肉焦灼,痛彻于心;沸油入口,煎烹肺腑。念欲速死,而万计不能得死。约食时,鬼方以巨叉取曾出,复伏堂下。王又检册籍,怒曰:"倚势凌人,合受刀山狱!"鬼复捽去。见一山,不甚广阔;而峻削壁立,利刃纵横,乱如密笋。先有数人胃肠刺腹于其上,呼号之声,惨绝心目。鬼促曾上,曾大哭退缩。鬼以毒锥刺脑,曾负痛乞怜。鬼怒,捉曾起,望空力掷。觉身在云霄之上,晕然一落,刃交于胸,痛苦不可言状。又移时,身躯重赘,刀孔渐阔;忽焉脱落,四支蠖屈。鬼又逐以见王。王命会计生平卖爵鬻名,枉法霸产,所得金钱几何。即有髯须人持筹握算,曰:"三百二十一万。"王曰:"彼既积来,还令饮去!"少间,取金钱堆阶上,如丘陵。渐入铁釜,熔以烈火。鬼使数辈,更以杓灌其口,流颐则皮肤臭裂[86],入喉则脏腑腾沸。生时患此物之少,是时患此物之多也。半日方尽。王者令押去甘州为女[87]。

行数步,见架上铁梁,围可数尺,绾一火轮,其大不知几百由旬[88],焰生五采,光耿云霄[89]。鬼挞使登轮。方合眼跃登,则轮随足转[90],似觉倾坠,遍体生凉。开目自顾,身已婴儿,而又女也。视其父母,则悬鹑败絮[91]。土室之中,瓢杖犹存。心知为乞人子。日随乞儿托钵[92],腹辘辘然常不得一饱。着败衣,风常刺骨。十四岁,鬻与顾秀才备媵妾,衣食粗足自给。而冢室悍甚,日以鞭箠从事,辄用赤铁烙胸乳。幸良人颇怜爱,稍自宽慰。东邻恶少年,忽逾墙来逼与私。乃自念前身恶孽,已被鬼责,今那得复尔。于是大声疾呼。良人与嫡妇尽起,恶少年始窜去。居无何,秀才宿诸其室,枕上喋喋,方自诉冤苦。忽震厉一声,室门大辟,有两贼持刀入,竟决秀才首,囊括衣物。团伏被底,不敢复作声。既而贼去,乃喊奔嫡室。嫡大惊,相与泣验。遂疑妾以奸夫杀良人,因以状白刺史。刺史严鞫,竟以酷刑诬服,依律凌迟处死[93]。縶赴刑所,胸中冤气扼塞,距踊声屈[94],觉九幽十八狱[95],无此黑黯也。

正悲号间,闻游者呼曰:"兄梦魇耶?"豁然而寤,见老僧犹跏趺座上[96]。同侣竞相谓曰:"日暮腹枵,何久酣睡?"曾乃惨淡而起。僧微笑曰:"宰相之占验否?"曾益惊异,拜而请教。僧曰:"修德行仁,火坑中有青莲也[97]。山僧何知焉。"曾胜气而来,不觉丧气而返。台阁之想[98],由此淡焉。入山不知所终。

异史氏曰:"福善祸淫,天之常道[99]。闻作宰相而忻然于中者,必非喜其鞠躬尽瘁可知矣[100]。是时方寸中[101],宫室妻妾,无所不有。然而梦固为妄,想亦非真。彼以虚作[102],神以幻报[103]。黄粱将熟,此梦在所必有,当以附之邯郸之后[104]。"

据《聊斋志异》手稿本

----

〔1〕 高捷南宫：谓会试中式。清初会试中式的贡士不经复试,故高捷南宫也指考中进士。南宫,古称尚书省为南宫,此指礼部。礼部主持会试。
〔2〕 新贵：新任高官者。此指会试中式的新贵人。
〔3〕 毗(pí 皮)卢禅院：佛寺名。毗卢,"毗卢遮那"佛的略称。禅院,佛寺。
〔4〕 星者：迷信说法,人的命运同星宿的位置、运行有关。因此给人算命的人叫"星者"。意气：此指扬扬得意的神态。
〔5〕 佞谀：巧言奉承。
〔6〕 摇箑：摇扇;得意的样子。
〔7〕 蟒玉分：指做高官的福分。蟒玉,蟒袍、玉带,古时高官服饰。明代阁臣多赐蟒服。分,福分,缘分。
〔8〕 淹蹇：傲慢。
〔9〕 举手：举手作礼,略示敬意,形容新贵的狂傲。手,据铸雪斋抄本补,原缺。
〔10〕 推：荐举。年丈：科举时代,同科考中者互称"同年",称同年的父辈或父辈的同年为"年丈"。南抚：明代应天巡抚的专称。其全衔为"总理粮储、提督军务、兼巡抚应天等府"。
〔11〕 中表：中表兄弟。古时称姑父的儿子为外兄弟,称舅父或姨母的儿子为内兄弟;外为表,内为中,合称"中表兄弟"。参、游：参将、游击,明清时代中级武官名。
〔12〕 千把(bǎ 拔)：千总、把总,明清时代低级武官名。
〔13〕 中使：宫中派出的使者,多由太监充任。
〔14〕 赍：持奉。手诏：皇帝的亲笔诏令。
〔15〕 太师：古时以太师、太傅、太保为"三公",太师在三公中职位最尊。明代则为虚衔,凡大臣功绩懋著者,多特旨加太师衔,以示优宠。
〔16〕 天子前席：意谓天子倾听专注,不觉地移身向前。《史记·商君列传》："卫鞅复见孝公,公与语,不自知膝之前于席也。"
〔17〕 黜陟：贬降或提升。黜,贬。陟,升。
〔18〕 绘栋雕榱(cuī 崔)：彩绘的屋梁和雕饰的屋椽。栋,屋的中梁。榱,

屋椽、屋桷的总称。
〔19〕 应诺雷动：应答的声音，震动如雷；形容侍从众多。
〔20〕 海物：海外珍物。又指海产之物；《书·禹贡》："厥贡盐絺，海物惟错。"
〔21〕 伛偻（yǔ lǚ 雨吕）足（jù 巨）恭者：指巴结奉承的人。伛偻，曲身，恭敬从命的样子。足恭，过分的恭敬。足，过分。
〔22〕 六卿：原指周代的六官，即冢宰、司徒、宗伯、司马、司寇、司空。这里指明清时吏、户、礼、兵、刑、工六部的尚书。
〔23〕 倒屣而迎：谓急起迎接。《三国志·魏志·王粲传》："粲徙长安左中郎将，蔡邕见而奇之。……宾客盈坐，闻粲在门，倒屣迎之。"屣，鞋。古人家居，脱鞋席地而坐；倒屣，谓急于迎客，把鞋穿倒。
〔24〕 晋抚：山西巡抚。女乐：歌女。
〔25〕 其尤者：其中最好的。
〔26〕 科头休沐：指衣着随便，家居休假。科头，结发，不戴帽。休沐，休息沐浴，指古时官吏休假。《初学记》二十："休假亦曰休沐。"汉五日一休沐，唐十日一休沐。
〔27〕 置身青云：谓身居高官，仕路得意。青云，高空，喻官高爵显。
〔28〕 蹉跎仕路：宦途失意。蹉跎，耽误时机，谓不得志。
〔29〕 引手：提拔，援引。
〔30〕 谏议：谏官名，汉称谏议大夫，元以后废。明清时谏官称"给事中"，又名"给谏"。
〔31〕 俞旨：皇帝应允的圣旨。俞，应允。
〔32〕 太仆：古代官名，秦汉时为九卿之一，掌管皇帝舆马和马政。北齐置太仆寺，有卿、少卿各一人，历代因之。睚眦：怒目而视，指有小的怨恨。《史记·范雎传》："一饭之德必偿，睚眦之怨必报。"
〔33〕 给谏：明清时谏官"给事中"的别称，主管监察、纠弹官吏。侍御：侍御史。
〔34〕 弹章交至：指吕、陈等人的弹劾奏章同时并至。
〔35〕 恩怨了了：恩怨分明。了了，分明。
〔36〕 京尹：京兆尹，京城的行政长官。
〔37〕 朝士窃窃：朝廷官员暗中议论。窃窃，私语，低声议论。

[38] 腹非：口里不言，心中反对。
[39] 各为立仗马：意谓朝臣不敢说话。唐代皇帝临朝，立八马于宫门之外，作为仪仗，称为"立仗马"。这种马静立无声，从不嘶叫。见《新唐书·百官志二》。后因以"立仗马"比喻贪恋厚禄而不敢直言的朝士。
[40] 龙图学士包：本指宋代龙图阁直学士包拯。这里借指刚正不阿的朝臣。
[41] 荣膺圣眷：幸获皇帝恩宠。膺，承受。眷，眷顾、关怀。
[42] 父紫儿朱：指父子均做高官。唐制，三品以上官员着紫色朝服，五品以上着朱色朝服。
[43] "不思捐躯"二句：谓曾某不为国事操劳以报皇恩。捐躯，献身。捐，舍弃。摩顶，指不畏劳苦，语出《孟子·尽心上》："墨子兼爱，摩顶放踵利天下，为之。"以报万一，谓报答皇帝恩宠于万一。
[44] "反恣胸臆"二句：谓曾某反而肆意而为，滥用职权。恣，放纵。胸臆，胸怀，指个人的欲望。作威福，作威作福。
[45] "朝廷名器"四句：谓曾某视朝廷官爵为己有，公然标价卖官鬻爵。名器，指封建朝廷官员的等级称号和车服仪制，代指官秩。缺，官缺。肥瘠，指官俸及进项的多寡。
[46] "估计贪缘"二句：谓估计买得官缺可获"收益"，就通过关节，钻营谋取，简直如同商贩。俨，俨然。
[47] "仰息望尘"二句：指依附曾某的人，极其众多。仰息，仰人鼻息，比喻依附、投靠别人。望尘，望尘而拜，指巴结权贵。详《公孙九娘》注。
[48] 阿附：阿谀附和。
[49] 置之闲散：安排他担任清闲官职。闲散，指清闲无权之官。
[50] 褫以编氓：革职为民。褫，剥夺，指革除官职。编氓，编入户籍的平民。氓，百姓。
[51] "甚且一臂不袒"四句：意谓一言一事不依顺曾某，就将遭到灾祸。一臂不袒，意谓不偏袒曾某。汉高祖刘邦死后，太尉周勃反对吕氏篡权，在军中宣布：顺从吕氏的露出右臂，拥护刘氏的露出左臂。军中都露出左臂。见《史记·吕太后本纪》。后因以偏护一方称

"左袒"或"偏袒"。辄连鹿马之奸,谓不遵权奸之意。鹿马之奸,指秦相赵高指鹿为马。赵高为篡夺帝位,设法探测群臣的态度。他向秦二世献鹿,而说是马。二世笑曰:"丞相误耶?谓鹿为马。"以问群臣,群臣竟也称马,以迎合赵高。见《史记·秦始皇本纪》。后以"指鹿为马"喻权奸有意颠倒是非。干,冒犯。远窜豺狼之地,被充军到荒凉的边远地区。窜,放逐。豺狼之地,野兽出没的地方。

[52] 膏腴:肥沃的土地;良田。
[53] 任肆蚕食:任其肆意侵并。蚕食,逐渐侵占。
[54] 沴(lì 厉)气:灾害恶气;指曾的凶恶气焰。冤氛:指受害者的冤气。
[55] 守、令承颜:意谓太守和县令都得看曾家奴仆的脸色行事。承颜,仰承脸色。
[56] 司、院枉法:省级地方大吏则徇情枉法。司,指布政使司和按察使司,前者主管一省行政,后者主管一省刑名。院,指总督和巡抚,他们分别兼有都察院右都御史和右副都御史的官衔,称之为"两院"。
[57] 厮养:干粗活杂活的奴仆。《公羊传·宣公十二年》:"厮役扈养,死者数万人。"注:"析薪为厮,炊烹为养。"
[58] 乘传(zhuàn 转):乘官府驿站的车马。传,驿站或驿站的车马。
[59] 奴隶:役使,奴役。
[60] "扈从所临"二句:谓曾某的扈从人员所到之处,则搜刮一空。扈从,随从服役人员。野无青草,指田无野菜可食。《左传·僖公二十六年》:"室如悬罄,野无青草,何恃而不恐。"
[61] "炎炎赫赫"二句:谓曾某却无视民瘼,依恃皇恩继续为非作歹。炎炎赫赫,形容气焰嚣张。语出《诗·大雅·云汉》。怙宠,依恃皇帝的恩宠。
[62] "召对方承于阙下"二句:意谓每当皇帝召见问事,他就乘机进谗,陷害别人。阙,宫阙。萋菲,也作"萋斐",花纹错杂,喻巧语谗言。《诗·小雅·巷伯》:"萋兮斐兮,成是贝锦;彼谮人兮,亦已太甚。"
[63] "委蛇(wēi yí 威移)才退于自公"二句:意谓刚从官衙回家,立即以声歌自娱。委蛇,从容自得的样子,语出《诗·召南·羔羊》:"退食自公,委蛇委蛇。"本来是形容退朝回家进餐的勤政公卿,这里指

退朝回家享乐的曾某。苑,花园,园林。
- [64] 声色狗马:指歌舞、女色以及狗马等供玩乐之物。
- [65] 操、莽之祸:指篡夺帝位的祸患。操,指东汉末年的曹操,他挟持汉献帝,篡夺朝廷大权。莽,指西汉末年王莽,他曾篡汉自立,改国号为"新"。
- [66] 祗惧:心怀戒惧。
- [67] 宁处:安居。
- [68] 列款:列举罪状。款,条款,指罪状。
- [69] 仰达宸听:上报皇帝知道。宸听,皇帝的听闻。宸,北极星所居,代指皇帝的住处。
- [70] 刀锯鼎镬:指最惨酷的刑罚。刀锯,杀人的刑具。鼎镬,烹人的刑具。
- [71] 气魄悚骇:犹言惊魂夺魄,形容极端惊惧。
- [72] 如饮冰水:意谓恐惧至极,如饮冰水浑身打颤。犹前《酆都御史》篇所谓"战栗如濯冰水"。
- [73] 优容:宽容。
- [74] 留中不发:把奏章留在宫中,暂不批复。
- [75] 科、道、九卿:意指全体朝臣。科道,明清时都察院下属吏、户、礼、兵、刑、工六科给事中和各道御史的合称。九卿,中央各主要行政长官的总称。
- [76] 拜门墙、称假父者:投靠门下作"门生"、"干儿"的人。门墙,指师门。详《娇娜》注。假父,义父。
- [77] 平阳:旧府名,府治在今山西临汾县。
- [78] 珠翠瑙玉:珍珠、翡翠、玛瑙、玉石,指贵重珠宝。斛:量器,古代以十斗为斛,后改五斗为斛。
- [79] 参差(cēn cī岑阴平疵)鳖蠜(bié xiè别屑):意谓一前一后,匍匐而行。参差,不齐的样子。鳖蠜,匍匐而行,此谓弯腰爬山。
- [80] 跳梁:腾跃;乱跑乱跳。
- [81] 命官:受过"皇封"的官吏。
- [82] 请命:请求饶命。
- [83] 置油鼎:置于油锅。

〔84〕縠觫（hú sù 胡速）：吓得发抖。
〔85〕窜迹：逃避。
〔86〕颐：面颊。
〔87〕甘州：清代府名，府治在今甘肃张掖市。
〔88〕由旬：梵文音译。古代印度计算里数的单位名称。由旬有大、中、小之别。大者六十里或八十里，小者四十里。
〔89〕耿：光亮，这里意思是照耀。
〔90〕轮随足转：这是形象地表现迷信的轮回之说。按照佛教的说法，人都要在地狱道、饿鬼道、畜生道、修罗道、人道、天道这六道内轮回。
〔91〕絮：据铸雪斋抄本，原作"焉"。
〔92〕托钵：本指僧人手捧钵盂到处募化，这里指乞丐捧碗乞讨。
〔93〕凌迟：封建社会最惨酷的一种死刑，俗称"剐刑"，先斩断犯人的肢体，最后割断喉管。
〔94〕距踊声屈：顿足喊冤。距踊，跳跃、跺脚。
〔95〕九幽十八狱：指迷信传说中的阴间十八层地狱。九幽，犹"九泉"，指冥间。
〔96〕跏趺（jiā fū 加夫）：佛教用语"结跏趺坐"的省称。俗称"打坐"，双足交叉，盘腿而坐。
〔97〕火坑中有青莲：意谓身处险恶境遇，如果修德行仁，也能得到神佛的度脱。火坑，佛教认为人死后，如堕入地狱、饿鬼、畜生三恶道，其苦无比，因喻之为"火坑"。青莲，梵语"优钵罗"的意译，是一种青色莲花，瓣长面广，青白分明，故佛教用以比作佛眼。
〔98〕台阁之想：指曾某做宰相的念头。台阁，指朝廷重臣；明清时则指尚书、内阁大学士之类的辅佐大臣。
〔99〕福善祸淫，天之常道：降福给行善的人，降祸给淫恶的人，这是上天不变的道理。《尚书·汤诰》："天道福善祸淫。"
〔100〕鞠躬尽瘁：尽力国事，不辞劳苦。鞠躬，恭敬谨慎。尽瘁，勤劳国事。
〔101〕方寸：指心。
〔102〕彼以虚作：指曾在幻梦中的恶行。
〔103〕神以幻报：指在幻梦中鬼神给予曾的恶报。

〔104〕"黄粱将熟"三句:意谓当人们还没有理解人生是短暂的时候,像这样飞黄腾达的梦想是在所不免的,因此应把这则故事当作为《邯郸记》的续编。唐人小说《枕中记》谓卢生在邯郸道中的旅店里遇见仙人吕翁。卢生自叹不得志,吕翁给他一个枕头,说枕着它就可事事如意。卢生乃倚枕睡去。在梦中,他一生享尽了人间的荣华富贵,而梦醒时,店主人的一锅黄粱饭还没有煮熟。这个题材后世改编为戏曲《黄粱梦》和《邯郸记》。

龙 取 水

俗传龙取江河之水以为雨,此疑似之说耳。徐东痴南游[1],泊舟江岸,见一苍龙自云中垂下,以尾搅江水,波浪涌起,随龙身而上。遥望水光睒烁[2],阔于三疋练[3]。移时,龙尾收去,水亦顿息;俄而大雨倾注,渠道皆平。

据《聊斋志异》手稿本

------

[1] 徐东痴:徐元善,字长公,山东新城人。由明入清,慕嵇康为人,更名夜,字嵇庵,又字东痴,隐居田庐。康熙十七、十八年,诏修明史,开博学宏辞科,有司将以应诏,以老病力辞不赴。王士禛搜辑其诗,序而传之。传见康熙《新城县志》八,参王士禛《带经堂集·徐诗序》。徐元善两度南游,一次在顺治十八年,访钱塘孤山逋故居,至桐庐登严光钓台,酹谢翱墓,徘徊赋诗而返。一次在康熙二十二年左右,赴友人招,至江西德安,题诗庐山东林寺,未几卒。
[2] 睒烁(shǎn shǎn 闪闪):闪烁。
[3] 练:白色熟绢。

小　猎　犬

山右卫中堂为诸生时[1],厌冗扰,徙斋僧院。苦室中蝎虫蚊蚤甚多[2],竟夜不成寝。

食后,偃息在床[3]。忽一小武士,首插雉尾,身高两寸许;骑马大如蜡[4];臂上青鞲[5],有鹰如蝇;自外而入,盘旋室中,行且驶。公方凝注,忽又一人入,装亦如前,腰束小弓矢,牵猎犬如巨蚁。又俄顷,步者骑者,纷纷来以数百辈,鹰亦数百臂[6],犬亦数百头。有蚊蝇飞起,纵鹰腾击,尽扑杀之。猎犬登床缘壁,搜噬虱蚤,凡罅隙之所伏藏,嗅之无不出者。顷刻之间,决杀殆尽[7]。公伪睡睨之。鹰集犬窜于其身[8]。既而一黄衣人,着平天冠[9],如王者,登别榻,系驷苇篾间[10]。从骑皆下,献飞献走[11],纷集盈侧,亦不知作何语。无何,王者登小辇,卫士仓皇,各命鞍马;万蹄攒奔,纷如撒菽,烟飞雾腾,斯须散尽[12]。

公历历在目,骇诧不知所由。蹑履外窥[13],渺无迹响。返身周视[14],都无所见;惟壁砖上遗一细犬。公急捉之,且驯。置砚匣中,反覆瞻玩。毛极细茸,项上有小环。饲以饭颗,一嗅辄弃去。跃登床榻,寻衣缝,啮杀虮虱。旋复来伏卧。逾宿,公疑其已往;视之,则盘伏如故。公卧,则登床簀[15],遇虫辄唼毙,蚊蝇无敢落者。公爱之,甚于拱璧[16]。一日,昼寝,犬潜伏身畔。公醒转侧,压于腰底。公觉有物,固疑是犬,急起视之,已匾而死[17],如纸剪成者然。然自是壁虫无噍类矣[18]。

据《聊斋志异》手稿本

----

[1] 山右卫中堂：卫周祚，山西曲沃人。明崇祯进士，官户部郎中。顺治时，历工、吏二部尚书，授文渊阁大学士，兼刑部尚书。康熙间，授保和殿大学士，兼户部尚书。康熙十四年卒，谥文清。《清史稿》二三八有传。山右，山西；以居太行山之右得名。中堂，内阁大学士的别称。

[2] 蜚（féi 肥）虫：即臭虫，又名床虱。

[3] 偃息：躺卧休息。

[4] 蚱（zhà 乍）：借作"蚱"，蚱蜢，俗称蚂蚱。

[5] 韝：猎装上停立猎鹰的臂衣。

[6] 数百臂：犹言数百只。臂，指停鹰的臂衣。

[7] 决杀：决、杀同义；犹言杀戮、格杀。

[8] 集：停落。

[9] 平天冠：古代帝王所戴冠冕。平顶，前后有垂旒（玉串）。又叫通天冠。

[10] 系驷苇篾（miè 灭）间：苇，苇片，所编为苇席；篾，竹篾，成条竹片，所编为簟席（竹席）。北方床炕常年铺苇席，夏日上又铺簟。句谓停车系马于二席相叠之边际。

[11] 献飞献走：献纳猎获的"飞禽走兽"——蚊虱之类。

[12] 斯须：须臾，片刻。

[13] 蹑履：穿上鞋子。

[14] 周视：环顾，四面观看。

[15] 床簟：床上的席子。簟，卧席。

[16] 拱璧：大璧，喻珍贵宝物。

[17] 匾：通"扁"。

[18] 无噍类：灭绝；无活者。

棋　鬼

扬州督同将军梁公[1]，解组乡居[2]，日携棋酒，游翔林丘间。会九日登高[3]，与客弈[4]。忽有一人来，逡巡局侧，耽玩不去。视之，面目寒俭，悬鹑结焉。然而意态温雅，有文士风。公礼之，乃坐。亦殊执谦[5]。公指棋谓曰："先生当必善此，何勿与客对垒[6]？"其人逊谢移时，始即局。局终而负，神情懊热[7]，若不自已。又着又负[8]，益惭愤。酌之以酒，亦不饮，惟曳客弈。自晨至于日昃[9]，不遑溲溺。

方以一子争路，两互喋聒[10]，忽书生离席悚立，神色惨沮[11]。少间，屈公座，败颡乞救[12]。公骇疑，起扶之曰："戏耳，何至是？"书生曰："乞付嘱阍人[13]，勿缚小生颈。"公又异之，问："阍人谁？"曰："马成。"先是，公圉役马成者，走无常[14]，常十数日一入幽冥，摄牒作勾役[15]。公以书生言异，遂使人往视成，则僵卧已二日矣。公乃叱成不得无礼。瞥然间，书生即地而灭。公叹咤良久，乃悟其鬼。

越日，马成瘥，公召诘之。成曰："书生湖襄人[16]，癖嗜弈，产荡尽。父忧之，闭置斋中。辄逾垣出，窃引空处，与弈者狎。父闻诟詈，终不可制止。父愤恚赍恨而死。阎摩王以书生不德[17]，促其年寿，罚入饿鬼狱[18]，于今七年矣。会东岳凤楼成[19]，下牒诸府，征文人作碑记。王出之狱中，使应召自赎。不意中道迁延[20]，大愆限期[21]。岳帝使直曹问罪于王[22]。王怒,使小人辈罗搜之。前承主人命,故未敢以缧绁系之。"公问:"今日作何状?"曰:"仍付狱吏,永无生期矣。"公叹曰:"癖之误人也,如是夫!"

异史氏曰:"见弈遂忘其死;及其死也,见弈又忘其生。非其所欲有甚于生者哉?然癖嗜如此,尚未获一高着[23],徒令九泉下,有长生不死之弈鬼也[24]。可哀也哉!"

据《聊斋志异》手稿本

----

〔1〕 督同将军:即都督同知,亦即副总兵。明代由五军都督府的都督同知充任各省、各镇的副总兵,遇大战事,则挂诸号副将军印,统兵出战,事毕纳还,故称督同将军。
〔2〕 解组:罢任。组,印绶。代指官职、官印。
〔3〕 九日:农历九月九日,即重阳节。我国旧俗,于九月九日插茱萸登高,饮菊花酒。
〔4〕 弈:下围棋。
〔5〕 挥(huī 挥)谦:谦抑;谦逊。
〔6〕 对垒:谓对局。
〔7〕 懊热:懊丧却仍然热衷。
〔8〕 着:着子布棋,即下棋。
〔9〕 日昃:日斜;太阳偏西。
〔10〕 喋聒:指言语争竞。
〔11〕 惨沮:凄惨沮丧。
〔12〕 败颡:叩头出血。颡,额。
〔13〕 付嘱:嘱咐。圉人:马伕。
〔14〕 走无常:旧时迷信,认为阴司鬼吏有缺,临时可摄生人暂代,事毕放还,称为走无常。
〔15〕 摄牒作勾役:意谓携带冥府文书充当勾魂使。勾,拘捕。

[16] 湖襄:长江中游洞庭湖、襄江一带地区。
[17] 阎摩王:阎王。
[18] 饿鬼狱:传说中地狱名。
[19] 东岳凤楼:指泰山帝君宫内楼阁。凤楼,泛指帝王宫内楼阁。
[20] 迁延:因循,拖延。
[21] 愆:违。
[22] 直曹:当值的功曹。
[23] 高着:高明的弈法。
[24] 长生不死:承上句谓九泉下有长生不死的棋鬼,即"见弈忘生"而不愿再转生阳世之鬼。

辛十四娘

广平冯生[1],正德间人[2]。少轻脱,纵酒。昧爽偶行,遇一少女,着红帔,容色娟好。从小奚奴[3],蹑露奔波,履袜沾濡。心窃好之。薄暮醉归,道侧故有兰若,久芜废,有女子自内出,则向丽人也。忽见生来,即转身入。阴念:丽者何得在禅院中?絷驴于门,往觇其异。入则断垣零落,阶上细草如毯。彷徨间,一斑白叟出,衣帽整洁,问:"客何来?"生曰:"偶过古刹[4],欲一瞻仰。翁何至此?"叟曰:"老夫流寓无所,暂借此安顿细小[5]。既承宠降,有山茶可以当酒。"乃肃宾入。见殿后一院,石路光明,无复榛莽。入其室,则帘幌床幕,香雾喷人。坐展姓字,云:"蒙叟姓辛。"生乘醉遽问曰:"闻有女公子,未遭良匹[6]。窃不自揣,愿以镜台自献[7]。"辛笑曰:"容谋之荆人。"生即索笔为诗曰:"千金觅玉杵,殷勤手自将。云英如有意,亲为捣元霜[8]。"主人笑付左右。少间,有婢与辛耳语。辛起慰客耐坐,牵幕入。隐约三数语,即趋出。生意必有佳报;而辛乃坐与嗢噱[9],不复有他言。生不能忍,问曰:"未审意旨,幸释疑抱[10]。"辛曰:"君卓荦士[11],倾风已久。但有私衷,所不敢言耳。"生固请之。辛曰:"弱息十九人[12],嫁者十有二。醮命任之荆人[13],老夫不与焉。"生曰:"小生只要得今朝领小奚奴带露行者。"辛不应,相对默然。闻房内嘤嘤腻语,生乘醉搴帘曰:"伉俪既不可得,当一见颜色,以消吾憾。"内闻钩动,群立愕顾。果有红衣人,振袖倾鬟[14],亭亭拈带。望见生入,遍室张皇。辛怒,命数人捽生出。酒愈涌上,倒榛芜中。瓦石乱落如雨,幸不着体[15]。

卧移时,听驴子犹龁草路侧,乃起跨驴,踉跄而行。夜色迷闷,误入涧谷,狼奔鸱叫,竖毛寒心。踟蹰四顾,并不知其何所。遥望苍林中,灯火明灭,疑必村落,竟驰投之。仰见高闳[16],以策挝门。内有问者曰:"何处郎君,半夜来此?"生以失路告,问者曰:"待达主人。"生累足鹄俟[17]。忽闻振管辟扉[18],一健仆出,代客捉驴。生入,见室甚华好,堂上张灯火。少坐。有妇人出,问客姓氏。生以告。逾刻,青衣数人扶一老妪出,曰:"郡君至[19]。"生起立,肃身欲拜[20]。妪止之,坐谓生曰:"尔非冯云子之孙耶?"曰:"然。"妪曰:"子当是我弥甥[21]。老身钟漏并歇[22],残年向尽,骨肉之间,殊所乖阔[23]。"生曰:"儿少失怙[24],与我祖父处者,十不识一焉。素未拜省,乞便指示。"妪曰:"子自知之。"生不敢复问,坐对悬想。妪曰:"甥深夜何得来此?"生以胆力自矜诩,遂一一历陈所遇。妪笑曰:"此大好事。况甥名士,殊不玷于姻娅[25],野狐精何得强自高? 甥勿虑,我能为若致之。"生谢唯唯。妪顾左右曰:"我不知辛家女儿,遂如此端好。"青衣人曰:"渠有十九女,都翩翩有风格,不知官人所聘行几?"生曰:"年约十五馀矣。"青衣曰:"此是十四娘。三月间,曾从阿母寿郡君,何忘却?"妪笑曰:"是非刻莲瓣为高履[26],实以香屑,蒙纱而步者乎?"青衣曰:"是也。"妪曰:"此婢大会作意[27],弄媚巧。然果窈窕,阿甥赏鉴不谬。"即谓青衣曰:"可遣小狸奴唤之来[28]。"青衣应诺去。移时,入白:"呼得辛家十四娘至矣。"旋见红衣女子,望妪俯拜。妪曳之曰:"后为我家甥妇,勿得修婢子礼。"女子起,娉娉而立[29],红袖低垂。妪理其鬓发,捻其耳环,曰:"十四娘近在闺中作么生[30]?"女低应曰:"闲来只挑绣。"回首见生,羞缩不安。妪曰:"此吾甥也。盛意与儿作姻好,何便教迷途,终夜窜溪谷?"女俛首无语。妪曰:"我唤汝非他,欲为吾甥作伐耳。"女默默而已。妪命扫榻展裀褥,即为合卺。女觍然曰:"还以告之父母。"妪曰:"我为汝作冰[31],有何舛谬?"女曰:"郡君之命,父母当不敢违。然如此草草,婢子即死,不敢奉命!"妪笑曰:"小女子志不可夺,真吾甥妇也!"乃拔女头上金花一朵,付生收之。命归家检历[32],以良辰为定。乃使青衣送女去。听远鸡已唱,遣人持驴送生出。数步外,欷一回顾,则村舍已失;但见松楸浓黑,蓬颗蔽冢而已[33]。定想移时,乃悟其处为薛尚书墓。薛故生祖母弟,故相呼以甥。心知遇鬼,然亦不知十四娘何人。咨嗟而归,漫检历以待之,而心恐鬼约难恃。再往兰若,则殿宇荒凉。问之居人,则寺中往往见狐狸云。阴念:若得丽人,狐亦自佳。至日,除舍扫途,更仆眺望,夜半犹寂。生已无望。顷之,门外哗然。蹒跚出窥[34],则绣幰已驻于庭[35],双鬟扶女坐青庐中[36]。妆奁亦无长物,惟两长鬣奴扛一扑满[37],大如瓮,息肩置堂隅。生喜得佳丽偶,并不疑其异类。问女曰:"一死鬼,卿家何帖服之甚?"女曰:"薛尚书今作五都巡环使,数百里鬼狐皆备扈从,故归墓时常少。"生不忘塞修[38],翌日,往祭其墓。归见二青衣,持贝锦为贺[39],竟委几上而去。生以告女,女视之曰:"此郡君物也。"

邑有楚银台之公子[40]，少与生共笔砚，相狎。闻生得狐妇，馈遗为馈[41]，即登堂称觞。越数日，又折简来招饮。女闻，谓生曰："曩公子来，我穴壁窥之，其人猿睛鹰准[42]，不可与久居也[43]。宜勿往。"生诺之。翼日，公子造门，问负约之罪，且献新什[44]。生评涉嘲笑，公子大惭，不欢而散。生归，笑述于房。女惨然曰："公子豺狼，不可狎也！子不听吾言，将及于难！"生笑谢之。后与公子辄相谀噱[45]，前郤渐释[46]。会提学试[47]，公子第一，生第二。公子沾沾自喜，走伻来邀生饮[48]。生辞，频招乃往。至则知为公子初度，客从满堂，列筵甚盛。公子出试卷示生。亲友叠肩叹赏。酒数行，乐奏于堂，鼓吹伧儜[49]，宾主甚乐。公子忽谓生曰[50]："谚云：'场中莫论文[51]。'此言今知其谬。小生所以忝出君上者，以起处数语[52]，略高一筹耳。"公子言已，一座尽赞。生醉不能忍，大笑曰："君到于今，尚以为文章至是耶！"生言已，一座失色。公子惭忿气结。客渐去，生亦遁。醒而悔之，因以告女。女不乐曰："君诚乡曲之儇子也[53]！轻薄之态，施之君子，则丧吾德；施之小人，则杀吾身。君祸不远矣！我不忍见君流落，请从此辞。"生惧而涕，且告之悔。女曰："如欲我留，与君约：从今闭户绝交游，勿浪饮[54]。"生谨受教。十四娘为人勤俭洒脱，日以纴织为事[55]。时自归宁，未尝逾夜。又时出金帛作生计。日有赢馀，辄投扑满。日杜门户，有造访者辄嘱苍头谢去。一日，楚公子驰函来，女焚蓺不以闻。翼日，出吊于城，遇公子于丧者之家，捉臂苦邀。生辞以故。公子使圉人挽辔[56]，拥之以行。至家，立命洗腆[57]。继辞夙退。公子要遮无已[58]，出家姬弹筝为乐。生素不羁，向闭置庭中，颇觉闷损；忽逢剧饮，兴顿豪，无复萦念。因而酣醉，颓卧席间。公子妻阮氏，最悍妒，婢妾不敢施脂泽[59]。日前，婢入斋中，为阮掩执，以杖击首，脑裂立毙。公子以生嘲慢故衔生，日思所报，遂谋醉以酒而诬之。乘生醉寐，扛尸床间，合扉径去。生五更醒解[60]，始觉身卧几上；起寻枕榻，则有物腻然，绁绊步履[61]；摸之，人也：意主人遣僮伴睡。又蹴之不动而僵。大骇，出门怪呼。厮役尽起，燕之，见尸，执生怒闹。公子出验之，诬生逼奸杀婢，执送广平。隔日，十四娘始知，潸然曰："早知今日矣！"因按日以金钱遗生。生见府尹，无理可伸，朝夕搒掠，皮肉尽脱。女自诣问。生见之，悲气塞心，不能言说。女知陷阱已深，劝令诬服，以免刑宪[62]。生泣听命。女还往之间，人咫尺不相窥。归家咨悒，遽遣婢子去。独居数日，又托媒媪购良家女，名禄儿，年及笄，容华颇丽；与同寝食，抚爱异于群小[63]。生认误杀拟绞。苍头得信归，恸述不成声。女闻，坦然若不介意。既而秋决有日[64]，女始皇皇躁动，昼去夕来，无停履。每于寂所，於邑悲哀[65]，至损眠食。一日，日晡[66]，狐婢忽来。女顿起，相引屏语[67]。出则笑色满容，料理门户如平时。翼日，苍头至狱，生寄语娘子一往永诀。苍头复命。女漫应之，亦不怆恻，殊落落置之[68]。家人窃议其忍[69]。忽道路沸传：楚银台革爵；平阳观察奉特旨治冯生案[70]。苍头闻之，喜告主母。女亦喜，即遣入府探视，则生已出狱，相见悲喜。俄捕公子至，一鞫，尽得其情。生立释宁家[71]。归见闱中人[72]，泫然流涕，女亦相对怆楚，悲已而喜。然终不知何以得达上听。女笑指婢曰:"此君之功臣也。"生愕问故。先是,女遣婢赴燕都,欲达宫闱,为生陈冤。婢至,则宫中有神守护,徘徊御沟间[73],数月不得入。婢惧误事,方欲归谋,忽闻今上将幸大同[74],婢乃预往,伪作流妓。上至构栏[75],极蒙宠眷。疑婢不似风尘人[76],婢乃垂泣。上问:"有何冤苦?"婢对:"妾原籍隶广平,生员冯某之女。父以冤狱将死,遂鬻妾构栏中。"上惨然,赐金百两。临行,细问颠末,以纸笔记姓名;且言欲与共富贵。婢言:"但得父子团聚,不愿华胱也[77]。"上颔之,乃去。婢以此情告生。生急拜,泪眦双荧[78]。

居无几何,女忽谓生曰:"妾不为情缘,何处得烦恼?君被逮时,妾奔走戚眷间,并无一人代一谋者。尔时酸衷,诚不可以告愬。今视尘俗益厌苦。我已为君蓄良偶,可从此别。"生闻,泣伏不起。女乃止。夜遣禄儿侍生寝,生拒不纳。朝视十四娘,容光顿减;又月馀,渐以衰老;半载,黧黑如村妪:生敬之,终不替[79]。女忽复言别,且曰:"君自有佳侣,安用此鸠盘为[80]?"生哀泣如前日。又逾月,女暴疾,绝饮食,羸卧闺闼。生侍汤药,如奉父母。巫医无灵,竟以溘逝[81]。生悲怛欲绝。即以婢赐金,为营斋葬。数日,婢亦去,遂以禄儿为室。逾年,举一子。然比岁不登[82],家益落。夫妻无计,对影长愁。忽忆堂陬扑满,常见十四娘投钱于中,不知尚在否。近临之,则破具盐盎[83],罗列殆满。头头置去[84],箸探其中,坚不可入;扑而碎之,金钱溢出。由此顿大充裕。后苍头至太华[85],遇十四娘,乘青骡,婢子跨蹇以从[86],问:"冯郎安否?"且言:"致意主人,我已名列仙籍矣。"言讫,不见。

异史氏曰:"轻薄之词,多出于士类[87],此君子所悼惜也。余尝冒不韪之名[88],言冤则已迁;然未尝不刻苦自励,以勉附于君子之林,而祸福之说不与焉[89]。若冯生者,一言之微,几至杀身,苟非室有仙人,亦何能解脱囹圄,以再生于当世耶?可惧哉!"

据《聊斋志异》手稿本

------

〔1〕 广平:县名,在今河北省。明清时属广平府。
〔2〕 正德:明武宗朱厚照年号(1506—1521年)。
〔3〕 奚奴:此指婢女。《周礼·天官·序官》:"奚三百人。"《注》:"古时从坐男女没入县官为奴,其少才知以为奚。今之侍史官婢。"
〔4〕 刹:梵语"刹多罗"的省称,为佛塔顶部的装饰,亦指寺前的幡杆。因称佛寺为"刹",或"寺刹"、"梵刹"、"僧刹"。
〔5〕 细小:家小,指眷属。
〔6〕 未遭良匹:意谓未曾选配人家。遭,遇。匹,配偶。
〔7〕 镜台自献:意谓自媒求婚。晋人温峤的堂姑母托他为女儿作媒。一天,温峤告诉姑母说,佳婿已物色到,并送来玉镜台为聘礼。等到举行婚礼,原来新婿就是温峤本人。事见《世说新语·假谲》。后遂以"镜台自献"代指亲自求婚。镜台,镜匣。
〔8〕 "千金觅玉杵"四句:这是用裴航的故事,表示求婚。唐代裴航路过蓝桥驿,遇见少女云英。裴向其祖母求婚。祖母说,神仙曾给我长生不老的灵丹,但须用玉杵臼去捣一百天,方可服用,你若找到玉杵和臼,我就把云英许给你。后来,裴航果然购得玉杵臼,并亲自捣药百天。两人终成眷属。故事见唐人裴铏《传奇》。玉杵,玉杵臼,捣药的用具。将,持奉。元霜,丹药。元,玄;清代避康熙帝玄烨讳,书"玄"为"元"。
〔9〕 喔嗾:谈笑。
〔10〕 幸释疑抱:希望消除我心中的疑虑。幸,希望。
〔11〕 卓荦:卓越;特殊。

〔12〕弱息:对人称呼自己子女的谦词;后专称女儿。
〔13〕醮命:指许婚之权。醮,旧指女子嫁人;古礼女子出嫁,父母酌酒饮之,叫"醮"。
〔14〕振袖倾鬟:犹言抖袖低头。鬟,古代妇女的环形发髻。
〔15〕体:据铸雪斋抄本补,原字缺毁。
〔16〕闳(hóng 宏):巷门;大门。
〔17〕累足鹄俟:驻足伸颈,站立等候。累足,站立不动。鹄,一种长颈鸟,俗称天鹅。
〔18〕振管:开锁。管,锁钥。
〔19〕郡君:妇人的封号。唐制,四品官以上之母或妻为郡君。明代宗室女也称郡君。
〔20〕肃身欲拜:欲躬身下拜。肃身,直身肃容。
〔21〕弥甥:外甥的儿子。
〔22〕钟漏并歇:暗示死亡。徐陵《答李颙之书》:"馀息绵绵,待尽钟漏。"以钟漏待尽喻残年。此谓钟漏并歇,系指生命终止。钟与漏,都是古时的报时工具。歇,停止。
〔23〕乖阔:远离;疏远。
〔24〕失怙:丧父。怙,父之代称。语出《诗·小雅·蓼莪》。
〔25〕姻娅:此从青柯亭刻本,原作"姻媾"。
〔26〕刻莲瓣为高履:指将鞋的木底镂刻上莲瓣花纹。古代缠足妇女用木制后跟衬于鞋底,这种鞋子称为高履。
〔27〕作意:别出心裁。
〔28〕狸奴:猫的别名;这里似指精灵之类的仆婢。
〔29〕娉娉:身材美好的样子。
〔30〕作么生:干什么。生,山东方言"营生"、"生活"。
〔31〕作冰:作媒人。
〔32〕检历:查阅历书;指选择吉日。
〔33〕蓬颗蔽冢:冢上蔽以土封。蓬颗,东北人名土块为蓬颗,系"墣块"之转语,见《说文通训定声》。《汉书·贾山传》,《注》引颜师古曰:"颗,谓土块;蓬颗,犹言块上生蓬者耳。"
〔34〕蹝(xǐ徙)屣:跋拉着鞋,形容匆促急迫。蹝,曳履而行。

〔35〕绣幰：绣花车帷，代指花轿或彩车。
〔36〕青庐：代指新房。北朝婚礼，用青色布幔于门内外搭成帐篷，在此交拜迎妇。见《酉阳杂俎》。
〔37〕长鬣奴：满脸长须的仆人。鬣，胡须。《左传·昭公七年》："使长鬣者相。"扑满：储蓄钱币用的瓦器，上有小孔，钱币可放入，但不能取出；储满后，打破取出。
〔38〕蹇修：代指媒人。蹇修是传说中伏羲氏的臣子。屈原《离骚》："解佩纕以结言兮，吾令蹇修以为理。"后因以"蹇修"作为媒人的代称。
〔39〕贝锦：一种上有贝形花纹的锦缎。左思《蜀都赋》："贝锦斐成，濯色红波。"
〔40〕银台：官名，通政使的别称。明清设通政使司，掌管内外章奏和臣民密封申诉的文件。因宋代曾专设接受章疏的机关称银台司，所以明清时代的通政使也称银台。
〔41〕餪（nuǎn 暖）：旧时嫁女后三日，母家及亲友馈送食物，叫"餪"。
〔42〕鹰準：鹰钩鼻子。準，鼻梁。
〔43〕居：相处。
〔44〕新什：新作。什，篇什，指诗篇或文卷。
〔45〕谀噱：恭维谈笑。噱，大笑。
〔46〕卻：同"隙"，嫌隙，隔阂。
〔47〕提学试：清代提督学政主持一省童生院试及生员岁、科两试。这里的"提学试"当指岁试或科试。
〔48〕走伻（bēng 崩）：派人。伻，使者。
〔49〕伧儜：形容音调粗浊杂乱。
〔50〕谓：此据铸雪斋抄本，原作"请"。
〔51〕"场中莫论文"：意谓在考场中靠命运，不靠文章。场，科举考场。
〔52〕起处：八股文每篇由破题、承题、起讲、入手、起股、中股、后股、束股八部分组成。起股至中股是正式的议论。起处，指正式议论之前阐明题旨、引起议论的部分。
〔53〕乡曲之儇（xuān 宣）子：识见寡陋的轻薄子弟。乡曲，乡里，亦指穷乡僻壤。儇子，轻薄耍小聪明的人。

[54] 浪饮:过量的饮酒。浪,滥,放纵。
[55] 纴织:纺纱织布。
[56] 圉(yǔ语)人:马夫。
[57] 洗腆(tiǎn忝):指盛设洁净的酒食。《尚书·酒诰》:"自洗腆,致用酒。"腆,丰盛。
[58] 要(yāo邀)遮:阻拦。
[59] 施脂泽:指修饰打扮。脂泽,化妆用的脂粉、头油等。
[60] 醒解:酒醒。醒,酒醉。
[61] 绁(xiè谢)绊:缠绕阻绊。绊,据铸雪斋抄本,原作"袢"。
[62] 刑宪:刑法。这里指刑罚。
[63] 群小:指一般婢妾。
[64] 秋决有日:将届秋季决囚之日。清代秋季审囚分四项:情真应决;缓决;可矜;可疑。决,处死。
[65] 於(wū呜)邑:同"呜咽",悲气郁结。
[66] 晡:申时,午后三至五时。
[67] 相引屏(bǐng柄)语:两人到无人处谈话。屏语,避人共语。
[68] 落落:豁达,安然。
[69] 忍:狠心。
[70] 平阳:府名,辖今山西省临汾等十县。观察:明清时对道员的尊称。唐代无节度使的道,设观察使,为州以上的长官。明清时分守、分巡道也管辖府、州有关事宜,因尊称道员为观察。
[71] 宁家:回家。
[72] 阃中人:即阃中人,指妻。
[73] 徘徊御沟间:意谓鬼婢拟见帝诉冤阻于宫中守护神,不得入宫。御沟,环绕宫墙的河沟。
[74] 幸:封建时代,皇帝至某处叫"幸"或"临幸"。大同:旧府名,治所在今山西省大同市。
[75] 构(gōu勾)栏:妓院。宋元时伎乐演剧的场所,元以后指妓院。
[76] 风尘人:流落江湖的人,喻指妓女。
[77] 华膴(wǔ伍):华衣美食,指富贵。膴,鲜美的肉食。
[78] 泪眦双荧:两眼泪珠闪烁。泪眦,犹泪眼。眦,眼眶。荧,闪光。

〔79〕 替：衰；懈怠。
〔80〕 鸠盘：梵语"鸠槃荼"的省称，义译为瓮形鬼、冬瓜鬼；后用以形容极端丑陋的妇人。《太平广记·任瓌》谓任瓌怕妻，曾云："妇当怕者三：初娶之时，端居若菩萨，岂有人不怕菩萨耶？既长，生男女，如养儿大虫，岂有人不怕大虫耶？年老面皱，如鸠盘荼鬼，岂有人不怕鬼耶？以此怕妇，亦何怪焉。"
〔81〕 溘（kè 克）逝：忽然死去。
〔82〕 比岁不登：连年收成不好。登，指庄稼成熟。
〔83〕 豉（chǐ 侈）具盐盎：豆豉盆、盐罐子。豉，豆豉。
〔84〕 头头置去：一件一件的移去。
〔85〕 太华：即西岳华山。
〔86〕 蹇：蹇卫，即驴子。
〔87〕 士类：读书的人们。
〔88〕 不韪（wěi 伟）：不是；意思是别人指责他说话轻薄。
〔89〕 而祸福之说不与焉：意谓并非迷信祸福之说。不与，不从。

白 莲 教

白莲教某者,山西人,忘其姓名,大约徐鸿儒之徒[1]。左道惑众[2],慕其术者多师之。

某一日将他往,堂中置一盆,又一盆覆之,嘱门人坐守,戒勿启视。去后,门人启之,视盆贮清水,水上编草为舟,帆樯具焉[3]。异而拨以指,随手倾侧;急扶如故,仍覆之[4]。俄而师来,怒责:"何违吾命?"门人立白其无。师曰:"适海中舟覆,何得欺我?"又一夕,烧巨烛于堂上,戒恪守[5],勿以风灭。漏二滴[6],师不至。儳然而殆[7],就床暂寐;及醒,烛已竟灭,急起爇之。既而师入,又责之。门人曰:"我固不曾睡,烛何得息?"师怒曰:"适使我暗行十馀里,尚复云云耶?"门人大骇。如此奇行,种种不胜书。

后有爱妾与门人通。觉之,隐而不言。遣门人饲豕[8];门人入圈,立地化为豕。某即呼屠者杀之,货其肉。人无知者。门人父以子不归,过问之,辞以久弗至。门人家诸处探访,绝无消息。有同师者,隐知其事,泄诸门人父。门人父告之邑宰。宰恐其遁,不敢捕治;达于上官,请甲士千人,围其第,妻子皆就执。闭置樊笼[9],将以解都[10]。途经太行山,山中出一巨人,高与树等,目如盎,口如盆,牙长尺许。兵士愕立不敢行。某曰:"此妖也,吾妻可以却之。"乃如其言,脱妻缚。妻荷戈往。巨人怒,吸吞之。众愈骇。某曰:"既杀吾妻,是须吾子。"乃复出其子,又被吞,如前状。众各对觑,莫知所为。某泣且怒曰:"既杀我妻,又杀吾子,情何以甘!然非某自往不可也。"众果出诸笼,授之刃而遣之。巨人盛气而逆。格斗移时,巨人抓攫入口,伸颈咽下,从容竟去。

据《聊斋志异》手稿本

----

〔1〕 徐鸿儒:山东钜野人,明末白莲教起义领袖。详卷三《小二》注。
〔2〕 左道:旁门邪道。
〔3〕 帆樯(qiáng 强):船帆船桅。樯,桅杆。
〔4〕 仍覆之:依旧用盆盖好。
〔5〕 恪(kè 克)守:敬守,坚守。恪,恭敬。
〔6〕 漏二滴:二更时分。
〔7〕 儽(lěi 耒)然而殆:困倦得很厉害。儽,颓丧、疲困的样子。《老子》:"儽儽兮若无所归。"殆,疲困。
〔8〕 饲豕:喂猪。此从二十四卷抄本,底本作"伺豕"。
〔9〕 樊笼:此指带木笼的囚车,即槛车。
〔10〕 解(jiè 介)都:押解往京城。

双　灯

魏运旺,益都之盆泉人[1],故世族大家也。后式微[2],不能供读。年二十馀,废学,就岳业酤[3]。

一夕,魏独卧酒楼上,忽闻楼下踏蹴声。魏惊起悚听[4]。声渐近,寻梯而上,步步繁响。无何,双婢挑灯,已至榻下。后一年少书生,导一女郎,近榻微笑。魏大愕怪。转知为狐,发毛森竖[5],俯首不敢睨。书生笑曰:"君勿见猜。舍妹与有前因,便合奉事。"魏视书生,锦貂炫目,自惭形秽,觍颜不知所对[6]。书生率婢子遗灯竟去。

魏细瞻女郎,楚楚若仙[7],心甚悦之。然惭怍不能作游语[8]。女郎顾笑曰:"君非抱本头者[9],何作措大气[10]?"遽近枕席,暖手于怀。魏始为之破颜,捋裤相嘲,遂与狎昵。晓钟未发,双鬟即来引去。复订夜约。至晚,女果至,笑曰:"痴郎何福,不费一钱,得如此佳妇,夜夜自投到也。"魏喜无人,置酒与饮,赌藏枚[11]。女子十有九赢。乃笑曰:"不如妾约枚子[12],君自猜之,中则胜,否则负。若使妾猜,君当无赢时。"遂如其言,通夕为乐。既而将寝,曰:"昨宵衾褥涩冷,令人不可耐。"遂唤婢襆被来,展布榻间,绮縠香奭。顷之,缓带交偎,口脂浓射,真不数汉家温柔乡也[13]。自此,遂以为常。

后半年,魏归家。适月夜与妻话窗间,忽见女郎华妆坐墙头,以手相招。魏近就之。女援之,逾垣而出,把手而告曰:"今与君别矣。

请送我数武,以表半载绸缪之义[14]。"魏惊叩其故,女曰:"姻缘自有定数,何待说也。"语次,至村外,前婢挑双灯以待;竟赴南山,登高处,乃辞魏言别。魏留之不得,遂去。魏伫立彷徨,遥见双灯明灭,渐远不可睹,怏郁而反。是夜山头灯火,村人悉望见之。

据《聊斋志异》手稿本

----

[1] 益都:今山东省益都县。明清为青州府治所在。
[2] 式微:衰落。语出《诗·邶风·式微》。
[3] 就岳业酤:跟随岳父卖酒。酤,卖酒。
[4] 悚听:警惕地倾听。
[5] 森竖:森然直立。
[6] 觍(tiǎn 忝)颜:面有羞色。
[7] 楚楚:衣裳鲜明的样子。《诗·曹风·蜉蝣》:"蜉蝣之子,衣裳楚楚。"
[8] 游语:戏谑挑逗的言辞。
[9] 抱本头者:啃书卷的文人。
[10] 措大:指贫寒失意的读书人。
[11] 藏枚:旧时的一种游戏,又称"猜枚"。两方相赌,就近取可握之物如棋子、铜钱、瓜子之类握掌中(或覆掌下),令对方猜其个数、单双、字漫(铜钱有文字一面为字,有花纹一面为漫)等,以猜中次数多少决输赢。所猜之物,称"枚子"。枚,个也。
[12] 约:握持。
[13] 不数(shǔ 鼠):数不上;犹言胜过。汉家温柔乡:《飞燕外传》谓汉成帝得赵飞燕之妹合德,进御之夜,"帝大悦,以辅属体,无所不靡,谓之温柔乡。"后以温柔乡指美色迷人之境。
[14] 绸缪之义:夫妻恩爱的情谊。

捉鬼射狐

李公著明,睢宁令襟卓先生公子也[1]。为人豪爽无馁怯。为新城王季良先生内弟[2]。先生家多楼阁,往往睹怪异。公常暑月寄宿,爱阁上晚凉。或告之异,公笑不听,固命设榻。主人如请。嘱仆辈伴公寝,公辞,言:"喜独宿,生平不解怖。"主人乃使炷息香于炉[3],请衽何趾[4],始息烛覆扉而去。公即枕移时,于月色中,见几上茗瓯,倾侧旋转,不堕亦不休。公咄之,铿然立止。即若有人拔香炷,炫摇空际,纵横作花缕。公起叱曰:"何物鬼魅敢尔!"裸裼下榻[5],欲就捉之。以足觅床下,仅得一履;不暇冥搜,赤足挞摇处[6],炷顿插炉,竟寂无兆[7]。公俯身遍摸暗陬,忽一物腾击颊上,觉似履状;索之,亦殊不得。乃启覆下楼,呼从人爇火以烛,空无一物,乃复就寝。既明,使数人搜屦,翻席倒榻,不知所在。主人为公易屦。越日,偶一仰首,见一履夹塞椽间;挑拨而下,则公履也。

公益都人,侨居于淄之孙氏第[8]。第綦阔,皆置闲旷,公仅居其半。南院临高阁,止隔一堵。时见阁扉自启闭,公亦不置念。偶与家人话于庭,阁门开,忽有一小人,面北而坐,身不盈三尺,绿袍白袜。众指顾之,亦不动。公曰:"此狐也。"急取弓矢,对关欲射[9]。小人见之,哑哑作揶揄声[10],遂不复见。公捉刀登阁,且骂且搜,竟无所睹,乃返。异遂绝。公居数年,安妥无恙。公长公友三[11],为余姻家,其所目触。

异史氏曰:"予生也晚,未得奉公杖屦[12],然闻之父老,大约慷慨刚毅丈夫也。观此二事,大概可睹。浩然中存[13],鬼狐何为乎哉!"

据《聊斋志异》手稿本

----

[1] 李襟卓:名毓奇,山东益都人。明万历十年壬午山东乡试第二名,万历四十年至四十四年任江苏睢宁县知县。李著明及李友三,分别为李毓奇之子及孙,名皆未详。唯据《聊斋》本篇、《蹇偿债》篇及文集《祭李公著明老亲家文》,知自李著明始,依亲侨寓淄川孙氏宅,友三为著明长子,与作者有姻娅之好。
[2] 王季良:旧本冯镇峦谓系"渔洋族祖"。
[3] 息香:安息香,燃之可去浊辟邪。
[4] 请衽何趾:语出《礼记·曲礼》注:"设卧席则问足向何方也。"按,旧时待客,询问客人卧息习惯,然后为之设榻。请,询问。衽,卧席。何趾,足向何方。
[5] 裸裼(xī锡):谓不及穿衣。裼,不加外衣。
[6] 挝:击。
[7] 兆:踪兆,迹象。
[8] 淄:淄川县。
[9] 关:此指阁门。
[10] 哑哑(ě ě 饿饿):笑声。揶揄:嘲弄,捉弄。
[11] 长公:长公子,大儿子。
[12] 奉公杖屦:犹言侍奉、追随。参卷一《叶生》注。
[13] 浩然中存:胸怀正气。浩然,指浩然之气,即正大刚直之气。《孟子·公孙丑》上:"吾善养吾浩然之气。"

骞偿债

李公著明,慷慨好施。乡人某,佣居公室[1]。其人少游惰,不能操农业,家窭贫[2]。然小有技能,常为役务,每赉之厚[3]。时无晨炊,向公哀乞,公辄给以升斗。一日,告公曰:"小人日受厚恤,三四口幸不殍饿[4];然曷可以久?乞主人贷我菉豆一石作资本[5]。"公忻然立命授之。某负去,年馀,一无所偿。及问之,豆资已荡然矣。公怜其贫,亦置不索。

公读书于萧寺[6]。后三年馀,忽梦某来曰:"小人负主人豆直,今来投偿。"公慰之曰:"若索尔偿,则平日所负欠者,何可算数?"某愀然曰[7]:"固然。凡人有所为而受人千金,可不报也。若无端受人资助,升斗且不容昧,况其多哉!"言已,竟去。公愈疑。既而家人白公:"夜牝驴产一驹,且修伟。"公忽悟曰:"得毋驹为某耶?"越数日归,见驹,戏呼某名。驹奔赴,如有知识。自此遂以为名。

公乘赴青州,衡府内监见而悦之[8],愿以重价购之,议直未定。适公以家中急务不及待,遂归。又逾岁,驹与雄马同枥[9],龁折胫骨,不可疗。有牛医至公家[10],见之,谓公曰:"乞以驹付小人,朝夕疗养,需以岁月。万一得痊,得直与公剖分之。"公如所请。后数月,牛医售驴,得钱千八百,以半献公。公受钱,顿悟,其数适符豆价也。

噫！昭昭之债[11]，而冥冥之偿，此足以劝矣[12]。

据《聊斋志异》手稿本

----

[1] 佣居公室：为李家帮工，住在李家。佣，当雇工。
[2] 窭(jù居)贫：此从青本，底本、铸本、二十四卷本均作"屡贫"。贫穷简陋。《诗·邶风·北门》："终窭且贫。"
[3] 赉(lài赖)：赏赐。
[4] 殍(piǎo瞟)饿：饥饿至死。《孟子·梁惠王》上："民有饥色，野有饿莩。"殍，通"莩"，饿死的人。
[5] 菉豆：即绿豆。
[6] 萧寺：佛寺，僧院。
[7] 愀(qiǎo巧)然：忧惧貌。《荀子·修身》："见不善，愀然必以自省也。"
[8] 衡府：明宪宗第七子朱祐楎，封衡恭王，治青州，历四代，明亡国除。参卷一《王成》注。
[9] 枥：槽。
[10] 牛医：兽医的通称。
[11] "昭昭之债"二句：意谓阳世所欠之债，由阴司判令来生偿还。昭昭，指阳世。冥冥，指阴司。
[12] 劝：劝勉；指勉人向善。

头　滚

苏孝廉贞下封公昼卧[1],见一人头从地中出,其大如斛[2],在床下旋转不已。惊而中疾,遂以不起。后其次公就荡妇宿[3],罹杀身之祸,其兆于此耶?

据《聊斋志异》手稿本

------

〔1〕 苏孝廉贞下:苏贞下,名元行,淄川人。康熙十七年(1678)举人,任濮州学正,卒于官。封公,指其父曾受封赠。
〔2〕 斛(hú胡):量器名。古以十斗为一斛;后以五斗为一斛,两斛为一石。
〔3〕 次公:二公子;指苏贞下的弟弟。

鬼作筵

杜秀才九畹,内人病。会重阳[1],为友人招作茱萸会[2]。早兴,盥已[3],告妻所往。冠服欲出,忽见妻昏愦[4],絮絮若与人言[5]。杜异之,就问卧榻。妻辄"儿"呼之。家人心知其异。时杜有母柩未殡[6],疑其灵爽所凭[7]。杜祝曰:"得勿吾母耶?"妻骂曰:"畜产!何不识尔父?"杜曰:"既为吾父,何乃归家祟儿妇?"妻呼小字曰[8]:"我专为儿妇来,何反怨恨?儿妇应即死;有四人来勾致[9],首者张怀玉。我万端哀乞,甫能得允遂。我许小馈送,便宜付之。"杜如言,于门外焚钱纸。妻又言曰:"四人去矣。彼不忍违吾面目[10],三日后,当治具酬之[11]。尔母老,龙钟不能料理中馈[12]。及期,尚烦儿妇一往。"杜曰:"幽冥殊途,安能代庖?望父恕宥。"妻曰:"儿勿惧,去去即复返[13]。此为渠事,当毋惮劳。"言已,即冥然[14],良久乃苏。杜问所言,茫不记忆。但曰:"适见四人来,欲捉我去。幸阿翁哀请,且解囊赂之,始去。我见阿翁镪袱尚馀二铤,欲窃取一铤来,作糊口计。翁窥见,叱曰:'尔欲何为!此物岂尔所可用耶!'我乃敛手未敢动。"杜以妻病革[15],疑信参半[16]。越三日,方笑语间,忽瞠目久之,语曰:"尔妇綦贪,曩见我白金,便生觊觎[17]。然大要以贫故[18],亦不足怪。将以妇去,为我敦庖务[19],勿虑也。"言甫毕,奄然竟毙[20]。约半日许,始醒,告杜曰:"适阿翁呼我去,谓曰:'不用尔操作,我烹调自有人,只须坚坐指挥足矣[21]。我冥中喜丰满,诸物馔都覆器外[22],切宜记之。'我诺。至厨下,见二妇操刀砧于中,俱绀帔而绿缘之[23],呼我以嫂。每盛炙于簋[24],必请觇视[25]。曩四人都在筵中。进馔既毕,酒具已列器中,翁乃命我还。"杜大愕异,每语同人。

据《聊斋志异》手稿本

----

〔1〕 重阳:农历九月九日。九为阳数之极,故九月九日称为重阳节。
〔2〕 茱萸(zhū yú 朱鱼)会:古代风俗,于九月九日重阳节,折茱萸佩戴之,以祛邪辟灾。又约集亲友"以重阳相会,登山饮菊花酒,谓之登高会,又云茱萸会。"见周处《风土记》。茱萸,植物名,生于川谷,有烈香。
〔3〕 早兴,盥已:清晨起床,洗漱完毕。
〔4〕 昏愦(kuì 愧):昏迷糊涂,神智不清。愦,昏乱。
〔5〕 絮絮:琐细多言。
〔6〕 殡:葬埋。
〔7〕 灵爽:本指神明、精气。此即迷信之鬼魂。
〔8〕 小字:指杜九畹的乳名。
〔9〕 勾致:拘拿。
〔10〕 不忍违吾面目:不好意思拂我的情面。面目,脸面,情面。
〔11〕 治具:置办酒席。
〔12〕 龙钟:衰惫蹇缓的样子。中馈:家庭饮食之事。
〔13〕 去去:暂去;稍去片刻。
〔14〕 冥然:昏然不醒。
〔15〕 病革(jí亟):病危。
〔16〕 疑信参半:此从二十四卷抄本,底本作"疑信未半"。
〔17〕 觊觎(jì yú 计鱼):非分的企望。

〔18〕 大要:大约,大抵。
〔19〕 敦(duī堆)庖务:料理饮食之事。敦,治理。
〔20〕 奄然竟毙:突然死去。奄,猝死。
〔21〕 坚坐:安坐。
〔22〕 诸物馔都覆器外:意谓饭菜要盛到漫出盘碗。
〔23〕 绀(gàn赣)帔而绿缘之:天青色的帔肩而缘以绿边。绀,天青色或深青中透红之色。
〔24〕 炙:泛指菜肴。
〔25〕 觇(chān掺)视:窥视;指验看、检查。

胡四相公

莱芜张虚一者[1],学使张道一之仲兄也。性豪放自纵。闻邑中某氏宅,为狐狸所居,敬怀刺往谒[2],冀一见之。投刺隙中。移时,扉自辟。仆者大愕,却退。张肃衣敬入,见堂中几榻宛然,而阒寂无人[3],揖而祝曰:"小生斋宿而来[4],仙人既不以门外见斥,何不竟赐光霁[5]?"忽闻虚室中有人言曰:"劳君枉驾,可谓跫然足音矣[6]。请坐赐教。"即见两座自移相向。甫坐,即有镂漆朱盘,贮双茗盏,悬目前。各取对饮,吸呐有声,而终不见其人。茶已,继之以酒。细审官阀,曰:"弟姓胡氏,于行为四;曰相公[7],从人所呼也。"于是酬酢议论[8],意气颇洽。鳖羞鹿脯[9],杂以荽蘘[10]。进酒行炙者,似小辈甚夥[11]。酒后颇思茶,意才少动,香茗已置几上。凡有所思,无不应念而至。张大悦,尽醉始归。自是三数日必一访胡,胡亦时至张家,并如主客往来礼。

一日,张问胡曰:"南城中巫媪,日托狐神渔病家利[12]。不知其家狐,君识之否?"曰:"彼妄耳,实无狐。"少间,张起溲溺[13],闻小语曰:"适所言南城狐巫,未知何如人。小人欲从先生往观之,烦一言请于主人。"张知为小狐,乃应曰:"诺。"即席而请于狐曰:"我欲得足下服役者一二辈,往探狐巫,敬请君命。"狐固言不必。张言之再三,乃许之。既而张出,马自至,如有控者。既骑而行,狐相语于途,谓张曰:"后先生于道途间,觉有细沙散落衣襟上,便是吾辈从也。"

语次入城,至巫家。巫见张至[14],笑逆曰:"贵人何忽得临?"张曰:"闻尔家狐子大灵应,果否?"巫正容曰:"若个蹀躞语[15],不宜贵人出得!何便言狐子?恐吾家花姊不欢!"言未已,空中发半砖来,中巫臂,踉跄欲跌。惊谓张曰:"官人何得抛击老身也?"张笑曰:"婆子盲也!几曾见自己额颅破,冤诬袖手者[16]?"巫错愕不知所出。正回惑间,又一石子落,中巫,颠蹶;秽泥乱坠,涂巫面如鬼。惟哀号乞命。张请恕之,乃止。巫急起奔,遁房中,阖户不敢出[17]。张呼与语曰:"尔狐如我狐否?"巫惟谢过[18]。张仰首望空中,戒勿复伤巫,巫始惕惕而出[19]。张笑谕之,乃还。

由是每独行于途。觉尘沙淅淅然[20],则呼狐语,辄应不讹。虎狼暴客,恃以无恐。如是年馀,愈与胡莫逆。尝问其甲子[21],殊不自记忆,但言:"见黄巢反[22],犹如昨日。"一夕共话,忽墙头苏然作响,其声甚厉[23]。张异之,胡曰:"此必家兄。"张言:"何不邀来共坐?"曰:"伊道颇浅[24],只好攫鸡啖,便了足耳。"张谓狐曰:"交情之好,如吾两人,可云无憾;终未一见颜色,殊属恨事。"胡曰:"但得交好足矣,见面何为?"一日,置酒邀张,且告别。问:"将何往?"曰:"弟陕中产,将归去矣。君每以对面不觌为憾,今请一识数岁之友,他日可相认耳。"张四顾都无所见。胡曰:"君试开寝室门,则弟在焉。"张即推扉一觑,则内有美少年,相视而笑。衣裳楚楚[25],眉目如画,转瞬之间,不复睹矣。张反身而行,即有履声藉藉随其后[26],曰:"今日释君憾矣。"张依恋不忍别。狐曰:"离合自有数,何容介介[27]。"乃以巨觥劝酒。饮至中夜,始以纱烛导张归[28]。及明往探,则空屋冷落而已。

后道一先生为西川学使[29]。张清贫犹昔,因往视弟,愿望颇奢[30]。月馀而归,甚违初意,咨嗟马上,嗒丧若偶[31]。忽一少年骑青驹,蹑其后[32]。张回顾,见裘马甚丽,意亦骚雅[33],遂与语间,少年察张不豫[34],诘之。张因欷歔而告以故。少年亦为慰藉。同行里许,至歧路中,少年乃拱手而别,曰:"前途有一人,寄君故人一物,乞笑纳也。"复欲询之,驰马径去。张莫解所由。又二三里许,见一苍头,持小簏子[35],献于马前,曰:"胡四相公敬致先生。"张豁然顿悟。受而开视,则白镪满中。及顾苍头,不知所之矣。

据《聊斋志异》手稿本

----

〔1〕 莱芜:县名,在今山东省。
〔2〕 刺:名帖。
〔3〕 阒(qù去)寂:寂静无声。阒,此据二十四卷抄本,原作"阅"。
〔4〕 斋宿:先一日斋戒。表示虔诚。《孟子·公孙丑》下:"弟子斋宿而后敢言。"
〔5〕 光霁:"光风霁月"的略称。以天朗时的和风、雨晴后的明月,比喻人物品格开朗、气度豁达。这里形容面貌。
〔6〕 跫(qióng穷)然足音:《庄子·徐无鬼》:"夫逃虚空者,藜藋柱乎鼪鼬之径,踉位其空,闻人足音跫然而喜矣,又况乎昆弟亲戚之謦欬其侧者乎。"意思是空谷之中许久未见人影,所以听到人的脚步声就非常高兴和喜悦。跫,脚步声。
〔7〕 相(xiàng象)公:旧时对上层社会年轻人的尊称。
〔8〕 酬酢议论:指饮酒交谈。酬酢,主客互相敬酒。主敬客叫"酬",客还敬叫"酢"。

[9] 鳖羞鹿脯：鳖肉和鹿肉做成的佳肴。羞，美味食品。脯，干肉。
[10] 芗蓼：古时调味的香料。
[11] 小辈：小厮们。
[12] 渔病家利：意思是向病人勒索财物。渔利，用不正当的手段谋取利益。
[13] 溲溺：小便。
[14] 巫：据铸雪斋抄本补，原缺。
[15] 蹀躞：犹"喋亵"，轻薄，狎侮。
[16] 袖手：缩手袖内。
[17] 阖户：此据青本。阖，原作"阁"。
[18] 谢过：谢罪。
[19] 惕惕：忧惧的样子。
[20] 淅淅（xī xī 析析）然：风沙吹落的声音。
[21] 甲子：年岁。古时以干支相配记年，甲居十干首位，子居十二支首位，故以"甲子"代指年岁。
[22] 黄巢反：指唐朝末年黄巢起义。
[23] 厉：猛烈。
[24] 道：道业，指修行的程度。
[25] 楚楚：服装整洁的样子。
[26] 藉藉：形容履声杂乱。
[27] 介介：放在心上。
[28] 纱烛：纱灯。
[29] 西川：唐代剑南道分四川为东西二川，西川指今四川西部。这里指四川省。川，此从青本，原作"州"。
[30] 愿望颇奢：指希望得到丰厚的馈赠。
[31] 嗒丧若偶：形体死寂的样子，犹言灰心丧气，呆若木偶。《庄子·齐物论》："仰天而嘘，答焉似丧其耦。"答，同"嗒"。
[32] 蹑：追踪。
[33] 骚雅：文雅。
[34] 不豫：不高兴。
[35] 簏：圆形小筐。

念 秧

异史氏曰:人情鬼蜮[1],所在皆然;南北冲衢[2],其害尤烈。如强弓怒马,御人于国门之外者[3],夫人而知之矣。或有劚囊刺橐[4],攫货于市,行人回首,财货已空,此非鬼蜮之尤者耶?乃又有萍水相逢[5],甘言如醴,其来也渐,其入也深。误认倾盖之交[6],遂罹丧资之祸。随机设阱[7],情状不一;俗以其言辞浸润,名曰"念秧"。今北途多有之,遭其害者尤众。

余乡王子巽者[8],邑诸生。有族先生在都为旗籍太史[9],将往探讯。治装北上,出济南,行数里,有一人跨黑卫,驰与同行。时以闲语相引,王颇与问答。其人自言:"张姓,为栖霞隶[10],被令公差赴都。"称谓抝卑[11],衹奉殷勤。相从数十里,约以同宿。王在前,则策蹇追及[12];在后,则衹候道左。仆疑之,因厉色拒去,不使相从。张颇自惭,挥鞭遂去。既暮,休于旅舍,偶步门庭,则见张就外舍饮。方惊疑间,张望见王,垂手拱立[13],谦若厮仆,稍稍问讯。王亦以泛泛适相值[14],不为疑,然王仆终夜戒备之。鸡既唱,张来呼与同行。仆咄绝之,乃去。

朝暾已上,王始就道。行半日许,前一人跨白卫,年四十已来,衣帽整洁;垂首蹇分[15],盹寐欲堕。或先之,或后之,因循十数里。王怪问:"夜何作,致迷顿乃尔[16]?"其人闻之,猛然欠伸,言:"我青苑人[17]，许姓。临淄令高蘩是我中表[18]。家兄设帐于官署[19]，我往探省，少获馈贻。今夜旅舍，误同念秧者宿，惊惕不敢交睫，遂致白昼迷闷。"王故问："念秧何说？"许曰："君客时少，未知险诈。今有匪类，以甘言诱行旅，夤缘与同休止[20]，因而乘机骗赚。昨有葭莩亲，以此丧资斧。吾等皆宜警备。"王颔之。先是，临淄宰与王有旧，王曾入其幕，识其门客果有许姓，遂不复疑。因道温凉，兼询其兄况。许约暮共主人[21]，王诺之。仆终疑其伪，阴与主人谋，迟留不进，相失，遂杳。

翼日，日卓午[22]，又遇一少年，年可十六七，骑健骡，冠服秀整，貌甚都[23]。同行久之，未尝交一言。日既西，少年忽言曰："前去曲律店不远矣[24]。"王微应之。少年因咨嗟欷歔，如不自胜。王略致诘问。少年叹曰："仆江南金姓[25]。三年膏火，冀博一第，不图竟落孙山[26]！家兄为部中主政[27]，遂载细小来[28]，冀得排遣。生平不习跋涉，扑面尘沙，使人薅恼[29]。"因取红巾拭面，叹咤不已。听其语，操南音，娇婉若女子。王心好之，稍稍慰藉。少年曰："适先驰出，眷口久望不来，何仆辈亦无至者？日已将暮，奈何！"迟留瞻望，行甚缓。王遂先驱，相去渐远。

晚投旅邸，既入舍，则壁下一床，先有客解装其上。王问主人。即有一人入，携之而出，曰："但请安置，当即移他所。"王视之，则许也。王止与同舍，许遂止。因与坐谈。少间，又有携装入者，见王、许在舍，返身遽出，曰："已有客在。"王审视，则途中少年也。王未言，许急起曳留之，少年遂坐。许乃展问邦族，少年又以途中言为许告。

俄顷,解囊出资,堆累颇重;秤两馀,付主人,嘱治肴酒,以供夜话。二人争劝止之,卒不听。俄而酒炙并陈。筵间,少年论文甚风雅。王问江南闱中题,少年悉告之。且自诵其承破[30],及篇中得意之句。言已,意甚不平。共扼腕之[31]。少年又以家口相失,夜无仆役,患不解牧圉[32]。王因命仆代摄莝豆[33]。少年深感谢。

居无何,忽蹴然曰[34]:"生平蹇滞,出门亦无好况。昨夜逆旅与恶人居,掷骰叫呼,聒耳沸心[35],使人不眠。"南音呼骰为兜,许不解,固问之。少年手摹其状。许乃笑,于橐中出色一枚,曰:"是此物否?"少年诺。许乃以色为令[36],相欢饮。酒既阑,许请共掷,赢一东道主[37]。王辞不解。许乃与少年相对呼卢[38]。又阴嘱王曰:"君勿漏言。蛮公子颇充裕,年又雏,未必深解五木诀[39]。我赢些须,明当奉屈耳[40]。"二人乃入隔舍。旋闻轰赌甚闹,王潜窥之,见栖霞隶亦在其中。大疑,展衾自卧。又移时,众共拉王赌。王坚辞不解。许愿代辨枭雉[41],王又不肯。遂强代王掷。少间,就榻报王曰:"汝赢几筹矣[42]。"王睡梦应之。

忽数人排闼而入,番语喑噁[43]。首者言佟姓,为旗下逻捉赌者。时赌禁甚严,各大惶恐。佟大声吓王,王亦以太史旗号相抵。佟怒解,与王叙同籍[44],笑请复博为戏。众果复赌,佟亦赌。王谓许曰:"胜负我不预闻。但愿睡,无相溷。"许不听,仍往来报之。既散局,各计筹马,王负欠颇多。佟遂搜王装橐取偿。王愤起相争。金捉王臂,阴告曰:"彼都匪人,其情叵测。我辈乃文字交,无不相顾。适局中我赢得如干数,可相抵;此当取偿许君者,今请易之:便令许偿佟，君偿我。弗过暂掩人耳目，过此仍以相还。终不然，以道义之友，遂实取君偿耶？"王故长厚，亦遂信之。少年出，以相易之谋告佟。乃对众发王装物，估入己橐[45]。佟乃转索许、张而去。

少年遂襆被来，与王连枕；衾褥皆精美。王亦招仆人卧榻上，各默然安枕。久之，少年故作转侧，以下体昵就仆。仆移身避之；少年又近就之，肤着股际，滑腻如脂。仆心动，试与狎；而少年殷勤甚至，衾息鸣动。王颇闻之，虽甚骇怪，而终不疑其有他也。昧爽，少年即起，促与早行。且云："君骞疲殆，夜所寄物，前途请相授耳。"王尚无言，少年已加装登骑。王不得已，从之。骡行驶，去渐远。王料其前途相待，初不为意。因以夜间所闻问仆，仆实告之。王始惊曰："今被念秧者骗矣！焉有宦室名士，而毛遂于圉仆者[46]？"又转念其谈词风雅，非念秧者所能。急追数十里，踪迹殊杳。始悟张、许、佟皆其一党，一局不行，又易一局，务求其必入也。偿责易装，已伏一图赖之机；设其携装之计不行，亦必执前说篡夺而去[47]。为数十金，委缀数百里[48]；恐仆发其事，而以身交欢之，其术亦苦矣。

后数年，而有吴生之事。

邑有吴生，字安仁。三十丧偶，独宿空斋。有秀才来与谈，遂相知悦。从一小奴，名鬼头，亦与吴僮报儿善。久而知其为狐。吴远游，必与俱。同室之中，人不能睹。吴客都中，将旋里，闻王生遭念秧之祸，因戒僮警备。狐笑言："勿须，此行无不利。"

至涿[49]，一人系马坐烟肆[50]，裘服济楚[51]。见吴过，亦起，超乘从之[52]。渐与吴语，自言："山东黄姓，提堂户部[53]。将东归,且喜同途不孤寂。"于是吴止亦止;每共食,必代吴偿值。吴阳感而阴疑之。私以问狐,狐但言:"不妨。"吴意乃释。及晚,同寻寓所,先有美少年坐其中。黄入,与拱手为礼。喜问少年:"何时离都?"答云:"昨日。"黄遂拉与共寓。向吴曰:"此史郎,我中表弟,亦文士,可佐君子谈骚雅[54],夜话当不寥落。"乃出金资,治具共饮。少年风流蕴藉,遂与吴大相爱悦。饮间,辄目示吴作觞弊[55],罚黄,强使釂,鼓掌作笑。吴益悦之。既而史与黄谋博赌,共奉吴,遂各出橐金为质。狐嘱报儿暗锁板扉[56],嘱吴曰:"倘闻人喧,但寐无吪[57]。"吴诺。吴每掷,小注则输,大注辄赢。更馀,计得二百金。史、黄错囊垂罄[58],议质其马。忽闻挞门声甚厉,吴急起,投色于火,蒙被假卧。久之,闻主人觅钥不得,破扃起关[59],有数人汹汹入,搜捉博者。史、黄并言无有。一人竟扯吴被,指为赌者。吴叱咄之。数人强检吴装。方不能与之撑拒,忽闻门外舆马呵殿声[60]。吴急出鸣呼,众始惧,曳入之,但求勿声。吴乃从容苞苴付主人[61]。卤簿既远[62],众乃出门去。黄与史共作惊喜状,取次觅寝[63]。黄命史与吴同榻。吴以腰橐置枕头[64],方命被而睡。无何,史启吴衾,裸体入怀,小语曰:"爱兄磊落,愿从交好。"吴心知其诈,然计亦良得,遂相偎抱。史极力周奉,不料吴固伟男,大为凿枘[65],嚬呻殆不可任,窃窃哀免。吴固求讫事。手扪之,血流漂杵矣[66]。乃释令归。及明,史愈不能起,托言暴病,但请吴、黄先发。吴临别,赠金为药饵之费。途中语狐,乃知夜来卤簿,皆狐为也。

黄于途,益谄事吴。暮复同舍,斗室甚隘,仅容一榻;颇暖洁,而吴狭之。黄曰:"此卧两人则隘,君自卧则宽,何妨?"食已,径去。吴亦喜独宿可接狐友。坐良久,狐不至。倏闻壁上小扉,有指弹声。吴拔关探视,一少女艳妆遽入,自扃门户,向吴展笑,佳丽如仙。吴喜致研诘,则主人之子妇也。遂与狎,大相爱悦。女忽潸然泣下。吴惊问之,女曰:"不敢隐匿,妾实主人遣以饵君者。曩时入室,即被掩执;不知今宵何久不至?"又呜咽曰:"妾良家女,情所不甘。今已倾心于君,乞垂拔救!"吴闻骇惧,计无所出,但遣速去。女惟俯首泣。忽闻黄与主人撗阋鼎沸。但闻黄曰:"我一路祗奉,谓汝为人,何遂诱我弟室[67]!"吴惧,逼女令去。闻壁扉外亦有腾击声。吴仓卒汗如流瀋,女亦伏泣。又闻有人劝止主人。主人不听,椎门愈急。劝者曰:"请问主人,意将胡为?如欲杀耶,有我等客数辈,必不坐视凶暴。如两人中有一逃者,抵罪安所辞?如欲质之公庭耶,帷薄不修[68],适以取辱。且尔宿行旅,明明陷诈,安保女子无异言?"主人张目不能语。吴闻,窃感佩,而不知其谁。初,肆门将闭,即有秀才共一仆来,就外舍宿。携有香醖,遍酌同舍,劝黄及主人尤殷。两人辞欲起,秀才牵裾,苦不令去。后乘间得遁,操杖奔吴所。秀才闻喧,始入劝解。吴伏窗窥之,则狐友也,心窃喜。又见主人意稍夺,乃大言以恐之。又谓女子:"何默不一言?"女啼曰:"恨不如人,为人驱役贱务!"主人闻之,面如死灰。秀才叱骂曰:"尔辈禽兽之情,亦已毕露。此客子所共愤者!"黄及主人皆释刀杖,长跪而请。吴亦启户出,顿大怒骂。秀才又劝止吴,两始和解。女子又啼,宁死不归。内奔出妪婢,捽女令入。女子卧地,哭益哀。秀才劝主人重价货吴生。主人俯首曰:"作老娘三十年,今日倒绷孩儿[69],亦复何说。"遂依秀才言。吴固不肯破重资;秀才调停主客间,议定五十金。人财交付后,晨钟已动,乃共促装,载女子以行。

女未经鞍马,驰驱颇殆。午间,稍休憩。将行,唤报儿,不知所往。日已西斜,尚无迹响,颇怀疑讶,遂以问狐。狐曰:"无忧,将自至矣。"星月已出,报儿始至。吴诘之,报儿笑曰:"公子以五十金肥奸伧[70],窃所不平。适与鬼头计,反身索得。"遂以金置几上。吴惊问其故,盖鬼头知女止一兄,远出十馀年不返,遂幻化作其兄状,使报儿冒弟行,入门索姊妹。主人惶恐,诡托病殂[71]。二僮欲质官,主人益惧,啖之以金,渐增至四十,二僮乃行。报儿具述其故。吴即赐之。吴归,琴瑟綦笃。家益富。细诘女子,曩美少即其夫,盖史即金也。袭一榍绸帔[72],云是得之山东王姓者。盖其党与甚众,逆旅主人,皆其一类。何意吴生所遇,即王子巽连天叫苦之人,不亦快哉!旨哉古言[73]:"骑者善堕[74]。"

据《聊斋志异》手稿本

------

[1] 鬼蜮:喻奸诈阴狠。《诗·小雅·何人斯》:"为鬼为蜮,则不可得。"蜮,又名短狐、射工或水弩,传说伏于水中含沙射人的一种动物。

[2] 冲衢:冲要通衢。指交通要道。

[3] 御人于国门之外:指在郊野以武力拦路劫掠。御,抵拒。国门,城门。

[4] 劙(lí离):割。

[5] 萍水相逢:如浮萍逐水,偶然相逢。王勃《滕王阁序》:"萍水相逢,

尽是他乡之客。"
〔6〕 倾盖之交：旅途中仓促结识的朋友。倾盖，倾斜车盖；指并车接谈。形容初交相得。《史记·邹阳列传》："谚曰：'有白头如新，倾盖如故。'何则？知与不知也。"
〔7〕 阱：陷阱。指骗局。
〔8〕 王子巽：王敏入，字子逊（通"巽"），号梓岩，淄川人。县学生员。家贫，事父母孝。传见《淄川县志》六"续孝友"。
〔9〕 族先生：族人中的前辈。旗籍太史：隶籍八旗的翰林院官员。按：淄川王樛，字子下，王鳌永子。王鳌永于顺治元年以户部右侍郎奉命招抚山东、河南，于青州为农民义军赵应元部所杀。王樛以父荫于顺治二年世袭銮仪卫指挥，隶镶蓝旗。后钦取入内三院办事，曾为内秘书院侍读，职司相当于翰林院侍读。因王樛隶旗籍，文中所称之"旗籍太史"，或当指彼。王樛卒于康熙五年。
〔10〕 栖霞隶：栖霞县署衙役。栖霞，山东省县名。
〔11〕 拐（huī挥）卑：谦卑。拐，谦逊。
〔12〕 策蹇：鞭驴。蹇，驴的代称。
〔13〕 拱立：弓身站立。
〔14〕 泛泛：寻常；无意之间。适：偶然。
〔15〕 蹇分：犹言"驴上"。
〔16〕 迷顿：困乏。
〔17〕 青苑：当作"清苑"。县名，即今河北省清苑县，明清属保定府。
〔18〕 临淄令高櫆：《山东通志》六三：高櫆，直隶清苑举人，康熙十一年为临淄知县。
〔19〕 设帐：开馆授徒。
〔20〕 夤缘：攀附，拉关系。
〔21〕 共主人：谓同宿一店。主人，指店主。
〔22〕 卓午：正午。
〔23〕 貌甚都：模样很漂亮。都，美。
〔24〕 曲律店：地名。王士禛《带经堂集》五十一《北征日记》载，平原德州间有曲律店。又《德州乡土志》志首地图，德州南有七里店，或即其近名。

〔25〕 江南:清顺治时设江南省,康熙时分为江苏、安徽二省。
〔26〕 不图竟落孙山:不料竟然落榜。名落孙山,谓落榜;详卷一《叶生》注。
〔27〕 部中主政:六部主事的别称。详《叶生》注。
〔28〕 细小:家小、眷属。
〔29〕 薅(hāo 蒿)恼:烦恼。
〔30〕 承破:指八股文中承题、破题两股文字。
〔31〕 扼腕:惋惜。
〔32〕 不解牧圉(yǔ 宇):不会喂牲口。圉,养马。
〔33〕 代摄莝(cuò 错)豆:指代为备草料,喂牲口。莝豆,牲口草料。莝,切碎的草。
〔34〕 蹴然:跺脚,叹悔、生气的姿态。
〔35〕 聒耳沸心:吵得人耳根不静,心绪不宁。
〔36〕 以色为令:意谓用掷色子决定饮酒之数。
〔37〕 赢一东道主:谓由赌输者请客吃饭。
〔38〕 呼卢:呼采声,代指赌博。卢,采名,参卷三《赌符》注。
〔39〕 五木诀:犹言赌博的诀窍。五木,古赌具名,此指色子。
〔40〕 明当奉屈:意思是明天将置酒奉谢,屈驾光临。
〔41〕 代辨枭雉:代认色子的采名、输赢。枭、雉,均赌采名,参《赌符》注。
〔42〕 几筹:若干筹码。筹,赌筹,计算输赢之数的筹码。
〔43〕 番语啁哳(zhāo zhà 招乍):叽哩咕噜操异族语言。番语,此指满语。啁哳,声音杂乱细碎。
〔44〕 同籍:同隶旗籍。
〔45〕 估:约计其数。
〔46〕 毛遂:毛遂自荐,见《史记·平原君列传》。这里指私身相就。
〔47〕 篡夺:抢夺,强取。
〔48〕 委缀:尾随,跟踪。
〔49〕 涿:县名,即今河北省涿县。
〔50〕 烟肆:烟店。烟草,初名淡巴菰,明代由吕宋岛传入我国,至清,种植吸食者渐众。参王士禛《香祖笔记》三、俞正燮《癸巳存稿》十一。
〔51〕 济楚:鲜明整齐。
〔52〕 超乘:腾身上马。超,跳。

[53] 提塘户部：指受本省督抚委派到户部投递公文的专使。提塘，即"提塘"，官名，隶兵部。清代各省督抚选派武职一人驻京，专司投递本省与在京衙门往来文报，称提塘官。

[54] 谈骚雅：犹言谈诗论文。

[55] 作觞弊：在行酒令时作弊。

[56] 板扉：门扇。

[57] 吒：呼喊。

[58] 错囊垂罄：钱袋将空。错囊，用金银线绣的钱袋。

[59] 破扃起关：破锁撬门。关，门闩。

[60] 呵殿声：前呼后拥侍从杂沓之声。呵殿，官员出行时前行喝道和压后随从的人员。

[61] 苞苴：草包。此指包裹、捆束行李。

[62] 卤簿：官员出行的仪仗扈从。

[63] 取次：相继。

[64] 腰橐：系于腰间的钱袋。

[65] 凿枘：扞格难入，互不相容。宋玉《九辩》："圆凿而方枘兮，吾固知其鉏铻而难入。"凿，榫卯；枘，榫头。

[66] 血流漂杵：极言流血之多。语出《尚书·武成》。杵，大盾。

[67] 弟室：弟妻。

[68] 帷薄不修：对家庭生活淫乱的婉称。《汉书·贾谊传》："古者大臣有……坐污秽淫乱，男女亡别者，不曰污秽，曰帷薄不修。"帷、薄，指家庭中障隔内外的帘帷。

[69] 作老娘三十年，今日倒绷孩儿：旧时谚语。意思是久已熟惯之事，不料竟出乖露丑。宋魏泰《东轩笔记》载：苗振以第四名进士及第，召试馆职。以久从吏事，晏殊劝其稍温笔砚。苗振率然答曰："岂有三十年为老娘，而倒绷孩儿者乎？"老娘，接生婆，又称稳婆。倒绷孩儿，把初生婴儿倒裹在襁褓里。

[70] 奸伧：奸诈小人。伧，伧父；谓人粗鄙低贱。

[71] 病殂：暴病而死。

[72] 槲绸：王士禛《池北偶谈》二十四"水蚕"："吾乡山蚕，食椒、椿、槲、柘诸木叶而成茧，各从其名。……山蚕、水蚕，皆物产之异。"据此，槲绸乃山

蚕中椕蚕之丝所织绸,是山东地方的一种土产品。
〔73〕 旨哉古言:前人的话说得真好啊。旨,美,有味。
〔74〕 骑者善堕:骑马的人容易挨摔。由古语"善游者溺,善骑者堕"稍加变化。

蛙 曲

王子巽言[1]:"在都时,曾见一人作剧于市[2]。携木盒作格,凡十有二孔[3];每孔伏蛙。以细杖敲其首,辄哇然作鸣。或与金钱,则乱击蛙顶,如拊云锣[4],宫商词曲[5],了了可辨[6]。"

据《聊斋志异》手稿本

----

〔1〕 王子巽:见前《念秧》注。
〔2〕 作剧:玩杂耍。
〔3〕 凡:总计。
〔4〕 拊:敲击。云锣:与编钟相应的一种乐器。以多面(十、十三、十五、二十四面不等)大小相同厚薄殊异的小铜锣悬系于带格的木架间;架下有长柄,左手持之,右手用小木槌击锣作响。又叫云璈。
〔5〕 宫商词曲:谓词曲习用的声调。宫、商,代指音乐声调。
〔6〕 了了:清晰。

鼠　戏

又言[1]:"一人在长安市上卖鼠戏[2]。背负一囊,中蓄小鼠十馀头。每于稠人中,出小木架,置肩上,俨如戏楼状。乃拍鼓板,唱古杂剧[3]。歌声甫动,则有鼠自囊中出,蒙假面[4],被小装服,自背登楼,人立而舞[5]。男女悲欢,悉合剧中关目[6]。"

　　　　　　　　　　　据《聊斋志异》手稿本

----

[1] 又言:此篇手稿本上接《蛙曲》,当仍系王子巽(见前《念秧》注)所讲述。铸本、二十四卷本此篇不上连《蛙曲》,故无此二字。
[2] 卖鼠戏:用鼠演戏赚钱。
[3] 古杂剧:此指有传统故事情节的唱词,用以配合鼠的表演。
[4] 假面:面具。
[5] 人立:像人一样,后肢直立。
[6] 关目:情节。

泥 书 生

罗村有陈代者[1],少蠢陋[2]。娶妻某氏,颇丽。自以婿不如人,郁郁不得志。然贞洁自持,婆媳亦相安。一夕独宿,忽闻风动扉开,一书生入,脱衣巾,就妇共寝。妇骇惧,苦相拒;而肌骨顿奭,听其狎亵而去。自是恒无虚夕。月馀,形容枯瘁。母怪问之。初惭怍不欲言;固问,始以情告。母骇曰:"此妖也!"百术为之禁咒,终亦不能绝。乃使代伏匿室中,操杖以伺。夜分,书生果复来,置冠几上;又脱袍服,搭椸架[3]间。才欲登榻,忽惊曰:"咄咄!有生人气!"急复披衣。代暗中暴起,击中腰胁,塔然作声。四壁张顾,书生已渺。束薪爇照,泥衣一片堕地上,案头泥巾犹存。

据《聊斋志异》手稿本

------

〔1〕 罗村:淄川县旧东北乡有罗家庄。见《淄川县志》二。
〔2〕 蠢陋:性愚而貌丑。
〔3〕 椸(yí 宜)架:衣架。《礼记·曲礼》上:"男女不杂坐,不同椸枷(架)。"椸,衣架。

土地夫人

鸢桥王炳者[1],出村,见土地神祠中出一美人,顾盼甚殷[2]。挑以亵语,欢然乐受。狎昵无所,遂期夜奔。炳因告以居止。至夜,果至,极相悦爱。问其姓名,固不以告。由此往来不绝。时炳与妻共榻[3],美人亦必来与交,妻竟不觉其有人。炳讶问之。美人曰:"我土地夫人也。"炳大骇,亟欲绝之,而百计不能阻。因循半载,病惫不起。美人来更频,家人都能见之。未几,炳果卒。美人犹日一至。炳妻叱之曰:"淫鬼不自羞!人已死矣,复来何为?"美人遂去,不返。

土地虽小,亦神也,岂有任妇自奔者?愦愦应不至此[4]。不知何物淫昏,遂使千古下谓此村有污贱不谨之神。冤矣哉!

据《聊斋志异》手稿本

------

[1] 鸢(diào 吊)桥:村名,在山东淄川县旧东北乡。见《淄川县志》二。
[2] 殷:殷勤。谓情意亲切。
[3] 时:有时。
[4] 愦愦:糊涂。

济南道人

济南道人者,不知何许人,亦不详其姓氏。冬夏着一单袷衣[1],系黄绦,无袴襦[2]。每用半梳梳发,即以齿衔髻际[3],如冠状。日赤脚行市上;夜卧街头,离身数尺外,冰雪尽镕。初来,辄对人作幻剧,市人争贻之[4]。有井曲无赖子,遗以酒,求传其术,弗许。遇道人浴于河津[5],骤抱其衣以胁之。道人揖曰:"请以赐还,当不吝术。"无赖者恐其绐,固不肯释。道人曰:"果不相授耶?"曰:"然。"道人默不与语;俄见黄绦化为蛇,围可数握,绕其身六七匝,怒目昂首,吐舌相向。某大愕,长跪,色青气促,惟言乞命。道人乃竟取绦。绦竟非蛇;另有一蛇,蜿蜒入城去。由是道人之名益著。

缙绅家闻其异,招与游,从此往来乡先生门[6]。司、道俱耳其名[7],每宴集,辄以道人从。一日,道人请于水面亭报诸宪之饮[8]。至期,各于案头得道人速客函[9],亦不知所由至。诸客赴宴所,道人伛偻出迎[10]。既入,则空亭寂然,榻几未设,或疑其妄。道人顾官宰曰:"贫道无僮仆,烦借诸扈从[11],少代奔走。"官宰共诺之。道人于壁上绘双扉,以手挝之。内有应门者,振管而启。共趋觇望,则见憧憧者往来于中[12];屏幔床几,亦复都有。即有人传送门外。道人命吏胥辈接列亭中[13],且嘱勿与内人交语[14]。两相授受,惟顾而笑。顷刻,陈设满亭,穷极奢丽。既而旨酒散馥,热炙腾熏,皆自壁中传递而出。座客无不骇异。亭故背湖水,每六月时,荷花数十顷,一望无际。宴时方凌冬,窗外茫茫,惟有烟绿[15]。一官偶叹曰:"此日佳集[16],可惜无莲花点缀!"众俱唯唯。少顷,一青衣吏奔白:"荷叶满塘矣!"一座皆惊。推窗眺瞩,果见弥望青葱[17],间以菡萏[18]。转瞬间,万枝千朵,一齐都开;朔风吹面,荷香沁脑。群以为异。遣吏人荡舟采莲。遥见吏人入花深处;少间返棹[19],素手来见。官诘之,吏曰:"小人乘舟去,见花在远际;渐至北岸,又转遥遥在南荡中[20]。"道人笑曰:"此幻梦之空花耳。"无何,酒阑,荷亦凋谢;北风骤起,摧折荷盖[21],无复存矣。

济东观察公甚悦之[22],携归署,日与狎玩。一日,公与客饮。公故有家传良酝[23],每以一斗为率[24],不肯供浪饮。是日,客饮而甘之,固索倾酿[25]。公坚以既尽为辞。道人笑谓客曰:"君必欲满老饕[26],索之贫道而可。"客请之。道人以壶入袖中,少刻出,遍斟坐上,与公所藏,更无殊别。尽欢始罢。公疑焉,入视酒瓶[27],则封固宛然,而空无物矣。心窃愧怒,执以为妖,笞之。杖才加,公觉股暴痛;再加,臀肉欲裂。道人虽声嘶阶下,观察已血殷坐上[28]。乃止不笞,逐令去。道人遂离济,不知所往。后有人遇于金陵,衣装如故,问之,笑不语。

据《聊斋志异》手稿本

----

〔1〕 单袷(jiá夹)衣:单薄的夹衣。袷,夹衣。袷,据二十四卷本,底本

作"帢"。
〔2〕 袴襦:套裤与短袄。袴,胫衣,齐鲁之间称"襪",套于单裤上的无裆套裤。襦,罩于单衫之外的短衣或短袄。
〔3〕 以齿衔髻际:用梳齿插在发髻上。
〔4〕 贻:赠送;这里指施舍。
〔5〕 河津:河边。津,渡口。
〔6〕 乡先生:年老辞官居乡的人,见《仪礼·士冠礼》。这里指乡绅。
〔7〕 司、道:指布政司、按察司长官及所属分守道、分巡道之类的官员。耳:闻。
〔8〕 水面亭:即"天心水面亭",元代李泂所建,在济南大明湖上。见《济南府志》。宪:封建社会属吏称上司为"宪",这里指上文所说的司、道官员。
〔9〕 速客函:犹言请帖。
〔10〕 伛偻:躬身,表示恭敬。
〔11〕 扈从:侍从的仆役。
〔12〕 憧憧(chōng chōng 冲冲)者:指摇曳不定的人影。
〔13〕 吏胥辈:指诸宪的随从。吏胥,衙门小吏。
〔14〕 内人:指壁内之人。
〔15〕 烟绿:水雾笼罩着绿波。
〔16〕 佳集:盛会。
〔17〕 弥望:满眼。
〔18〕 菡萏(hàn dàn 汗旦):荷花。
〔19〕 返棹:回船。
〔20〕 荡:长草的水面;此指湖面。
〔21〕 荷盖:荷叶。
〔22〕 济东观察:济东道的道员。济东道是山东省最大的一个道,驻济南,下辖济南、东昌、泰安、武定四府和临清一个直隶州。
〔23〕 良酝:犹言佳酿、美酒。
〔24〕 率(lù 律):标准,准则。
〔25〕 倾酿:倾尽家酿美酒供客。语出《世说新语·赏誉》。

〔26〕 **老饕**(tāo 涛)：此指馋欲。详《老饕》注。
〔27〕 **觯**(chī 吃)：古时酒具，大的能盛一石，小的盛五斗。
〔28〕 **殷**(yān 烟)：暗红色。这里指染红。

酒　狂

缪永定,江西拔贡生[1]。素酗于酒,戚党多畏避之。偶适族叔家。缪为人滑稽善谑[2],客与语,悦之,遂共酣饮。缪醉,使酒骂坐[3],忤客。客怒,一坐大哗。叔以身左右排解。缪谓左袒客,又益迁怒。叔无计,奔告其家。家人来,扶挃以归。才置床上,四肢尽厥[4];抚之,奄然气尽。

缪死,有皂帽人絷去。移时,至一府署,缥碧为瓦[5],世间无其壮丽。至墀下,似欲伺见官宰。自思:我罪伊何,当是客讼斗殴。回顾皂帽人,怒目如牛,又不敢问。然自度[6]:贡生与人角口[7],或无大罪。忽堂上一吏宣言,使讼狱者翼日早候[8]。于是堂下人纷纷藉藉,如鸟兽散。缪亦随皂帽人出,更无归着,缩首立肆檐下。皂帽人怒曰:"颠酒无赖子[9]!日将暮,各去寻眠食,而何往[10]?"缪战栗曰:"我且不知何事,并未告家人,故毫无资斧,庸将焉归[11]?"皂帽人曰:"颠酒贼!若酗自饮,便有用度!再支吾[12],老拳碎颠骨子[13]!"缪垂首不敢声。

忽一人自户内出,见缪,诧异曰:"尔何来?"缪视之,则其母舅。舅贾氏,死已数载。缪见之,始恍然悟其已死,心益悲惧,向舅涕零曰:"阿舅救我!"贾顾皂帽人曰:"东灵非他[14],屈临寒舍。"二人乃入。贾重揖皂帽人,且嘱青眼[15]。俄顷,出酒食,团坐相饮。贾问:

"舍甥何事,遂烦勾致?"皂帽人曰:"大王驾诣浮罗君[16],遇令甥颠罟,使我捽得来。"贾问:"见王未?"曰:"浮罗君会花子案[17],驾未归。"又问:"阿甥将得何罪?"答言:"未可知也。然大王颇怒此等辈。"缪在侧,闻二人言,觳觫汗下[18],杯箸不能举。无何,皂帽人起,谢曰:"叨盛酤,已径醉矣。即以令甥相付托。驾归,再容登访。"乃去。

贾谓缪曰:"甥别无兄弟,父母爱如掌上珠[19],常不忍一诃。十六七岁时,每三杯后,喃喃寻人疵[20];小不合,辄挝门裸骂。犹谓稚齿。不意别十馀年,甥了不长进[21]。今且奈何!"缪伏地哭,惟言悔无及。贾曳之曰:"舅在此业酤,颇有小声望,必合极力。适饮者乃东灵使者,舅常饮之酒,与舅颇相善。大王日万几[22],亦未必便能记忆。我委曲与言[23],浼以私意释甥去,或可允从。"即又转念曰:"此事担负颇重[24],非十万不能了也。"缪谢,锐然自任,诺之。缪即就舅氏宿。次日,皂帽人早来觇望。贾请间,语移时,来谓缪曰:"谐矣。少顷即复来。我先罄所有,用压契[25];馀待甥归,从容凑致之。"缪喜曰:"共得几何?"曰:"十万。"曰:"甥何处得如许?"贾曰:"只金币钱纸百提[26],足矣。"缪喜曰:"此易办耳。"

待将停午[27],皂帽人不至。缪欲出市上,少游瞩。贾嘱勿远荡,诺而出。见街里贸贩,一如人间。至一所,棘垣峻绝,似是图圄。对门一酒肆,纷纷者往来颇伙。肆外一带长溪,黑潦涌动[28],深不可底。方伫足窥探,闻肆内一人呼曰:"缪君何来?"缪急视之,则邻村翁生,故十年前文字交。趋出握手,欢若平生。即就肆内小酌,各道契阔。缪庆幸中,又逢故知,倾怀尽醵。酣醉,顿忘其死,旧态复作,渐絮絮瑕疵翁[29]。翁曰:"数载不见,若复尔耶?"缪素厌人道其酒德[30],闻翁言,益愤,击桌顿骂。翁睨之,拂袖竟出。缪追至溪头,捋翁帽。翁怒曰:"是真妄人[31]!"乃推缪颠堕溪中。溪水殊不甚深;而水中利刃如麻,刺穿胁胫,坚难动摇,痛彻骨脑。黑水半杂溲秽[32],随吸入喉,更不可过。岸上人观笑如堵,并无一引援者。时方危急,贾忽至。望见大惊,提携以归,曰:"子不可为也!死犹弗悟,不足复为人!请仍从东灵受斧锧。"缪大惧,泣言:"知罪矣。"贾乃曰:"适东灵至,候汝为券,汝乃饮荡不归。渠忙迫不能待。我已立券,付千缗令去[33];馀者以旬尽为期。子归,宜急措置,夜于村外旷莽中,呼舅名焚之,此愿可结也。"缪悉应之。乃促之行。送之郊外,又嘱曰:"必勿食言[34]累我。"乃示途令归。

时缪已僵卧三日,家人谓其醉死,而鼻息隐隐如悬丝。是日苏,大呕,呕出黑瀋数斗[35],臭不可闻。吐已,汗湿裯褥,身始凉爽。告家人以异。旋觉刺处痛肿,隔夜成疮[36],犹幸不大溃腐。十日渐能杖行。家人共乞偿冥负[37]。缪计所费,非数金不能办,颇生吝惜,曰:"曩或醉梦之幻境耳。纵其不然,伊以私释我,何敢复使冥主知?"家人劝之,不听。然心惕惕然,不敢复纵饮。里党咸喜其进德[38],稍稍与共酌。年馀,冥报渐忘[39],志渐肆,故状亦渐萌。一日,饮于子姓之家[40],又骂主人座。主人摈斥出,阖户径去。缪噪逾时,其子方知,将扶而归。入室,面壁长跪,自投无数[41],曰:"便偿尔负!便偿尔负!"言已,仆地。

视之,气已绝矣。

据《聊斋志异》手稿本

----

〔1〕 拔贡:明清时,由各省提学考选学行兼优、累试优等的府、州、县学生员,贡入京师;明代称为"选贡",清初称"拔贡"。
〔2〕 滑(gǔ古)稽善谑:言谈诙谐,善开玩笑。
〔3〕 使酒骂坐:因酒使性,辱骂座客。《史记·魏其武安侯列传》:"灌夫为人刚直使酒,不好面谀。……武安乃麾骑缚(灌)夫置传舍,召长史曰:'今日召宗室,有诏。'劾灌夫骂坐不敬,系居室。"
〔4〕 四肢尽厥:手足冰冷,僵直麻木。
〔5〕 缥碧为瓦:淡青色的琉璃瓦。宋王子韶《鸡跖集》:"琉璃一名缥瓦。刘陶诗云:'缥碧以为瓦。'"见曾慥《类说》二九。
〔6〕 自度(duó夺):自思。度,揣度,思忖。
〔7〕 角口:斗嘴,吵架。
〔8〕 讼狱者:打官司的人。翼日:次日。
〔9〕 颠酒:发酒疯。颠,通"癫"。
〔10〕 而:尔。
〔11〕 庸将焉归:岂能回那里去呢? 庸,岂。
〔12〕 支吾:撑拒,顶撞。
〔13〕 颠骨子:疯骨头,醉鬼。
〔14〕 东灵:据文义,知为东灵大王所差之鬼使。是借主神之名尊称其使者。非他:非比外人;非陌生者。
〔15〕 青眼:谓格外关照。
〔16〕 大王:东灵大王。疑指东王公。东王公又称东王父、木公,为我国古代神话中与西王母对称的男神,居东方。道教称之为青灵始老君,为地仙"五方五老"之一,又称为东华帝君或扶桑大帝。浮罗君:疑指太上道君。《云笈七签》一百一《太上道君纪》谓其"诞于扶刀盖天西那玉国浮罗之岳",又谓其受封于元始天尊,尊承大法灵宝真文,广度天人,溥济众生,功德之大,为诸天所宗。

［17］ 浮罗君会花子案：未详。疑指太上道君驾出会勘某丐者证仙之事，如旧时小说戏剧所常演述者。会，会办，勘验。花子，乞丐。案，讼案或纷争。
［18］ 觳觫（hú sù 胡速）：此从二十四卷抄本，底本作"觳悚"。恐惧貌。《孟子·梁惠王》上："吾不忍其觳觫，若无罪而就死地。"
［19］ 掌上珠：喻极端珍爱。常以喻儿女等亲爱的人。南朝梁江淹《伤爱子赋》："曾悯怜之惨凄，痛掌珠之爱子。"
［20］ 喃喃：形容醉后吐字不清。
［21］ 了不长进：全无进步。了，完全。
［22］ 万几：指帝王日常的纷繁政务。《书·皋陶谟》："兢兢业业，一日二日万几。"传："几，微也。言当戒惧万事之微。"后世或作"万机"。
［23］ 委曲：婉转。
［24］ 担负：责任。
［25］ 压契：立约书契的押金或保证费。
［26］ 金币钱纸：旧时祭奠供焚化用的金裱纸钱，即纸陌。百提：一百挂。每挂抵世间千钱，故百挂总数为十万钱。
［27］ 停午：正午。
［28］ 潦（lǎo 老）：沟中流水。
［29］ 瑕疵：此谓挑剔，指摘。
［30］ 酒德：习指饮酒后的行为表现。
［31］ 妄人：任性胡为、不讲道理的人。
［32］ 溲秽：粪尿之类污物。
［33］ 千缗（mín 民）：一千串。缗，穿钱用的绳子。
［34］ 食言：背弃诺言。
［35］ 黑瀋：黑汁。瀋，汁。
［36］ 疮：此从铸雪斋抄本，底本作"创"。
［37］ 冥负：冥债，即前所许"金币钱纸百提"。
［38］ 进德：品德有所长进。
［39］ 冥报：阴间报应；指阴司前度所施惩警。
［40］ 子姓：同族晚辈。
［41］ 自投：自伏叩首。

卷　五

阳 武 侯

阳武侯薛公禄[1],胶薛家岛人。父薛公最贫,牧牛乡先生家[2]。先生有荒田,公牧其处,辄见蛇兔斗草莱中,以为异;因请于主人为宅兆[3],构茅而居。后数年,太夫人临蓐[4],值雨骤至;适二指挥使奉命稽海[5],出其途,避雨户中。见舍上鸦鹊群集,竞以翼覆漏处,异之。既而翁出,指挥问:"适何作?"因以产告。又询所产,曰:"男也。"指挥又益愕,曰:"是必极贵。不然,何以得我两指挥护守门户也?"咨嗟而去。

侯既长,垢面垂鼻涕,殊不聪颖。岛中薛姓,故隶军籍[6]。是年应翁家出一丁口戍辽阳[7],翁长子深以为忧。时侯十八岁,人以太憨生[8],无与为婚。忽自谓兄曰:"大哥啾唧[9],得无以遣戍无人耶?"曰:"然。"笑曰:"若肯以婢子妻我,我当任此役。"兄喜,即配婢。侯遂携室赴戍所。行方数十里,暴雨忽集。途侧有危崖[10],夫妻奔避其下。少间,雨止,始复行。才及数武,崖石崩坠。居人遥望两虎跃出,逼附两人而没[11]。侯自此勇健非常,丰采顿异。后以军功封阳武侯世爵[12]。

至启、祯间[13],袭侯某公薨[14],无子,止有遗腹,因暂以旁支代。凡世封家进御者[15],有娠即以上闻[16],官遣媪伴守之,既产乃已。年馀,夫人生女。产后,腹犹震动,凡十五年,更数媪,又生男。

应以嫡派赐爵[17]。旁支噪之,以为非薛产。官收诸媪[18],械梏百端[19],皆无异言。爵乃定。

据《聊斋志异》手稿本

---

[1] 薛禄:明胶州(今山东省胶县)人。出身军旅。兄弟七人,排行第六,故军中呼为薛六。既贵,乃更名禄。曾从燕王朱棣起兵,在朱棣与惠帝朱允炆争夺帝位的"靖难"之役中,屡立战功。朱棣即位后,官至右都督,封阳武侯。仁宗洪熙元年,加太保,佩镇朔大将军印,驻军大同,守卫边防。宣德元年卒,追封鄞国公,谥忠武。《明史》及光绪《山东通志·人物志》、民国《增修胶(州)志》有传。

[2] 乡先生:年老辞官居乡的人。《仪礼·士冠礼》:"奠挚见于君,遂以挚见于乡大夫、乡先生。"郑玄注:"乡先生,乡中老人,为卿大夫致仕者。"

[3] 宅兆:建宅舍之地。

[4] 临蓐:犹临产。蓐,床上草垫。

[5] 指挥使:武官名。明初于京师和各地设立卫所,驻军防卫。划数府为一防区设卫,下设千户所和百户所。卫的军事长官称指挥使。当时胶州设胶州卫。稽海:考察海防。

[6] 故隶军籍:原隶属军户。南北朝时,士兵及其家属的户籍属于军府,称为军户。军户之子弟世代为兵,地位低于民户。明代沿用古制,也有军户。

[7] 戍辽阳:戍守辽阳,指到辽阳服役。明初设辽东都司,治所在辽阳,辖区相当今辽宁省大部。

[8] 太憨生:呆蠢。生,语词。

[9] 啾(jiū 揪)唧:形容低声私语,犹言唧唧咕咕。

[10] 危崖:高耸的崖壁。危,高耸。

[11] 逼附:逼近依附。附,附体,合为一体。

[12] 世爵:世代继承的爵位。

〔13〕 启、祯间:明天启、崇祯年间。天启,明熹宗朱由校年号(1621—1627年)。崇祯,明思宗朱由检年号(1628—1644年)。
〔14〕 袭侯:世袭的阳武侯,指薛禄后嗣。薨(hōng 烘):古代天子死曰崩,诸侯死曰薨;此称袭侯之死。
〔15〕 世封家:世袭封爵之家。进御者:进奉给袭爵者的侍寝女子。蔡邕《独断》:"御者,进也。凡衣服加于身,饮食入于口,妃妾接于寝,皆曰御。"
〔16〕 上闻:奏闻皇帝。
〔17〕 嫡派:嫡子正支。
〔18〕 收:拘捕。
〔19〕 械梏(gù 固):指刑讯。

赵 城 虎

赵城妪[1],年七十馀,止一子。一日入山,为虎所噬。妪悲痛,几不欲活,号啼而诉于宰。宰笑曰:"虎何可以官法制之乎?"妪愈号咷,不能制之。宰叱之,亦不畏惧。又怜其老,不忍加威怒,遂诺为捉虎。妪伏不去,必待勾牒出[2],乃肯行。宰无奈之,即问诸役,谁能往者。一隶名李能,醺醉,诣座下,自言:"能之。"持牒下,妪始去。隶醒而悔之;犹谓宰之伪局,姑以解妪扰耳,因亦不甚为意。持牒报缴[3],宰怒曰:"固言能之,何容复悔?"隶窘甚,请牒拘猎户[4]。宰从之。隶集诸猎人,日夜伏山谷,冀得一虎,庶可塞责[5]。月馀,受杖数百,冤苦罔控[6]。遂诣东郭岳庙,跪而祝之,哭失声。无何,一虎自外来。隶错愕[7],恐被咥噬[8]。虎入,殊不他顾,蹲立门中。隶祝曰:"如杀某子者尔也,其俯听吾缚。"遂出缧索絷虎项[9],虎帖耳受缚。牵达县署,宰问虎曰:"某子尔噬之耶?"虎颔之[10]。宰曰:"杀人者死,古之定律。且妪止一子,而尔杀之,彼残年垂尽,何以生活?倘尔能为若子也,我将赦之。"虎又颔之。乃释缚令去。

妪方怨宰之不杀虎以偿子也,迟旦,启扉,则有死鹿;妪货其肉革,用以资度。自是以为常,时衔金帛掷庭中。妪从此致丰裕,奉养过于其子。心窃德虎。虎来,时卧檐下,竟日不去。人畜相安,各无猜忌。数年,妪死,虎来吼于堂中。妪素所积,绰可营葬[11],族人共瘗之。坟垒方成,虎骤奔来,宾客尽逃。虎直赴冢前,嗥鸣雷动,移时始去。土人立"义虎祠"于东郊,至今犹存。

据《聊斋志异》手稿本

----

〔1〕 赵城:旧县名,隋末置,治所在今山西省洪洞县赵城镇西南。
〔2〕 勾牒:拘捕犯人的公文。勾,捉拿。
〔3〕 持牒报缴:至期复命,交回勾牒。指未完成使命。
〔4〕 牒拘猎户:发出公文,拘禁猎户,使之服役。
〔5〕 庶可:或可。
〔6〕 罔控:无法申诉。
〔7〕 错愕:仓卒惊诧。
〔8〕 咥(dié 迭):咬。
〔9〕 缧(léi 雷)索:拘系犯人的绳索。
〔10〕 颔之:点头,表示同意。
〔11〕 绰可营葬:指积蓄足够置办丧葬之事。绰,宽裕。

螳螂捕蛇

张姓者,偶行溪谷,闻崖上有声甚厉。寻途登觇[1],见巨蛇围如碗,摆扑丛树中,以尾击柳,柳枝崩折。反侧倾跌之状,似有物捉制之。然审视殊无所见,大疑。渐近临之,则一螳螂据顶上,以刺刀攫其首,攧不可去[2]。久之,蛇竟死。视颡上革肉[3],已破裂云。

据《聊斋志异》手稿本

------

[1] 觇(chān 搀):窥视。
[2] 攧(diān 颠):指蛇"反侧倾跌"。
[3] 颡(è 遏):鼻根,即俗说之"眉心"。

武　技

李超,字魁吾,淄之西鄙人[1]。豪爽,好施。偶一僧来托钵[2],李饱啖之。僧甚感荷,乃曰:"吾少林出也[3]。有薄技,请以相授。"李喜,馆之客舍[4],丰其给[5],旦夕从学。三月,艺颇精,意得甚。僧问:"汝益乎?"曰:"益矣[6]。师所能者,我已尽能之。"僧笑,命李试其技。李乃解衣唾手,如猿飞,如鸟落,腾跃移时,诩诩然交人而立[7]。僧又笑曰:"可矣。子既尽吾能,请一角低昂[8]。"李忻然,即各交臂作势。既而支撑格拒[9],李时时蹈僧瑕[10];僧忽一脚飞掷,李已仰跌丈馀。僧抚掌曰[11]:"子尚未尽吾能也。"李以掌致地[12],惭沮请教。又数日,僧辞去。

李由此以武名,遨游南北,罔有其对[13]。偶适历下[14],见一少年尼僧[15],弄艺于场,观者填溢。尼告众客曰:"颠倒一身[16],殊大冷落。有好事者,不妨下场一扑为戏。"如是三言。众相顾,迄无应者。李在侧,不觉技痒[17],意气而进。尼便笑与合掌[18]。才一交手,尼便呵止曰:"此少林宗派也。"即问:"尊师何人?"李初不言。固诘之,乃以僧告。尼拱手曰:"憨和尚汝师耶? 若尔,不必交手足,愿拜下风[19]。"李请之再四,尼不可。众怂恿之,尼乃曰:"既是憨师弟子,同是个中人[20],无妨一戏。但两相会意可耳。"李诺之。然以其文弱故,易之[21];又年少喜胜,思欲败之,以要一日之名[22]。方颔颐间[23],尼即遽止。李问其故,但笑不言。李以为怯,固请再角。尼乃起。少间,李腾一踝去[24]。尼骈五指下削其股[25];李觉膝下如中刀斧,蹶仆不能起[26]。尼笑谢曰:"孟浪迕客[27],幸勿罪!"李异归,月馀始愈。

后年馀,僧复来,为述往事。僧惊曰:"汝大卤莽!惹他何为?幸先以我名告之;不然,股已断矣!"

据《聊斋志异》手稿本

----

〔1〕 淄之西鄙:淄川县之西乡。鄙,边境,边缘地区。
〔2〕 托钵:化缘、乞食。钵,钵盂,僧人的饭具。因僧人乞求布施时手托钵盂,故云"托钵"。
〔3〕 少林:少林寺,在河南省登封县西北少室山北麓,建于北魏太和年间。僧徒甚众。唐初,少林僧人佐唐太宗开国有功,从此僧徒多习拳术,自成流派,颇负盛名,称"少林派"。
〔4〕 馆:安排居住。
〔5〕 丰其给:对他的供给十分丰厚。
〔6〕 益:增益、进步。
〔7〕 诩诩然:骄傲自得的样子。
〔8〕 一角低昂:一比高低。角,较量。低昂,高低。
〔9〕 格拒:格斗,抵拒。
〔10〕 瑕(xiá 狭):玉上的杂斑,不纯净处;此指破绽、弱点。
〔11〕 抚掌:拍手。
〔12〕 致地:撑地。
〔13〕 罔有其对:无人堪作他的对手。罔,无。
〔14〕 历下:古邑名,在今山东省济南市,因在历山之下而得名。西汉时改置历城县。
〔15〕 尼僧:尼姑。

〔16〕 颠倒一身：指一人单独表演武技。
〔17〕 技痒：擅长某种技艺的人，不能克制自己，急欲表现其技艺，称为"技痒"。
〔18〕 合掌：佛教的敬礼，两掌相合表示敬意，又称"合十"。
〔19〕 愿拜下风：指甘心服输。下风，风向的下方。《孙子·火攻》："火发上风，无攻下风。"因以下风喻下位或劣势。
〔20〕 个中人：此中人。指深通武术的内行人。
〔21〕 易之：轻视她。
〔22〕 要（yāo 腰）：博取。
〔23〕 颉颃（xié háng 协杭）：《诗·邶风·燕燕》："燕燕于飞，颉之颃之。"颉颃，原指鸟上下飞翔，此以之喻比武的腾跃进退。
〔24〕 腾一踝（huái 怀）去：飞起一脚踢去。踝，脚跟。
〔25〕 骈五指：五指并拢。骈，并。
〔26〕 蹶仆：跌倒。
〔27〕 孟浪：卤莽。迕（wǔ 午）客：冒犯客人。

小　人

康熙间[1]，有术人携一榼[2]，榼中藏小人[3]，长尺许。投一钱，则启榼令出，唱曲而退。至掖[4]，掖宰索榼入署，细审小人出处。初不敢言。固诘之，始自述其乡族[5]。盖读书童子，自塾中归，为术人所迷，复投以药，四体暴缩；彼遂携之，以为戏具。宰怒，杀术人。留童子欲医之，尚未得其方也。

据《聊斋志异》手稿本

------

[1]　康熙：清圣祖玄烨的年号（1662—1722年）。
[2]　术人：作幻术的人。
[3]　榼（kē 柯）：古代盛酒或贮水的器具。
[4]　掖：掖县，在今山东省。
[5]　乡族：乡里族姓。

秦　生

莱州秦生[1],制药酒,误投毒味,未忍倾弃,封而置之。积年馀,夜适思饮,而无所得酒。忽忆所藏,启封嗅之,芳烈喷溢,肠痒涎流,不可制止。取盏将尝,妻苦劝谏。生笑曰:"快饮而死,胜于馋渴而死多矣。"一盏既尽,倒瓶再斟。妻覆其瓶,满屋流溢。生伏地而牛饮之[2]。少时,腹痛口噤[3],中夜而卒。妻号,为备棺木,行入殓[4]。次夜,忽有美人入,身长不满三尺,径就灵寝[5],以瓯水灌之,豁然顿苏。叩而诘之,曰:"我狐仙也。适丈夫入陈家,窃酒醉死,往救而归。偶过君家,彼怜君子与己同病[6],故使妾以馀药活之也。"言讫,不见。

余友人丘行素贡士[7],嗜饮。一夜思酒,而无可行沽,辗转不可复忍,因思代以醋。谋诸妇,妇嗤之[8]。丘固强之,乃煨醯以进[9]。壶既尽,始解衣甘寝[10]。次日,竭壶酒之资,遣仆代沽。道遇伯弟襄宸[11],诘知其故,因疑嫂不肯为兄谋酒。仆言:"夫人云:'家中蓄醋无多,昨夜已尽其半;恐再一壶,则醋根断矣。'"闻者皆笑之。不知酒兴初浓,即毒药犹甘之,况醋乎?此亦可以传矣。

据《聊斋志异》手稿本

---

[1]　莱州:府名,治所在今山东省掖县。
[2]　牛饮:如牛俯身就水而饮。《韩诗外传》:"桀为酒池,可以运舟,糟

丘足以望十里,而牛饮者三千人。"
〔3〕 口噤:口不能张。
〔4〕 行:将。入殓:把尸体放入棺内。
〔5〕 灵寝:停尸的厅堂。
〔6〕 彼:指狐仙的丈夫。君子:指秦生。
〔7〕 丘行素:丘希潜,字行素。淄川人,康熙己巳年贡生,授黄县训导。告归,构清梦楼于豹山之阳,读书其中。见乾隆《淄川县志》卷五。
〔8〕 嗤:嗤笑。
〔9〕 醯(xī 希):醋。
〔10〕 甘寝:安睡。《庄子·徐无鬼》:"孙叔敖甘寝秉羽,而郢人投兵。"
〔11〕 伯弟:伯家兄弟。

鸦　头

诸生王文[1],东昌人[2]。少诚笃。薄游于楚[3],过六河[4],休于旅舍,仍步门外。遇里戚赵东楼,大贾也,常数年不归。见王,相执甚欢,便邀临存[5]。至其所,有美人坐室中,愕怪却步。赵曳之,又隔窗呼妮子去,王乃入。赵具酒馔,话温凉[6]。王问:"此何处所?"答云:"此是小构栏。余因久客,暂假床寝。"话间,妮子频来出入。王跼促不安,离席告别。赵强捉令坐。俄见一少女,经门外过,望见王,秋波频顾,眉目含情,仪度娴婉,实神仙也。王素方直[7],至此惘然若失,便问:"丽者何人?"赵曰:"此媪次女,小字鸦头,年十四矣。缠头者屡以重金啖媪[8],女执不愿,致母鞭楚,女以齿稚哀免。今尚待聘耳。"王闻言,俯首默然痴坐,酬应悉乖[9]。赵戏之曰:"君倘垂意,当作冰斧。"王怃然曰[10]:"此念所不敢存。"然日向夕,绝不言去。赵又戏请之。王曰:"雅意极所感佩,囊涩奈何[11]!"赵知女性激烈,必当不允,故许以十金为助。王拜谢趋出,罄资而至,得五数,强赵致媪。媪果少之。鸦头言于母曰:"母日责我不作钱树子[12],今请得如母所愿。我初学作人,报母有日,勿以区区放却财神去。"媪以女性拗执,但得允从,即甚欢喜。遂诺之,使婢邀王郎。赵难中悔,加金付媪。王与女欢爱甚至。既,谓王曰:"妾烟花下流,不堪匹敌[13];既蒙缱绻,义即至重。君倾囊博此一宵欢,明日如何?"王泫然悲哽。女曰:"勿悲。妾委风尘[14],实非所愿。顾未有敦笃可托如君者[15]。请以宵遁。"王喜,遽起;女亦起。听谯鼓已三下矣[16]。女急易男装,草草偕出,叩主人扉[17]。王故从双卫,托以急务,命仆便发。女以符系仆股并驴耳上,纵辔极驰,目不容启,耳后但闻风鸣;平明至汉江口,税屋而止。王惊其异。女曰:"言之,得无惧乎?妾非人,狐耳。母贪淫,日遭虐遇,心所积懑。今幸脱苦海。百里外,即非所知,可幸无恙。"王略无疑贰,从容曰:"室对芙蓉[18],家徒四壁[19],实难自慰,恐终见弃置。"女曰:"何为此虑。今市货皆可居,三数口,淡薄亦可自给[20]。可鬻驴子作资本。"王如言,即门前设小肆,王与仆人躬同操作,卖酒贩浆其中。女作披肩[21],刺荷囊[22],日获赢馀,顾赡甚优[23]。积年馀,渐能蓄婢媪。王自是不着犊鼻[24],但课督而已。

女一日悄然忽悲,曰:"今夜合有难作,奈何!"王问之,女曰:"母已知妾消息,必见凌逼。若遣姊来,吾无忧;恐母自至耳。"夜已央,自庆曰:"不妨,阿姊来矣。"居无何[25],妮子排闼入。女笑逆之。妮子骂曰:"婢子不羞,随人逃匿!老母令我缚去。"即出索子絷女颈。女怒曰:"从一者得何罪[26]?"妮子益忿[27],捽女断衿。家中婢媪皆集。妮子惧,奔出。女曰:"姊归,母必自至。大祸不远,可速作计。"乃急办装,将更播迁。媪忽掩入,怒容可掬,曰:"我固知婢子无礼,须自来也!"女迎跪哀啼。媪不言,揪发提去。王徘徊怆恻,眠食都废。急诣六河,冀得贿赎。至则门庭如故,人物已非。问之居人,俱不知其所徙。悼丧而返。于是侫散客旅[28],囊资东归。

后数年，偶入燕都，过育婴堂[29]，见一儿，七八岁。仆人怪似其主，反复凝注之。王问："看儿何说？"仆笑以对。王亦笑。细视儿，风度磊落[30]。自念乏嗣，因其肖己，爱而赎之。诘其名，自称王孜。王曰："子弃之襁褓，何知姓氏？"曰："本师尝言[31]，得我时，胸前有字，书山东王文之子。"王大骇曰："我即王文，乌得有子？"念必同己姓名者，心窃喜，甚爱惜之。及归，见者不问而知为王生子。孜渐长，孔武有力[32]，喜田猎，不务生产，乐斗好杀。王亦不能箝制之。又自言能见鬼狐，悉不之信。会里中有患狐者，请孜往觇之。至则指狐隐处，令数人随指处击之，即闻狐鸣，毛血交落，自是遂安。由是人益异之。

王一日游市廛，忽遇赵东楼，巾袍不整，形色枯黯。惊问所来。赵惨然请间[33]。王乃偕归，命酒。赵曰："媪得鸦头，横施楚掠。既北徙，又欲夺其志。女矢死不二，因囚置之。生一男，弃诸曲巷[34]；闻在育婴堂，想已长成。此君遗体也。"王出涕曰："天幸孽儿已归。"因述本末。问："君何落拓至此？"叹曰："今而知青楼之好[35]，不可过认真也。夫何言！"先是，媪北徙，赵以负贩从之。货重难迁者，悉以贱售。途中脚直供亿[36]，烦费不赀，因大亏损。妮子索取尤奢。数年，万金荡然。媪见床头金尽，且夕加白眼。妮子渐寄贵家宿，恒数夕不归。赵愤激不可耐，然亦无奈之。适媪他出，鸦头自窗中呼赵曰："勾栏中原无情好，所绸缪者，钱耳。君依恋不去，将掇奇祸。"赵惧，如梦初醒。临行，窃往视女。女授书使达王，赵乃归。因以此情为王述之。即出鸦头书。书云："知孜儿已在膝下矣[37]。妾之厄难,东楼君自能缅悉。前世之孽,夫何可言!妾幽室之中,暗无天日,鞭创裂肤,饥火煎心,易一晨昏,如历年岁。君如不忘汉上雪夜单衾[38],迭互暖抱时,当与儿谋,必能脱妾于厄。母姊虽忍,要是骨肉,但嘱勿致伤残,是所愿耳。"王读之,泣不自禁。以金帛赠赵而去。时孜年十八矣。王为述前后,因示母书。孜怒眦欲裂,即日赴都,询吴媪居,则车马方盈。孜直入,妮子方与湖客饮,望见孜,愕立变色。孜骤进杀之,宾客大骇,以为寇。及视女尸,已化为狐。孜持刃迳入,见媪督婢作羹。孜奔近室门,媪忽不见。孜四顾,急抽矢,望屋梁射之;一狐贯心而堕,遂决其首。寻得母所,投石破扃,母子各失声。母问媪,曰:"已诛之。"母怨曰:"儿何不听吾言!"命持葬郊野。孜伪诺之,剥其皮而藏之。检媪箱箧,尽卷金资,奉母而归。夫妇重谐,悲喜交至。既问吴媪,孜言:"在吾囊中。"惊问之,出两革以献。母怒,骂曰:"忤逆儿!何得此为!"号恸自挝,转侧欲死。王极力抚慰,叱儿瘗革。孜忿曰:"今得安乐所,顿忘挞楚耶?"母益怒,啼不止。孜葬皮反报,始稍释。

王自女归,家益盛。心德赵,报以巨金。赵始知媪母子皆狐也。孜承奉甚孝;然误触之,则恶声暴吼。女谓王曰:"儿有拗筋,不刺去之,终当杀人倾产。"夜伺孜睡,潜絷其手足。孜醒曰:"我无罪。"母曰:"将医尔虐[39],其勿苦。"孜大叫,转侧不可开。女以巨针刺踝骨侧,三四分许,用力掘断,崩然有声;又于肘间脑际并如之。已,乃释缚,拍令安卧。天明,奔候父母,涕泣曰:"儿早夜忆昔所行,都非人类!"父母大喜[40],从此温和如处女,乡里贤之。

异史氏曰:"妓尽狐也。不谓有狐而妓者;至狐而鸨[41],则兽而禽矣。灭理伤伦,其何足怪?至百折千磨,之死靡他[42],此人类所难,而乃于狐也得之乎?唐君谓魏徵更饶妩媚[43],吾于鸨头亦云。"

据《聊斋志异》手稿本

------

〔1〕 诸生:儒生。明清时,一般生员也称"诸生"。
〔2〕 东昌:旧府名,府治在今山东聊城县。
〔3〕 薄游:即游历。薄,语助词。楚:泛指南方地区;长江中下游一带古属楚国。
〔4〕 六河:地名。就文中所写的地理方位,应在东昌以南,汉口之东。又,江苏省太仓县北,有六合镇,也称"陆河"。
〔5〕 临存:到家看望。敬辞。
〔6〕 话温凉:互致问候。陆机《门有车马客行》:"拊膺携客泣,掩泪叙温凉。"温凉,寒暖。
〔7〕 方直:正直;正派。"王素方直"至"女亦起",底本残缺,据铸雪斋抄本补。
〔8〕 缠头者:指嫖客。缠头,古时舞者以锦缠头,舞罢,宾客赠以罗锦,称为"缠头"。后来,对勾栏歌妓的赠与,也叫"缠头"。
〔9〕 酬应悉乖:酬酢应答,都有差错;形容心不在焉。乖,违背、差错。
〔10〕 怃然:茫然自失。
〔11〕 囊涩:晋人阮孚携皂囊,游于会稽。客问囊中何物,阮说:"但有一钱守囊,恐其羞涩。"见《韵府群玉》。后遂称身边无钱为"阮囊羞涩"或"囊涩"。
〔12〕 钱树子:犹言"摇钱树",旧时以之比喻赚钱的伎女。唐开元时,乐伎许和子选入宫中,籍于宜春院,深受唐玄宗赏识。许临卒,谓其母曰:"阿母,钱树子倒矣!"见《乐府杂录·歌》。
〔13〕 烟花下流:烟花女子,地位低贱。烟花,代指娼妓。匹敌:匹配。
〔14〕 委风尘:堕落于风尘中,指沦落为妓女。委,委身。风尘,此指花街

柳巷。
〔15〕 敦笃:敦厚诚实。
〔16〕 谯鼓已三下:已打三更。谯鼓,城楼夜间报时的鼓声。谯,谯楼,可以望远的城楼。
〔17〕 主人:指王生所住旅舍的店主。
〔18〕 室对芙蓉:意思是在家面对美妻。芙蓉,荷花。《西京杂记》:"(卓)文君姣好,眉色如望远山,脸际常若芙蓉。"
〔19〕 家徒四壁:家中只有四堵墙壁,形容一无所有。《史记·司马相如列传》:相如与卓文君,"驰归成都,家居徒四壁立。"
〔20〕 淡薄:同"淡泊",指清淡寡欲的贫穷生活。
〔21〕 披肩:旧时妇女围在颈上,披在肩头的一种服装;也叫"云肩"。又,清代官员穿礼服时也戴披肩。
〔22〕 荷囊:荷包。随身佩戴的小囊。《通俗篇·服饰》:"今名小裌囊曰荷包,亦得缀袍处以见尊上。"按,清代官场及婚礼多佩荷包。
〔23〕 顾瞻:据二十四卷抄本,原作"顾膳"。
〔24〕 不着犊鼻:指不亲自操作。犊鼻,即"犊鼻裈",见《田七郎》注。汉代司马相如与卓文君设铲卖酒,相如亲自着犊鼻裈与保佣杂作。事见《史记·司马相如列传》。
〔25〕 居无何:据铸雪斋抄本,底本缺"何"字。
〔26〕 从一者:指不嫁二夫之女。《易·恒》:"妇人贞吉,从一而终也。"这里指嫁夫从良,不做妓女。
〔27〕 益忿:据铸雪斋抄本补。底本缺"忿"字。
〔28〕 俵散客旅:遣散众佣工。俵散,分散;解散。客,客佣。旅,众。
〔29〕 育婴堂:旧时收养遗弃婴儿的机构。
〔30〕 磊落:英俊;俊伟。
〔31〕 本师:授业的老师;这里指育婴堂的抚养人员。
〔32〕 孔武:非常勇武。孔,甚。
〔33〕 请间(jiàn见):请找个没人的地方谈话。间,间语,避人私语。
〔34〕 曲巷:偏僻小巷。
〔35〕 青楼:指妓院。刘邈《万山见采桑人》诗:"倡妾不胜愁,结束下青楼。"
〔36〕 脚直供亿:运输费用和生活供应。脚直,脚力;脚钱。供亿,按需要

供应,也指供应的东西。亿,估量。
〔37〕 在膝下:指子女在父母跟前。膝下,语出《孝经·圣治》,原指人幼年时,后用作对父母的尊称。
〔38〕 汉上:指上文的"汉江口"。
〔39〕 虐:残暴;这里指暴虐的个性。
〔40〕 父母:此据铸雪斋抄本,底本误为"夫母"。
〔41〕 鸨(bǎo 保):鸨母。朱权《丹丘先生曲论》:"妓女之老者曰鸨。鸨似雁而大,无后趾,虎文;喜淫而无厌,诸鸟求之即就。"后因称妓女为鸨儿,蓄女卖淫者为鸨母。
〔42〕 之死靡他:到死不变心。语出《诗·鄘风·柏舟》:"之死矢靡它。"靡,无。
〔43〕 唐君谓魏徵更饶妩(wǔ 武)媚:唐君,唐太宗李世民。唐太宗曾说:别人说魏徵举动疏慢,"我但觉妩媚。"见《唐书·魏徵传》。魏徵,唐大臣,敢于直谏。饶,多。妩媚,同"妩媚",举止美好可爱。

酒　虫

长山刘氏[1],体肥嗜饮。每独酌,辄尽一瓮。负郭田三百亩[2],辄半种黍;而家豪富,不以饮为累也。一番僧见之[3],谓其身有异疾。刘答言:"无。"僧曰:"君饮尝不醉否?"曰:"有之。"曰:"此酒虫也。"刘愕然,便求医疗。曰:"易耳。"问:"需何药?"俱言不须。但令于日中俯卧,絷手足;去首半尺许[4],置良酝一器。移时,燥渴,思饮为极。酒香入鼻,馋火上炽,而苦不得饮。忽觉咽中暴痒,哇有物出[5],直堕酒中。解缚视之,赤肉长三寸许,蠕动如游鱼,口眼悉备。刘惊谢。酬以金,不受,但乞其虫。问:"将何用?"曰:"此酒之精:瓮中贮水,入虫搅之,即成佳酿。"刘使试之,果然。刘自是恶酒如仇。体渐瘦,家亦日贫,后饮食至不能给。

异史氏曰:"日尽一石[6],无损其富;不饮一斗,适以益贫:岂饮啄固有数乎[7]?或言:'虫是刘之福,非刘之病,僧愚之以成其术。'然欤否欤?"

据《聊斋志异》手稿本

----

〔1〕 长山:今山东省旧县名。一九五六年并入邹平县。
〔2〕 负郭田:靠近城郭的田地,指膏腴之田。《史记·苏秦列传》:"使吾有洛阳负郭田二顷,吾岂能佩六国相印乎?"

〔3〕 番僧：西域来的僧人。番，旧时对西方边境各族的称呼。
〔4〕 去：距离。
〔5〕 哇：吐。
〔6〕 石、斗：都是量酒的计量单位，十斗为石。《史记·滑稽列传》："臣饮一斗亦醉，一石亦醉。"
〔7〕 饮啄有数：谓一饮一啄，皆有定数。饮啄，本指鸟类饮食，后泛指人的饮食。《太平广记·贫妇》引《玉堂闲话》："一饮一啄，系之于分。"数，定数、命定的。

木雕美人

商人白有功言:"在泺口河上[1],见一人荷竹簏,牵巨犬二。于簏中出木雕美人,高尺馀,手自转动,艳妆如生。又以小锦鞯被犬身[2],便令跨坐。安置已,叱犬疾奔。美人自起,学解马作诸剧[3],镫而腹藏[4],腰而尾赘[5],跪拜起立,灵变不讹[6]。又作昭君出塞[7]:别取一木雕儿,插雉尾[8],披羊裘,跨犬从之。昭君频频回顾,羊裘儿扬鞭追逐,真如生者。"

据《聊斋志异》手稿本

---

[1] 泺(luò 洛)口:地名,在今济南市北郊。古泺水北流至此入济水,因称泺口。济水所经,即今黄河河道。

[2] 锦鞯:彩色花纹的鞍鞯。鞯,马鞍垫。

[3] 解(xiè 械)马:山东俗称出演马戏为"跑马卖解"。解马,即马戏。

[4] 镫而腹藏:俗称"镫里藏身"。马戏演员脚踩马镫蹲藏马腹之侧。

[5] 腰而尾赘:从马腰向马尾滑坠,再抓马尾飞身上马。

[6] 讹(é 俄):误。

[7] 昭君出塞:王嫱,字昭君,西汉南郡秭归(今湖北省秭归县)人。元帝时被选入宫。竟宁元年(前33),匈奴主呼韩邪单于入朝要求和亲,王昭君嫁与匈奴,称宁胡阏氏。今内蒙古呼和浩特市南有昭君墓。昭君出塞的故事在民间流传甚广,诗、词、小说、戏曲创作,亦多以为题材。

[8] 雉(zhī 知)尾:野鸡尾羽,可作帽饰。

封 三 娘

范十一娘,曦城祭酒之女[1]。少艳美,骚雅尤绝[2]。父母钟爱之,求聘者辄令自择;女恒少可。会上元日[3],水月寺中诸尼,作"盂兰盆会"[4]。是日,游女如云,女亦诣之。方随喜间[5],一女子步趋相从,屡望颜色,似欲有言。审视之,二八绝代姝也。悦而好之,转用盼注[6]。女子微笑曰:"姊非范十一娘乎?"答曰:"然。"女子曰:"久闻芳名,人言果不虚谬。"十一娘亦审里居。女笑言:"妾封氏,第三,近在邻村。"把臂欢笑,词致温婉[7],于是大相爱悦,依恋不舍。十一娘问:"何无伴侣?"曰:"父母早世,家中止一老妪,留守门户,故不得来。"十一娘将归,封凝眸欲涕,十一娘亦惘然,遂邀过从。封曰:"娘子朱门绣户,妾素无葭莩亲[8],虑致讥嫌。"十一娘固邀之。答:"俟异日。"十一娘乃脱金钗一股赠之,封亦摘髻上绿簪为报。十一娘既归,倾想殊切。出所赠簪,非金非玉,家人都不之识,甚异之。日望其来,怅然遂病。父母讯得故,使人于近村谘访,并无知者。

时值重九[9],十一娘羸顿无聊[10],倩侍儿强扶窥园[11],设褥东篱下[12]。忽一女子攀垣来窥,觇之,则封女也。呼曰:"接我以力?"侍儿从之,蓦然遂下。十一娘惊喜,顿起,曳坐褥间,责其负约,且问所来。答云:"妾家去此尚远,时来舅家作耍。前言近村者,缘舅家耳。别后悬思颇苦;然贫贱者与贵人交,足未登门,先怀惭怍,恐为婢仆下眼觑[13],是以不果来。适经墙外过,闻女子语,便一攀望,冀是小姐,今果如愿。"十一娘因述病源。封泣下如雨,因曰:"妾来当须秘密。造言生事者,飞短流长[14],所不堪受。"十一娘诺。偕归同榻,快与倾怀[15]。病寻愈。订为姊妹,衣服履舄[16],辄互易着。见人来,则隐匿夹幕间。积五六月,公及夫人颇闻之。一日,两人方对弈,夫人掩入。谛视,惊曰:"真吾儿友也!"因谓十一娘:"闺中有良友,我两人所欣,胡不早白?"十一娘因达封意。夫人顾谓三娘:"伴吾儿,极所忻慰,何昧之?"封羞晕满颊,默然拈带而已。夫人去,封乃告别。十一娘苦留之,乃止。一夕,自门外匆皇奔入,泣曰:"我固谓不可留,今果遭此大辱!"惊问之。曰:"适出更衣[17],一少年丈夫,横来相干,幸而得逃。如此,复何面目!"十一娘细诘形貌,谢曰:"勿须怪,此妾痴兄。会告夫人,杖责之。"封坚辞欲去。十一娘请待天曙。封曰:"舅家咫尺,但须以梯度我过墙耳。"十一娘知不可留,使两婢逾垣送之。行半里许,辞谢自去。婢返,十一娘伏床悲惋,如失伉俪。

后数月,婢以故至东村,暮归,遇封女从老妪来。婢喜,拜问。封亦恻恻[18],讯十一娘兴居[19]。婢捉袂曰:"三姑过我。我家姑姑盼欲死!"封曰:"我亦思之,但不乐使家人知。归启园门,我自至。"婢归告十一娘;十一娘喜,从其言,则封已在园中矣。相见,各道间阔[20],绵绵不寐。视婢子眠熟,乃起,移与十一娘同枕,私语曰:"妾固知娘子未字。以才色门地[21],何患无贵介婿[22];然纨袴儿,敖不足数[23]。如欲得佳偶,请无以贫富论。"十一娘然之。封曰:"旧年邂逅处,今复作道场,明日再烦一往,当令见一如意郎君。妾少读相人书[24],颇不参差。"昧爽,封即去,约俟兰若。十一娘果往,封已先在。眺览一周,十一娘便邀同车。携手出门,见一秀才,年可十七八,布袍不饰,而容仪俊伟。封潜指曰:"此翰苑才也[25]。"十一娘略眄之。封别曰:"娘子先归,我即继至。"入暮,果至,曰:"我适物色甚详,其人即同里孟安仁也。"十一娘知其贫,不以为可。封曰:"娘子何亦堕世情哉[26]!此人苟长贫贱者,予当抉眸子,不复相天下士矣。"十一娘曰:"且为奈何?"曰:"愿得一物,持与订盟。"十一娘曰:"姊何草草?父母在,不遂如何?"封曰:"妾此为,正恐其不遂耳。志若坚,生死何可夺也?"十一娘必不可。封曰:"娘子姻缘已动,而魔劫未消[27]。所以故,来报前好耳。请即别,即以所赠金凤钗,矫命赠之[28]。"十一娘方谋更商[29],封已出门去。时孟生贫而多才,意将择耦,故十八犹未聘也。是日,忽睹两艳,归涉冥想。一更向尽,封三娘款门入。烛之,识为日中所见,喜致诘问。曰:"妾封氏,范十一娘之女伴也。"生大悦,不暇细审,遽前拥抱。封拒曰:"妾非毛遂,乃曹丘生[30]。十一娘愿缔永好,请倩冰也[31]。"生愕然不信。封乃以钗示生。生喜不自已,矢曰:"劳眷注若此[32],仆不得十一娘,宁终鳏耳[33]。"封遂去。生诘旦,浼邻媪诣范夫人。夫人贫之,竟不商女,立便却去。十一娘知之,心失所望,深怨封之误己也;而金钗难返,只须以死矢之。又数日,有某绅为子求婚,恐不谐,浼邑宰作伐。时某方居权要,范公心畏之。以问十一娘,十一娘不乐。母诘之,嘿嗋不言[34],但有涕泪。使人潜告夫人,非孟生,死不嫁。公闻,益怒,竟许某绅家。且疑十一娘有私意于生,遂涓吉速成礼[35]。十一娘忿不食,日惟耽卧[36]。至亲迎之前夕,忽起,揽镜自妆。夫人窃喜。俄侍女奔白:"小姐自经!"举宅惊涕,痛悔无所复及。三日遂葬。

孟生自邻媪反命,愤恨欲绝。然遥遥探访,妄冀复挽。察知佳人有主,忿火中烧,万虑俱断矣。未几,闻玉葬香埋[37],憯然悲丧[38],恨不从丽人俱死。向晚出门,意将乘昏夜一哭十一娘之墓。欻有一人来,近之,则封三娘。向生曰:"喜姻好可就矣。"生泫然曰:"卿不知十一娘亡耶?"封曰:"我所谓就者,正以其亡。可急唤家人发冢,我有异药,能令苏。"生从之,发墓破棺,复掩其穴。生自负尸,与三娘俱归,置榻上;投以药,逾时而苏。顾见三娘,问:"此何所?"封指生曰:"此孟安仁也。"因告以故,始如梦醒。封惧漏泄[39],相将去五十里[40],避匿山村。封欲辞去,十一娘泣留作伴,使别院居。因货殉葬之饰,用为资度,亦称小有。封每遇生来,辄走避。十一娘从容曰:"吾姊妹骨肉不啻也,然终无百年聚。计不如效英、皇[41]。"封曰:"妾少得异诀[42],吐纳可以长生[43],故不愿嫁耳。"十一娘笑曰:"世传养生术,汗牛充栋[44],行而效者谁也?"封曰:"妾所得非世人所知。世传并非真诀,惟华佗五禽图差为不妄[45]。凡修炼家,无非欲血气流通耳。若得厄逆症[46],作虎形立止,非其验耶?"十一娘阴与生谋,使伪为远出者。入夜,强劝以酒;既醉,生潜入污之。三娘醒曰:"妹子害我矣! 倘色戒不破,道成当升第一天[47]。今堕奸谋,命耳!"乃起告辞。十一娘告以诚意而哀谢之。封曰:"实相告:我乃狐也。缘瞻丽容,忽生爱慕,如茧自缠,遂有今日。此乃情魔之劫,非关人力。再留,则魔更生,无底止矣。娘子福泽正远,珍重自爱。"言已而逝。夫妻惊叹久之。

逾年,生乡、会果捷[48],官翰林。投刺谒范公,公愧悔不见。固请之,乃见。生入,执子婿礼,伏拜甚恭。公愧怒,疑生僿薄。生请间,具道情事。公不深信,使人探诸其家,方大惊喜。阴戒勿宣,惧有祸变。又二年,某绅以关节发觉[49],父子充辽海军[50]。十一娘始归宁焉。

据《聊斋志异》手稿本

------

[1] 曬城祭酒:所指何人,未详。字书无"曬"字。曬城,疑麋城之误。麋城在今湖南省岳阳市。祭酒,国子监祭酒,明清时太学的主管官员。

[2] 骚雅尤绝:尤工诗词。骚,指《离骚》。雅,指《诗经》的《小雅》《大雅》。骚雅并称,代指诗歌。

[3] 上元日:唐人称农历的正月、七月、十月的十五日为上元、中元、下元。"上元"指农历正月十五日。就下文举行"盂兰盆会"看,此处似应为"中元",即农历七月十五日。

[4] 盂兰盆会:佛教节日,也称"中元节",后称鬼节。盂兰盆,梵语音译,解救倒悬的意思。《盂兰盆经》载,释迦弟子目连,看到母亲死后在地狱中受苦,如处倒悬,求佛救度。释迦叫他在七月十五日,备百味饮食,斋供十万僧众,可使母解脱。后来佛教徒据此神话,兴起盂兰盆会。中国自梁武帝始设此斋会。节日期间,除斋僧外,寺院还举行诵经法会、水陆道场等宗教活动。

〔5〕 随喜：佛教用语。原意是佛教徒瞻拜佛像，随像发生欢喜之心。后指一般游览寺院。
〔6〕 转用盼注：意思是，反面回身对她注目细看。
〔7〕 词致：言语情态。
〔8〕 葭莩亲：喻远亲。见《婴宁》注。
〔9〕 重（chóng 虫）九：农历九月初九日，也称"重阳"。
〔10〕 羸（léi 雷）顿：消瘦憔悴。顿，困顿。
〔11〕 侍儿：指婢女。窥园：游览花园。
〔12〕 东篱：时值重九，以东篱借指种菊的地方。陶渊明《饮酒》之五："采菊东篱下，悠然见南山。"
〔13〕 下眼觑：瞧不起。
〔14〕 飞短流长：说长道短，指流言蜚语。
〔15〕 快与倾怀：高兴地尽情地说出心里的话。快，快意、高兴。倾，倾诉。
〔16〕 履舄（xì 细）：鞋。单底为履，衬以木底为舄。
〔17〕 更衣：换衣；此指上厕所。古时入厕，托言更衣。
〔18〕 恻恻：心情忧伤。
〔19〕 兴居：起居，指日常生活。讯兴居，犹言问好。
〔20〕 间（jiàn 见）阔：久别之情。
〔21〕 门地：犹"门第"，门户地位。
〔22〕 贵介：尊贵。介，大。
〔23〕 纨袴儿：指富贵人家子弟。纨袴，细绢裤，贵族子弟服饰，以之代指富家子弟；为鄙薄之词。敖不足数（shǔ 暑）：傲慢无礼，不足称述。《史记·游侠列传》："自是之后，为侠者极众，敖而无足数者。"《集解》："敖，倨也。"
〔24〕 相（xiàng 象）人书：观察人的面貌来推测命运的书籍。《汉书·艺文志》有《相人》二十四卷。
〔25〕 翰苑才：可以进入翰林院的人材。翰苑，翰林院的别称。明清时以翰林院作为储备人才的机构，从考中的进士中选拔一部分人入院为官。
〔26〕 世情：世态人情；这里指世俗的偏见。

[27] **魔劫**:佛教语,指妨碍或破坏修行的种种障碍。这里指范女在婚姻上的劫难。
[28] **矫命**:假托你的命令。
[29] **更商**:再作商量。
[30] **"妾非毛遂"二句**:意思是我并非自荐而是代人作媒。毛遂,战国时赵国平原君门下食客,曾自告奋勇,随从平原君出使楚国,联楚抗秦。见《史记·平原君列传》。后乃以"毛遂自荐",代指自我推荐。曹丘生,汉人,他到处赞扬季布,季布因享盛名。见《史记·季布列传》。后来遂以"曹丘生"指代荐引者或介绍者。参见《娇娜》注。
[31] **倩冰**:请托媒人。
[32] **眷注**:关心,关注。
[33] **终鳏**:终身不娶。鳏,无妻的人。
[34] **嘿嘿**:无声。嘿,通"默"。
[35] **涓吉**:选定吉日。
[36] **耽卧**:卧床,嗜睡。
[37] **玉葬香埋**:犹言"香消玉殒",指美人死亡。
[38] **愤(sè色)然**:恨恨的样子。
[39] **漏泄**:泄漏消息。
[40] **相将**:相伴;相送。
[41] **效英、皇**:仿效娥皇、女英;意思是同嫁孟生。英、皇,指女英和娥皇,是尧的次女和长女。相传尧把她们一齐嫁给舜。见《列女传》。
[42] **异诀**:不同寻常的法术、秘诀。
[43] **吐纳**:道家的养生术,口吐浊气,鼻吸清气,据说可祛病延年。
[44] **汗牛充栋**:形容书籍之多。柳宗元《陆文通先生墓志》:"其为书,处则充栋宇,出则汗牛马。"
[45] **华佗五禽图**:古代一种体育图谱,为东汉名医华佗首创。其法是仿效虎、鹿、熊、猿、鸟五种动物的姿态,展手伸足,俯身仰首,进行活动。见《后汉书·华佗传》。差:比较。
[46] **厄逆症**:气逆打嗝。
[47] **升第一天**:道家称神仙所居的地方为天,共有三十六天。升第一

天,指达到道家修持的最高境界。
〔48〕 乡、会果捷:乡试、会试果然考中。乡,指乡试。会,指会试。
〔49〕 关节:旧时对暗中行贿、说人情,都叫"通关节"。
〔50〕 充辽海军:充军到辽海卫去。辽海卫,明置,清废,在今辽宁开原县境。

狐　梦

余友毕怡庵[1]，倜傥不群[2]，豪纵自喜。貌丰肥，多髭。士林知名。尝以故至叔刺史公之别业[3]，休憩楼上。传言楼中故多狐。毕每读青凤传[4]，心辄向往，恨不一遇。因于楼上，摄想凝思。既而归斋，日已寖暮[5]。时暑月燠热，当户而寝。睡中有人摇之。醒而却视，则一妇人，年逾不惑[6]，而风雅犹存。毕惊起，问其谁何。笑曰："我狐也。蒙君注念，心窃感纳。"毕闻而喜，投以嘲谑。妇笑曰："妾齿加长矣，纵人不见恶，先自惭沮。有小女及笄，可侍巾栉[7]。明宵，无寓人于室，当即来。"言已而去。至夜，焚香坐伺。妇果携女至。态度娴婉，旷世无匹。妇谓女曰："毕郎与有夙缘[8]，即须留止[9]。明旦早归，勿贪睡也。"毕与握手入帏，款曲备至。事已，笑曰："肥郎痴重，使人不堪。"未明即去。

既夕自来，曰："姊妹辈将为我贺新郎，明日即屈同去。"问："何所？"曰："大姊作筵主，去此不远也。"毕果候之。良久不至，身渐倦惰。才伏案头，女忽入曰："劳君久伺矣。"乃握手而行。奄至一处，有大院落。直上中堂，则见灯烛荧荧，灿若星点。俄而主人至，年近二旬，淡妆绝美。敛衽称贺已，将践席，婢入白："二娘子至。"见一女子入，年可十八九，笑向女曰："妹子已破瓜矣[10]。新郎颇如意否？"女以扇击背，白眼视之。二娘曰："记儿时与妹相扑为戏[11]，妹畏人数胁骨,遥呵手指,即笑不可耐。便怒我,谓我当嫁僬侥国小王子[12]。我谓婢子他日嫁多髭郎,刺破小吻,今果然矣。"大娘笑曰:"无怪三娘子怒诅也!新郎在侧,直尔憨跳[13]!"顷之,合尊促坐[14],宴笑甚欢。忽一少女,抱一猫至,年可十一二,雏发未燥[15],而艳媚入骨。大娘曰:"四妹妹亦要见姊丈耶?此无坐处。"因提抱膝头,取肴果饵之。移时,转置二娘怀中,曰:"压我胫股痠痛!"二娘曰:"婢子许大,身如百钧重[16],我脆弱不堪。既欲见姊丈,姊丈故壮伟,肥膝耐坐。"乃捉置毕怀。入怀香奭,轻若无人。毕抱与同杯饮。大娘曰:"小婢勿过饮,醉失仪容,恐姊夫所笑。"少女孜孜展笑,以手弄猫,猫戛然鸣。大娘曰:"尚不抛却,抱走蚤虱矣!"二娘曰:"请以狸奴为令,执箸交传,鸣处则饮。"众如其教。至毕辄鸣。毕故豪饮,连举数觥。乃知小女子故捉令鸣也,因大喧笑。二娘曰:"小妹子归休!压杀郎君,恐三姊怨人。"小女郎乃抱猫去。大娘见毕善饮,乃摘髻子贮酒以劝[17]。视髻仅容升许[18];然饮之,觉有数斗之多。比干视之,则荷盖也。二娘亦欲相酬。毕辞不胜酒。二娘出一口脂合子,大于弹丸,酌曰:"既不胜酒,聊以示意。"毕视之,一吸可尽;接吸百口,更无干时。女在傍以小莲杯易合子去,曰:"勿为奸人所弄。"置合案上,则一巨钵。二娘曰:"何预汝事!三日郎君,便如许亲爱耶!"毕持杯向口立尽。把之腻软;审之,非杯,乃罗袜一钩[19],衬饰工绝。二娘夺骂曰:"猾婢!何时盗人履子去,怪足冰冷也!"遂起,入室易舄。女约毕离席告别。女送出村,使毕自归。瞥然醒寤,竟是梦景;而鼻口醺醺,酒气犹浓,异之。至暮,女来,曰:

"昨宵未醉死耶?"毕言:"方疑是梦。"女曰:"姊妹怖君狂噪,故托之梦,实非梦也。"

女每与毕弈,毕辄负。女笑曰:"君日嗜此,我谓必大高着。今视之,只平平耳。"毕求指诲。女曰:"弈之为术,在人自悟,我何能益君?朝夕渐染,或当有异。"居数月,毕觉稍进。女试之,笑曰:"尚未,尚未。"毕出,与所尝共弈者游,则人觉其异,咸奇之。毕为人坦直,胸无宿物[20],微泄之。女已知,责曰:"无惑乎同道者不交狂生也。屡嘱慎密,何尚尔尔!"怫然欲去。毕谢过不遑,女乃稍解;然由此来寖疏矣。

积年馀,一夕来,兀坐相向[21]。与之弈,不弈;与之寝,不寝。怅然良久,曰:"君视我孰如青凤?"曰:"殆过之。"曰:"我自惭弗如。然聊斋与君文字交[22],请烦作小传,未必千载下无爱忆如君者。"毕曰:"夙有此志;曩遵旧嘱,故秘之。"女曰:"向为是嘱,今已将别,复何讳?"问:"何往?"曰:"妾与四妹妹为西王母征作花鸟使[23],不复得来。曩有姊行[24],与君家叔兄,临别已产二女,今尚未醮;妾与君幸无所累。"毕求赠言。曰:"盛气平,过自寡。"遂起,捉手曰:"君送我行。"至里许,洒涕分手,曰:"彼此有志,未必无会期也。"乃去。

康熙二十一年腊月十九日,毕子与余抵足绰然堂[25],细述其异。余曰:"有狐若此,则聊斋之笔墨有光荣矣。"遂志之。

据《聊斋志异》手稿本

〔1〕 毕怡庵：蒲松龄曾长期在淄川西铺毕际有家坐馆；毕怡庵当是毕际有的族人。
〔2〕 倜傥不群：豪爽洒脱，不同凡俗。
〔3〕 刺史公：刺史，清代用作"知州"的别称。按淄川毕际有曾任扬州府通州知州，家有石隐园、绰然堂、效樊堂诸胜。此处的"刺史公"当指毕际有。别业：别墅。
〔4〕 青凤传：指《聊斋志异·青凤》。
〔5〕 寖暮：将暮。寖，同"浸"，渐。
〔6〕 年逾不惑：年纪超过四十。不惑，代指四十岁。《论语·为政》："四十而不惑。"
〔7〕 侍巾栉（zhì 志）：侍奉梳洗；指充当侍妾。栉，梳发。
〔8〕 夙缘：注定的缘分。缘，据铸雪斋抄本，原作"宿"。
〔9〕 留止：留宿。止，栖止。
〔10〕 破瓜：《通俗编·妇女》："俗以女子破身为破瓜，非也。瓜字破之为二八字，言其二八十六岁也。"此处，指少女已婚。《艺文类聚》四三《情人歌》："碧玉破瓜时，郎为情颠倒。"
〔11〕 相扑为戏：这里指相互打闹着玩耍。"相扑"之名始见于宋代《梦梁录》，它是从秦汉角觚技艺中分出的一个体育运动项目。
〔12〕 僬侥国：古代传说中的矮人国。《史记·孔子世家》："僬侥氏三尺，短之至也。"又谓长一尺五寸，见《列子·汤问》。
〔13〕 直尔憨跳：竟然如此胡闹。憨跳，傻闹。
〔14〕 合尊促坐：举杯酬酢，相偎而坐。语出左思《蜀都赋》："合尊促席，引满相罚。"合，聚。尊，酒器。促坐，近坐，古时席地而坐，坐近称"促席"或"促坐"。
〔15〕 雏发未燥：犹言胎毛未干，谓其稚气未消。
〔16〕 钧：古代重量单位，三十斤曰一"钧"。
〔17〕 髢子：旧时妇女的假发髻。髢，据铸雪斋抄本，原作"欢"。
〔18〕 升：量酒单位。后文之"斗"，指酒器，也指量酒的单位。
〔19〕 罗袜：指绣鞋。曹植《洛神赋》："陵波微步，罗袜生尘。"
〔20〕 胸无宿物：指心里藏不住事儿。宿，旧。

〔21〕 兀坐:独自端坐;呆坐。兀,茫然无所知的样子。
〔22〕 聊斋:蒲松龄的书斋名,这里指代蒲松龄。
〔23〕 西王母:神话人物。《山海经》说她是虎齿、蓬首、善啸的怪物。在以后的神话传说中,则逐渐把她塑造成为一位容貌绝世的女神。小说、戏曲称她为"瑶池金母",每逢蟠桃熟时大开寿宴,诸仙都来为她上寿,把她当长生不老的象征。花鸟使:唐天宝年间,曾挑选风流艳丽的宫女,叫她们照料宴会,名曰"花鸟使"。见《天中记》。这里指侍奉西王母寿筵的仙女。
〔24〕 姊行(háng 航):姐辈。行,行辈。
〔25〕 抵足:两人同榻,足相接而眠。

布　客

长清某[1],贩布为业,客于泰安。闻有术人工星命之学[2],诣问休咎[3]。术人推之曰:"运数大恶,可速归。"某惧,囊资北下。途中遇一短衣人,似是隶胥。渐渍与语[4],遂相知悦。屡市餐饮,呼与共啜。短衣人甚德之。某问所干营[5],答言:"将适长清,有所勾致[6]。"问为何人,短衣人出牒,示令自审;第一即己姓名。骇曰:"何事见勾?"短衣人曰:"我非生人,乃蒿里山东四司隶役[7]。想子寿数尽矣。"某出涕求救。鬼曰:"不能。然牒上名多。拘集尚需时日。子速归,处置后事,我最后相招,此即所以报交好耳。"无何,至河际,断绝桥梁,行人艰涉。鬼曰:"子行死矣,一文亦将不去。请即建桥,利行人;虽颇烦费,然于子未必无小益。"某然之。

某归[8],告妻子作周身具[9]。尅日鸠工建桥[10]。久之,鬼竟不至。心窃疑之。一日,鬼忽来曰:"我已以建桥事上报城隍,转达冥司矣,谓此一节可延寿命。今牒名已除,敬以报命[11]。"某喜感谢。后再至泰山,不忘鬼德,敬赍楮锭[12],呼名醊奠。既出,见短衣人匆遽而来曰:"子几祸我! 适司君方莅事,幸不闻知。不然,奈何!"送之数武,曰:"后勿复来。倘有事北往,自当迂道过访。"遂别而去。

据《聊斋志异》手稿本

----
〔1〕 长清:今山东省长清县。下文"泰安",今山东省泰安县。
〔2〕 工:精通。星命之学:术家认为,人的命运常同星宿的位置、运行有关,故把人出生年月日时配以天干地支而成"八字",按天星运数,附会人事,推算人的命运。这种方术称为"星命之学"。
〔3〕 休咎:犹言吉凶。
〔4〕 渐渍(zì 字):犹浸润,这里是逐渐的意思。
〔5〕 干营:办事。
〔6〕 勾致:捉拿、拘捕。
〔7〕 蒿里山:蒿里山本名高里山,在城西南三里。山有十殿阎君,掌管人世间的生死祸福。东四司:十殿阎君下属七十五司,东四司疑指主管生死轮回的诸司。见《泰安县志》卷七及《岱览·岱麓诸山》。
〔8〕 归:回到家中。
〔9〕 周身具:指棺椁等葬具。
〔10〕 尅日:也作"刻日",定期。尅,通"刻"。鸠工:鸠集工人。
〔11〕 报命:复命。
〔12〕 赍(jī 鸡):携带。楮锭:纸钱,纸锞。

农　人

有农人芸于山下[1]，妇以陶器为饷[2]。食已，置器垄畔。向暮视之，器中馀粥尽空。如是者屡。心疑之，因睨注以觇之[3]。有狐来，探首器中。农人荷锄潜往，力击之。狐惊窜走。器囊头[4]，苦不得脱；狐颠蹶，触器碎落，出首，见农人，窜益急，越山而去。

后数年，山南有贵家女，苦狐缠祟，勅勒无灵[5]。狐谓女曰："纸上符咒，能奈我何！"女绐之曰："汝道术良深，可幸永好。顾不知生平亦有所畏者否？"狐曰："我罔所怖。但十年前在北山时，尝窃食田畔，被一人戴阔笠[6]，持曲项兵[7]，几为所戮，至今犹悸。"女告父。父思投其所畏，但不知姓名、居里，无从问讯。

会仆以故至山村，向人偶道。旁一人惊曰："此与吾曩年事适相符同，将无向所逐狐[8]，今能为怪耶？"仆异之，归告主人。主人喜，即命仆马招农人来，敬白所求。农人笑曰："曩所遇诚有之，顾未必即有此物。且既能怪变，岂复畏一农人？"贵家固强之，使披戴如尔日状[9]，入室以锄卓地[10]，咤曰："我日觅汝不可得，汝乃逃匿在此耶！今相值，决杀不宥！"言已，即闻狐鸣于室。农人益作威怒。狐即哀言乞命。农人叱曰："速去，释汝。"女见狐捧头鼠窜而去。自是遂安。

据《聊斋志异》手稿本

封三娘

狐梦

花姑子

西湖主

绿衣女

骂鸭

马介甫

云翠仙

----

〔1〕 芸(yún 云):通"耘",除草。
〔2〕 饷:给田间劳动者送饭。
〔3〕 睨(nì 腻)注:意为从旁注视。睨,斜视。
〔4〕 囊头:套在头上。
〔5〕 勅(chì 斥)勒:驱祟符篆。见《焦螟》注。
〔6〕 阔笠:大沿斗笠。
〔7〕 曲项兵:指锄头。兵,兵器。
〔8〕 将无:得无、莫非。向:从前。
〔9〕 尔日:那天,指昔击狐之日。
〔10〕 卓(zhuō 桌)地:植立于地。卓,植立,竖立。

章 阿 端

卫辉戚生[1],少年蕴藉,有气敢任[2]。时大姓有巨第,白昼见鬼,死亡相继,愿以贱售。生廉其直,购居之。而第阔人稀,东院楼亭,蒿艾成林,亦姑废置。家人夜惊,辄相哗以鬼。两月馀,丧一婢。无何,生妻以暮至楼亭,既归得疾,数日寻毙[3]。家人益惧,劝生他徙。生不听。而块然无偶[4],憭慄自伤[5]。婢仆辈又时以怪异相聒。生怒,盛气襆被,独卧荒亭中,留烛以觇其异。久之无他,亦竟睡去。

忽有人以手探被,反复扪挱[6]。生醒视之,则一老大婢,挛耳蓬头[7],臃肿无度[8]。生知其鬼,捉臂推之,笑曰:"尊范不堪承教[9]!"婢惭,敛手蹀躞而去。少顷,一女郎自西北隅出,神情婉妙。闯然至灯下,怒骂:"何处狂生,居然高卧[10]!"生起笑曰:"小生此间之第主,候卿讨房税耳。"遂起,裸而捉之。女急遁。生先趋西北隅,阻其归路。女既穷,便坐床上。近临之,对烛如仙;渐拥诸怀。女笑曰:"狂生不畏鬼耶?将祸尔死!"生强解裙襦[11],则亦不甚抗拒。已而自白曰:"妾章氏,小字阿端。误适荡子,刚愎不仁[12],横加折辱[13],愤悒夭逝,瘗此二十馀年矣。此宅下皆坟冢也。"问:"老婢何人?"曰:"亦一故鬼,从妾服役。上有生人居,则鬼不安于夜室,适令驱君耳。"问:"扪挱何为?"笑曰:"此婢三十年未经人道,其情可悯;

然亦太不自量矣[14]。要之：馁怯者，鬼益侮弄之；刚肠者，不敢犯也。"听邻钟响断，着衣下床，曰："如不见猜[15]，夜当复至。"

入夕，果至，绸缪益欢[16]。生曰："室人不幸殂谢，感悼不释于怀。卿能为我致之否[17]？"女闻之益戚，曰："妾死二十年，谁一致念忆者！君诚多情，妾当极力。然闻投生有地矣，不知尚在冥司否。"逾夕，告生曰："娘子将生贵人家。以前生失耳环，挞婢，婢自缢死，此案未结，以故迟留。今尚寄药王廊下[18]，有监守者。妾使婢往行贿，或将来也。"生问："卿何闲散？"曰："凡枉死鬼不自投见，阎摩天子不及知也[19]。"二鼓向尽，老婢果引生妻而至。生执手大悲，妻含涕不能言。女别去，曰："两人可话契阔[20]，另夜请相见也。"生慰问婢死事。妻曰："无妨，行结矣。"上床偎抱，款若平生之欢。由此遂以为常。后五日，妻忽泣曰："明日将赴山东，乖离苦长[21]，奈何！"生闻言，挥涕流离，哀不自胜。女劝曰："妾有一策，可得暂聚。"共收涕询之。女请以钱纸十提[22]，焚南堂杏树下，持贿押生者，俾缓时日。生从之。至夕，妻至，曰："幸赖端娘，今得十日聚。"生喜，禁女勿去，留与连床，暮以暨晓，惟恐欢尽。过七八日，生以限期将满，夫妻终夜哭。问计于女，女曰："势难再谋。然试为之，非冥资百万不可。"生焚之如数。女来，喜曰："妾使人与押生者关说[23]，初甚难；既见多金，心始摇。今已以他鬼代生矣。"自此，白日亦不复去，令生塞户牖，灯烛不绝。

如是年馀，女忽病，瞀闷懊恢[24]，恍惚如见鬼状[25]。妻抚之曰："此为鬼病。"生曰："端娘已鬼，又何鬼之能病？"妻曰："不然。人死为鬼,鬼死为聻[26]。鬼之畏聻,犹人之畏鬼也。"生欲为聘巫医。曰:"鬼何可以人疗?邻媪王氏,今行术于冥间,可往召之。然去此十馀里,妾足弱不能行,烦君焚刍马[27]。"生从之。马方爇,即见女婢牵赤骝[28],授绥庭下[29],转瞬已杳。少间,与一老妪叠骑而来,絷马廊柱。妪入,切女十指[30]。既而端坐,首偈俅作态[31]。仆地移时,蹶而起曰:"我黑山大王也。娘子病大笃,幸遇小神,福泽不浅哉!此业鬼为殃,不妨,不妨!但是病有瘳,须厚我供养,金百锭、钱百贯,盛筵一设,不得少缺。"妻一一噭应[32]。妪又仆而苏,向病者呵叱,乃已。既而欲去。妻送诸庭外,赠之以马,欣然而去。入视女郎,似稍清醒。夫妻大悦,抚问之。女忽言曰:"妾恐不得再履人世矣。合目辄见冤鬼,命也!"因泣下。越宿,病益沉殆,曲体战栗,妄有所睹。拉生同卧,以首入怀,似畏扑捉。生一起,则惊叫不宁。如此六七日,夫妻无所为计。会生他出,半日而归,闻妻哭声。惊问,则端娘已毙床上,委蜕犹存[33]。启之,白骨俨然。生大恸,以生人礼葬于祖墓之侧。一夜,妻梦中呜咽。摇而问之,答云:"适梦端娘来,言其夫为聻鬼,怒其改节泉下[34],衔恨索命去,乞我作道场[35]。"生早起,即将如教。妻止之曰:"度鬼非君所可与力也[36]。"乃起去。逾刻而来,曰:"余已命人邀僧侣。当先焚钱纸作用度。"生从之。日方落,僧众毕集,金铙法鼓[37],一如人世。妻每谓其聒耳,生殊不闻。道场既毕,妻又梦端娘来谢,言:"冤已解矣,将生作城隍之女[38]。烦为转致。"

居三年,家人初闻而惧,久之渐习。生不在,则隔窗启禀。一夜,向生啼曰:"前押生者,今情弊漏泄[39],按责甚急,恐不能久聚矣。"数日,果疾,曰:"情之所钟,本愿长死,不乐生也。今将永诀,得非数乎!"生皇遽求策。曰:"是不可为也。"问:"受责乎?"曰:"薄有所罚。然偷生罪大,偷死罪小。"言讫,不动。细审之,面庞形质,渐就澌灭矣。生每独宿亭中,冀有他遇,终亦寂然,人心遂安。

据《聊斋志异》手稿本

----

〔1〕 卫辉:府名,治所在今河南省汲县。
〔2〕 有气敢任:纵性使气,敢做敢当。
〔3〕 寻:即。
〔4〕 块然:孤独,单身一人。
〔5〕 憭(liáo 了)慄:凄怆忧伤。
〔6〕 扣揗(sūn 孙):摸索。
〔7〕 挛(luán 峦)耳蓬头:耳朵蜷曲,头发散乱。形容妇女老丑之态。宋玉《登徒子好色赋》:"其妻蓬头挛耳,齞唇历齿。"挛,蜷曲不伸。
〔8〕 臃肿:此据青本,手稿本本作"拥瘇"。
〔9〕 尊范:犹言"尊容"。范,模,模样。
〔10〕 高卧:高枕而卧。形容安闲。
〔11〕 襦(rú 儒):上衣。
〔12〕 刚愎(bì 闭)不仁:暴戾专横,无相爱之心。语出《左传·宣公十二年》。
〔13〕 折辱:折磨、侮辱。
〔14〕 不自量:此据铸雪斋抄本,原作"不自谅"。
〔15〕 见猜:被猜疑。见,被。
〔16〕 绸缪(móu 谋):犹缠绵,谓情意深厚。
〔17〕 致:招致,招来。
〔18〕 药王:佛教菩萨名。据传为施良药治除众生身心两种病苦的菩萨。

见《观药王药上二菩萨经》。
[19] 阎摩天子：即阎罗王，又称"阎罗"、"阎王"。原为古印度神话中管理阴间之神，佛教沿用其说，称为管理地狱的魔王。传说他下有十八判官，分管十八地狱。司决断善恶、追摄罪人、轮回转世等事。
[20] 话契阔：叙谈久别之情。
[21] 乖离：别离。
[22] 十提：十串。提，迷信习俗以纸钱一串为一提。
[23] 关说：通关节、说人情。
[24] 瞀（mào 冒）闷懊侬（nōng 哝）：指病患者神志昏迷，烦躁不宁。《素问·六元正纪大论》："目赤心热，甚则瞀闷懊侬。"瞀，昏乱。懊侬，也作"懊憹"，烦躁。
[25] 恍惚：神志不清。
[26] 聻（jiàn 渐，又读 jí 吉）：迷信传说鬼死为聻。《五音集韵》："人死作鬼，人见惧之；鬼死作聻，鬼见怕之。若篆书此字帖于门上，一切鬼祟，远离千里。"
[27] 刍马：草扎的纸马。
[28] 赤骝：红色骏马。骝，黑鬣黑尾的红马。
[29] 授绥：谓授予挽以上马的缰绳。绥，挽以上下的车索，此指马辔。
[30] 切：按、摸。中医按脉叫切脉。
[31] 噣（dù 杜）嗾（sòu 嗽）：同"哆嗦"，颤动。
[32] 噭（jiào 叫）应：高声答应。《礼记·曲礼上》："毋噭应。"孔颖达疏："噭，谓声响高急。"
[33] 委蜕：蝉等所蜕之皮，喻遗留之迹。委，弃。
[34] 改节：不守妇节。
[35] 道场：此指佛教所举行的超度亡灵的法会，如"水陆道场"等。
[36] 与力：为力。
[37] 金铙法鼓：举行法会所用的打击乐器。
[38] 城隍：迷信谓护祐城池的神灵。详《考城隍》注。
[39] 情弊：受贿舞弊的情节。

馎饦媪[1]

韩生居别墅半载,腊尽始返[2]。一夜,妻方卧,闻人行声。视之,炉中煤火,炽耀甚明。见一媪,可八九十[3],鸡皮橐背[4],衰发可数。向女曰:"食馎饦否?"女惧,不敢应。媪遂以铁箸拨火,加釜其上;又注以水。俄闻汤沸。媪撩襟启腰橐,出馎饦数十枚,投汤中,历历有声。自言曰:"待寻箸来。"遂出门去。女乘媪去,急起捉釜倾箦后[5],蒙被而卧。少刻,媪至,逼问釜汤所在。女大惧而号。家人尽醒,媪始去。启箦照视,则土鳖虫数十[6],堆累其中。

据《聊斋志异》手稿本

---

〔1〕 馎(bó 博)饦(tuō 拖):即"汤饼",一种汤煮的面食,也叫"怀饦"、"不托"。欧阳修《归田录》卷二:"汤饼,唐人谓之不托,今俗谓之馎饦矣。"《齐民要术》卷九《饼法》:"馎饦,挼(nuó 挪)如大指许,二寸一断,著水盆中浸,宜以手向盆旁挼使极薄,皆急火逐沸熟煮。"

〔2〕 腊尽:年终。俗称旧历十二月为腊月。

〔3〕 可:大约。

〔4〕 鸡皮:形容老人皮肤皱褶。橐背:驼背。橐,橐驼,即骆驼。

〔5〕 箦(zé 责):床席。

〔6〕 土鳖:此据铸雪斋抄本,原作"毣"。

金 永 年

利津金永年[1],八十二岁无子。媪亦七十八岁,自分绝望[2]。忽梦神告曰:"本应绝嗣,念汝贸贩平准[3],赐予一子。"醒以告媪。媪曰:"此真妄想。两人皆将就木[4],何由生子?"无何,媪腹震动;十月,竟举一男。

据《聊斋志异》手稿本

----

[1] 利津:今山东省利津县。
[2] 自分:自料。
[3] 平准:公平。
[4] 就木:进入棺木,指死亡。

花 姑 子

安幼舆,陕之拔贡[1]。生,为人挥霍好义,喜放生。见猎者获禽,辄不惜重直,买释之。会舅家丧葬,往助执绋[2]。暮归,路经华岳[3],迷窜山谷中。心大恐。一矢之外,忽见灯火,趋投之。数武中,欻见一叟,伛偻曳杖,斜径疾行。安停足,方欲致问,叟先诘谁何。安以迷途告;且言灯火处必是山村,将以投止。叟曰:"此非安乐乡。幸老夫来,可从去,茅庐可以下榻[4]。"安大悦,从行里许,睹小村。叟扣荆扉,一妪出,启关曰:"郎子来耶[5]?"叟曰:"诺。"既入,则舍宇湫隘[6]。叟挑灯促坐,便命随事具食[7]。又谓妪曰:"此非他,是吾恩主。婆子不能行步,可唤花姑子来酾酒[8]。"俄女郎以馔具入,立叟侧,秋波斜盼。安视之,芳容韶齿[9],殆类天仙。叟顾令煁酒[10]。房西隅有煤炉,女即入房拨火。安问:"此公何人?"答云:"老夫章姓。七十年止有此女。田家少婢仆,以君非他人,遂敢出妻见子[11],幸勿哂也。"安问:"婿家何里?"答言:"尚未。"安赞其惠丽,称不容口。叟方谦挹[12],忽闻女郎惊号。叟奔入,则酒沸火腾。叟乃救止,诃曰:"老大婢,濡猛不知耶[13]!"回首,见炉傍有葛心插紫姑未竟[14],又诃曰:"发蓬蓬许,裁如婴儿!"持向安曰:"贪此生涯,致酒腾沸。蒙君子奖誉,岂不羞死!"安审谛之,眉目袍服,制甚精工。赞曰:"虽近儿戏,亦见慧心。"斟酌移时,女频来行酒,嫣然含笑，殊不羞涩。安注目情动。忽闻妪呼，叟便去。安觑无人，谓女曰："睹仙容，使我魂失。欲通媒妁，恐其不遂，如何？"女把壶向火，默若不闻；屡问不对。生渐入室。女起，厉色曰："狂郎入闼[15]，将何为！"生长跪哀之。女夺门欲去。安暴起要遮，狎接腺脰[16]。女颤声疾呼，叟匆遽入问。安释手而出，殊切愧惧。女从容向父曰："酒复涌沸，非郎君来，壶子融化矣。"安闻女言，心始安妥，益德之。魂魄颠倒，丧所怀来[17]。于是伪醉离席，女亦遂去。叟设裀褥，阖扉乃出。安不寐，未曙，呼别。

至家，即浼交好者造庐求聘，终日而返，竟莫得其居里。安遂命仆马，寻途自往。至则绝壁巉岩，竟无村落；访诸近里，则此姓绝少。失望而归，并忘食寝。由此得昏瞀之疾[18]：强啖汤粥，则哕喀欲吐[19]；溃乱中，辄呼花姑子。家人不解，但终夜环伺之，气势阽危。一夜，守者困怠并寐，生曚瞳中，觉有人揣而抚之[20]。略开眸，则花姑子立床下，不觉神气清醒。熟视女郎，潸潸涕堕。女倾头笑曰："痴儿何至此耶？"乃登榻，坐安股上，以两手为按太阳穴。安觉脑麝奇香，穿鼻沁骨。按数刻，忽觉汗满天庭[21]，渐达肢体。小语曰："室中多人，我不便住。三日当复相望。"又于绣袪中出数蒸饼置床头，悄然遂去。安至中夜，汗已思食，扪饼啖之。不知所苞何料，甘美非常，遂尽三枚。又以衣覆馀饼，憕憏酣睡[22]，辰分始醒，如释重负。三日，饼尽，精神倍爽。乃遣散家人。又虑女来不得其门而入，潜出斋庭，悉脱扃键。未几，女果至，笑曰："痴郎子！不谢巫耶[23]？"安喜极，抱与绸缪，恩爱甚至。已而曰："妾冒险蒙垢，所以故,来报重恩耳。实不能永谐琴瑟,幸早别图。"安默默良久,乃问曰:"素昧生平,何处与卿家有旧?实所不忆。"女不言,但云:"君自思之。"生固求永好。女曰:"屡屡夜奔,固不可;常谐伉俪,亦不能。"安闻言,邑邑而悲[24]。女曰:"必欲相谐,明宵请临妾家。"安乃收悲以忻,问曰:"道路辽远,卿纤纤之步,何遽能来?"曰:"妾固未归。东头聋媪我姨行,为君故,淹留至今,家中恐所疑怪。"安与同衾,但觉气息肌肤,无处不香。问曰:"熏何芗泽,致侵肌骨?"女曰:"妾生来便尔,非由熏饰。"安益奇之。女早起言别。安虑迷途,女约相候于路。安抵暮驰去,女果伺待,偕至旧所。叟媪欢逆。酒肴无佳品,杂具藜藿。既而请客安寝。女子殊不瞻顾,颇涉疑念。更既深,女始至,曰:"父母絮絮不寝,致劳久待。"浃洽终夜,谓安曰:"此宵之会,乃百年之别。"安惊问之。答曰:"父以小村孤寂,故将远徙。与君好合,尽此夜耳。"安不忍释,俯仰悲怆。依恋之间,夜色渐曙。叟忽闯然入,骂曰:"婢子玷我清门,使人愧怍欲死!"女失色,草草奔去。叟亦出,且行且詈。安惊孱遑怯,无以自容,潜奔而归。

　　数日徘徊,心景殆不可过。因思夜往,逾墙以观其便。叟固言有恩,即令事泄,当无大谴。遂乘夜窜往,踄躞山中[25],迷闷不知所往。大惧。方觅归途,见谷中隐有舍宇;喜诣之,则闬闳高壮[26],似是世家,重门尚未扃也。安向门者讯章氏之居。有青衣人出,问:"昏夜何人询章氏?"安曰:"是吾亲好,偶迷居向。"青衣曰:"男子无问章也。此是渠妗家,花姑即今在此,容传白之。"入未几,即出邀安。才登廊舍,花姑趋出迎,谓青衣曰:"安郎奔波中夜,想已困殆,可伺床寝。"少间,携手入帏[27]。安问:"娇家何别无人?"女曰:"娇他出,留妾代守。幸与郎遇,岂非夙缘?"然偎傍之际,觉甚膻腥,心疑有异。女抱安颈,遽以舌舐鼻孔,彻脑如刺。安骇绝,急欲逃脱,而身若巨绠之缚。少时,闷然不觉矣。

安不归,家中逐者穷人迹。或言暮遇于山径者。家人入山,则见裸死危崖下。惊怪莫察其由,舁归。众方聚哭,一女郎来吊,自门外嗷啕而入[28]。抚尸捺鼻,涕洟其中,呼曰:"天乎,天乎!何愚冥至此!"痛哭声嘶,移时乃已。告家人曰:"停以七日,勿殓也。"众不知何人,方将启问;女傲不为礼,含涕径出,留之不顾。尾其后,转眸已渺。群疑为神,谨遵所教。夜又来,哭如昨。至七夜,安忽苏,反侧以呻。家人尽骇。女子入,相向呜咽。安举手,挥众令去。女出青草一束,燂汤升许[29],即床头进之,顷刻能言。叹曰:"再杀之惟卿,再生之亦惟卿矣!"因述所遇。女曰:"此蛇精冒妾也。前迷道时,所见灯光,即是物也。"安曰:"卿何能起死人而肉白骨也[30]?勿乃仙乎?"曰:"久欲言之,恐致惊怪。君五年前,曾于华山道上买猎獐而放之否?"曰:"然,其有之。"曰:"是即妾父也。前言大德,盖以此故。君前日已生西村王主政家[31]。妾与父讼诸阎摩王,阎摩王弗善也。父愿坏道代郎死,哀之七日,始得当。今之邂逅,幸耳。然君虽生,必且痿痹不仁[32];得蛇血合酒饮之,病乃可除。"生啣恨切齿,而虑其无术可以擒之。女曰:"不难。但多残生命,累我百年不得飞升。其穴在老崖中,可于晡时聚茅焚之,外以强弩戒备,妖物可得。"言已,别曰:"妾不能终事,实所哀惨。然为君故,业行已损其七[33],幸悯宥也。月来觉腹中微动，恐是孽根。男与女，岁后当相寄耳。"流涕而去。

安经宿，觉腰下尽死，爬抓无所痛痒。乃以女言告家人。家人往，如其言，炽火穴中。有巨白蛇冲焰而出。数弩齐发，射杀之。火熄入洞，蛇大小数百头，皆焦臭。家人归，以蛇血进。安服三日，两股渐能转侧，半年始起。后独行谷中，遇老媪以绷席抱婴儿授之，曰："吾女致意郎君。"方欲问讯，瞥不复见。启襁视之，男也。抱归，竟不复娶。

异史氏曰："人之所以异于禽兽者几希，此非定论也。蒙恩啣结[34]，至于没齿[35]，则人有惭于禽兽者矣。至于花姑，始而寄慧于憨，终而寄情于恝[36]，乃知憨者慧之极，恝者情之至也。仙乎，仙乎！"

据《聊斋志异》手稿本

----

〔1〕 拔贡：明代称为"选贡"。清顺治元年首举选贡，从廪膳生员中选拔。
〔2〕 执绋（fú 扶）：指送葬。《礼记·曲礼上》："助葬必执绋。"绋，牵引灵车的绳索。古时送葬的人牵着灵车的绳索以助行进，因称送葬为"执绋"。
〔3〕 华岳：西岳华山。
〔4〕 下榻：《后汉书·徐穉传》：豫章太守陈蕃素不接待来访客人，惟特设一榻专待郡之名士徐穉来访留宿。徐去，则将榻悬起。后因称接待宾客为下榻。
〔5〕 郎子：旧时对别人年幼子弟的敬称。这里称安幼舆。

〔6〕 湫隘：低湿狭小。
〔7〕 随事具食：就家中现有的食物，准备饭食。具食，备饭。
〔8〕 釃（shāi 筛）酒：滤酒，后世指斟酒。
〔9〕 芳容韶齿：意思是年轻貌美。韶齿，犹言妙龄。韶，美。
〔10〕 煨酒：文火温酒。
〔11〕 出妻见（xiàn 现）子：使妻子儿女出来见面；这是旧时亲切待客的表现。见，同"现"。
〔12〕 谦挹：谦虚客气。挹，通"抑"。
〔13〕 濡猛：指猝然酒沸。濡，渍、水泡。猛，猝急。
〔14〕 藋心：藋心，指高粱秆心。山东称高粱为"蜀秫"，见蒲松龄《农桑经·农经》。紫姑：旧时民间传说的女神。紫姑，姓何，名媚。唐代寿阳刺史李景之妾，正月十五日被景妻虐杀于厕间。上帝怜悯她，命为厕神。见《荆楚岁时记》及《显异录》。自唐以来即有祭紫姑之俗。于此日作其形态，夜于厕边或猪栏边迎之，以卜蚕桑或问祸福。未竟：未完成。
〔15〕 闼：门。这里指闺闼，犹言内室。
〔16〕 接臄（jué 决）脝：犹今言接吻。脝，当作"脗"。口上曰"臄"，口下曰"脗"。
〔17〕 丧所怀来：意谓对花姑子采取非礼行为的念头消失了。《文选》司马相如《难蜀父老》："于是诸大夫茫然丧其所怀来，而失厥所以进。"怀来，来意。
〔18〕 昏瞀（mào 冒）：神智不清，精神错乱。
〔19〕 喠喀（zhǒng yǒng 肿永）：《广韵》："喠喀，欲吐。"喠，气急喘息。喀，同"哽"。
〔20〕 揣而抏（yǎn 兖）之：晃动他。揣、抏，动也。
〔21〕 天庭：两眉之间，指前额。
〔22〕 懵憕（méng téng 蒙滕）：迷乱，朦胧。
〔23〕 巫：治病的女巫。此是花姑子自指。
〔24〕 邑邑：同"悒悒"，不乐的样子。
〔25〕 蹀躞：此据青柯亭刻本，原作"揲搦"。
〔26〕 闬闳（hàn hóng 汗洪）：里门；巷门。

〔27〕 入:据铸雪斋抄本补,原缺。
〔28〕 嗷(jiào 叫)啕:即"号啕",高声号哭。
〔29〕 燂(xún 旬):煮,加热。
〔30〕 起死人而肉白骨:使死人复活,使白骨生肉;指起死回生。
〔31〕 主政:古代官名,明清时中央各部"主事"也称"主政"。
〔32〕 痿痹不仁:肢体萎缩麻木,失去感觉,不能活动。不仁,丧失感觉或感觉迟钝。
〔33〕 业行(xíng 邢):指修行的道业。
〔34〕 啣结:指衔环结草以报恩。啣,同"衔"。指"衔环"。传说东汉杨宝救活一只黄雀,夜间有一黄衣童子以白环四枚相报,谓当使其子孙洁白,位登三公。后杨宝子孙果皆显贵。见《后汉书·杨震传》李贤注引《续齐谐记》。结,指"结草"。《左传·宣公十五年》:魏武子有嬖妾;武子有病,嘱其子颗,把嬖妾嫁出去。后武子病重,又嘱其子颗,要嬖妾为他殉葬。武子死,颗不使嬖妾殉葬,而令她改嫁。后来在一次战争中,颗见一老人结草助其俘获敌将。梦中知道老人就是嬖妾之父来报嫁女之恩。
〔35〕 没齿:终身;一辈子。
〔36〕 恝(jiá 夹):淡漠;不在意。

武孝廉

武孝廉石某[1],囊资赴都,将求铨叙[2]。至德州,暴病,唾血不起,长卧舟中。仆篡金亡去[3]。石大恚[4],病益加,资粮断绝。榜人谋委弃之[5]。会有女子乘船[6],夜来临泊[7],闻之,自愿以舟载石。榜人悦,扶石登女舟。石视之,妇四十馀,被服灿丽,神采犹都[8]。呻以感谢。妇临审曰:"君夙有瘵根[9],今魂魄已游墟墓。"石闻之,噭然哀哭[10]。妇曰:"我有丸药,能起死。苟病瘳,勿相忘。"石洒泣矢盟[11]。妇乃以药饵石;半日,觉少瘥。妇即榻供甘旨[12],殷勤过于夫妇。石益德之。月馀,病良已[13]。石膝行而前,敬之如母。妇曰:"妾茕独无依[14],如不以色衰见憎,愿侍巾栉[15]。"时石三十馀,丧偶经年,闻之,喜惬过望[16],遂相燕好。妇乃出藏金,使入都营干,相约返与同归。

石赴都夤缘[17],选得本省司阃[18];馀金市鞍马,冠盖赫奕[19]。因念妇腊已高[20],终非良偶,因以百金聘王氏女为继室。心中悚怯,恐妇闻知,遂避德州道,迂途履任。年馀,不通音耗。有石中表[21],偶至德州,与妇为邻。妇知之,诣问石况。某以实对。妇大骂,因告以情。某亦代为不平,慰解曰:"或署中务冗[22],尚未暇遑。乞修尺一书[23],为嫂寄之。"妇如其言。某敬以达石,石殊不置意。又年馀,妇自往归石,止于旅舍,托官署司宾者通姓氏[24]。石令绝之。一日,方燕饮,闻喧詈声;释杯凝听[25],则妇已搴帘入矣。石大骇,面色如土。妇指骂曰:"薄情郎!安乐耶?试思富若贵何所自来[26]?我与汝情分不薄,即欲置婢妾,相谋何害?"石累足屏气[27],不能复作声。久之,长跽自投,诡辞乞宥。妇气稍平。石与王氏谋,使以妹礼见妇。王氏雅不欲[28];石固哀之,乃往。王拜,妇亦答拜。曰:"妹勿惧,我非悍妒者。曩事,实人情所不堪,即妹亦当不愿有是郎。"遂为王缅述本末。王亦愤恨,因与交詈石。石不能自为地,惟求自赎,遂相安帖。

初,妇之未入也,石戒阍人勿通[29]。至此,怒阍人,阴诘让之[30]。阍人固言管钥未发[31],无入者,不服。石疑之而不敢问妇,两虽言笑,而终非所好也。幸妇娴婉[32],不争夕。三餐后,掩闼早眠,并不问良人夜宿何所[33]。王初犹自危;见其如此,益敬之。厌旦往朝[34],如事姑嫜[35]。妇御下宽和有体[36],而明察若神。一日,石失印绶[37],合署沸腾,屑屑还往[38],无所为计。妇笑言:"勿忧,竭井可得。"石从之,果得之。叩其故,辄笑不言。隐约间,似知盗者姓名,然终不肯泄。居之终岁,察其行多异。石疑其非人,常于寝后使人睏听之[39],但闻床上终夜作振衣声,亦不知其何为。妇与王极相怜爱。一夕,石以赴臬司未归[40],妇与王饮,不觉过醉,就卧席间,化而为狐。王怜之,覆以锦褥。未几,石入,王告以异。石欲杀之。王曰:"即狐,何负于君?"石不听,急觅佩刀。而妇已醒,骂曰:"虺蝮之行[41],而豺狼之心,必不可以久居!曩所唼药,乞赐还也!"

即唾石面。石觉森寒如浇冰水,喉中习习作痒;呕出,则丸药如故。妇拾之,忿然迳出,追之已杳。石中夜旧症复作,血嗽不止,半岁而卒。

异史氏曰:"石孝廉,翩翩若书生。或言其折节能下士[42],语人如恐伤。壮年殂谢,士林悼之。至闻其负狐妇一事,则与李十郎何以少异[43]?"

据《聊斋志异》手稿本

---

〔1〕 武孝廉:武举人。
〔2〕 铨叙:清代科举制规定:举人除会试外,可通过拣选、大挑、截取三途径取得官职。此指石孝廉赴京参加拣选,求取官职。铨,选授官职。
〔3〕 篡金:夺取钱财。
〔4〕 恚(huì 会):愤怒。
〔5〕 榜人:舟子,船家。
〔6〕 会:适逢。
〔7〕 临泊:靠岸停舟。
〔8〕 都:美。
〔9〕 瘵(zhài 债)根:肺痨病根。瘵,肺病。
〔10〕 噭(jiào 叫)然:哀哭,放声痛哭。噭,高声。
〔11〕 矢盟:犹盟誓。矢,通"誓"。《诗·鄘风·柏舟》:"之死矢靡它。"
〔12〕 甘旨:美好食物。
〔13〕 良已:完全痊愈。
〔14〕 茕(qióng 穷)独:孤独。
〔15〕 侍巾栉(zhì 质):侍奉梳洗,指为其妻室。
〔16〕 喜惬(qiè 怯):喜欢满意。
〔17〕 夤(yín 寅)缘:攀附以升;喻攀附权要,求取官位。

〔18〕司阃（kǔn 捆）：门卫武官。"本省司阃"，指任省城之门卫武官。阃，郭门。
〔19〕冠盖：指为官者的冠服和车辆。盖，车篷，代指车。赫奕：光耀、荣盛。
〔20〕腊：年岁，年龄。
〔21〕中表：古称姑母的儿子为外兄弟，称舅父、姨母的儿子为内兄弟。外为表，内为中，合称"中表兄弟"，简称"中表"。
〔22〕务冗（rǒng 氄）：事务烦多。
〔23〕尺一书：指书信。汉代之诏书写于一尺一寸长的书板上，称为尺牍。后来用为书信的通称。
〔24〕司宾者：官署内负责接待宾客的吏役。
〔25〕凝听：凝神静听。
〔26〕富若贵：富和贵。若，与、和。
〔27〕累足屏（bǐng 饼）气：叠足站立，不敢喘气，形容惊惧、敬畏。累足，两足相叠。《汉书·吴王濞传》："胁肩累足。"颜师古注："累足，重足也。"屏，抑制。
〔28〕雅：甚、很。
〔29〕阍（hūn 昏）人：守门人。
〔30〕诘让：责问。
〔31〕管钥：钥匙。发：启、开。
〔32〕娴（xián 闲）婉：文雅柔顺。
〔33〕良人：此指妻称丈夫。
〔34〕厌（yà 押）旦：黎明。《荀子·儒效》："厌旦于牧之野。"注："厌，掩也。夜掩于旦，谓未明已前也。"
〔35〕姑嫜（zhāng 章）：公婆。嫜，妇称夫之父。
〔36〕御下：对待下人。御，管理。
〔37〕印绶（shòu 受）：印信，官印。绶，系印纽的丝带。
〔38〕屑屑：《广雅·释训》："屑屑，不安也。"
〔39〕睍（jiàn 建）：窥视。
〔40〕臬司：此指臬司衙门。清代按察使别称"臬司"，为巡抚的属官，负责考察吏治。

〔41〕 虺蝮（huǐ fù 毁复）：虺与蝮都是毒蛇名。
〔42〕 折节：屈己下人。折，屈。节，志节。
〔43〕 李十郎：唐人小说《霍小玉传》中人物。李十郎名益，在长安应试时爱上了名妓霍小玉，表示"粉骨碎身，誓不相舍"。而为官后，竟抛弃了霍小玉，与大家卢氏女成婚。霍小玉骂其负心，恸号而绝。

西 湖 主

陈生弼教,字明允,燕人也[1]。家贫,从副将军贾绾作记室[2],泊舟洞庭[3]。适猪婆龙浮水面[4],贾射之中背。有鱼衔龙尾不去,并获之。锁置桅间,奄存气息;而龙吻张翕,似求援拯。生恻然心动,请于贾而释之。携有金创药[5],戏敷患处,纵之水中,浮沉逾刻而没。

后年馀,生北归,复经洞庭,大风覆舟。幸扳一竹簏,漂泊终夜,维木而止。援岸方升,有浮尸继至[6],则其僮仆。力引出之,已就毙矣。惨怛无聊,坐对憩息。但见小山耸翠,细柳摇青,行人绝少,无可问途。自迟明以至辰后,怅怅靡之[7]。忽僮仆肢体微动,喜而扪之。无何,呕水数斗,醒然顿苏。相与曝衣石上,近午始燥可着。而枵肠辘辘[8],饥不可堪。于是越山疾行,冀有村落。才至半山,闻鸣镝声[9]。方疑听所,有二女郎乘骏马来,骋如撒菽[10]。各以红绡抹额[11],髻插雉尾[12];着小袖紫衣,腰束绿锦;一挟弹,一臂青鞲[13]。度过岭头,则数十骑猎于榛莽,并皆姝丽,装束若一。生不敢前。有男子步驰,似是驭卒[14],因就问之。答曰:"此西湖主猎首山也[15]。"生述所来,且告之馁。驭卒解裹粮授之,嘱云:"宜即远避,犯驾当死!"生惧,疾趋下山。

茂林中隐有殿阁,谓是兰若。近临之,粉垣围沓[16],溪水横流;

朱门半启,石桥通焉。攀扉一望,则台榭环云[17],拟于上苑[18],又疑是贵家园亭。逡巡而入,横藤碍路,香花扑人。过数折曲栏,又是别一院宇,垂杨数十株,高拂朱檐。山鸟一鸣,则花片齐飞;深苑微风,则榆钱自落。怡目快心,殆非人世。穿过小亭,有秋千一架,上与云齐;而罥索沉沉[19],杳无人迹。因疑地近闺阁[20],悚怯未敢深入[21]。俄闻马腾于门,似有女子笑语。生与僮潜伏丛花中。未几,笑声渐近,闻一女子曰:"今日猎兴不佳,获禽绝少。"又一女曰:"非是公主射得雁落,几空劳仆马也。"无何,红妆数辈,拥一女郎至亭上坐。秃袖戎装[22],年可十四五。鬟多敛雾[23],腰细惊风[24],玉蕊琼英[25],未足方喻。诸女子献茗熏香,灿如堆锦[26]。移时,女起,历阶而下。一女曰:"公主鞍马劳顿,尚能秋千否?"公主笑诺。遂有驾肩者,捉臂者,襄裙者,持履者,挽扶而上。公主舒皓腕,踩利屣[27],轻如飞燕,蹴入云霄。已而扶下。群曰:"公主真仙人也!"嘻笑而去。生睨良久,神志飞扬。迨人声既寂,出诣秋千下,徘徊凝想。见篱下有红巾,知为群美所遗,喜纳袖中。登其亭,见案上设有文具,遂题巾曰:"雅戏何人拟半仙[28]?分明琼女散金莲[29]。广寒队里应相妒[30],莫信凌波上九天[31]。"题已,吟诵而出。复寻故径,则重门扃锢矣。踟蹰罔计,反而楼阁亭台,涉历几尽。一女掩入,惊问:"何得来此?"生揖之曰:"失路之人,幸能垂救。"女问:"拾得红巾否?"生曰:"有之。然已玷染,如何?"因出之。女大惊曰:"汝死无所矣!此公主所常御[32],涂鸦若此[33],何能为地?"生失色,哀求脱免。女曰:"窃窥宫仪[34],罪已不赦。念汝儒冠蕴藉[35],欲以私意相全;今孽乃自作,将何为计!"遂皇皇持巾去。生心悸肌栗,恨无翅翎,惟延颈俟死。迁久,女复来,潜贺曰:"子有生望矣!公主看巾三四遍,辄然无怒容,或当放君去。宜姑耐守,勿得攀树钻垣,发觉不宥矣。"日已投暮,凶祥不能自必;而饿焰中烧,忧煎欲死。无何,女子挑灯至。一婢提壶榼,出酒食饷生。生急问消息,女云:"适我乘间言:'园中秀才,可恕则放之;不然,饿且死。'公主沉思云:'深夜教渠何之?'遂命馈君食。此非恶耗也。"生徊徨终夜[36],危不自安。辰刻向尽,女子又饷之。生哀求缓颊,女曰:"公主不言杀,亦不言放。我辈下人,何敢屑屑渎告?"既而斜日西转,眺望方殷,女子坌息急奔而入[37],曰:"殆矣!多言者泄其事于王妃;妃展巾抵地[38],大骂狂伧[39],祸不远矣!"生大惊,面如灰土,长跽请教。忽闻人语纷挐[40],女摇手避去。数人持索,汹汹入户。内一婢熟视曰:"将谓何人,陈郎耶?"遂止持索者,曰:"且勿且勿,待白王妃来。"返身急去。少间来,曰:"王妃请陈郎入。"生战惕从之。经数十门户,至一宫殿,碧箔银钩。即有美姬揭帘,唱:"陈郎至。"上一丽者,袍服炫冶[41]。生伏地稽首曰:"万里孤臣,幸恕生命。"妃急起自曳之,曰:"我非君子,无以有今日。婢辈无知,致迕佳客,罪何可赎!"即设华筵,酌以镂杯。生茫然不解其故。妃曰:"再造之恩,恨无所报。息女蒙题巾之爱[42],当是天缘,今夕即遣奉侍。"生意出非望,神惝恍而无着[43]。

日方暮,一婢前白:"公主已严妆讫。"遂引生就帐。忽而笙管敖曹,阶上悉践花罽[44];门堂藩溷,处处皆笼烛。数十妖姬,扶公主交拜。麝兰之气,充溢殿庭。既而相将入帏,两相倾爱。生曰:"羁旅之臣,生平不省拜侍。点污芳巾,得免斧锧,幸矣;反赐姻好,实非所望。"公主曰:"妾母,湖君妃子,乃扬江王女。旧岁归宁,偶游湖上,为流矢所中。蒙君脱免,又赐刀圭之药[45],一门戴佩,常不去心。郎勿以非类见疑。妾从龙君得长生诀,愿与郎共之。"生乃悟为神人,因问:"婢子何以相识?"曰:"尔日洞庭舟上,曾有小鱼衔尾,即此婢也。"又问:"既不见诛,何迟迟不赐纵脱?"笑曰:"实怜君才,但不自主。颠倒终夜,他人不及知也。"生叹曰:"卿,我鲍叔也[46]。馈食者谁?"曰:"阿念,亦妾腹心。"生曰:"何以报德?"笑曰:"侍君有日,徐图塞责未晚耳。"问:"大王何在?"曰:"从关圣征蚩尤未归[47]。"

居数日,生虑家中无耗,悬念綦切,乃先以平安书遣仆归。家中闻洞庭舟覆,妻子缞绖已年馀矣[48]。仆归,始知不死;而音问梗塞,终恐漂泊难返。又半载,生忽至,裘马甚都,囊中宝玉充盈。由此富有巨万,声色豪奢,世家所不能及。七八年间,生子五人。日日宴集宾客,宫室饮馔之奉,穷极丰盛。或问所遇,言之无少讳。

有童稚之交梁子俊者,宦游南服十馀年[49]。归过洞庭,见一画舫,雕槛朱窗,笙歌幽细,缓荡烟波。时有美人推窗凭眺。梁目注舫中,见一少年丈夫,科头叠股其上;傍有二八姝丽,挼莎交摩。念必楚襄贵官[50],而驺从殊少。凝眸审谛,则陈明允也。不觉凭栏酣叫。生闻呼罢棹,出临鹢首[51],邀梁过舟。见残肴满案,酒雾犹浓。生立命撤去。顷之,美婢三五,进酒烹茗,山海珍错,目所未睹。梁惊曰:"十年不见,何富贵一至于此!"笑曰:"君小觑穷措大不能发迹耶[52]?"问:"适共饮何人?"曰:"山荆耳。"梁又异之。问:"携家何往?"答:"将西渡。"梁欲再诘,生遽命歌以侑酒。一言甫毕,旱雷聒耳,肉竹嘈杂[53],不复可闻言笑。梁见佳丽满前,乘醉大言曰:"明允公,能令我真个销魂否?"生笑云:"足下醉矣!然有一美姬之资,可赠故人。"遂命侍儿进明珠一颗,曰:"绿珠不难购[54],明我非吝惜。"乃趣别曰[55]:"小事忙迫,不及与故人久聚。"送梁归舟,开缆径去。

梁归,探诸其家,则生方与客饮,益疑。因问:"昨在洞庭,何归之速?"答曰:"无之。"梁乃追述所见,一座尽骇。生笑曰:"君误矣,仆岂有分身术耶?"众异之,而究莫解其故。后八十一岁而终。追殡,讶其棺轻;开之,则空棺耳。

异史氏曰:"竹簏不沉,红巾题句,此其中具有鬼神;而要皆恻隐之一念所通也。迨宫室妻妾,一身而两享其奉[56],即又不可解矣。昔有愿娇妻美妾、贵子贤孙,而兼长生不死者,仅得其半耳。岂仙人中亦有汾阳、季伦耶[57]?"

据《聊斋志异》手稿本

----

〔1〕 燕(yān 烟):古燕地,约当今河北省及其以北地区。
〔2〕 记室:古代官名。元代以后,多用以代称掌管文书的官员。
〔3〕 洞庭:湖南省洞庭湖。
〔4〕 猪婆龙:鼍的别名,即"扬子鳄",长约二米,有鳞甲。
〔5〕 金创(chuāng 疮)药:治疗刀箭创伤的外敷药。
〔6〕 至:据铸雪斋抄本,原作"及"。

[7] 靡之:无处可去。之,往。
[8] 枵肠辘辘:空腹发出的饥饿响声。枵,空虚。
[9] 鸣镝:响箭。
[10] 骋如撒菽:马跑起来,蹄声像撒豆那样急促。菽,豆类。
[11] 绡:生丝薄绸。抹额:束在额上的巾帕,古武士的装饰。这里是说把红巾扎在头上。
[12] 髻插雉尾:一种表示勇武的打扮。雉尾,野鸡的尾羽。
[13] 臂青韝(gōu 勾):臂上套着青色套袖。韝,皮质的袖套,射箭时戴在左臂上,因叫"射韝"。
[14] 驭卒:马伕。
[15] 首山:山名。就文中所说的方位看,应在洞庭湖北岸。湖北省蒲圻县西三十里有山,"志曰蒲圻之首山",或当指此。见《读史方舆纪要》卷七十六。
[16] 围沓:环绕。沓,会合。
[17] 台榭环云:云雾环绕着台榭,指台榭高出云端。台,高而平的建筑物。榭,建在高台上的敞屋。
[18] 拟于上苑:好像是皇家的园林。拟,类似。上苑,古时供帝王游赏或打猎的园林。
[19] 罥(juàn 绢)索:指秋千垂挂着绳索。沉沉:静寂。
[20] 闺阁:内室。
[21] 恇怯:恐惧畏缩。
[22] 秃袖:窄袖。
[23] 鬟多敛雾:梳拢起来的鬟发,多如云雾堆积。
[24] 腰细惊风:腰肢细软,似乎弱不禁风。
[25] 玉蕊琼英:指最香的花和最美的玉。玉蕊,植物名,花有异香。琼英,美玉。英,通"瑛",玉光。
[26] 灿若堆锦:形容众多女子衣着华丽,像是锦绣堆聚在一起,灿烂夺目。
[27] 蹑:踏;穿。利屣:舞屣。小而尖的鞋子。《史记·货殖列传》:"揄长袖,蹑利屣。"
[28] 雅戏何人拟半仙:意思是,是什么样的人在打秋千。半仙,半仙戏,

指打秋千。唐玄宗称打秋千为"半仙之戏",见《开元天宝遗事》。
〔29〕分明琼女散金莲:分明是玉女在天空散花。金莲,金色的莲花,喻女子之足,故事见《南史·齐东昏侯纪》。散金莲,形容秋千荡起,足影舞动。
〔30〕广寒队里应相妒:月宫中的仙女们,也将自愧不如。广寒,广寒宫,即月宫。
〔31〕莫信凌波上九天:不信她会飞到天宫的。
〔32〕御:用。
〔33〕涂鸦:喻胡乱涂抹。语出卢仝《示添丁》诗:"忽来案上翻墨汁,涂抹诗书如老鸦。"
〔34〕宫仪:宫廷的情形。仪,仪表,容貌。
〔35〕儒冠:古时读书人所戴的冠巾。这里指读书人。蕴藉:温雅、敦厚。
〔36〕徊徨:《文选》扬子云《甘泉赋》:"徒徊徨以惶惶兮,魂渺渺而昏乱。"徊徨,徘徊,彷徨,犹豫忧思。
〔37〕坌(bèn 笨)息:喘息甚急。息,喘息。
〔38〕抵地:扔在地上。抵,掷、扔。
〔39〕伧(cāng 仓):伧夫,古代骂人的话,意思是粗俗鄙贱之人。
〔40〕纷拏(ná 拿):错杂,混乱。
〔41〕炫冶:艳丽,耀眼。冶,艳丽。
〔42〕息女:亲生的女儿。
〔43〕惝(chǎng 场)恍:心神恍惚。
〔44〕罽(jì 计):毯子。
〔45〕刀圭:古代量药的微小用具,也借指药物。
〔46〕鲍叔:指春秋时齐国大夫鲍叔牙,代指知己。鲍叔牙很了解管仲,后来荐举他辅佐齐桓公。管仲曾说:"生我者父母,知我者鲍子也。"见《史记·管晏列传》。
〔47〕关圣征蚩尤:迷信传说,宋朝大中祥符年间,解州盐池减产,传说是凶神蚩尤为害。朝廷令张天师请来关羽的神灵征服蚩尤,收复盐池。见吕湛恩注引彭宗古《关帝实录》。蚩尤,远古时的酋长,曾被黄帝轩辕氏擒杀。关圣,三国时蜀将关羽。
〔48〕缞绖(cuī dié 崔迭):古时的丧服。缞,披于胸前的麻布。绖,头戴

的麻冠和腰系的麻带。
〔49〕 南服:南方。
〔50〕 楚襄:指湖北江陵、襄阳地区。楚,古时楚国,都于郢(今湖北江陵)。襄,指楚地襄阳,在今湖北襄阳。
〔51〕 鹢(yì义)首:船头。古代船头上画有鹢鸟的图像,故称船头为"鹢首";有时也以"鹢首"代指船。鹢,鸟名,形似鹭鸶。
〔52〕 小觑:小看,看不起。穷措大:旧时对贫寒读书人的讥称。措大,也作"醋大",唐以来都以之称呼失意的读书人。何以称之为"措大"则众说不一。发迹:由穷困变为富贵。
〔53〕 肉竹:歌声和音乐声。肉,指歌喉。竹,指管乐。
〔54〕 绿珠:晋石崇的歌妓。《太平广记》卷三百九十九引《岭表录异》,谓绿珠姓梁,"石季伦(崇)为交趾采访使,以圆珠三斛买之。"这里借指身价极高的美女。
〔55〕 趣(cù促)别:催促分手。趣,催促。
〔56〕 一身而两享其奉:一人而同时在两地享受。指陈生分身两地,在洞庭又在家乡享乐。奉,供养。
〔57〕 汾阳:指唐代郭子仪。唐肃宗时封为汾阳郡王。郭富贵寿考,子孙满堂;详见《唐书·郭子仪传》。季伦:晋石崇,号季伦,财丰积,家资巨富;详见《晋书·石崇传》。这里以他们代表多子多孙、大富大贵的人。

孝 子

青州东香山之前[1]，有周顺亭者，事母至孝。母股生巨疽[2]，痛不可忍，昼夜嚬呻[3]。周抚肌进药，至忘寝食。数月不痊，周忧煎无以为计。梦父告曰："母疾赖汝孝。然此疮非人膏涂之不能愈，徒劳焦恻也。"醒而异之。乃起，以利刀割胁肉；肉脱落，觉不甚苦。急以布缠腰际，血亦不注。于是烹肉持膏，敷母患处，痛截然顿止。母喜问："何药而灵效如此？"周诡对之。母疮寻愈。周每掩护割处，即妻子亦不知也。既痊，有巨痕如掌。妻诘之，始得其情。

异史氏曰："刲股为伤生之事[4]，君子不贵。然愚夫妇何知伤生之为不孝哉[5]？亦行其心之所不自已者而已[6]。有斯人而知孝子之真，犹在天壤[7]。司风教者[8]，重务良多，无暇彰表，则阐幽明微[9]，赖兹刍荛[10]。"

据《聊斋志异》手稿本

----

〔1〕 青州：府名，治所在今山东省益都县。香山：嘉靖《青州府志》卷六："城东四十五里为香山，《齐乘》所谓崤山是也。"
〔2〕 疽：痈疽，恶疮名。
〔3〕 嚬呻：皱眉呻吟。嚬，通"颦"，皱眉。
〔4〕 刲（kuī 盔）股：割股，指割股疗亲。
〔5〕 伤生之为不孝：《孝经》认为身体发肤受之父母，不能随便伤害；否

则即为不孝。
〔6〕 不自已:不能自我克制。
〔7〕 天壤:犹言天地之间。
〔8〕 司风教者:主管风俗教化的人,指掌权官吏。
〔9〕 阐幽明微:即阐明幽微。幽微:指含义深远的道理。
〔10〕 赖兹刍荛:意谓依赖此篇浅陋之文。刍荛,作者自谦之词,谓文章浅陋。

狮　子

暹逻贡狮[1],每止处,观者如堵。其形状与世传绣画者迥异,毛黑黄色,长数寸。或投以鸡,先以爪抟而吹之;一吹,则毛尽落如扫,亦理之奇也。

据《聊斋志异》手稿本

----

[1] 暹(xiān 仙)逻:泰国的古称。原分暹与罗斛两国,十四世纪中叶,两国合并,称暹逻国。

阎　王

李久常，临朐人[1]。壶榼于野[2]，见旋风蓬蓬而来[3]，敬醊奠之[4]。后以故他适，路傍有广第，殿阁弘丽。一青衣人自内出，邀李，李固辞。青衣要遮甚殷[5]。李曰："素不识荆[6]，得无误耶？"青衣云："不误。"便言李姓字。问："此谁家？"答云："入自知之。"入，进一层门，见一女子手足钉扉上[7]。近视，其嫂也。大骇。李有嫂，臂生恶疽，不起者年馀矣。因自念何得至此。转疑招致意恶[8]，畏沮却步。青衣促之，乃入。至殿下，上一人，冠带如王者[9]，气象威猛。李跪伏，莫敢仰视。王者命曳起之，慰之曰："勿惧。我以曩昔扰子杯酌[10]，欲一见相谢，无他故也。"李心始安，然终不知其故。王者又曰："汝不忆田野醊奠时乎？"李顿悟，知其为神，顿首曰："适见嫂氏，受此严刑，骨肉之情，实怆于怀。乞王怜宥！"王者曰："此甚悍妒，宜得是罚。三年前，汝兄妾盘肠而产，彼阴以针刺肠上，俾至今脏腑常痛。此岂有人理者！"李固哀之。乃曰："便以子故宥之。归当劝悍妇改行。"李谢而出，则扉上无人矣。归视嫂，嫂卧榻上，创血殷席[11]。时以妾拂意故，方致诟骂。李遽劝曰："嫂勿复尔！今日恶苦，皆平日忌嫉所致。"嫂怒曰："小郎若个好男儿[12]；又房中娘子贤似孟姑姑[13]，任郎君东家眠，西家宿，不敢一作声。自当是小郎大好乾纲[14]，到不得代哥子降伏老媪[15]！"李微哂曰："嫂勿怒，若言其情，恐欲哭不暇矣。"曰："便曾不盗得王母箩中线[16]，又未与玉皇香案吏一眨眼[17]，中怀坦坦，何处可用哭耳！"李小语曰："针刺人肠，宜何罪？"嫂勃然色变，问此言之因。李告之故。嫂战惕不已，涕泗流离而哀鸣曰："吾不敢矣！"啼泪未乾，觉痛顿止，旬日而瘥[18]。由是立改前辙，遂称贤淑。后妾再产，肠复堕，针宛然在焉。拔去之，肠痛乃瘳。

异史氏曰："或谓天下悍妒如某者，正复不少，恨阴网之漏多也[19]。余谓：不然。冥司之罚，未必无甚于钉扉者，但无回信耳。"

据《聊斋志异》手稿本

----

〔1〕 临朐(qú 瞿)：今山东省临朐县。
〔2〕 壶榼(kē 柯)于野：携壶榼饮于郊野。壶、榼均酒器。
〔3〕 蓬蓬：风声。
〔4〕 酹(lèi 泪)奠：洒酒于地，祭奠鬼神。
〔5〕 青衣：古时地位低下者的服装，此指奴婢。要(yāo 腰)遮：遮留。
〔6〕 识荆：对人相识的敬词。李白《上韩荆州书》："生不愿封万户侯，但愿一识韩荆州。"韩荆州，名朝宗，唐京兆长安人，曾为荆州长史，善识别人才，提拔后进，为士人敬仰。后因称认识己所仰慕的人为"识荆"。
〔7〕 扉：门扇。
〔8〕 招致：招引，指青衣人的邀请。
〔9〕 冠带：犹言冠服。冠，帽子。带，为官者所佩的腰带。
〔10〕 扰：叨扰。
〔11〕 刱：通"疮"。殷(yān 烟)席：把席子染成赤黑色。殷，赤黑色。
〔12〕 小郎：旧时妇女称丈夫的弟弟为"小郎"。《晋书·王凝之妻谢氏传》："凝之弟献之，尝与宾客谈议，词理将屈，道韫（谢道韫，王凝

之妻)遣婢白献之曰:欲为小郎解围。"
- [13] 孟姑姑:指孟光,古时有名的贤妻。孟光,东汉扶风平陵(今陕西咸阳西北)人,字德耀,梁鸿之妻。她与梁鸿隐居于霸陵山中,耕织为生。后至吴,梁鸿为佣工,每饭时,孟光举案齐眉,对梁鸿的敬重始终如一。
- [14] 乾纲:犹言"夫纲",指夫权。乾,《周易》卦象之一。乾象刚坚,故世称男子为"乾"。纲,纲常,《白虎通·三纲六纪》:"三纲者,何谓也?谓君臣、父子、夫妇也。……故《含文嘉》曰:'君为臣纲,父为子纲,夫为妻纲。'"
- [15] 老媪:李嫂的自称。
- [16] 王母:王母娘娘,指西王母,古代传说中的神名。笯:针线笸箩。此句意谓自己不曾偷盗别人的东西。
- [17] 玉皇香案吏:给玉皇大帝管香案的神。玉皇,道教中地位最高、职权最大的神,即昊天金阙至尊玉皇上帝,简称玉帝、玉皇或玉皇大帝。一眨眼:犹言递眼色,谓眉目传情。此句意谓自己恪守妇道,无淫邪之念。
- [18] 瘥(chài钗):病愈。
- [19] 阴网:阴世的法网。

土　偶

沂水马姓者[1],娶妻王氏,琴瑟甚敦[2]。马早逝,王父母欲夺其志[3],王矢不他。姑怜其少,亦劝之,王不听。母曰:"汝志良佳;然齿太幼[4],儿又无出[5]。每见有勉强于初,而贻羞于后者,固不如早嫁,犹恒情也[6]。"王正容,以死自誓,母乃任之。女命塑工肖夫像,每食醮献如生时。一夕,将寝,忽见土偶人欠伸而下。骇心愕顾,即已暴长如人,真其夫也。女惧,呼母。鬼止之曰:"勿尔。感卿情好,幽壤酸辛[7]。一门有忠贞,数世祖宗皆有光荣。吾父生有损德,应无嗣,遂至促我茂龄[8]。冥司念尔苦节,故令我归,与汝生一子承祧绪[9]。"女亦沾襟。遂燕好如平生。鸡鸣,即下榻去。如此月余,觉腹微动。鬼乃泣曰:"限期已满,从此永诀矣!"遂绝。女初不言;既而腹渐大,不能隐,阴以告母。母疑涉妄;然窥女无他,大惑不解。十月,果举一男。向人言之,闻者罔不匿笑[10];女亦无以自伸。有里正故与马有隙[11],告诸邑令。令拘讯邻人,并无异言。令曰:"闻鬼子无影,有影者伪也。"抱儿日中,影淡淡如轻烟然。又刺儿指血傅土偶上[12],立入无痕;取他偶涂之,一拭便去。以此信之。长数岁,口鼻言动,无一不肖马者。群疑始解。

据《聊斋志异》手稿本

〔1〕 沂水:今山东省沂水县。
〔2〕 琴瑟:鼓琴与瑟,其音谐和,故用以比喻夫妻和好。《诗·小雅·常棣》:"妻子好合,如鼓琴瑟。"敦:厚。
〔3〕 夺其志:改变其志节,指令其改嫁。
〔4〕 齿:年齿、年龄。
〔5〕 无出:没有子女。出,产。
〔6〕 恒情:常情。
〔7〕 幽壤酸辛:言九泉之下,我心酸楚。幽壤,地下深处,指冥间。
〔8〕 促我茂龄:意为使我壮年死亡。促,使之短促。茂龄,壮年。
〔9〕 承祧(tiāo 佻)绪:承继宗嗣。祧,祖庙。
〔10〕 匿笑:偷笑,暗笑。
〔11〕 里正:古时乡官,犹言"里长",见《促织》注。
〔12〕 傅土偶上:此据青柯亭本,原作"付土偶上"。傅,敷。

长治女子

陈欢乐,潞之长治人[1]。有女慧美。有道士行乞,睨之而去。由是日持钵近廛间[2]。适一瞽人自陈家出,道士追与同行,问何来。瞽云:"适过陈家推造命[3]。"道士曰:"闻其家有女郎,我中表亲欲求姻好,但未知其甲子[4]。"瞽为之述之,道士乃别而去。

居数日,女绣于房,忽觉足麻痹,渐至股,又渐至腰腹;俄而晕然倾仆。定逾刻,始恍惚能立,将寻告母。及出门,则见茫茫黑波中,一路如线;骇而却退,门舍居庐,已被黑水淹没。又视路上,行人绝少,惟道士缓步于前。遂遥尾之,冀见同乡以相告语。走数里以来,忽睹里舍,视之,则己家门。大骇曰:"奔驰如许,固犹在村中。何向来迷惘若此!"欣然入门,父母尚未归。复仍至己房,所绣业履[5],犹在榻上。自觉奔波殆极,就榻憩坐。道士忽入,女大惊欲遁。道士捉而捺之[6]。女欲号,则瘖不能声[7]。道士急以利刃剖女心。女觉魂飘飘离壳而立。四顾家舍全非,惟有崩崖若覆。视道士以己心血点木人上,又复叠指诅咒[8];女觉木人遂与己合。道士嘱曰:"自兹当听差遣,勿得违误!"遂佩戴之。

陈氏失女,举家惶惑。寻至牛头岭,始闻村人传言,岭下一女子剖心而死。陈奔验,果其女也。泣以诉宰。宰拘岭下居人,拷掠几遍,迄无端绪。姑收群犯,以待覆勘[9]。道士去数里外,坐路傍柳树下,忽谓女曰:"今遣汝第一差,往侦邑中审狱状。去当隐身暖阁上[10]。倘见官宰用印,即当趋避,切记勿忘!限汝辰去巳来[11]。迟一刻,则以一针刺汝心中,令作急痛;二刻,刺二针;至三针,则使汝魂魄销灭矣。"女闻之,四体惊悚,飘然遂去。瞬息至官廨,如言伏阁上。时岭下人罗跪堂下[12],尚未讯诘。适将钤印公牒[13],女未及避,而印已出匣。女觉身躯重冣[14],纸格似不能胜[15],嚗然作响[16]。满堂愕顾。宰命再举[17],响如前;三举,翻坠地下。众悉闻之。宰起祝曰:"如是冤鬼,当便直陈,为汝昭雪。"女哽咽而前,历言道士杀己状、遣己状。宰差役驰去,至柳树下,道士果在。捉还,一鞫而服[18]。人犯乃释。宰问女:"冤雪何归?"女曰:"将从大人。"宰曰:"我署中无处可容,不如暂归汝家。"女良久曰:"官署即吾家,我将入矣。"宰又问,音响已寂。退入宅中,则夫人生女矣。

据《聊斋志异》手稿本

----

〔1〕 潞:山西潞安府。长治:潞安府所属县名,今山西省长治市。
〔2〕 廛(chán 蝉):廛里,住宅区及市肆区域的通称。此指女家住宅一带。
〔3〕 推造命:推算"八字",预言命运。造,星命家称人出生年月日时的干支为"造",又称"八字"。
〔4〕 甲子:指年岁生辰。古代以干支记年月日时。甲为天干之首,子为地支之首,故以"甲子"代称。
〔5〕 业屦(lǚ 吕):未做成的鞋子。《孟子·尽心》:"有业屦于牖上。"焦循《孟子正义》:"业屦,造而未终之屦也。"
〔6〕 捺(nà 纳):按捺。

〔7〕 瘖（yīn 阴）：哑。
〔8〕 叠指：食指、中指并叠。诅咒：口念咒语。
〔9〕 覆勘：复审。覆，通"复"。勘，审问。
〔10〕 暖阁：旧时官署大堂内，围绕公座的阁子，多用木条或纸裱间隔而成。因在殿堂之内故称"暖阁"。
〔11〕 辰去巳来：旧时以十二地支记时。辰时，相当七时至九时。巳时，相当九时至十一时。
〔12〕 罗跪：环列跪拜。
〔13〕 钤（qián 钳）印：盖印，加盖官印。
〔14〕 重耎：指身体沉重瘫软。耎，同"软"。
〔15〕 纸格：指暖阁的纸格棚顶。
〔16〕 嚗（bó 博）然：形容突发的迸裂声。
〔17〕 再举：指再次举印钤盖。
〔18〕 鞫（jū 居，又读 jú 菊）：审讯。

义　犬

潞安某甲,父陷狱将死。搜括囊蓄,得百金,将诣郡关说[1]。跨骡出,则所养黑犬从之。呵逐使退;既走,则又从之,鞭逐不返。从行数十里。某下骑,趋路侧私焉[2]。既,乃以石投犬,犬始奔去;某既行,则犬欻然复来[3],啮骡尾足。某怒鞭之,犬鸣吠不已。忽跃在前,愤龁骡首,似欲阻其去路。某以为不祥,益怒,回骑驰逐之。视犬已远,乃返辔疾驰,抵郡已暮。及扪腰橐[4],金亡其半。涔涔汗下[5],魂魄都失。辗转终夜,顿念犬吠有因。候关出城[6],细审来途。又自计南北冲衢,行人如蚁,遗金宁有存理。逡巡至下骑所,见犬毙草间,毛汗湿如洗。提耳起视,则封金俨然。感其义,买棺葬之,人以为义犬冢云。

据《聊斋志异》手稿本

----

〔1〕　关说:通关节、说人情。
〔2〕　私:小便。
〔3〕　欻(xū 虚)然:飘忽迅疾的样子。欻,火光一闪。
〔4〕　腰橐(tuó 驼):腰包。
〔5〕　涔涔(cén cén 岑岑):汗流不止貌。
〔6〕　候关:守候城门开放。

鄱 阳 神

翟湛持[1],司理饶州[2],道经鄱阳湖。湖上有神祠,停盖游瞻[3]。内雕丁普郎死节臣像[4],翟姓一神,最居末坐。翟曰:"吾家宗人[5],何得在下!"遂于上易一座。既而登舟,大风断帆,桅樯倾侧,一家哀号。俄一小舟,破浪而来;既近官舟,急挽翟登小舟,于是家人尽登。审视其人,与翟姓神无少异。无何,浪息,寻之已杳。

据《聊斋志异》手稿本

----

[1] 翟湛持:名世琪,山东益都人。顺治戊戌(十五年)举人,己亥(十六年)进士,曾任陕西省韩城县知县。见康熙《益都县志》卷六、光绪《山东通志·选举志》。
[2] 司理饶州:在饶州做司理。司理,官名,宋以后于诸州设司理,掌管狱讼。也称"司李"。饶州,府名,治所在鄱阳(今江西省鄱阳县)。
[3] 盖:车盖,代指车。
[4] 丁普郎:黄陂(今湖北省黄陂县)人。元至正年间,从朱元璋攻打陈友谅,大战于鄱阳湖畔。《明史》卷一三三:"普郎身被十馀创,首脱犹直立,执兵作斗状,敌惊为神。"阵亡后,赠济阳郡公,于湖上建庙祭祀。
[5] 宗人:同族姓之人。

伍　秋　月

秦邮王鼎[1],字仙湖。为人慷慨有力,广交游。年十八,未娶,妻殒。每远游,恒经岁不返。兄鼐,江北名士,友于甚笃[2]。劝弟勿游,将为择偶。生不听,命舟抵镇江访友。友他出,因税居于逆旅阁上。江水澄波,金山在目[3],心甚快之。次日,友人来,请生移居,辞不去。

居半月馀,夜梦女郎,年可十四五,容华端妙,上床与合,既寤而遗。颇怪之,亦以为偶。入夜,又梦之。如是三四夜。心大异,不敢息烛,身虽偃卧,惕然自警。才交睫,梦女复来;方狎,忽自惊寤;急开目,则少女如仙,俨然犹在抱也。见生醒,顿自愧怯。生虽知非人,意亦甚得;无暇问讯,直与驰骤[4]。女若不堪,曰:"狂暴如此,无怪人不敢明告也。"生始诘之,答云:"妾伍氏秋月。先父名儒,邃于易数[5]。常珍爱妾;但言不永寿,故不许字人。后十五岁果夭殂,即攒瘗阁东[6],令与地平,亦无冢志[7],惟立片石于棺侧,曰:'女秋月,葬无冢,三十年,嫁王鼎。'今已三十年,君适至。心喜,亟欲自荐;寸心羞怯,故假之梦寐耳。"王亦喜,复求讫事。曰:"妾少须阳气,欲求复生,实不禁此风雨。后日好合无限,何必今宵。"遂起而去。次日,复至,坐对笑谑,欢若生平。灭烛登床,无异生人;但女既起,则遗泄流离,沾染茵褥。

一夕，月明莹澈，小步庭中。问女："冥中亦有城郭否？"答曰："等耳。冥间城府，不在此处，去此可三四里。但以夜为昼。"问："生人能见之否？"答云："亦可。"生请往观，女诺之。乘月去，女飘忽若风，王极力追随。欻至一处，女言："不远矣。"生瞻望殊罔所见。女以唾涂其两眦，启之，明倍于常，视夜色不殊白昼。顿见雉堞在杳霭中[8]；路上行人，如趋墟市[9]。俄二皂絷三四人过[10]，末一人怪类其兄。趋近视之，果兄。骇问："兄那得来？"兄见生，潸然零涕，言："自不知何事，强被拘囚。"王怒曰："我兄秉礼君子[11]，何至缧绁如此[12]！"便请二皂，幸且宽释。皂不肯，殊大傲睨。生恚，欲与争。兄止之曰："此是官命，亦合奉法。但余乏用度，索贿良苦。弟归，宜措置。"生把兄臂，哭失声。皂怒，猛掣项索，兄顿颠蹶。生见之，忿火填胸，不能制止，即解佩刀，立决皂首。一皂喊嘶，生又决之。女大惊曰："杀官使，罪不宥！迟则祸及！请即觅舟北发，归家勿摘提艛[13]，杜门绝出入，七日保无虑也。"王乃挽兄夜买小舟，火急北渡。归见吊客在门，知兄果死。闭门下钥，始入。视兄已渺；入室，则亡者已苏，便呼："饿死矣！可急备汤饼。"时死已二日，家人尽骇。生乃备言其故。七日启关，去丧艛，人始知其复苏。亲友集问，但伪对之。

转思秋月，想念颇烦。遂复南下，至旧阁，秉烛久待，女竟不至。蒙眬欲寝，见一妇人来，曰："秋月小娘子致意郎君：前以公役被杀，凶犯逃亡，捉得娘子去，见在监押，押役遇之虐。日日盼郎君，当谋作经纪。"王悲愤，便从妇去。至一城都，入西郭，指一门曰："小娘子暂寄此间。"王入，见房舍颇繁，寄顿囚犯甚多，并无秋月。又进一小扉，斗室中有灯火。王近窗以窥，则秋月坐榻上，掩袖呜泣。二役在侧，撮颐捉履，引以嘲戏。女啼益急。一役挽颈曰："既为罪犯，尚守贞耶？"王怒，不暇语，持刀直入，一役一刀，摧斩如麻，篡取女郎而出。幸无觉者。裁至旅舍，蓦然即醒。方怪幻梦之凶，见秋月含睇而立[14]。生惊起曳坐，告之以梦。女曰："真也，非梦也。"生惊曰："且为奈何！"女叹曰："此有定数。妾待月尽，始是生期；今已如此，急何能待！当速发瘗处，载妾同归，日频唤妾名，三日可活。但未满时日，骨朵足弱，不能为君任井臼耳[15]。"言已，草草欲出[16]。又返身曰："妾几忘之，冥追若何？生时，父传我符书，言三十年后，可佩夫妇。"乃索笔疾书两符，曰："一君自佩，一粘妾背。"送之出，志其没处[17]，掘尺许，即见棺木，亦已败腐。侧有小碑，果如女言。发棺视之，女颜色如生。抱入房中，衣裳随风尽化。粘符已，以被褥严裹，负至江滨；呼拢泊舟，伪言妹急病，将送归其家。幸南风大竞，甫晓已达里门。抱女安置，始告兄嫂。一家惊顾，亦莫敢直言其惑。生启衾，长呼秋月，夜辄拥尸而寝。日渐温暖。三日竟苏，七日能步；更衣拜嫂，盈盈然神仙不殊[18]。但十步之外，须人而行；不则随风摇曳，屡欲倾侧。见者以为身有此病，转更增媚。每劝生曰："君罪孽太深，宜积德诵经以忏之[19]。不然，寿恐不永也。"生素不佞佛[20]，至此皈依甚虔[21]。后亦无恙。

异史氏曰："余欲上言定律：'凡杀公役者，罪减平人三等。'盖此辈无有不可杀者也。故能诛锄蠹役者[22]，即为循良[23]；即稍苛之，不可谓虐。况冥中原无定法,倘有恶人,刀锯鼎镬,不以为酷。若人心之所快,即冥王之所善也。岂罪致冥追,遂可倖而逃哉?"

据《聊斋志异》手稿本

----

〔1〕 秦邮:今江苏省高邮县。秦时于该地置邮亭,叫"高邮亭",因称"秦邮"。秦以后,于此置县,明清时置州,属扬州府。
〔2〕 友于:指兄弟间的情谊。语出《尚书·君陈》:"惟孝友于兄弟。""于"本介词,后常"友于"连用以称兄弟间的友爱,也用以指兄弟。笃:厚。
〔3〕 金山:在江苏省镇江市西北,本在大江中,现已与南岸毗连。
〔4〕 直:据铸雪斋抄本,原作"真"。
〔5〕 邃(suì 遂)于易数:精通占卜之术。邃,精通。易,《周易》的简称,是古代的占卜用书。数,方术、技艺。
〔6〕 攒瘗(yì 易):掩埋。不葬掩其柩曰"攒"。瘗,埋。
〔7〕 冢志:坟墓的标识。
〔8〕 雉堞:城墙的垛口。杳霭:迷茫的云气。
〔9〕 墟市:集市。
〔10〕 皂:"皂隶"的简称。衙门里的差役因着黑衣,故称"皂隶"。
〔11〕 秉礼:秉持礼义。
〔12〕 缧绁:拘系犯人的绳索;这里指捆绑。
〔13〕 提旛:旧时丧家挂在门首的白色丧旛。嘉庆四年《寿光县志》:"既殓后,以布八尺书死者姓氏树立门侧,亦有以楮为之者。"
〔14〕 含睇:眉目含情的样子。睇,斜视。
〔15〕 任井臼:操持家务。井臼,指汲水、舂米。
〔16〕 草草:匆匆忙忙的样子。
〔17〕 没处:指伍秋月消失的地方。
〔18〕 盈盈然:体态美好的样子。《古诗十九首》:"盈盈楼上女,皎皎当窗牖。"

〔19〕 忏：忏悔。佛教语，悔过的意思。
〔20〕 佞（nìng 泞）佛：迷信佛教。
〔21〕 皈依：佛教语，指信仰佛教。皈，同"归"。虔：虔诚。
〔22〕 蠹役：作恶的差役。蠹，蛀虫，喻蛀蚀法纪。
〔23〕 循良：奉公守法，也指奉公守法的官吏。

莲 花 公 主

胶州窦旭[1],字晓晖。方昼寝,见一褐衣人立榻前,逡巡惶顾,似欲有言。生问之,答云:"相公奉屈[2]。""相公何人?"曰:"近在邻境。"从之而出。转过墙屋,导至一处,叠阁重楼,万椽相接[3],曲折而行,觉万户千门,迥非人世。又见宫人女官[4],往来甚夥,都向褐衣人问曰:"窦郎来乎?"褐衣人诺。俄,一贵官出,迎见生甚恭。既登堂,生启问曰:"素既不叙,遂疏参谒。过蒙爱接,颇注疑念。"贵官曰:"寡君以先生清族世德[5],倾风结慕,深愿思晤焉[6]。"生益骇,问:"王何人?"答云:"少间自悉。"无何,二女官至,以双旌导生行。入重门,见殿上一王者,见生入,降阶而迎,执宾主礼。礼已,践席[7],列筵丰盛。仰视殿上一扁曰"桂府"。生局蹙不能致辞。王曰:"忝近芳邻[8],缘即至深。便当畅怀,勿致疑畏。"生唯唯。酒数行,笙歌作于下,钲鼓不鸣,音声幽细。稍间,王忽左右顾曰:"朕一言[9],烦卿等属对[10]:'才人登桂府[11]。'"四座方思,生即应云:"君子爱莲花[12]。"王大悦曰:"奇哉!莲花乃公主小字,何适合如此?宁非夙分?传语公主,不可不出一晤君子。"移时,珮环声近[13],兰麝香浓[14],则公主至矣。年十六七,妙好无双。王命向生展拜[15],曰:"此即莲花小女也。"拜已而去。生睹之,神情摇动,木坐凝思。王举觞劝饮,目竟罔睹。王似微察其意，乃曰："息女宜相匹敌[16]，但自惭不类，如何？"生怅然若痴，即又不闻。近坐者蹑之曰[17]："王揖君未见，王言君未闻耶？"生茫乎若失，憸悇自惭[18]，离席曰："臣蒙优渥[19]，不觉过醉，仪节失次，幸能垂宥[20]。然日旰君勤[21]，即告出也。"王起曰："既见君子，实惬心好[22]，何仓卒而便言离也？卿既不住，亦无敢于强。若烦紫念[23]，更当再邀。"遂命内官导之出[24]。途中，内官语生曰："适王谓可匹敌，似欲附为婚姻，何默不一言？"生顿足而悔，步步追恨，遂已至家。忽然醒寤，则返照已残[25]。冥坐观想，历历在目。

晚斋灭烛，冀旧梦可以复寻，而邯郸路渺[26]，悔叹而已。一夕，与友人共榻，忽见前内官来，传王命相召。生喜，从去。见王伏谒。王曳起，延止隅坐[27]，曰："别后知劳思眷。谬以小女子奉裳衣，想不过嫌也。"生即拜谢。王命学士大臣[28]，陪侍宴饮。酒阑，宫人前白："公主妆竟。"俄见数十宫女，拥公主出。以红锦覆首，凌波微步[29]，挽上氍毹[30]，与生交拜成礼。已而送归馆舍。洞房温清[31]，穷极芳腻。生曰："有卿在目，真使人乐而忘死。但恐今日之遭，乃是梦耳。"公主掩口曰："明明妾与君，那得是梦？"诘旦方起[32]，戏为公主匀铅黄[33]；已而以带围腰，布指度足[34]。公主笑问曰："君颠耶[35]？"曰："臣屡为梦误，故细志之[36]。倘是梦时，亦足动悬想耳。"

调笑未已，一宫女驰入曰："妖入宫门，王避偏殿[37]，凶祸不远矣！"生大惊，趋见王。王执手泣曰："君子不弃，方图永好。讵期孽降自天,国祚将覆[38],且复奈何!"生惊问何说。王以案上一章,授生启读。章曰"含香殿大学士臣黑翼,为非常怪异,祈早迁都,以存国脉事:据黄门报称[39]:自五月初六日,来一千丈巨蟒,盘踞宫外,吞食内外臣民一万三千八百馀口;所过宫殿尽成丘墟,等因[40]。臣奋勇前窥,确见妖蟒:头如山岳,目等江海;昂首则殿阁齐吞,伸腰则楼垣尽覆。真千古未见之凶,万代不遭之祸!社稷宗庙,危在旦夕!乞皇上早率宫眷,速迁乐土"云云。生览毕,面如灰土。即有宫人奔奏:"妖物至矣!"合殿哀呼,惨无天日。王仓遽不知所为,但泣顾曰:"小女已累先生。"生坌息而返[41]。公主方与左右抱首哀鸣,见生入,牵衿曰:"郎焉置妾?"生怆恻欲绝,乃捉腕思曰:"小生贫贱,惭无金屋[42]。有茅庐三数间,姑同窜匿可乎?"公主含涕曰:"急何能择,乞携速往。"生乃挽扶而出。未几,至家。公主曰:"此大安宅,胜故国多矣。然妾从君去,父母何依?请别筑一舍,当举国相从。"生难之。公主号咷曰:"不能急人之急,安用郎也!"生略慰解,即已入室。公主伏床悲啼,不可劝止。焦思无术,顿然而醒,始知梦也。而耳畔啼声,嘤嘤未绝。审听之,殊非人声,乃蜂子二三头,飞鸣枕上。大叫怪事。

友人诘之,乃以梦告。友人亦诧为异。共起视蜂,依依裳袂间,拂之不去。友人劝为营巢。生如所请,督工构造。方竖两堵,而群蜂自墙外来,络绎如绳。顶尖未合,飞集盈斗。迹所由来[43],则邻翁之旧囿也。囿中蜂一房,三十馀年矣,生息颇繁。或以生事告翁。翁睨之,蜂户寂然。发其壁,则蛇据其中,长丈许。

捉而杀之。乃知巨蟒即此物也。蜂入生家,滋息更盛[44],亦无他异。

据《聊斋志异》手稿本

----

〔1〕 胶州:今山东胶县。
〔2〕 相公:《通俗编·仕进》:"今凡衣冠中人,皆僭称相公,或亦缀以行次,曰大相公、二相公。"此褐衣人称其主人。奉屈:敬请光临的意思。屈,屈尊、屈驾。
〔3〕 橼:檩上架屋瓦的木条。
〔4〕 宫人:宫女,帝王宫廷内供役使的女子。女官:宫廷内女史之类的官员。
〔5〕 寡君:对异国之人称己国君主的谦词。清族世德:清门大族,累世有德。
〔6〕 思晤:会晤。
〔7〕 践席:就座、入座。古代席地而坐,故称座为席。
〔8〕 忝(tiǎn 舔):辱,自称的谦词。
〔9〕 朕(zhèn 镇):秦始皇以前为第一人称代词,以后专用为皇帝的自称。
〔10〕 属(zhǔ 主)对:联缀为对句。
〔11〕 才人登桂府:桂府,犹月宫,相传月中有桂树,故云。这是语意双关,既实指莲花公主所居的"桂府",又兼有"蟾宫折桂"之意。
〔12〕 君子爱莲花:周敦颐《爱莲说》:"予独爱莲之出淤泥而不染,濯清涟而不妖,中通外直,不蔓不枝,香远益清,亭亭净植,可远观而不可亵玩焉。"此联用《爱莲说》之意。莲花恰暗合莲花公主的名字。
〔13〕 珮环:指玉珮。身上佩带的环形玉饰。
〔14〕 兰麝:兰草和麝香,均香料,古人常用以熏香。
〔15〕 展拜:行拜礼。
〔16〕 息女:对人自称己女。《汉书·高帝纪》:"臣有息女,愿为箕帚

妾。"颜师古注:"息,生也;言己所生之女。"
〔17〕 蹑(niè 聂):踏;踏其足以示意。
〔18〕 儚(mǒ 么)愣(luǒ 裸):羞惭。宋赵叔向《肯綮录》:"羞惭曰儚愣。"
〔19〕 优渥(wò 握):厚遇。此指盛情款待。渥,沾润。
〔20〕 垂宥:赐宥。宥,宽容。
〔21〕 日旰(gàn 干)君勤:日色已晚,君主劳乏。《左传·昭公十二年》:"日旰君勤,可以出矣。"旰,晚。勤,劳。
〔22〕 惬(qiè 怯):快意、满意。
〔23〕 萦(yíng 营)念:思念、挂念。
〔24〕 内官:指宦官。
〔25〕 返照已残:夕阳已将落下。
〔26〕 邯郸路渺:谓旧梦难寻。邯郸,借指梦境。唐沈既济《枕中记》:卢生于邯郸客店中遇道者吕翁。卢生自叹穷困,吕翁授之以枕,使其入梦,历尽富贵荣华。后世据此故事改编为戏曲《邯郸记》。
〔27〕 延止隅坐:请坐于侧座。延,请。止,至。坐,同"座"。
〔28〕 学士:官名,本为文学侍从之官,因接近皇帝,往往参预机要。明代设翰林院学士及翰林院侍读、侍讲学士。清代改翰林院学士为掌院学士。均为词臣之荣衔。
〔29〕 凌波微步:形容女子步履轻盈。曹植《洛神赋》:"凌波微步,罗袜生尘。"凌,也作"陵"。
〔30〕 氍毹(qú shū 渠书):毛织地毯。
〔31〕 温清:温暖、清洁。
〔32〕 诘旦:次日早晨。
〔33〕 铅黄:铅粉、黄粉,都是涂面化妆品。铅,铅粉,亦称铅华,白色。黄粉,黄色。温庭筠《湘宫人歌》:"黄粉楚宫人,芳花玉刻鳞。"
〔34〕 布指度足:舒其手指,以量女足。
〔35〕 颠:通"癫",疯癫。
〔36〕 志:记,标记。
〔37〕 偏殿:旁侧之宫殿。
〔38〕 国祚:国运。祚,福。
〔39〕 黄门:东汉给事内廷的黄门令、中黄门诸官,皆以宦者充任,后遂称

宦官为黄门。
〔40〕 等因：旧时公文的套语，在引述来文后用以结束，然后陈述己意。
〔41〕 坌(bèn 奔)息：气息坌涌，指气急。坌，涌。
〔42〕 金屋：供美人居住的华屋。《汉武故事》：汉武帝为太子时，长公主欲以女配帝，指其女问曰："阿娇好不？"对曰："好！若得阿娇作妇，当作金屋贮之。"
〔43〕 迹：追寻踪迹。
〔44〕 滋息：繁殖。

绿 衣 女

于生名璟,字小宋,益都人。读书醴泉寺。夜方披诵[1],忽一女子在窗外赞曰:"于相公勤读哉!"因念:深山何处得女子?方疑思间,女已推扉笑入,曰:"勤读哉!"于惊起,视之,绿衣长裙,婉妙无比。于知非人,固诘里居。女曰:"君视妾当非能咋噬者[2],何劳穷问?"于心好之,遂与寝处。罗襦既解,腰细殆不盈掬。更筹方尽[3],翩然遂去。由此无夕不至。

一夕共酌,谈吐间妙解音律[4]。于曰:"卿声娇细,倘度一曲[5],必能消魂[6]。"女笑曰:"不敢度曲,恐消君魂耳。"于固请之。曰:"妾非吝惜,恐他人所闻。君必欲之,请便献丑;但只微声示意可耳。"遂以莲钩轻点足床[7],歌云:"树上乌臼鸟[8],赚奴中夜散。不怨绣鞋湿,只恐郎无伴。"声细如蝇[9],裁可辨认。而静听之,宛转滑烈,动耳摇心。歌已,启门窥曰:"防窗外有人[10]。"绕屋周视,乃入。生曰:"卿何疑惧之深?"笑曰:"谚云:'偷生鬼子常畏人。'妾之谓矣。"既而就寝,惕然不喜[11],曰:"生平之分[12],殆止此乎?"于急问之,女曰:"妾心动,妾禄尽矣[13]。"于慰之曰:"心动眼瞤[14],盖是常也,何遽此云?"女稍怿[15],复相绸缪。更漏既歇,披衣下榻。方将启关,徘徊复返,曰:"不知何故,惵惵心怯[16]。乞送我出门。"于果起,送诸门外。女曰:"君伫望我;我逾垣去,君方归。"于曰:"诺。"视女转过房廊,寂不复见。

方欲归寝,闻女号救甚急。于奔往,四顾无迹,声在檐间[17]。举首细视,则一蛛大如弹,搏捉一物,哀鸣声嘶。于破网挑下,去其缚缠,则一绿蜂,奄然将毙矣。捉归室中,置案头。停苏移时,始能行步。徐登砚池,自以身投墨汁,出伏几上,走作"谢"字。频展双翼,已乃穿窗而去。自此遂绝。

据《聊斋志异》手稿本

----

〔1〕 披诵:翻书诵读。披,翻开。
〔2〕 咋噬:吃人。咋,咬。噬,吞咬。
〔3〕 更筹方尽:指夜尽天明。更,旧时夜间计时单位。一夜分五更,每更约两小时。更筹,夜间计时报更的竹牌。
〔4〕 妙解音律:很懂得乐律。妙,精深的意思。
〔5〕 度曲:按谱歌唱。
〔6〕 消魂:同"销魂"。谓感情激动,魂魄离体。
〔7〕 以莲钩轻点足床:意思是用脚尖轻轻地打拍。莲钩,喻纤足。足床,床前或座前的踏脚板机。
〔8〕 乌臼鸟:即"鸦舅",候鸟名,形似鸦而小,北方俗称黎雀,天明时啼唤。
〔9〕 如蝇:据铸雪斋抄本,原作"如营"。《诗·小雅·青蝇》:"营营青蝇,止于樊。"
〔10〕 防:据铸雪斋抄本,原作"妨"。
〔11〕 惕然:提心吊胆的样子。
〔12〕 分:情分,缘分。
〔13〕 禄尽:福分完了;指濒于死亡。

〔14〕 眼瞬（shùn 顺）：眼跳。
〔15〕 怿（yì 意）：喜悦。
〔16〕 惿傂（tí sī 提斯）：《集韵》："惿傂，心怯也。"
〔17〕 声在檐间：据铸雪斋抄本，原无"在"字。

黎　氏

龙门谢中条者[1]，佻达无行[2]。三十馀丧妻，遗二子一女，晨夕啼号，萦累甚苦[3]。谋聘继室，低昂未就。暂雇佣媪抚子女。一日，翔步山途[4]，忽一妇人出其后。待以窥觇，是好女子，年二十许。心悦之，戏曰："娘子独行，不畏怖耶？"妇走不对。又曰："娘子纤步[5]，山径殊难。"妇仍不顾。谢四望无人，近身侧，遽挚其腕[6]，曳入幽谷，将以强合。妇怒呼曰："何处强人，横来相侵！"谢牵挽而行，更不休止。妇步履跌蹶[7]，困窘无计，乃曰："燕婉之求[8]，乃若此耶？缓我，当相就耳。"谢从之。偕入静壑，野合既已，遂相欣爱。妇问其里居姓氏，谢以实告。既亦问妇，妇言："妾黎氏。不幸早寡，姑又殒殁，块然一身[9]，无所依倚，故常至母家耳。"谢曰："我亦鳏也，能相从乎？"妇问："君有子女无也？"谢曰："实不相欺：若论枕席之事，交好者亦颇不乏。只是儿啼女哭，令人不耐。"妇踌躇曰[10]："此大难事！观君衣服袜履款样[11]，亦只平平，我自谓能办。但继母难作，恐不胜诮让也[12]。"谢曰："请毋疑阻。我自不言，人何干与？"妇亦微纳[13]。转而虑曰："肌肤已沾，有何不从。但有悍伯[14]，每以我为奇货[15]，恐不允谐，将复如何？"谢亦忧皇，请与逃窜。妇曰："我亦思之烂熟。所虑家人一泄，两非所便。"谢云："此即细事。家中惟一孤媪，立便遣去。"妇喜，遂与同归。先匿外舍；即入遣媪讫，扫榻迎妇,倍极欢好。妇便操作,兼为儿女补缀,辛勤甚至。谢得妇,嬖爱异常[16],日惟闭门相对,更不通客。月馀,适以公事出,反关乃去[17]。及归,则中门严闭,扣之不应。排阖而入[18],渺无人迹。方至寝室,一巨狼冲门跃出,几惊绝。入视,子女皆无,鲜血殷地,惟三头存焉。返身追狼,已不知所之矣。

异史氏曰:"士则无行,报亦惨矣。再娶者,皆引狼入室耳,况将于野合逃窜中求贤妇哉!"

据《聊斋志异》手稿本

----

〔1〕 龙门:古县名,北魏置,因县西北龙门山得名。治所在今山西省河津县。
〔2〕 佻(tiāo 挑)达:轻薄。
〔3〕 萦(yíng 营)累:纠缠牵累。
〔4〕 翔步:缓步。
〔5〕 纤步:女子柔弱之步履。
〔6〕 挲(suō 蓑):摩挲。
〔7〕 趺躄:形容步履困难,跌跌撞撞。
〔8〕 燕婉:亦作"嬿婉"。指夫妇和爱之情。《文选》苏武《诗四首》:"欢娱在今夕,嬿婉及良时。"
〔9〕 块然:孤独的样子。
〔10〕 跨躇:此据青本,手稿本作"筹蹰"。
〔11〕 款样:样式。
〔12〕 诮让:谴责。
〔13〕 纳:接受。
〔14〕 伯:指夫兄。
〔15〕 以我为奇货:奇货可居,指借以谋取钱财。

〔16〕 嬖(bì 闭)爱：宠爱。
〔17〕 反关：自外关闭门户。
〔18〕 排阖：推开门扇。

荷花三娘子

湖州宗湘若[1],士人也。秋日巡视田垄,见禾稼茂密处,振摇甚动。疑之,越陌往觇,则有男女野合。一笑将返。即见男子觍然结带[2],草草迳去。女子亦起。细审之,雅甚娟好。心悦之,欲就绸缪[3],实惭鄙恶。乃略近拂拭曰:"桑中之游乐乎[4]?"女笑不语。宗近身启衣,肤腻如脂。于是捋莎上下几遍[5],女笑曰:"腐秀才!要如何,便如何耳,狂探何为?"诘其姓氏。曰:"春风一度[6],即别东西,何劳审究?岂将留名字作贞坊耶[7]?"宗曰:"野田草露中,乃山村牧猪奴所为,我不习惯。以卿丽质,即私约亦当自重,何至屑屑如此[8]?"女闻言,极意嘉纳[9]。宗言:"荒斋不远,请过留连。"女曰:"我出已久,恐人所疑,夜分可耳。"问宗门户物志甚悉,乃趋斜径,疾行而去。更初,果至宗斋。殢雨尤云[10],备极亲爱。积有月日,密无知者。

会一番僧卓锡村寺[11],见宗惊曰:"君身有邪气,曾何所遇?"答言:"无之。"过数日,悄然忽病。女每夕携佳果饵之,殷勤抚问,如夫妻之好。然卧后必强宗与合。宗抱病,颇不耐之。心疑其非人,而亦无术暂绝使去。因曰:"曩和尚谓我妖惑,今果病,其言验矣。明日屈之来,便求符咒。"女惨然色变。宗益疑之。次日,遣人以情告僧。僧曰:"此狐也。其技尚浅,易就束缚。"乃书符二道,付嘱曰:"归以净坛一事置榻前[12]，即以一符贴坛口。待狐窜入，急覆以盆。再以一符黏盆上，投釜汤烈火烹煮，少顷毙矣。"家人归，并如僧教。夜深，女始至，探袖中金橘，方将就榻问讯。忽坛口飕飗一声，女已吸入。家人暴起，覆口贴符，方欲就煮。宗见金橘散满地上，追念情好，怆然感动，遽命释之。揭符去覆，女子自坛中出，狼狈颇殆[13]，稽首曰："大道将成，一旦几为灰土！君仁人也，誓必相报。"遂去。

数日，宗益沉绵，若将陨坠。家人趋市，为购材木。途中遇一女子，问曰："汝是宗湘若纪纲否[14]？"答云："是。"女曰："宗郎是我表兄。闻病沉笃，将便省视，适有故不得去。灵药一裹，劳寄致之。"家人受归。宗念中表迄无姊妹，知是狐报。服其药，果大瘳，旬日平复。心德之，祷诸虚空，愿一再觏。一夜，闭户独酌，忽闻弹指敲窗。拔关出视，则狐女也。大悦，把手称谢，延止共饮。女曰："别来耿耿，思无以报高厚。今为君觅一良匹，聊足塞责否？"宗问："何人？"曰："非君所知。明日辰刻，早越南湖[15]，如见有采菱女，着冰縠帔者[16]，当急舟趁之。苟迷所往，即视堤边有短干莲花隐叶底，便采归，以蜡火爇其蒂，当得美妇，兼致修龄[17]。"宗谨受教。既而告别，宗固挽之。女曰："自遭厄劫，顿悟大道。即奈何以衾裯之爱[18]，取人仇怨？"厉色辞去。

宗如言，至南湖，见荷荡佳丽颇多。中一垂髫人，衣冰縠，绝代也。促舟劘逼[19]，忽迷所往。即拨荷丛，果有红莲一枝，干不盈尺，折之而归。入门置几上，削蜡于旁[20]，将以爇火。一回头，化为姝丽。宗惊喜伏拜。女曰："痴生！我是妖狐，将为君祟矣！"宗不听。

女曰："谁教子者？"答曰："小生自能识卿，何待教？"捉臂牵之，随手而下，化为怪石，高尺许，面面玲珑。乃携供案上，焚香再拜而祝之。入夜，杜门塞窦[21]，惟恐其亡。平旦视之[22]，即又非石，纱帔一袭，遥闻芗泽[23]；展视领衿，犹存馀腻。宗覆衾拥之而卧。暮起挑灯，既返，则垂髫人在枕上。喜极，恐其复化，哀祝而后就之。女笑曰："孽障哉！不知何人饶舌，遂教风狂儿屑碎死[24]！"乃不复拒。而款洽间，若不胜任，屡乞休止。宗不听。女曰："如此，我便化去！"宗惧而罢。由是两情甚谐。而金帛常盈箱箧，亦不知所自来。女见人喏喏，似口不能道辞；生亦讳言其异。怀孕十馀月，计日当产。入室，嘱宗杜门禁款者[25]，自乃以刀剖脐下，取子出，令宗裂帛束之，过宿而愈。又六七年，谓宗曰："凤业偿满[26]，请告别也。"宗闻泣下，曰："卿归我时，贫苦不自立，赖卿小阜[27]，何忍遽言离逖[28]？且卿又无邦族，他日儿不知母，亦一恨事。"女亦怅惘曰："聚必有散，固是常也。儿福相，君亦期颐[29]，更何求？妾本何氏。倘蒙思眷，抱妾旧物而呼曰：'荷花三娘子！'当有见耳。"言已解脱，曰："我去矣。"惊顾间，飞去已高于顶。宗跃起，急曳之，捉得履。履脱及地，化为石燕[30]；色红于丹朱，内外莹彻，若水精然。拾而藏之。检视箱中，初来时所着冰縠帔尚在。每一忆念，抱呼"三娘子"，则宛然女郎，欢容笑黛，并肖生平；但不语耳。

据《聊斋志异》手稿本

----

〔1〕 湖州：府名，治所在今浙江省吴兴县。
〔2〕 觍（tiǎn 舔）然：羞惭的样子。

[3] 绸缪(móu 谋)：本意紧缠密绕。《诗·唐风·绸缪》："绸缪束薪，三星在天，今夕何夕，见此良人。"后因以"绸缪"形容男女相爱。

[4] 桑中之游：指男女幽会。《诗·鄘风·桑中》："期我乎桑中，要我乎上宫。"

[5] 挼(nuó 挪)莎(suō 蓑)：又作"挪挱"，以手探摸。

[6] 春风一度：指男女交合。

[7] 贞坊：贞节牌坊。

[8] 屑屑：《广雅·释训》："屑屑，不安也。"

[9] 嘉纳：赞许而接受。

[10] 殢(tì 替)雨尤云：古时以云雨喻男女之交合，"殢雨尤云"形容沉浸于男女欢爱之中。

[11] 番僧：西番之僧，又叫喇嘛僧。番，旧时对西方边境少数民族的称呼。卓锡：僧人居留称"卓锡"。卓，植立。锡，锡杖、禅杖，僧人外出所持，故以植立禅杖代指其居止。

[12] 净坛：洁净的坛罐。一事：一件。

[13] 狼狈颇殆：极为狼狈。殆，危殆。

[14] 纪纲：指仆人，详《长清僧》注。

[15] 越：青柯亭本作"赴"。

[16] 冰縠(hú 斛)帔：白绉纱披肩。縠，绉纱类丝织品。《文选》宋玉《神女赋》："动雾縠以徐步兮，拂墀声之珊珊。"注："縠，今之轻纱，薄如雾也。"

[17] 修龄：长寿。

[18] 衾裯(chóu 稠)之爱：犹枕席之爱。衾，被褥。裯，床帐。

[19] 劘(mó 摩)逼：迫近，逼近。

[20] 削蜡：削剪烛芯，使之易燃。

[21] 窦：孔穴，此指窗。

[22] 平旦：平明，天明。

[23] 芗(xiāng 乡)泽：同"香泽"，香气。

[24] 屑碎：犹琐碎，纠缠的意思。

[25] 禁款者：禁止他人叩门。款，叩门。

[26] 夙业：佛家语，意为前生之业。业，梵语"羯磨"的意译，泛指一切

身心活动。"业"都有相应的果报,文中所说的"偿满",即指对夙业的果报。

〔27〕 阜:丰富。

〔28〕 离逷(tì 替):远离。《左传·襄公十四年》:"岂敢离逷。"逷,同"逖",远。

〔29〕 期(jī 基)颐:百岁。《礼记·曲礼上》:"百年曰期颐。"郑玄注:"期,犹要也;颐,养也。"人至百岁饮食起居无所不待于养,故称百岁为"期颐"。

〔30〕 石燕:《初学记·天部下》引《湘州记》曰:"零陵山有石燕,遇风雨即飞,止还为石。"

骂　鸭

邑西白家庄居民某[1],盗邻鸭烹之。至夜,觉肤痒。天明视之,茸生鸭毛[2],触之则痛。大惧,无术可医。夜梦一人告之曰:"汝病乃天罚。须得失者骂,毛乃可落。"而邻翁素雅量[3],生平失物,未尝征于声色[4]。某诡告翁曰:"鸭乃某甲所盗。彼甚畏骂焉,骂之亦可警将来。"翁笑曰:"谁有闲气骂恶人。"卒不骂。某益窘,因实告邻翁。翁乃骂,其病良已[5]。

异史氏曰:"甚矣,攘者之可惧也:一攘而鸭毛生[6]!甚矣,骂者之宜戒也:一骂而盗罪减!然为善有术,彼邻翁者,是以骂行其慈者也。"

据《聊斋志异》手稿本

----

〔1〕 邑:县。指作者家乡淄川县。
〔2〕 茸(róng 绒)生:细毛丛生。
〔3〕 雅量:度量宽宏。《晋书·李寿载记》:"(寿)敏而好学,雅量豁然。"
〔4〕 征:表露,表现。
〔5〕 良已:完全痊愈。
〔6〕 攘:窃取。

柳氏子

胶州柳西川[1]，法内史之主计仆也[2]。年四十馀，生一子，溺爱甚至。纵任之，惟恐拂。既长，荡侈逾检[3]，翁囊积为空。无何，子病。翁故蓄善骡。子曰："骡肥可啖。杀啖我，我病可愈。"柳谋杀蹇劣者[4]。子闻之，即大怒骂，疾益甚。柳惧，杀骡以进。子乃喜；然尝一脔[5]，便弃去。疾卒不减，寻毙。柳悼叹欲死。

后三四年，村人以香社登岱[6]。至山半，见一人乘骡驶行而来，怪似柳子。比至，果是。下骡遍揖，各道寒暄。村人共骇，亦不敢诘其死。但问："在此何作？"答云："亦无甚事，东西奔驰而已。"便问逆旅主人姓名，众具告之。柳子拱手曰："适有小故，不暇叙间阔[7]。明日当相谒。"上骡遂去。众既归寓，亦谓其未必即来。厌旦伺之[8]，子果至，系骡厩柱，趋进笑言。众谓："尊大人日切思慕，何不一归省侍？"子讶问："言者何人？"众以柳对。子神色俱变，久之曰："彼既见思，请归传语：我于四月七日，在此相候。"言讫，别去。

众归，以情致翁。翁大哭，如期而往，自以其故告主人。主人止之，曰："曩见公子，情神冷落，似未必有嘉意。以我卜也[9]，殆不可见。"柳涕泣不信。主人曰："我非阻君，神鬼无常，恐遭不善。如必欲见，请伏榻中[10]，待其来，察其词色，可见则出。"柳如其言。既而子果至，问："柳某来否？"主人答云："无。"子盛气骂曰："老畜产那便不来!"主人惊曰:"何骂父?"答曰:"彼是我何父!初与义为客侣[11],不图包藏祸心,隐我血赀[12],悍不还。今愿得而甘心[13],何父之有!"言已,出门,曰:"便宜他!"柳在椟,历历闻之,汗流接踵[14],不敢出气。主人呼之,乃出,狼狈而归。

异史氏曰:"暴得多金,何如其乐?所难堪者偿耳。荡费殆尽,尚不忘于夜台[15],怨毒之于人甚矣哉!"

据《聊斋志异》手稿本

------

〔1〕 胶州:州名,明置。治所在今山东胶县。
〔2〕 法内史:法若真,字汉儒,号黄石,别号黄山,胶州人。顺治二年中乡试。主考官"以异才特荐",召送礼部御试,授内翰林国史院中书舍人。顺治三年中进士,先后任翰林院编修、浙江按察使、湖广布政使等职。光绪《山东通志·人物志》、民国《增修胶(州)志》有传。内史,顺治初年设"内三院",即内翰林国史院、内翰林秘书院、内翰林弘文院。法若真曾任内翰林国史院中书舍人,故称之为"内史"。主计仆:掌管财务出入的管家。
〔3〕 荡侈逾检:放荡奢侈不守规矩。逾,过。检,规范、规矩。
〔4〕 蹇(jiǎn简)劣:驽劣、劣等。蹇,不利于行。
〔5〕 脔(luán銮):切成碎块的肉。
〔6〕 香社:结伙朝山进香、祭神叫"香社"。岱:泰山又称岱宗,简称岱。
〔7〕 间阔:久别。
〔8〕 厌旦:明晨。
〔9〕 以我卜也:据我估计。《左传·宣公十一年》:"以我卜也,郑不可从。"
〔10〕 椟(dú读):木柜、木箱。
〔11〕 客侣:合伙在外经商。
〔12〕 隐:隐吞。血赀(zī资):血本,辛苦积聚之资本。赀,通"资"。
〔13〕 得而甘心:意为得而杀之,以快心意。《左传·庄公九年》:"管

(仲)、召(忽)仇也,请受而甘心焉。"杜预注:"甘心,言欲快意戮杀之。"
〔14〕 汗流接踵:汗流至踵。踵,脚跟。《庄子·列御寇》:"伏地汗流至踵。"
〔15〕 不忘于夜台:意为死后犹不能忘怀。夜台,墓穴,冥间。

上　仙

癸亥三月[1]，与高季文赴稷下[2]，同居逆旅。季文忽病。会高振美亦从念东先生至郡[3]，因谋医药。闻袁鳞公言：南郭梁氏家有狐仙，善"长桑之术[4]"。遂共诣之。

梁，四十以来女子也，致绥绥有狐意[5]。入其舍，复室中挂红幕[6]。探幕以窥，壁间悬观音像[7]；又两三轴，跨马操矛，驺从纷沓[8]。北壁下有案；案头小座，高不盈尺，贴小锦褥，云仙人至，则居此。众焚香列揖。妇击磬三[9]，口中隐约有词。祝已，肃客就外榻坐[10]。妇立帘下，理发支颐与客语[11]，具道仙人灵迹。久之，日渐曛[12]。众恐碍夜难归，烦再祝请。妇乃击磬重祷。转身复立，曰："上仙最爱夜谈，他时往往不得遇。昨宵有侯试秀才，携肴酒来与上仙饮；上仙亦出良酝酬诸客[13]，赋诗欢笑。散时，更漏向尽矣[14]。"言未已，闻室中细细繁响，如蝙蝠飞鸣。方凝听间，忽案上若堕巨石，声甚厉。妇转身曰："几惊怖煞人！"便闻案上作叹咤声，似一健叟。妇以蕉扇隔小座。座上大言曰："有缘哉！有缘哉！"抗声让坐，又似拱手为礼。已而问客："何所谕教[15]？"高振美遵念东先生意，问："见菩萨否？"答云："南海是我熟径[16]，如何不见。"又："阎罗亦更代否？"曰："与阳世等耳。""阎罗何姓？"曰："姓曹。"已乃为季文求药。曰："归当夜祀茶水，我于大士处讨药奉赠[17]，何恙不已。"众各有问,悉为剖决。乃辞而归。过宿,季文少愈。余与振美治装先归,遂不暇造访矣。

据《聊斋志异》手稿本

----

〔1〕 癸亥:指康熙二十二年,公元一六八三年。
〔2〕 高季文:名之骏,康熙丁丑拔贡,授东昌府茌平县教谕,未任,卒。见乾隆《淄川县志》卷五。稷下:古地名。此处指府城济南。详《公孙九娘》注。
〔3〕 高振美:未详。念东先生:高珩,字葱佩,号念东,别号紫霞居士,淄川人。崇祯进士,选庶吉士。入清后,曾任国子祭酒、吏部侍郎、刑部侍郎等职。能诗文,有《栖云阁集》。见乾隆《淄川县志》卷五。郡:郡城,指济南。
〔4〕 长桑之术:医术。长桑,战国时名医,扁鹊事之惟谨,因传以禁方,并出药使扁鹊服,于是能见人五脏,医道日精。见《史记·扁鹊仓公列传》。
〔5〕 致:情致、意态。绥绥有狐意:《诗·卫风·有狐》:"有狐绥绥。"毛传:"绥绥,匹行(相随而行)貌。"此处用以形容狐的神态。
〔6〕 复室:复屋,指内室。
〔7〕 观音:观世音,佛教大乘菩萨名。唐代因避"世"字讳,称观音。后世沿称。
〔8〕 驺(zōu 邹)从:古代达官出行时,侍卫前后的骑卒。
〔9〕 磬(qìng 庆):寺庙中金属铸造的钵形法器,念经礼神时敲击。
〔10〕 肃:敬请。《礼记·曲礼上》:"主人肃客而入。"
〔11〕 支颐(yí 夷):手支下巴。
〔12〕 曛:暮。
〔13〕 良酝(yùn 运):好酒。
〔14〕 更漏:古代夜晚以刻漏(计时器具)计时、报更,故称更漏。向尽:将尽,此指黑夜将尽。

〔15〕 谕教：见教。
〔16〕 南海：指浙江省定海县海域中之普陀山，相传为观世音显灵说法的道场。
〔17〕 大士：佛家对菩萨的通称。此指观音大士。

侯 静 山

高少宰念东先生云[1]:"崇祯间[2],有猴仙,号静山。托神于河间之叟[3],与人谈诗文,决休咎[4],娓娓不倦。以肴核置案上[5],啖饮狼藉,但不能见之耳。"时先生祖寝疾[6]。或致书云:"侯静山,百年人也[7],不可不晤。"遂以仆马往招叟。叟至经日,仙犹未来。焚香祠之。忽闻屋上大声叹赞曰:"好人家!"众惊顾。俄檐间又言之。叟起曰:"大仙至矣。"群从叟岸帻出迎[8]。又闻作拱致声[9]。既入室,遂大笑纵谈。时少宰兄弟尚诸生[10],方入闱归[11]。仙言:"二公闱卷亦佳[12];但经不熟[13],再须勤勉,云路亦不远矣[14]。"二公敬问祖病,曰:"生死事大,其理难明。"因共知其不祥。无何,太先生谢世[15]。

旧有猴人,弄猴于村。猴断锁而逸,不可追,入山中。数十年,人犹见之。其走飘忽,见人则窜。后渐入村中,窃食果饵,人皆莫之见。一日,为村人所睹,逐诸野,射而杀之。而猴之鬼竟不自知其死也,但觉身轻如叶,一息百里[16]。遂往依河间叟,曰:"汝能奉我,我为汝致富。"因自号静山云。

据《聊斋志异》手稿本

---

〔1〕 高少宰:指高珩。高珩号念东。少宰,对吏部的别称,高珩曾任吏部侍郎,故称其为"少宰"。详《上仙》注。

〔2〕 崇祯:明思宗朱由检年号(1628—1644)。
〔3〕 托神:迷信所说的神灵托附人身,显示灵异。河间:今河北省河间县。
〔4〕 休咎:吉凶。
〔5〕 肴核:指肉类、果类食品。
〔6〕 寝疾:卧病。
〔7〕 百年人:年老有道之人。
〔8〕 岸帻(zé 啧):巾高露额。岸,露额曰岸。帻,头巾。
〔9〕 拱致:拱手致意。
〔10〕 少宰兄弟:指珩及其兄高玮、弟高玶。高玮、高珩以崇祯己卯(崇祯十二年)年同中乡试。见乾隆《淄川县志》卷六。在诸兄弟中,玮、珩中乡试最早。所云"时少宰兄弟尚诸生",时间当在玮、珩中乡试之前。
〔11〕 入闱(wéi 违)归:指参加乡试回来。
〔12〕 二公:指高玮、高珩。
〔13〕 经:指儒家的"五经"。
〔14〕 云路:直上青云之路,喻仕途。
〔15〕 太先生:指高念东祖父。太,对上辈的尊称。
〔16〕 一息:呼吸之间,极言时间短暂。

钱　流

沂水刘宗玉云[1]:其仆杜和,偶在园中,见钱流如水,深广二三尺许。杜惊喜,以两手满掬,复偃卧其上[2]。既而起视,则钱已尽去;惟握于手者尚存。

据《聊斋志异》手稿本

------

〔1〕　沂水:山东县名。
〔2〕　偃卧:仰卧。偃,仰。

郭　生

郭生，邑之东山人[1]。少嗜读，但山村无所就正，年二十馀，字画多讹。先是，家中患狐，服食器用，辄多亡失，深患苦之。一夜读，卷置案头，被狐涂鸦[2]；甚者，狼藉不辨行墨[3]。因择其稍洁者辑读之，仅得六七十首。心甚恚愤而无如何。又积窗课二十馀篇[4]，待质名流[5]。晨起，见翻摊案上，墨汁浓泚殆尽[6]。恨甚。会王生者，以故至山，素与郭善，登门造访。见污本，问之。郭具言所苦，且出残课示王。王谛玩之[7]，其所涂留，似有春秋[8]；又复视浣卷[9]，类冗杂可删。讶曰："狐似有意。不惟勿患，当即以为师。"过数月，回视旧作，顿觉所涂良确。于是改作两题，置案上，以觇其异。比晓，又涂之。积年馀，不复涂；但以浓墨洒作巨点，淋漓满纸。郭异之，持以白王。王阅之曰："狐真尔师也，佳幅可售矣[10]。"是岁，果入邑庠[11]。郭以是德狐[12]，恒置鸡黍[13]，备狐啖饮。每市房书名稿[14]，不自选择，但决于狐。由是两试俱列前名[15]，入闱中副车[16]。时叶、缪诸公稿[17]，风雅艳丽，家弦而户诵之。郭有抄本，爱惜臻至。忽被倾浓墨碗许于上，污荫几无馀字；又拟题构作[18]，自觉快意，悉浪涂之[19]：于是渐不信狐。无何，叶公以正文体被收，又稍稍服其先见。然每作一文，经营惨淡，辄被涂污。自以屡拔前茅[20]，心气颇高，以是益疑狐妄。乃录向之洒点烦多者试之，狐又尽沘之。乃笑曰："是真妄矣！何前是而今非也？"遂不为狐设馔,取读本锁箱簏中。且见封锢俨然,启视则卷面涂四画,粗于指;第一章画五,二章亦画五,后即无有矣。自是狐竟寂然。后郭一次四等[21],两次五等,始知其兆已寓意于画也。

异史氏曰："满招损,谦受益[22],天道也。名小立,遂自以为是,执叶、缪之馀习,狃而不变[23],势不至大败涂地不止也。满之为害如是夫！"

据《聊斋志异》手稿本

----

〔1〕 邑之东山:淄川东山。邑,指淄川。
〔2〕 涂鸦:涂抹、胡乱涂写。卢仝《示添丁》诗:"忽来案上翻墨汁,涂抹诗书如老鸦。"
〔3〕 行(háng 杭)墨:行格字迹。
〔4〕 窗课:谓塾中习作的文章。课,课业。
〔5〕 质:就正。
〔6〕 沘(cǐ 此):以笔蘸墨,此指为墨汁涂染、污渍。
〔7〕 谛(dì 缔)玩:仔细玩味。
〔8〕 春秋:谓褒贬之道。相传孔子据鲁史作《春秋》,起自鲁隐公元年,止于鲁哀公十四年,凡二百四十三年。这部书叙事简括,但字里行间"寓褒贬,别美恶",世称春秋笔法。
〔9〕 涴(wò 卧)卷:被涂抹的文卷。涴,沾污。
〔10〕 佳幅:佳作。可售:指可考中。韩愈《祭虞部张员外文》:"司我明试,时维邦彦,各以文售,幸皆少年。"
〔11〕 入邑庠:指考中秀才。明清时代称县学为邑庠。
〔12〕 德:感恩、感德。
〔13〕 鸡黍:《论语·微子》:"(丈人)止子路宿,杀鸡为黍而食之。"后因

称鸡黍为招待客人的饭菜。
〔14〕 市:买。房书名稿:进士考试的优秀闱墨。顾炎武《日知录·十八房》:"房稿,则十八房进士之作。"明清时书贾常刊印房稿,供应考者学习。
〔15〕 两试:明清科举制,诸生每三年参加两次考试,一为岁试,一为科试。参加岁考,成绩优异者可补廪膳生员(即廪生)。科试成绩优异者可录送乡试。
〔16〕 入闱:指参加乡试。副车:副贡。乡试名额已满,额外录取,贡入太学,称副榜贡生,简称副贡。清初副贡仍需参加岁试,故下文有"一次四等,两次五等"之说。
〔17〕 叶、缪诸公:待考。
〔18〕 构作:制作、写作。
〔19〕 浪涂:任意涂抹。
〔20〕 前茅:原指行军时的先头部队。古代行军时,前哨以茅为旌,遇敌情或变故,则举茅以示警告。《左传·宣公十二年》:"前茅虑无。"后称考试成绩优秀,榜示名次在前为"名列前茅"。
〔21〕 四等:岁考时,考生试卷分为六等:文理平通者为第一等,文理亦通者为第二等,文理略通者为第三等,文理有疵者为第四等,文理荒缪者为第五等,文理不通者为第六等。
〔22〕 "满招损"二句:语出《尚书·大禹谟》。意为:自满则招受损害,谦虚则得到补益。
〔23〕 狃(niǔ 纽):习以为常。

金 生 色

金生色,晋宁人也[1]。娶同村木姓女。生一子,方周岁。金忽病,自分必死,谓妻曰:"我死,子必嫁,勿守也!"妻闻之,甘词厚誓[2],期以必死。金摇手呼母曰:"我死,劳看阿保[3],勿令守也。"母哭应之。既而金果死。木媪来吊,哭已,谓金母曰:"天降凶忧,婿遽遭命[4]。女太幼弱,将何为计?"母悲悼中,闻媪言,不胜愤激,盛气对曰:"必以守!"媪惭而罢。夜伴女寝,私谓曰:"人尽夫也[5]。以儿好手足,何患无良匹?小儿女不早作人家,眈眈守此褓襁物[6],宁非痴子?倘必令守,不宜以面目好相向[7]。"金母过,颇闻馀语,益恚[8]。明日,谓媪曰:"亡人有遗嘱,本不教妇守也。今既急不能待,乃必以守!"媪怒而去。母夜梦子来,涕泣相劝,心异之。使人言于木,约殡后听妇所适[9]。而询诸术家[10],本年墓向不利[11]。妇思自衒以售[12],缞绖之中[13],不忘涂泽[14]。居家犹素妆;一归宁,则崭然新艳。母知之,心弗善也;以其将为他人妇,亦隐忍之。于是妇益肆。

村中有无赖子董贵者,见而好之,以金啖金邻妪[15],求通殷勤于妇。夜分,由妪家逾垣以达妇所,因与会合。往来积有旬日,丑声四塞,所不知者惟母耳。妇室夜惟一小婢,妇腹心也。一夕,两情方洽,闻棺木震响,声如爆竹。婢在外榻,见亡者自幛后出[16],戴剑入寝室去。俄闻二人骇诧声。少顷,董裸奔出。无何,金捽妇发亦出。妇大嗥。母惊起,见妇赤体走去,方将启关。问之不答。出门追视,寂不闻声,竟迷所往。入妇室,灯火犹亮。见男子履,呼婢;婢始战惕而出,具言其异,相与骇怪而已。

董窜过邻家,团伏墙隅。移时,闻人声渐息,始起。身无寸缕,苦寒甚战,将假衣于媪。视院中一室,双扉虚掩,因而暂入。暗摸榻上,触女子足,知为邻子妇。顿生淫心,乘其寝,潜就私之。妇醒,问:"汝来乎?"应曰:"诺。"妇竟不疑,狎亵备至。

先是,邻子以故赴北村,嘱妻掩户以待其归。既返,闻室内有声,疑而审听,音态绝秽。大怒,操戈入室。董惧,窜于床下。子就戮之。又欲杀妻;妻泣而告以误,乃释之。但不解床下何人。呼母起,共火之,仅能辨认。视之,奄有气息;诘其所来,犹自供吐。而刃伤数处,血溢不止,少顷已绝。妪仓皇失措,谓子曰:"捉奸而单戮之,子且奈何?"子不得已,遂又杀妻。

是夜,木翁方寝,闻户外拉杂之声;出窥,则火炽于檐,而纵火人犹徬徨未去。翁大呼,家人毕集。幸火初燃,尚易扑灭。命人操弓弩,逐搜纵火者。见一人趫捷如猿[17],竟越垣去。垣外乃翁家桃园,园中四缭周墉皆峻固[18]。数人梯登以望,踪迹殊杳;惟墙下块然微动,问之不应,射之而踣。启扉往验,则女子白身卧,矢贯胸脑。细烛之,则翁女而金妇也。骇告主人。翁媪惊怛欲绝,不解其故。女合眸,面色灰败,口气细于属丝[19]。使人拔脑矢,不可出;足踏顶颡而后出之。女嘤然一呻[20],血暴注,气亦遂绝。翁大惧,计无所出。

既曙，以实情白金母，长跽哀祈[21]。而金母殊不怨怒，但告以故，令自营葬。金有叔兄生光，怒登翁门，诟数前非[22]。翁惭沮，赂令罢归。而终不知妇所私者何人。俄邻子以执奸自首，既薄责释讫；而妇兄马彪素健讼，具词控妹冤。官拘妪；妪惧，悉供颠末。又唤金母；母托疾，遣生光代质，具陈底里。于是前状并发，牵木翁夫妇尽出，一切廉得其情[23]。木以诲女嫁，坐纵淫[24]，笞；使自赎，家产荡焉。邻妪导淫，杖之毙。案乃结。

异史氏曰："金氏子其神乎！谆嘱醮妇[25]，抑何明也！一人不杀，而诸恨并雪，可不谓神乎！邻媪诱人妇，而反淫己妇；木媪爱女，而卒以杀女。呜呼！'欲知后日因，当前作者是[26]'，报更速于来生矣！"

据《聊斋志异》手稿本

----

〔1〕 晋宁：州县名。唐置晋宁县，元为晋宁州，地在云南省昆明市南部，滇池以南。
〔2〕 甘词厚誓：甜言蜜语，恳切发誓。
〔3〕 阿(ē 饿)保：保护养育，语见《汉书·丙吉传》。就本篇文章，似指遗孤乳名。
〔4〕 遽遭命：意谓突然死去。"遭命"，讳言夭死之词。
〔5〕 人尽夫也：意为人人都可以做丈夫。语出《左传·桓公十五年》。雍姬谓其母曰："父与夫孰亲？"其母曰："人尽夫也，父一而已，胡可比也。"
〔6〕 眈眈：垂目注视。襁褓：代指小儿，见《婴宁》注。
〔7〕 不宜以面目好相向：意为不能以好脸相待。

〔8〕 恚（huì 惠）：怒、恨。
〔9〕 听：任凭。适：适人，嫁人。
〔10〕 术家：指从事择日、占卜、星相、风水等迷信活动为生的人。
〔11〕 本年墓向不利：旧时举行葬礼，必请术家选择墓地，选定时日、墓向，方得安葬。如有碍忌，则暂厝，另作选择。
〔12〕 自衒（xuàn 炫）以售：此指卖弄风姿，意欲改嫁。自衒，自我矜夸。曹植《求自试表》："夫自衒自媒者，士女之丑行也。"《越绝书·越绝外传·记范伯》："衒女不贞，衒士不信。"
〔13〕 缞（cuī 催）经：古代丧服名。缞，亦作"衰"，披于胸前的麻布条。经，丧服中的麻布带，在首为首经，在腰为腰经。
〔14〕 涂泽：涂脂抹粉。
〔15〕 啖：买通、贿赂。
〔16〕 幛：帷障。
〔17〕 趫（qiáo 乔）捷：矫健。
〔18〕 四缭周墉（yōng 庸）：四面环有垣墙。缭，绕。墉，垣墙。
〔19〕 口气细于属（zhǔ 主）丝：意谓气息微弱，不能吹动属丝。属丝，即属纩。人将死，在口鼻上放新丝绵，以观察有无呼吸。纩，即新丝绵，质轻，遇气即动。《礼记·丧大记》："疾病，男女改服，属纩以俟绝气。"
〔20〕 嘤然：鸟鸣声。此处形容声音细弱。
〔21〕 长跽（jì 忌）：长跪，直挺挺地跪着。
〔22〕 数（shǔ 署）：列举罪状。
〔23〕 廉：考查。
〔24〕 坐：定罪，定其罪。
〔25〕 醮（jiào 较）妇：再嫁其妇。醮，妇女改嫁。
〔26〕 欲知后日因，当前作者是：意为未来吉凶祸福的原因，就是今日之所作为。此为佛教因果之说。《传灯录》卷二十三："天师曰：前生是因，今生是果。"即此二句的含义。

彭 海 秋

莱州诸生彭好古[1],读书别业,离家颇远。中秋未归,岑寂无偶。念村中无可共语;惟丘生是邑名士,而素有隐恶[2],彭常鄙之。月既上,倍益无聊,不得已,折简邀丘。饮次,有剥啄者[3]。斋僮出应门,则一书生,将谒主人。彭离席,肃客入。相揖环坐,便询族居。客曰:"小生广陵人[4],与君同姓,字海秋。值此良夜,旅邸倍苦。闻君高雅,遂乃不介而见[5]。"视其人,布衣洁整,谈笑风流。彭大喜曰:"是我宗人。今夕何夕,遘此嘉客!"即命酌,款若夙好。察其意,似甚鄙丘;丘仰与攀谈[6],辄傲不为礼。彭代为之惭,因挠乱其词[7],请先以俚歌侑饮[8]。乃仰天再咳,歌"扶风豪士之曲[9]"。相与欢笑。客曰:"仆不能韵[10],莫报阳春[11]。倩代者可乎?"彭言:"如教。"客问:"莱城有名妓无也?"彭答云:"无。"客默然良久,谓斋僮曰:"适唤一人,在门外,可导入之。"僮出,果见一女子逡巡户外。引之入,年二八已来,宛然若仙。彭惊绝,掖坐[12]。衣柳黄帔,香溢四座。客便慰问:"千里颇烦跋涉也。"女含笑唯唯。彭异之,便致研诘。客曰:"贵乡苦无佳人,适于西湖舟中唤得来。"谓女曰:"适舟中所唱'薄倖郎曲'[13],大佳。请再反之[14]。"女歌云:"薄倖郎,牵马洗春沼[15]。人声远,马声杳;江天高,山月小。掉头去不归,庭中生白晓。不怨别离多,但愁欢会少。眠何处? 勿作随风絮[16]。

便是不封侯[17],莫向临邛去[18]!"客于袜中出玉笛,随声便串[19]。曲终笛止,彭惊叹不已,曰:"西湖至此,何止千里,咄嗟招来[20],得非仙乎?"客曰:"仙何敢言,但视万里犹庭户耳。今夕西湖风月,尤盛曩时,不可不一观也,能从游否?"彭留心欲觇其异,诺言:"幸甚。"客问:"舟乎,骑乎?"彭思舟坐为逸,答言:"愿舟。"客曰:"此处呼舟较远,天河中当有渡者。"乃以手向空招曰:"舡来,舡来[21]!我等要西湖去,不吝偿也。"无何,彩船一只,自空飘落,烟云绕之。众俱登。见一人持短棹;棹末密排修翎[22],形类羽扇;一摇羽,清风习习。舟渐上入云霄,望南游行,其驶如箭。

逾刻,舟落水中。但闻弦管敖曹,鸣声嗅哳。出舟一望,月印烟波,游船成市。榜人罢棹[23],任其自流。细视,真西湖也。客于舱后,取异肴佳酿,欢然对酌。少间,一楼船渐近,相傍而行。隔窗以窥,中有二三人,围棋喧笑。客飞一觥向女曰:"引此送君行[24]。"女饮间,彭依恋徘徊,惟恐其去,蹴之以足。女斜波送盼。彭益动,请要后期[25]。女曰:"如相见爱,但问娟娘名字,无不知者。"客即以彭绫巾授女,曰:"我为若代订三年之约。"即起,托女子于掌中,曰:"仙乎,仙乎[26]!"乃扳邻窗,捉女入;窗目如盘,女伏身蛇游而进,殊不觉隘。俄闻邻舟曰:"娟娘醒矣。"舟即荡去。遥见舟已就泊,舟中人纷纷并去,游兴顿消。遂与客言,欲一登岸,略同眺瞩。

才作商榷,舟已自拢。因而离舟翔步[27],觉有里馀。客后至,牵一马来,令彭捉之。即复去,曰:"待再假两骑来。"久之不至。行人已稀;仰视斜月西转,天色向曙。丘亦不知何往。捉马营营[28],

进退无主。振辔至泊舟所[29],则人船俱失。念腰橐空匮,倍益忧皇。天大明,见马上有小错囊[30];探之,得白金三四两。买食凝待,不觉向午。计不如暂访娟娘,可以徐察丘耗。比讯娟娘名字,并无知者,兴转萧索[31]。次日遂行。马调良[32],幸不蹇劣,半月始归。

方三人之乘舟而上也,斋僮归白:"主人已仙去。"举家哀涕,谓其不返。彭归,系马而入。家人惊喜集问,彭始具白其异。因念独还乡井,恐丘家闻而致诘,戒家人勿播。语次,道马所由来。众以仙人所遗,便悉诣厩验视[33]。及至,则马顿渺,但有丘生,以草缰絷枥边[34]。骇极,呼彭出视。见丘垂首栈下[35],面色灰死,问之不言,两眸启闭而已。彭大不忍,解扶榻上,若丧魂魄。灌以汤酏[36],稍稍能咽。中夜少苏,急欲登厕;扶掖而往,下马粪数枚。又少饮啜,始能言。彭就榻研问之,丘云:"下船后,彼引我闲语。至空处,戏拍项领,遂迷闷颠踣。伏定少刻,自顾已马。心亦醒悟,但不能言耳。是大辱耻,诚不可以告妻子,乞勿泄也!"彭诺之,命仆马驰送归。

彭自是不能忘情于娟娘。又三年,以姊丈判扬州[37],因往省视。州有梁公子,与彭通家[38],开筵邀饮。即席有歌姬数辈,俱来祗谒[39]。公子问娟娘,家人白以病。公子怒曰:"婢子声价自高,可将索子系之来!"彭闻娟娘名,惊问其谁。公子云:"此娼女,广陵第一人。缘有微名,遂倨而无礼。"彭疑名字偶同;然突突自急[40],极欲一见之。无何,娟娘至,公子盛气排数[41]。彭谛视,真中秋所见者也。谓公子曰:"是与仆有旧,幸垂原恕。"娟娘向彭审顾,似亦错愕。公子未遑深问,即命行觞。彭问:"'薄倖郎曲'犹记之否?"娟娘更骇,目注移时,始度旧曲。听其声,宛似当年中秋时。酒阑,公子命侍客寝。彭捉手曰:"三年之约,今始践耶?"娟娘曰:"昔日从人泛西湖,饮不数卮,忽若醉。矇眬间,被一人携去,置一村中。一僮引妾入;席中三客,君其一焉。后乘舡至西湖,送妾自窗棂归,把手殷殷。每所凝念,谓是幻梦;而绫巾宛在,今犹什袭藏之。"彭告以故,相共叹咤。娟娘纵体入怀,哽咽而言曰:"仙人已作良媒,君勿以风尘可弃[42],遂舍念此苦海人。"彭曰:"舟中之约,一日未尝去心。卿倘有意,则泻囊货马,所不惜耳。"诘旦,告公子;又称贷于别驾[43],千金削其籍[44],携之以归。偶至别业,犹能识当年饮处云。

异史氏云:"马而人,必其为人而马者也[45];使为马,正恨其不为人耳。狮象鹤鹏,悉受鞭策,何可谓非神人之仁爱之乎?即订三年约,亦度苦海也。"

据《聊斋志异》手稿本

----

〔1〕 莱州:明清府名,府治在今山东省掖县。
〔2〕 隐恶:隐匿的恶行、恶德。
〔3〕 剥啄者:敲门的人。韩愈《剥啄行》:"剥剥啄啄,有客至门。"剥啄,叩门声。
〔4〕 广陵:旧郡名,治所在今江苏省扬州市。
〔5〕 不介而见:没经人介绍就直接拜见。《文选》李康《运命论》:"不介而自亲。"李善注:"介,绍介也。"
〔6〕 仰与攀谈:以仰慕的态度和他交谈。
〔7〕 挠乱其词:打乱他们的话头。
〔8〕 俚歌:民间歌谣。侑饮:劝酒。

[9] 扶风豪士之曲:唐代诗人李白有《扶风豪士歌》,赞美扶风豪士意气相投,情谊深厚。扶风,古郡名,郡治在今陕西凤翔县一带。
[10] 韵:指歌唱。蔡邕《弹琴赋》:"繁弦既抑,雅韵乃扬。"
[11] 阳春:古乐曲名。宋玉《对楚王问》:"客有歌于郢中者,其始曰下里巴人,国中属而和者数千人;……其为阳春、白雪,国中属而和者不过数十人。""阳春",属于高级的乐曲,这里用以对别人歌曲的美称。报:回答。
[12] 掖:扶持。
[13] 薄倖郎:旧时女子对情郎的昵称,犹言"冤家"。薄倖,薄情、负心。
[14] 再反之:再唱一遍。反,重复。
[15] 牵马洗春沼:在春天的沼池洗刷马匹。
[16] 随风絮:随风飘荡的柳絮,喻远游漫无底止。
[17] 便是不封侯:指外出觅官不成。王昌龄《闺怨》:"闺中少妇不知愁,春日凝妆上翠楼。忽见陌头杨柳色,悔教夫婿觅封侯。"
[18] 莫向临邛去:指不要另觅新欢。孟郊《古离别》:"欲别牵郎衣,郎今到何处?不恨归来迟,莫向临邛去。"临邛,今四川省邛崃县,汉代文学家司马相如到临邛卓王孙家作客,卓女文君夜奔相如,成为夫妇。见《史记·司马相如列传》。
[19] 串:演奏。
[20] 咄(duó夺)嗟:呼吸之间。表示时间仓促。
[21] 舡(xiāng香):船。
[22] 棹末:船桨的末端。
[23] 榜(bàng棒)人:摇船的人。
[24] 引:引觞,举杯;指饮酒。
[25] 请要(yāo夭)后期:请求约定后会的日期。要,相约。
[26] "仙乎,仙乎":《飞燕外传》:汉成帝皇后赵飞燕曾歌舞归风送远之曲,歌酣,"后扬袖曰:仙乎仙乎,去故而就新,宁忘乎?"这里称"仙乎仙乎",兼有送归惜别之意。
[27] 翔步:安步、闲步的意思。翔,安舒的样子。
[28] 营营:徘徊,周旋。扬雄《校猎赋》:"羽骑营营。"注:"营营,周旋貌。"
[29] 振辔:抖动马缰;指驰马而行。

〔30〕 错囊：金线绣制的袋子。
〔31〕 萧索：冷淡；低落。
〔32〕 调良：驯良。
〔33〕 厩（jiù 旧）：马棚。
〔34〕 枥：马槽。
〔35〕 栈：牲口棚。
〔36〕 汤酏（yì 义）：稀粥。
〔37〕 判扬州：为扬州府通判。判，通判，官名，明清时设于各府，分掌粮运及农田水利等事。
〔38〕 通家：世交。
〔39〕 祗（zhī 只）谒：拜见。祗，恭敬。谒，进见。
〔40〕 突突：形容心跳，谓情绪激动。
〔41〕 盛气：满脸怒气的样子。排数（shǔ 黍）：斥责，数落。
〔42〕 风尘：旧指妓女生活，这里指妓女。
〔43〕 别驾：明清时尊称"通判"为"别驾"。
〔44〕 削其籍：从乐籍中除掉她的名字；指为娟娘赎身。籍，指乐户或官妓的名册。
〔45〕 为人而马者：为人行事像畜牲一样。

堪 舆

沂州宋侍郎君楚家[1],素尚堪舆[2];即闺阁中亦能读其书[3],解其理。宋公卒,两公子各立门户,为父卜兆[4]。闻有善青乌之术者[5],不惮千里,争罗致之。于是两门术士,召致盈百;日日连骑遍郊野,东西分道出入,如两旅[6]。经月馀,各得牛眠地[7],此言封侯,彼言拜相[8]。兄弟两不相下,因负气不为谋,并营寿域[9],锦棚彩幢[10],两处俱备。灵舆至岐路[11],兄弟各率其属以争,自晨至于日昃[12],不能决。宾客尽引去。舁夫凡十易肩,困惫不举,相与委柩路侧。因止不葬,鸠工构庐[13],以蔽风雨。兄建舍于旁,留役居守,弟亦建舍如兄;兄再建之,弟又建之:三年而成村焉。

积多年,兄弟继逝;嫂与娣始合谋[14],力破前人水火之议[15],并车入野,视所择两地,并言不佳,遂同修聘贽[16],请术人另相之。每得一地,必具图呈闺阃,判其可否。日进数图,悉疵摘之[17]。旬馀,始卜一域。嫂览图,喜曰:"可矣。"示娣。娣曰:"是地当先发一武孝廉。"葬后三年,公长孙果以武庠领乡荐[18]。

异史氏曰:"青乌之术,或有其理;而癖而信之,则痴矣。况负气相争,委柩路侧,其于孝弟之道不讲,奈何冀以地理福儿孙哉!如闺中宛若[19],真雅而可传者矣。"

据《聊斋志异》手稿本

〔1〕 沂州:州府名。治所在今山东省临沂县,雍正以后升为府。宋侍郎:指宋之普,崇祯戊辰(1628)进士,官至户部左侍郎。入清后,任常州知府。"顺治十二年乞休。"见康熙《沂州志》及《常州府志》。

〔2〕 堪舆:《文选·甘泉赋》注引许慎的解释:"堪,天道也;舆,地道也。"古时有堪舆家,见《史记·日者列传》。后世称相地形、看风水为堪舆,谓墓葬的地形风水可以决定后人祸福。

〔3〕 闺阁:即闺阁,妇女所居之内室。

〔4〕 卜兆:选择墓地。兆,墓域。

〔5〕 青乌之术:即堪舆之术。相传汉代有青乌子,亦称青乌或青乌先生,为著名的堪舆术士。《抱朴子·极言》:"相地理,则书青乌之说。"

〔6〕 两旅:两支军队。旅,军旅;古代以士卒五百人为旅。

〔7〕 牛眠地:俗称"吉地",即风水好之墓地。《晋书·周光传》:"初,陶侃微时,丁艰,将葬,家中忽失牛,而不知所在。遇一老父谓曰:前冈见一牛眠山污中,其地若葬,位极人臣矣。"后因称风水好的墓地为"牛眠地"。

〔8〕 封侯、拜相:指做高官。侯,古代五等爵位的第二等。《礼记·王制》:"王者之制禄爵,公、侯、伯、子、男凡五等。"拜相:任宰相。拜,授官。

〔9〕 寿域:墓地,墓穴。

〔10〕 锦棚彩幨(chuáng床):丧家为礼祭死者所制作的彩棚、彩幡。孙廷铨《颜山杂记》卷二:"大家治丧,邀人作棚场,结为楼阁雕墙,高者二、三丈,皆以布帛杂彩为之,照耀山谷。"

〔11〕 灵舆:灵车,灵柩。

〔12〕 日昃(zè仄):此据二十四卷抄本,手稿本作"旦昃"。日昃,又作"日仄",太阳偏西。《易·丰》:"日中则昃,月盈则食(蚀)。"

〔13〕 鸠工:聚集工匠。

〔14〕 娣(dì弟):弟妻。

〔15〕 水火之议:水火不相容的争论。

〔16〕 聘贽：聘礼。贽，初见时所赠之礼物。
〔17〕 疵（cī雌）摘：指摘毛病。疵，毛病。
〔18〕 武庠：此指武秀才。明清时府、州、县学分文庠、武庠。领乡荐：考中举人；此指中武举。
〔19〕 宛（yuān冤）若：本古女子名，后指称妯娌。《史记·孝武本纪》："神君者，长陵女子，以子死悲哀，故见神于先后宛若。"《集解》和《索隐》，谓宛若为名字，先后即今妯娌。后因称妯娌为宛若。

窦 氏

南三复,晋阳世家也[1]。有别墅,去所居十里馀,每驰骑日一诣之。适遇雨,途中有小村,见一农人家,门内宽敞,因投止焉。近村人固皆威重南。少顷,主人出邀,踧踖甚恭[2]。入其舍,斗如[3]。客既坐,主人始操篲[4],殷勤氾扫[5]。既而泼蜜为茶。命之坐,始敢坐。问其姓名,自言:"廷章,姓窦。"未几,进酒烹雏,给奉周至。有弆女行炙[6],时止户外,稍稍露其半体,年十五六,端妙无比。南心动。雨歇既归,系念綦切[7]。越日,具粟帛往酬,借此阶进。是后常一过窦,时携肴酒,相与留连。女渐稔[8],不甚避忌,辄奔走其前。睨之,则低鬟微笑。南益惑焉,无三日不往者。一日,值窦不在,坐良久,女出应客。南捉臂狎之。女惭急,峻拒曰:"奴虽贫,要嫁[9],何贵倨凌人也[10]!"时南失偶,便揖之曰:"倘获怜眷,定不他娶。"女要誓[11];南指矢天日[12],以坚永约,女乃允之。

自此为始,瞰窦他出,即过缱绻。女促之曰:"桑中之约[13],不可长也。日在骈孊之下[14],倘肯赐以姻好,父母必以为荣,当无不谐。宜速为计!"南诺之。转念农家岂堪匹偶,姑假其词以因循之。会媒来为议姻于大家,初尚踌躇;既闻貌美财丰,志遂决。女以体孕,催并益急,南遂绝迹不往。无何,女临蓐,产一男。父怒搒女[15]。女以情告,且言:"南要我矣。"窦乃释女,使人问南;南立却不承。窦乃弃儿，益扑女。女暗哀邻妇，告南以苦。南亦置之。女夜亡，视弃儿犹活，遂抱以奔南。欸关而告阍者曰[16]："但得主人一言，我可不死。彼即不念我，宁不念儿耶？"阍人具以达南，南戒勿内。女倚户悲啼，五更始不复闻。质明视之[17]，女抱儿坐僵矣。

窦忿，讼之上官，悉以南不义，欲罪南。南惧，以千金行赂得免。大家梦女披发抱子而告曰："必勿许负心郎；若许，我必杀之！"大家贪南富，卒许之。既亲迎，而奁妆丰盛，新人亦娟好。然善悲，终日未尝睹欢容；枕席之间，时复有涕洟[18]。问之，亦不言。过数日，妇翁来，入门便泪，南未遑问故，相将入室。见女而骇曰："适于后园，见吾女缢死桃树上；今房中谁也？"女闻言，色暴变，仆然而死。视之，则窦女。急至后园，新妇果自经死。骇极，往报窦。窦发女冢，棺启尸亡。前忿未蠲[19]，倍益惨怒，复讼于官。官以其情幻，拟罪未决。南又厚饵窦[20]，哀令休结；官永受其赇嘱，乃罢。而南家自此稍替[21]。又以异迹传播，数年无敢字者[22]。

南不得已，远于百里外聘曹进士女。未及成礼，会民间讹传，朝廷将选良家女充掖庭[23]，以故有女者，悉送归夫家。一日，有妪导一舆至，自称曹家送女者。扶女入室，谓南曰："选嫔之事已急，仓卒不能如礼，且送小娘子来。"问："何无客？"曰："薄有奁妆，相从在后耳。"妪草草径去。南视女亦风致，遂与谐笑。女俯颈引带，神情酷类窦女。心中作恶，第未敢言。女登榻，引被幪首而眠。亦谓是新人常态，弗为意。日敛昏[24]，曹人不至，始疑。捋被问女[25]，而女亦奄然冰绝。惊怪莫知其故，驰怦告曹[26]，曹竟无送女之事。相传为异。时有姚孝廉女新葬,隔宿为盗所发,破材失尸。闻其异,诣南所征之[27],果其女。启衾一视,四体裸然。姚怒,质状于官。官以南屡无行,恶之,坐发冢见尸[28],论死。

异史氏曰:"始乱之而终成之,非德也;况誓于初而绝于后乎?挞于室,听之;哭于门,仍听之:抑何其忍!而所以报之者,亦比李十郎惨矣[29]!"

据《聊斋志异》手稿本

----

〔1〕 晋阳:春秋时晋邑名,故城在今山西省太原市南古城营。
〔2〕 踽踽:形容行动小心戒惧的样子。《诗·小雅·正月》:"谓天盖高,不敢不局;谓地盖厚,不敢不蹐。"《经典释文》:"局本又作踢。"踢,曲身、弯腰;蹐,小步行走。
〔3〕 斗如:如斗,形容狭小。
〔4〕 篲(huì 慧):扫帚。
〔5〕 氾(fàn 范)扫:即洒扫。
〔6〕 笄(jī 机)女:古以女子十五岁为"及笄"。《礼记·内则》:"女子……十有五而笄。"笄,头簪,古代女子十五岁收发,以簪插定发髻。
〔7〕 綦(qí 旗)切:甚切。綦,极、甚。
〔8〕 稔(rěn 忍):熟悉。
〔9〕 要(yāo 腰)嫁:要约而嫁,指按照婚礼聘订。
〔10〕 贵倨凌人:仗势欺人。贵,高贵。倨,傲慢。
〔11〕 要誓:要求对方盟誓。
〔12〕 指矢天日:指着天日发誓。矢,誓。
〔13〕 桑中之约:指男女幽会。语出《诗·鄘风·桑中》。
〔14〕 䍐(píng 平)幪(méng 盟):帷帐,在旁曰"䍐",在上曰"幪",引申为覆盖、庇护。扬雄《法言·吾子》:"震风陵雨,然后知夏屋之为䍐

巇也。"这里指南三复的管辖、统治。
- [15] 搒(páng 旁):搒掠,笞打。
- [16] 阍(hūn 昏)者:看门的人。
- [17] 质明:黎明。
- [18] 涕洟:眼泪、鼻液。
- [19] 蠲(juān 捐):消除。
- [20] 饵:利诱、贿赂。
- [21] 稍替:稍见衰落。
- [22] 无敢字者:无人敢把女儿许配给他。旧称女子许嫁为"字"。
- [23] 充掖庭:意思是充当嫔妃、宫女。掖庭,宫中旁舍,为嫔妃所居之地。徐陵《玉台新咏序》:"五陵豪族,充选掖庭;四姓良家,驰名永巷。"
- [24] 日敛昏:天已黑。
- [25] 捋(luō 罗)被:掀开被子。
- [26] 伻(bēng 崩):使者,传信的人。
- [27] 征:验证、查看。
- [28] 坐:坐罪,犯罪而受判处。
- [29] 李十郎:唐人小说《霍小玉传》中人物,详《武孝廉》注。

梁　彦

徐州梁彦,患鼽嚏[1],久而不已。一日,方卧,觉鼻奇痒,遽起大嚏。有物突出落地,状类屋上瓦狗[2],约指顶大。又嚏,又一枚落。四嚏凡落四枚。蠢然而动,相聚互嗅。俄而强者啮弱者以食;食一枚,则身顿长。瞬息吞并,止存其一,大于鼫鼠矣[3]。伸舌周匝[4],自舐其吻。梁大愕,踏之。物缘袜而上,渐至股际。捉衣而撼摆之,粘据不可下。顷入衿底,爬搔腰胁。大惧,急解衣掷地。扪之,物已贴伏腰间。推之不动,掐之则痛,竟成赘疣[5];口眼已合,如伏鼠然。

据《聊斋志异》手稿本

------

[1]　鼽(qiú 求)嚏:病名。鼻出清涕,打喷嚏。《礼记·月令》:"秋季行夏令,则其国大水,冬藏殃败,民多鼽嚏。"
[2]　瓦狗:瓦屋脊上其形如狗的饰物,迷信传说可以镇邪。
[3]　鼫(shí 石)鼠:鼠的一种。头似兔,尾有毛,青黄色。
[4]　周匝(zā 札):转动。
[5]　赘疣(yóu 尤):肉瘤。

龙　肉

姜太史玉璇言[1]:"龙堆之下[2],掘地数尺,有龙肉充牣其中[3]。任人割取,但勿言'龙'字。或言'此龙肉也',则霹雳震作,击人而死。"太史曾食其肉,实不谬也。

据《聊斋志异》手稿本

----

[1] 姜玉璇:姜元衡,字玉璇,即墨(今山东省即墨县)人。顺治六年进士,曾任内翰林宏文院侍讲、江南主考等职。见同治《即墨县志》卷七。太史:明清两代习称翰林为"太史"。
[2] 龙堆:地名,疑指白龙堆,天山南路之沙漠。沙堆形如卧龙,无头有尾,高大者二三丈。
[3] 牣(rèn 认):满。

卷 六

潞　令

宋国英，东平人[1]，以教习授潞城令[2]，贪暴不仁，催科尤酷[3]，毙杖下者，狼藉于庭[4]。余乡徐白山适过之，见其横[5]，讽曰[6]："为民父母，威焰固至此乎？"宋扬扬作得意之词曰："喏！不敢！官虽小，莅任百日，诛五十八人矣。"后半年，方据案视事[7]，忽瞪目而起，手足挠乱，似与人撑拒状。自言曰："我罪当死！我罪当死！"扶入署中，逾时寻卒。呜呼！幸有阴曹兼摄阳政[8]；不然，颠越货多[9]，则"卓异"声起矣[10]，流毒安穷哉！

异史氏曰："潞子故区[11]，其人魂魄毅[12]，故其为鬼雄。今有一官握篆于上[13]，必有一二鄙流，风承而痔舐之[14]。其方盛也，则竭攫未尽之膏脂，为之具锦屏[15]；其将败也，则驱诛未尽之肢体，为之乞保留[16]。官无贪廉，每莅一任，必有此两事。赫赫者一日未去[17]，则茧茧者不敢不从[18]。积习相传，沿为成规，其亦取笑于潞城之鬼也已！"

据《聊斋志异》手稿本

---

[1] 东平：州名。清属泰安府，治所在今山东东平县。
[2] 以教习授潞城令：以教习的资格，被任命为潞城县令。教习，明清学官，均由进士充任。潞城，县名，今属山西省。

〔３〕 催科尤酷：催征赋税，尤为严酷。赋税有法令科条，故称催科。
〔４〕 狼藉于庭：谓毙死者的尸体杂列堂下，极言杖毙者之多。狼藉，纵横散乱。
〔５〕 横：横暴。
〔６〕 讽：委婉劝责。
〔７〕 视事：犹言办公。
〔８〕 兼摄：兼理。摄，代理。
〔９〕 颠越货多：谓杀人掠财甚多。《尚书·康诰》："杀越人于货，暋不畏死。"孔安国传："杀人颠越人，于是以取货利。"
〔１０〕 "卓异"声起矣：谓"卓异"的政声便会传扬开来。明清时每三年对官员举行一次考绩，地方官的考绩称"大计"，由州、县官上至府、道、司，层层对属员进行考察，最后送由督、抚核定，报呈吏部；"大计"最好的评语为"卓异"。声，声誉。
〔１１〕 潞子故区：春秋时潞子封国故地。指潞子婴儿国，赤狄别族所建，为晋所灭。汉于其故地置潞县，在今山西潞城县东北。
〔１２〕 魂魄毅：精魂刚毅。语出《楚辞·九歌·国殇》。此指被宋国英残酷杀害的潞人死后犹追索宋命。
〔１３〕 握篆：执掌官印。旧时印章多用篆文，因称官印为"篆"。
〔１４〕 风承而痔舐（shì 试）之：顺应官势极尽逢迎谄媚之能事。风，风从，顺风而从。承，逢迎。痔舐，舐痈吮痔，谓谄媚逢迎，卑鄙无耻。详《劳山道士》注。
〔１５〕 "其方盛"三句：谓当其官势正盛之时，逢迎者则假其威势，尽力攫取民脂民膏，为其供置银屏风。未尽之膏脂，指受县令盘剥之下残剩的百姓财物。膏脂，即脂膏，喻指人民的财物。语见《后汉书·仲长统传》。具锦屏，供置锦屏。锦屏，银屏风，即镂银之屏风。见李益《长干行》。
〔１６〕 "其将败"三句：谓当其将被废免之时，逢迎者则逼迫受其虐害的百姓，为其向上司乞求留任。驱，驱赶。逼迫，强迫之意。诛未尽之肢体，犹言尚未杀绝的百姓。乞保留，指逢迎者假借民意，为离任官员歌功颂德，向上司递表挽留；而离任者亦借此哄抬身价，欺世盗名。

〔17〕 赫赫者：威势显赫者，指地方官。
〔18〕 蚩蚩者：状貌朴厚者，指平民百姓。《诗·卫风·氓》："氓之蚩蚩，抱布贸丝。"

马 介 甫

杨万石,大名诸生也[1]。生平有"季常之惧[2]"。妻尹氏,奇悍,少迕之,辄以鞭挞从事。杨父年六十馀而鳏,尹以齿奴隶数[3]。杨与弟万锺常窃饵翁,不敢令妇知。然衣败絮,恐贻讪笑,不令见客。万石四十无子,纳妾王,旦夕不敢通一语。兄弟候试郡中,见一少年,容服都雅[4]。与语,悦之。询其姓字,自云:"介甫,姓马。"由此交日密,焚香为昆季之盟[5]。

既别,约半载,马忽携僮仆过杨。值杨翁在门外,曝阳扪虱[6]。疑为佣仆,通姓氏使达主人。翁披絮去。或告马:"此即其翁也。"马方惊讶,杨兄弟岸帻出迎[7]。登堂一揖,便请朝父。万石辞以偶恙。促坐笑语,不觉向夕。万石屡言具食[8],而终不见至。兄弟迭互出入[9],始有瘦奴持壶酒来。俄顷引尽[10]。坐伺良久,万石频起催呼,额颊间热汗蒸腾。俄瘦奴以馔具出,脱粟失饪[11],殊不甘旨。食已,万石草草便去。万锺襆被来伴客寝[12]。马责之曰:"曩以伯仲高义,遂同盟好。今老父实不温饱,行道者羞之!"万锺泫然曰[13]:"在心之情,卒难申致[14]。家门不吉,塞遭悍嫂[15],尊长细弱[16],横被摧残。非沥血之好[17],此丑不敢扬也。"马骇叹移时,曰:"我初欲早旦而行,今得此异闻,不可不一目见之。请假闲舍,就便自炊。"万锺从其教,即除室为马安顿。夜深窃馈蔬稻,惟恐妇知。

马会其意,力却之。且请杨翁与同食寝。自诣城肆,市布帛,为易袍裤。父子兄弟皆感泣。万锺有子喜儿,方七岁,夜从翁眠。马抚之曰:"此儿福寿过于其父,但少年孤苦耳[18]。"

妇闻老翁安饱,大怒,辄骂,谓马强预人家事[19]。初恶声尚在闺闼[20],渐近马居,以示瑟歌之意[21]。杨兄弟汗体徘徊,不能制止;而马若弗闻也者。妾王,体妊五月[22],妇始知之,褫衣惨掠[23]。已,乃唤万石跪受巾帼[24],操鞭逐出。值马在外,惭愦不前。又追逼之,始出。妇亦随出,叉手顿足,观者填溢[25]。马指妇叱曰:"去,去!"妇即反奔,若被鬼逐。裤履俱脱,足缠萦绕于道上[26];徒跣而归[27],面色灰死。少定,婢进袜履。着已,嗷啕大哭[28]。家无敢问者。马曳万石为解巾帼。万石耸身定息[29],如恐脱落;马强脱之。而坐立不宁,犹惧以私脱加罪。探妇哭已,乃敢入,次且而前[30]。妇殊不发一语,遽起,入房自寝。万石意始舒,与弟窃奇焉。家人皆以为异,相聚偶语。妇微有闻,益羞怒,遍挞奴婢。呼妾,妾创剧不能起。妇以为伪,就榻搒之,崩注堕胎[31]。万石于无人处,对马哀啼。马慰解之。呼僮具牢馔,更筹再唱[32],不放万石归。

妇在闺房,恨夫不归,方大恚忿;闻撬扉声,急呼婢,则室门已辟。有巨人入,影蔽一室,狰狞如鬼。俄又有数人入,各执利刃。妇骇绝欲号。巨人以刀刺颈曰:"号便杀却!"妇急以金帛赎命。巨人曰:"我冥曹使者,不要钱,但取悍妇心耳!"妇益惧,自投败颡[33]。巨人乃以利刃画妇心而数之曰:"如某事,谓可杀否?"即一画。凡一切凶悍之事,责数殆尽[34],刀画肤革,不啻数十。末乃曰:"妾生子,亦尔宗绪[35]，何忍打堕？此事必不可宥[36]！"乃令数人反接其手，剖视悍妇心肠。妇叩头乞命，但言知悔。俄闻中门启闭，曰："杨万石来矣。既已悔过，姑留馀生。"纷然尽散。无何，万石入，见妇赤身绷系，心头刀痕，纵横不可数。解而问之，得其故，大骇，窃疑马。明日，向马述之。马亦骇。由是妇威渐敛，经数月不敢出一恶语。马大喜，告万石曰："实告君，幸勿宣泄：前以小术惧之。既得好合，请暂别也。"遂去。

妇每日暮，挽留万石作侣，欢笑而承迎之。万石生平不解此乐，遽遭之，觉坐立皆无所可。妇一夜忆巨人状，瑟缩摇战。万石思媚妇意，微露其假。妇遽起，苦致穷诘。万石自觉失言，而不可悔，遂实告之。妇勃然大骂。万石惧，长跽床下。妇不顾，哀至漏三下[37]。妇曰："欲得我恕，须以刀画汝心头如干数，此恨始消。"乃起捉厨刀。万石大惧而奔，妇逐之。犬吠鸡腾，家人尽起。万锺不知何故，但以身左右翼兄。妇方诟詈，忽见翁来，睹袍服，倍益烈怒；即就翁身条条割裂，批颊而摘翁髭。万锺见之怒，以石击妇，中颅，颠蹶而毙。万锺曰："我死而父兄得生，何憾！"遂投井中，救之已死。移时妇苏，闻万锺死，怒亦遂解。既殡，弟妇恋儿，矢不嫁。妇唾骂不与食，醮去之[38]。遗孤儿，朝夕受鞭楚。俟家人食讫，始啖以冷块。积半岁，儿尪羸[39]，仅存气息。

一日，马忽至。万石嘱家人，勿以告妇。马见翁褴缕如故，大骇；又闻万锺殒谢[40]，顿足悲哀。儿闻马至，便来依恋，前呼马叔。马不能识，审顾始辨，惊曰："儿何憔悴至此！"翁乃嗫嚅具道情事。马忿然谓万石曰:"我曩道兄非人,果不谬。两人止此一线[41],杀之,将奈何?"万石不言,惟伏首帖耳而泣。坐语数刻,妇已知之,不敢自出逐客,但呼万石入,批使绝马[42]。含涕而出,批痕俨然。马怒之曰:"兄不能威,独不能断'出'耶[43]?殴父杀弟,安然忍受,何以为人!"万石欠伸[44],似有动容。马又激之曰:"如渠不去,理须威劫[45];即杀却,勿惧。仆有二三知交,都居要地[46],必合极力,保无亏也。"万石诺,负气疾行[47],奔而入。适与妇遇,叱问:"何为?"万石皇遽失色,以手据地曰:"马生教余出妇。"妇益恚,顾寻刀杖,万石惧而却走。马唾之曰:"兄真不可教也已!"遂开箧,出刀圭药[48],合水授万石饮。曰:"此丈夫再造散。所以不轻用者,以能病人故耳。今不得已,暂试之。"饮下,少顷,万石觉忿气填胸,如烈焰中烧,刻不容忍。直抵闺闼,叫喊雷动。妇未及诘,万石以足腾起,妇颠去数尺有咫。即复握石成拳,擂击无算。妇体几无完肤,嗒喑犹骂[49]。万石于腰中出佩刀。妇骂曰:"出刀子,敢杀我耶?"万石不语,割股上肉,大如掌,掷地下;方欲再割,妇哀鸣乞恕。万石不听,又割之。家人见万石凶狂,相集,死力掖出。马迎去,捉臂相用慰劳。万石馀怒未息,屡欲奔寻,马止之。少间,药力渐消,嗒焉若丧[50]。马嘱曰:"兄勿馁。乾纲之振[51],在此一举。夫人之所以惧者,非朝夕之故,其所由来者渐矣[52]。譬昨死而今生,须从此涤故更新;再一馁,则不可为矣。"遣万石入探之。妇股栗心慴[53],倩婢扶起,将以膝行。止之,乃已。出语马生,父子交贺。马欲去,父子共挽之。马曰:"我适有东海之行,故便道相过,还时可复会耳。"月馀,妇起,宾事良人[54]。久觉黔驴无技[55],渐狎,渐嘲,渐骂;居无何,旧态全作矣。翁不能堪,宵遁,至河南,隶道士籍[56]。万石亦不敢寻。

年馀,马至,知其状,怫然责数已[57],立呼儿至,置驴子上,驱策径去。由此乡人皆不齿万石[58]。学使案临[59],以劣行黜名。又四五年,遭回禄[60],居室财物,悉为煨烬[61];延烧邻舍。村人执以告郡,罚锾烦苛[62]。于是家产渐尽,至无居庐。近村相戒,无以舍舍万石。尹氏兄弟,怒妇所为,亦绝拒之。万石既穷,质妾于贵家,偕妻南渡。至河南界,资斧已绝。妇不肯从,聒夫再嫁。适有屠而鳏者,以钱三百货去。万石一身,丐食于远村近郭间。至一朱门,阍人诃拒不听前。少间,一官人出,万石伏地啜泣。官人熟视久之,略诘姓名,惊曰:"是伯父也!何一贫至此?"万石细审,知为喜儿,不觉大哭。从之人,见堂中金碧焕映。俄顷,父扶童子出,相对悲哽。万石始述所遭。初,马携喜儿至此,数日,即出寻杨翁来,使祖孙同居。又延师教读。十五岁入邑庠[63],次年领乡荐[64],始为完婚。乃别欲去。祖孙泣留之。马曰:"我非人,实狐仙耳。道侣相候已久。"遂去。孝廉言之,不觉恻楚。因念昔与庶伯母同受酷虐,倍益感伤。遂以舆马赍金赎王氏归。年馀,生一子,因以为嫡。

尹从屠半载,狂悖犹昔[65]。夫怒,以屠刀孔其股[66],穿以毛绠[67],悬梁上,荷肉竟出。号极声嘶,邻人始知。解缚抽绠;一抽则呼痛之声,震动四邻。以是见屠来,则骨毛皆竖。后胫创虽愈,而断芒遗肉内,终不良于行;犹夙夜服役,无敢少懈。屠既横暴,每醉归,则挞詈不情。至此,始悟昔之施于人者,亦犹是也。

一日,杨夫人及伯母烧香普陀寺[68],近村农妇并来参谒。尹在中帐立不前。王氏故问:"此伊谁?"家人进白:"张屠之妻。"便诃使前,与太夫人稽首。王笑曰:"此妇从屠,当不乏肉食,何羸瘠乃尔?"尹愧恨,归欲自经,绠弱不得死。屠益恶之。岁馀,屠死。途遇万石,遥望之,以膝行,泪下如縻[69]。万石碍仆,未通一言。归告侄,欲谋珠还[70]。侄固不肯。妇为里人所唾弃,久无所归,依群乞以食。万石犹时就尹废寺中。侄以为玷,阴教群乞窘辱之,乃绝。此事余不知其究竟,后数行,乃毕公权撰成之[71]。

异史氏曰:"惧内[72],天下之通病也。然不意天壤之间,乃有杨郎!宁非变异?余尝作妙音经之续言,谨附录以博一噱[73]:

'窃以天道化生万物,重赖坤成[74];男儿志在四方,尤须内助[75]。同甘独苦,劳尔十月呻吟;就湿移干,苦矣三年嚬笑[76]。此顾宗祧而动念,君子所以有伉俪之求;瞻井臼而怀思,古人所以有鱼水之爱也[77]。第阴教之旗帜日立,遂乾纲之体统无存[78]。始而不逊之声,或大施而小报;继则如宾之敬,竟有往而无来[79]。只缘儿女深情,遂使英雄短气[80]。床上夜叉坐,任金刚亦须低眉[81];釜底毒烟生,即铁汉无能强项[82]。秋砧之杵可掬,不捣月夜之衣;麻姑之爪能搔,轻试莲花之面[83]。小受大走,直将代孟母投梭;妇唱夫随,翻欲起周婆制礼[84]。婆娑跳掷,停观满道行人;嘲哳鸣嘶,扑落一群娇鸟[85]。恶乎哉!呼天吁地,忽尔披发向银床[86]。丑矣夫!转目摇头,猥欲投缳延玉颈[87]。当是时也:地下已多碎胆,天外更有惊魂[88]。北宫黝未必不逃,孟施舍焉能无惧[89]?将军气同雷电,一入中庭,顿归无何有之乡;大人面若冰霜,比到寝门,遂有不可问之处[90]。岂果脂粉之气,不势而威?胡乃肮脏之身,不寒而栗[91]?犹可解者:魔女翘鬟来月下,何妨俯伏皈依[92]?最冤枉者:鸠盘蓬首到人间,也要香花供养[93]。闻怒狮之吼,则双孔撩天;听牝鸡之鸣,则五体投地[94]。登徒子淫而忘丑,回波词怜而成嘲[95]。设为汾阳之婿,立致尊荣,媚卿卿良有故[96];若赘外黄之家,不免奴役,拜仆仆将何求[97]?彼穷鬼自觉无颜,任其斫树摧花,止求包荒于悍妇[98];如钱神可云有势,乃亦婴鳞犯制,不能借助于方兄[99]。岂缚游子之心[100],惟兹鸟道[101]?抑消霸王之气[102],恃此鸿沟?然死同穴,生同衾,何尝教吟"白首"[103]?而朝行云,暮行雨,辄欲独占巫山[104]。恨煞"池水清",空按红牙玉板;怜尔妾命薄,独支永夜寒更[105]。蝉壳鹭滩,喜骊龙之方睡;犊车麈尾,恨驽马之不奔[106]。榻上共卧之人,挞去方知为舅;床前久系之客,牵来已化为羊[107]。需之殷者仅俄顷,毒之流者无尽藏[108]。买笑缠头,而成自作之孽,太甲必曰难违[109];俯首帖耳,而受无妄之刑,李阳亦谓不可[110]。酸风凛冽,吹残绮阁之春;醋海汪洋,淹断蓝桥之月[111]。又或盛会忽逢,良朋即坐,斗酒藏而不设,且由房出逐客之书;故人疏而不来,遂自我广绝交之论[112]。甚而雁影分飞,涕空沾于荆树;鸾胶再觅,变遂起于芦花[113]。故饮酒阳城,一堂中惟有兄弟;吹竽商子,七旬馀并无室家。古人为此,有隐痛矣[114]。呜呼!百年鸳偶,竟成附骨之疽;五两鹿皮,或买剥床之痛[115]。髯如戟者如是,胆似斗者何人?固不敢于马棧下断绝祸胎,又谁能向蚕室中斩除孽本[116]？娘子军肆其横暴，苦疗妒之无方[117]；胭脂虎啖尽生灵，幸渡迷之有楫[118]。天香夜爇，全澄汤镬之波；花雨晨飞，尽灭剑轮之火[119]。极乐之境，彩翼双栖；长舌之端，青莲并蒂[120]。拔苦恼于优婆之国，立道场于爱河之滨[121]。咦！愿此几章贝叶文，洒为一滴杨枝水[122]！'"

据《聊斋志异》手稿本

----

〔1〕 大名：府名，清属直隶。治所在今河北大名县。
〔2〕 "季常之惧"：谓惧内的毛病。宋代陈慥，字季常，号方山子，又号龙丘先生。好谈佛，也好宾客，喜蓄声妓，然其妻柳氏绝凶妒。故东坡有诗云："龙丘居士亦可怜，谈空说有夜不眠。忽闻河东师子吼，拄杖落手心茫然。"见洪迈《容斋三笔》三。河东为柳姓郡望，暗指其妻柳氏；师（狮）子吼，佛家以喻威严（见《景德传灯录》），东坡（苏轼）因陈好佛，故借以戏指其妻怒骂声。后因以"河东狮吼"喻妻子悍妒，而以"季常之惧"喻丈夫惧内。
〔3〕 齿奴隶数：列于奴隶之数；意谓视同奴隶。齿，列。
〔4〕 都雅：漂亮、高雅。都，美。
〔5〕 昆季之盟：即结拜为兄弟。昆季，兄弟；长者为昆，幼者为季。
〔6〕 曝阳扪（mén 门）虱：边晒太阳，边捉虱子。
〔7〕 岸帻（zé 则）：巾高露额。谓装束简易，不拘常礼。岸，高；帻，头巾。
〔8〕 具食：备饭。
〔9〕 迭互：犹交互。
〔10〕 引：斟酒。斟酒满杯称引满。
〔11〕 脱粟失饪（rèn 任）：糙米为饭，且半生不熟。语出《晏子春秋·杂》下。失饪，烹饪失宜，谓不熟。饪，熟。
〔12〕 襆（fú 伏）被：谓收拾被褥。襆，包袱。
〔13〕 泫然：伤心流泪的样子。

〔14〕 卒(cù促)难申致：谓仓促之间难以向你说明。卒，通"猝"、"促"，仓促。
〔15〕 蹇(jiǎn俭)：不幸。
〔16〕 细弱：犹言家小，指妻子儿女。
〔17〕 沥血之好：谓至诚之交。沥血，滴血。语出《吴越春秋·勾践入臣外传》。本谓滴血为誓，以示必报之仇，引申为竭尽至诚。韩愈《归彭城》："刳肝以为纸，沥血以书辞"。
〔18〕 孤苦：此据二十四卷抄本，原作"孤害"。
〔19〕 预：干预。
〔20〕 恶声：辱骂之声。
〔21〕 以示瑟歌之意：《论语·阳货》篇载，孺悲欲见孔子，孔子托言有病，拒绝接见，但传命的人刚出门，孔便"取瑟而歌，使之闻之"，故意让孺悲听到。此言尹氏有意骂给马介甫听。
〔22〕 妊：妊娠，怀孕。
〔23〕 褫(chǐ齿)衣惨掠：剥去衣服，重重拷打。褫，剥衣。掠，搒掠，拷打。
〔24〕 巾帼：古时妇女的头巾和发饰。授男子以巾帼，即羞辱其无丈夫气。语见《三国志·魏志·明帝纪》注引《魏氏春秋》。
〔25〕 填溢：谓街巷填塞不下，形容观者众多。
〔26〕 足缠：旧时女子裹足用的白布条，北方俗称裹脚布。
〔27〕 徒跣(xiǎn显)：赤脚。跣，赤脚。
〔28〕 嗷咷(jiào táo叫桃)：哭声。
〔29〕 耸(sǒng悚)身定息：直立屏气，形容紧张惶恐。耸，通"悚"。耸身，犹言悚立，直挺挺地站着。定息，犹言屏息，谓不敢喘气。
〔30〕 次且(zī jū资直)：也作"趑趄"，且进且退，畏惧不敢向前。
〔31〕 崩注：血流如注。崩，血崩。
〔32〕 更筹再唱：即二更天。更筹，亦名"更签"。古时夜间报更的签牌。
〔33〕 自投败颡(sǎng嗓)：叩头求饶，以至磕破额头。自投，以首投地，即叩头。颡，额。
〔34〕 数(shǔ署)：数落，斥责。
〔35〕 宗绪：后代。

[36] 宥（yòu 又）：宽恕。
[37] 漏三下：三更天。漏，刻漏。古代计时的器具。在铜壶中蓄水，壶底穿一小孔，壶内竖一刻有度数的箭形浮标；以壶中漏水后浮标所显露出的度数，计算时辰。
[38] 醮：改嫁。
[39] 尪羸（wāng léi 汪雷）：瘦弱。羸，据山东省博物馆本，原作"赢"。
[40] 殒谢：殒灭凋谢，谓死亡。
[41] 一线：犹一脉，谓只有这一线单传的后代。
[42] 批：批颊，扇脸。
[43] 断出：决定休弃。出，休弃妻子。
[44] 欠伸：此为起身舒臂，将欲有所行动的样子。
[45] 威劫：以威力强迫。劫，劫持、强迫。
[46] 居要地：官居权要之位。
[47] 负气：凭恃一时意气。
[48] 刀圭药：一小匙药。详《莲香》注。
[49] 嘲哳（zhāo zhā 招渣）：同"啁哳"。鸟鸣叫声；杂乱细碎声。
[50] 嗒焉若丧：失魂落魄的样子。《庄子·齐物论》："仰天而嘘，答然似丧其耦。"答，同"嗒"。
[51] 乾纲：指夫权。乾，《易》卦名，象天，象阳。据封建伦理纲常，夫为妻纲；夫为阳，为天，女为阴，为地。详《长治女子》注。
[52] 其所由来者渐矣：谓万石惧内并非偶然，是渐积而成的。语见《易·坤》。
[53] 心慴（shè 慑）：同"心慑"。心里害怕。
[54] 宾事良人：谓敬事丈夫。宾事，如宾客一样恭敬地事奉。良人，丈夫。
[55] 黔驴无技：犹言黔驴技穷。柳宗元《三戒·黔之驴》略云：古时黔地无驴，有人载一驴入，放置山下。虎见其庞然大物，以为神，惧不敢进。久之，渐狎，驴怒而蹄之，"虎因喜，计之曰：'技止此耳！'乃跳踉大㘎，断其喉，尽其肉，乃去。"
[56] 隶道士籍：指出家做了道士。隶，隶属。
[57] 怫（bó 勃）然：勃然，怒貌。怫，同"勃"。

〔58〕 不齿:不屑与同列,表示极端鄙视。
〔59〕 学使:即提学使,或称提督学政(简称学政)。负责一省学校生徒的考课黜陟之事。任期三年。三年中两次巡察所属府、州、县,名为"案临"或"出棚"。
〔60〕 回禄:传说中的火神名,因以称火灾。《左传·昭公十八年》:"郑子产禳火于玄冥、回禄。"
〔61〕 煨(wēi威)烬:犹灰烬。
〔62〕 罚锾(huán环):犹罚金。锾,古重量单位,六两。《尚书·吕刑》:"其罚百锾。"
〔63〕 入邑庠:入县学为生员,即中了秀才。
〔64〕 领乡荐:考中举人。唐代举士,由州县地方官推举应礼部试,称"乡荐"。后称乡试中试者为"领乡荐"。
〔65〕 狂悖:狂妄不讲道理。
〔66〕 孔其股:穿透其大腿。
〔67〕 绠(gěng梗):粗绳。
〔68〕 普陀寺:佛寺,供奉观世音的寺院。梵语"普陀洛伽"之略。
〔69〕 泪下如縻(mí迷):谓涕泪涟涟。縻,牛鼻绳。王粲《咏史诗》:"临穴呼苍天,涕下如绠縻。"
〔70〕 珠还:喻谓物归原主。《后汉书·孟尝传》载,东汉合浦郡产珠,其珠因宰守贪婪滥采而迁于交阯郡界,"(孟)尝到官,革易前弊,求民病利。曾未逾岁,去珠复还"。
〔71〕 毕公权:毕世持,字公权,淄川(今属山东淄博市)人。康熙十七年(1678)举人,有文名。见《山东通志·人物志》。
〔72〕 惧内:此据铸雪斋抄本,原作"内惧"。
〔73〕 一噱(jué决):一笑。
〔74〕 重赖坤成:主要依赖大地完成。坤,地。
〔75〕 内助:旧指妻子。
〔76〕 "同甘"四句:谓二人同享夫妻之乐,而妻子独受生育之苦;辛苦抚养,三年始得离怀。劳,苦。尔,你,指妻子。十月呻吟,怀胎十月,备受痛苦。就湿移干,言哺育幼儿的艰辛:晚间幼儿尿湿被褥,自己暖干,而让幼儿睡卧干处。三年嚬(pín频)笑,谓幼儿在母亲怀

抱得到抚爱。三年,《礼记·三年问》:"孔子曰:'子生三年,然后免于父母之怀。'"噢笑,犹一噢一笑,指母亲关怀幼儿的忧喜之情。噢,同"颦",忧愁的样子。《韩非子·内储》上:"吾闻明主之爱一噢一笑,噢有为噢,而笑有为笑。"

〔77〕 "此顾"四句:意谓为了承嗣宗祧和料理家务,所以男子动娶妻之念,而有夫妻之爱。顾,念。宗祧(tiāo佻),宗庙。宗,祖庙;祧,远祖之庙。伉俪(kàng lì 亢丽),配偶,古时指正室,即嫡妻,后用作夫妇的通称。井臼,汲水舂米,喻指家务。旧时以操井臼为妻子的本分。鱼水之爱,喻夫妻之爱,谓两情相得如鱼水。《管子·小问》载,管仲求宁戚,宁说:"浩浩乎","管仲不知,至中食而虑之。……婢子曰:'诗有之:浩浩者水,育育者鱼,未有室家,而安召我居。宁子岂欲室乎?'"

〔78〕 "第阴教"二句:此据铸雪斋抄本补,原无此二句。谓只因妻子在家发号施令,遂使丈夫威风扫地以尽。第,只。阴教,指妻子的号令。教,令。乾纲,即夫纲、夫权。

〔79〕 "始而"四句:谓起初妻子言辞不逊,丈夫还稍敢顶撞;久之则俯首帖耳,唯妻命是从。不逊,此指妻子辞色不恭顺。大施,指妻子对丈夫的大不恭敬;小报,指丈夫因妻子不逊而小有反应。如宾之敬,即相敬如宾,谓夫妻之间彼此尊重,如待宾客。语出《后汉书·梁鸿传》。有往无来,指夫只敬妻而妻不敬夫。

〔80〕 "只缘"二句:谓只因恋恋于男女情爱,而丧失了男子汉的气概。短气,丧气。宋代苏丕年少时应试礼部不中,因曰:"此中最易短英雄之气。"后以"英雄气短"指有才志的人遭遇困阻或沉湎于爱情而丧失进取心。儿女,犹言男女。钟嵘《诗品》评张华诗云:"疏亮之士犹恨其儿女情多,风云气少。"

〔81〕 "床上"二句:谓家中有夜叉般凶悍的妻子,任你是金刚般的男儿也只得顺从。夜叉,梵语音译,佛经中吃人的恶鬼,旧时小说中常以喻凶悍的女人。金刚,梵语"缚日罗"的意译,谓金属中最坚固的部分,喻坚固、锐利。印度佛教中密教徒称金刚杵及执杵力士为"金刚"。中国以之称寺院山门内的金刚力士塑像。因塑像面目威猛,常以"金刚怒目"喻刚勇有力的形象。低眉,俯首顺从。

[82]“釜底”二句：与上二句意近，意谓悍妇气焰嚣张，任你是钢铁硬汉也只得俯首顺从。釜，烹饪器。此与"妇"谐音。毒，猛烈。铁汉，刚直不屈的汉子。强项，硬挺脖子，谓不肯低头俯顺。项，颈后部。《后汉书·董宣传》载，董宣不避权贵。为洛阳令时，湖阳公主（光武帝姊）的苍头白日杀人，董宣依律处死。光武帝听说后大怒，"使宣叩头谢主，宣不从。强使顿之，宣两手据地，终不肯俯。"因受到光武帝的赞赏，誉为"强项令"。

[83]"秋砧"四句：谓悍妇对丈夫或棒打，或抓面，凶悍非常。砧（zhēn针），捣衣石。杵，捣衣木棒，北方俗称"棒槌"。秋日月夜捣衣，声音凄凉清远，古人常用以写妇女思夫之情。谢惠连《捣衣》："栏高砧响发，楹长杵声哀。"杵不用来捣衣，含有两层意思：一说明无恋夫之情，一是说用杵来殴打丈夫。麻姑，传说中的女仙，貌美，手似鸟爪。据《神仙传》载，一次麻姑降落到蔡经家，经见其手似爪，顿思"背上大痒时，以此爪以爬背当佳"，因而被鞭打一顿。莲花之面，俊俏的面容。《旧唐书·杨再思传》："易之弟昌宗以姿貌见宠幸，再思又谀之曰：'人言六郎面似莲花，再思以为莲花似六郎，非六郎似莲花也。'"此以麻姑之爪试莲花之面，戏指悍妇抓丈夫之脸。

[84]"小受"四句：谓惧内之人逆来顺受，悍妇杖责如母教子：一反夫唱妇随，全由妻子主持家政。小受大走，指如受父母杖责，小打则忍受，大打即逃跑。《帝王世纪》载，大舜对待父母，"小杖则受，大杖则走。"本谓父母教训儿子，所以下文云，"直将代孟母投梭。"直，简直。代，替。孟母投梭，指孟母断机教子事。《列女传》："孟子之少也，既学而归，孟母方绩。问曰：'学所至矣？'孟子曰：'自若也。'孟母以刀断其织。孟子惧而问其故，孟母曰：'子之废学，若吾断斯织也。'"投梭，扔掉织布梭，即停止织布。投，弃。妇唱夫随，"夫唱妇随"的反义。《关尹子·三极》："天下之理，夫者倡，妇者随。"倡，通"唱"。夫唱妇随，是封建之礼，而一旦悍妇主政，便成为"妇唱夫随"了。周婆制礼，"周公制礼"的反义。周婆，对周公之妻的戏称。周公，周文王之子，名姬旦，曾辅助武王伐纣，建立周王朝。武王死，子成王年幼，由周公摄政。相传周王朝的礼乐制度

是由周公制定的。起周婆制礼,谓由妇人主政。《艺文类聚》三五引《妒记》载,谢安想纳妾,其妻刘夫人不允,子侄辈借《诗经》中的《关雎》、《螽斯》篇加以劝谕。刘夫人问谁撰此诗,答云:"周公。"夫人云:"周公是男子相为尔,若使周姥撰诗,当无此也。"《青琐高议》、《醉翁谈录》均有类似条目,"周姥"作"周婆"。

[85] "婆娑"四句:写悍妇撒泼吵闹。谓悍妇撒泼,惹得道路之人围观;乱吵胡闹,像是惊鸟乱鸣。婆娑,起舞的样子。此含嘲讽之意。跳踯,跳跃。嘲哳,也作"啁哳",鸟鸣。娇鸟,娇啼之鸟,见卢照邻《长安古意》。此盖为对悍妇的戏称。

[86] "恶乎哉"三句:谓最可恶的是悍妇抢地呼天,以投井相要胁。忽尔,忽然。披发,披头散发,撒泼之状。银床,银饰井栏,指水井。《晋书·乐志》下引《淮南王》篇:"后园凿井银作床,金瓶素绠汲寒浆。"

[87] "丑矣夫"三句:谓最丑恶的是悍妇矫情作态,装出上吊自杀的怪模样。猥,曲,曲意矫情。投缳,上吊自杀。

[88] "地下"二句:谓悍妇闹得地覆天翻,吓得丈夫胆裂魂飞。

[89] "北宫黝"二句:谓即便是最勇武的人,对此也将畏惧。北宫黝、孟施舍,二人生平均不可考,盖为古代以勇武著称的人。《孟子·公孙丑》上:"(公孙丑)曰:'不动心有道乎?'(孟子)曰:'有。北宫黝之养勇也:不肤挠,不目逃,思以一豪(毫)挫于人,若挞之于市朝;……孟施舍之所养勇也,曰:……舍岂能为必胜哉?能无惧而已矣。'"

[90] "将军"六句:谓不管什么文臣武将,在悍妇面前,都将气挫威收。气,英武威人的气概。中庭,谓家中。无何有之乡,犹言一无所有之处。《庄子·逍遥游》:"今子有大树患其无用,何不树之无何有之乡,广莫之野。""顿归无何有之乡",谓顿时消失得无影无踪。大人,此指做官为宦之人。面若冰霜,谓面容威严。比,及。不可,不能,意为不敢。

[91] "岂果"四句:谓难道女人果真有什么威风?不然,为什么堂堂男子汉竟如此恐惧?脂粉之气,女人的气味。脂粉,妇女化妆用品,面脂、铅粉之类。肮脏(kàng zàng 抗葬),同"抗脏",刚直不屈。肮

〔92〕"犹可"三句：意谓女方果真貌美迷人，向她俯首听命，也算情有可原。魔女，佛经称魔界之女。《首楞严经》："不断婬（淫）必落魔道，上品魔王，中品魔民，下品魔女。"此指貌美迷人的女人。翘鬟，高高挽起的发髻。皈（guī归）依，佛教称归心向佛。此指醉心魔女。

〔93〕"最冤枉"三句：谓男子对丑陋吓人的女人，也要供养如佛，这实在太冤枉。鸠盘，即鸠盘荼。梵语音译。据其形状，译为"瓮形鬼"，"冬瓜鬼"。佛经中鬼名。后用以喻妇人老丑之状。《御史台记》载，唐代任瓌惧内，杜正伦讥讽他，他便说："妇当畏者三：少妙之时，如生菩萨；及儿满前，如九子魔母；至五、六十时，傅粉妆扮，或青或黑，如鸠盘荼。"香花供养，以花与香供养，为敬佛的一种礼仪，见《金刚经·持经功德分》。此谓虔诚敬事。

〔94〕"闻怒狮"四句：极写男子惧内之状，谓听到妻子一声呼唤，即跪伏听命。怒狮之吼喻悍妇之怒。详前"季常之惧"注。双孔撩天，鼻孔朝上，喻仰面承颜。牝鸡，母鸡。牝鸡之鸣，喻悍妇主政。《尚书·牧誓》："牝鸡无晨，牝鸡司晨，惟家之索。"五体投地，指两肘、两膝及头部及地的致敬仪式，为古印度致礼仪式中最尊敬的一种。《首楞严经》："阿难闻已，重复悲泪，五体投地，长跪合掌，而向佛言。"此喻男子对悍妇的极度恭顺。

〔95〕"登徒子"二句：谓男子有的如登徒子好淫而不计妻的丑俊，有的如唐中宗惧内而受到后人嘲笑。登徒子，宋玉《登徒子好色赋》中虚构的人物。宋玉借攻击登徒子好淫，来表白自己的贞洁。有云："登徒子……其妻蓬头挛耳，龃唇历齿，旁行踽偻，又疥且痔，登徒子悦之，使有五子。"此后登徒子便成为好色者的代称。回波词，据孟棨《本事诗·嘲戏》载，唐中宗怕韦后，而朝中亦风传御史大夫裴谈惧内。内宴唱《回波词》，有一优人唱道："回波尔时栲栳，怕妇也是大好。外边袛有裴谈，内里无过李老。"韦后听后很高兴，赏赐了歌者。中宗懦弱无能，后终被韦后毒死。此谓优人同情中宗而唱《回波词》，不料却成为对惧内者的讥嘲了。

〔96〕"设为"三句：谓如果岳父像郭子仪那样，能使女婿马上得到富贵

尊荣,奉迎妻子也算有一定的原故。汾阳,指郭子仪。据《唐书·郭子仪传》载,郭子仪因平安史之乱有功,进封汾阳郡王,子、婿多因而贵显:"子八人,婿七人,皆朝廷重官。"媚,讨好。卿卿,旧时妻子的昵称。语出《世说新语·惑溺》篇。

[97] "若赘"三句:承上谓,假如贤俊志士入赘于平庸富家,不免于被人役使,而苦苦拜揖又将图得什么呢? 赘,入赘,旧指男子就婚于女家。外黄,地名,秦置县,故城在今河南杞县东。《史记·张耳陈馀列传》载,张耳是大梁(今河南开封市)人,曾逃亡到外黄。外黄一富家女貌美,慕其贤而改嫁张耳。拜仆仆,谓拜了又拜。仆仆,劳顿。《孟子·万章下》:"子思以为鼎肉,使己仆仆尔亟拜也。"

[98] "彼穷鬼"三句:谓那些穷苦的男子,自觉无颜管束,听任妻子悍妒,只求得其宽容。穷鬼,对贫穷的戏称。见韩愈《送穷文》。此指贫穷的丈夫。斫树摧花,谓滥施悍妇淫威。《艺文类聚》八六引《妒女记》载,武历阳之女嫁阮宣武,性绝妒。家有一株桃树,"华叶灼耀,宣叹美之,即便大怒,使婢取刀斫树,摧折其华。"止,只。包荒,包含荒秽。《易·泰》:"包荒,用冯河。"此为容忍之意。悍妇,此从铸雪斋抄本,原作"怨妇"。

[99] "如钱神"三句:谓即如那些有钱有势之家,遇到妻子悍妒无礼,钱财亦无济于事。钱神,对钱能通神的讥刺。《晋书·隐逸·鲁褒传》载《钱神论》:"钱之为体,有乾坤之象。……亲之为兄,字曰孔方。失之则贫弱,得之则富昌。钱多者处前,钱少者居后。处前者为尊长,在后者为臣仆。……官尊名显,皆钱所致。……由此论之,谓之神物。"婴鳞,触及逆鳞。原喻触犯君主的尊严,或违忤其意旨。语见《韩非子·说难》。此喻指触犯妒妇。《艺文类聚》三五引张缵《妒妇赋》:"忽有逆其妒鳞,犯其忌制,赴汤蹈火,瞋目攘袂;或弃产而焚家,或投儿而害婿。"方兄,孔方兄之省,指钱。

[100] 游子:离家远游之人。

[101] 鸟道:只有鸟儿才能飞过的道路,原喻山之高峻。此与下文"鸿沟",均为庾辞。鸟,读如 diǎo。

[102] 霸王:西楚霸王,指项羽。秦末楚汉相争,项羽同刘邦双方曾一度以鸿沟(古渠名,在今河南境内)为界。见《史记·项羽本纪》。

〔103〕"然死"三句：谓丈夫信誓旦旦，从未动娶妾之念。死同穴，生同衾，谓夫妇活着厮守在一起，死后埋葬在同一墓穴。《诗·王风·大车》："毂则异室，死则同穴。"《白首》，即《白头吟》。《西京杂记》："（司马）相如将娶茂陵人女为妾，（卓）文君作《白头吟》以自绝，相如乃止。"

〔104〕"而朝"三句：承上谓妒妇却朝朝暮暮，只让丈夫死守在自己身旁。宋玉《高唐赋》写巫山神女的故事，有云："昔者先王曾游高唐，怠而昼寝，梦见一妇人，……去而辞曰：妾在巫山之阳，高丘之阻，旦为朝云，暮为行雨，朝朝暮暮，阳台之下。"朝云暮雨，本为神女与楚襄王彼此思恋的意思。此借指妒妇要丈夫早晚厮守，不得与其他女人接触。

〔105〕"恨煞"四句：谓所恨丈夫恋妓忘家，使自己独守空房。"池水清"，代指恋妓忘家的丈夫。《王氏见闻》载州人韩伸，好饮酒嫖赌，经年忘其家。一次在东川，聚博徒而携饮妓，正欢乐之际，其妻率女仆持棒猝至。韩伸正高唱"池水清不绝"，"忽于脑后一棒，打落幞头，扑灭灯烛，伸即窜于床下。时辈呼伸为'池水清'。"空，徒然地。按，拍击。红牙玉板，用以节乐的拍板。妾命薄，犹妾薄命。《汉书·外戚传》载孝成许皇后被疏远，有自叹"妾薄命，端遇竟宁前"的话，为乐府《妾薄命》题名所本。以此题写的乐府诗，均为抒写女子哀怨的内容，诸如失宠被弃、远聘晚嫁、生离死别等。此处以讽刺口吻，谓妒妇被丈夫疏远而独守空房。永夜，长夜。

〔106〕"蝉壳"四句：谓男子只有趁悍妇酣睡之时，才得出外寻欢，而一旦被妇发觉，则逃之不迭。蝉壳鹭滩，喻悄悄遁去。蝉壳，为蝉之脱壳，喻解脱；鹭滩，如鹭之踏滩，着地无声。骊（lí 离）龙，黑色的龙。此喻悍妇。《庄子·列御寇》："河上有家贫恃纬萧而食者，其子没于渊，得千金之珠。其父谓其子曰：取石来锻之。夫千金之珠，必在九重之渊，而骊龙颔下，子能得珠者，必遭其睡也。使骊龙而寤，子尚奚微之有哉！"此以"骊龙方睡"，喻悍妇熟睡。犊车，小牛拉的车。麈（zhǔ 主）尾，拂尘，以麈（似鹿之兽）尾所制。魏晋人清谈时，常执麈尾以示高雅。此处化用东晋王导惧内的故

事,以讽刺惧内者的狼狈情态。《太平广记》二七二引虞通《妒记》载,王导妻曹氏性妒,王导便暗营别馆以蓄妾。曹氏得知,"欲出寻讨。王公遽命驾,患迟,乃亲以麈尾柄助御者打牛,狼狈奔驰,乃得先至。司徒蔡谟闻,乃诣王谓曰:'朝廷欲加公九锡,知否?'王自叙谦志。蔡曰:'不闻馀物,惟闻短辕犊车,长柄麈尾耳。'导大惭。"

〔107〕"榻上"四句:谓悍妒之妇醋意无限,有时不觉自取其羞。舅,妻舅。车武子妻悍妒,武子拉妻兄与之共宿一处,而将一件女子的绛裙衣挂在屏风上。其妻见后大怒,拔刀登床,揭被一看,却是其兄,即羞惭退出。事详《太平广记》二七二引《要录》。《艺文类聚》三十五引《妒记》载,京都一士人之妻悍妒异常,对其夫小则骂,大则打。为防其外出,晚间用长绳将其脚拴系床头。其夫与女巫密计,待其入睡,自己避入厕中,"以绳系羊,士人缘墙走避。妇觉,牵绳而羊至,大惊怪,召问巫。"女巫趋势指出,这都是她妒忌造成的;若能改过,即求神化转。"妇因悲号,抱羊恸哭,自咎悔誓。师姬(女巫)即令七日斋,举家大小悉避,于室中祭鬼神。师祝羊还复本形,婿徐徐还。""后复妒忌,婿因伏地作羊鸣。妇惊起徒跣,呼先人为誓,于是不复敢尔。"

〔108〕"需之"二句:谓得悍妇相亲爱之时甚短,而受其毒害却无穷无尽。需之殷者,所需其殷勤的情意。俄顷,一会儿,此谓十分短暂。毒之流者,其所流布的毒害。无尽藏,犹无底止,无穷无尽。

〔109〕"买笑"三句:谓男子恋妓宿娼,受到妻子怨恨,这是咎由自取。买笑缠头,即缠头买笑,指嫖妓。缠头,古时歌舞妓缠在头上的锦帛,因以指代赠与歌舞妓女的礼品。自作之孽,自己造成的罪孽。太甲,即帝太甲,商汤之孙。《尚书·太甲中》:"天作孽,犹可违;自作孽,不可逭。"违,避;逭,逃。

〔110〕"俯首"三句:承上谓男子如俯顺妻子而横遭挞辱,则人皆以为不可。俯首帖耳,驯顺听命。韩愈《应科目时与人书》:"若俛首帖耳,摇尾而乞怜者,非我之志也。"俛,同"俯"。受无妄之刑,平白无故地受到挞辱。李阳,晋武帝时幽州刺史。《世说新语·规箴》载,王夷甫之妻郭氏,才拙性刚,爱财且好管闲事,夷甫无法加

以劝阻。但郭氏惧怕好任侠的李阳。于是"夷甫骤谏之,乃曰:'非但我言卿不可,李阳亦谓卿不可。'郭氏小为之损。"

〔111〕"酸风"四句:谓由于悍妒之妇吃醋拈酸,便破坏了夫妻间相爱相恋的真挚情感。酸,与下文"醋",都喻指女人妒忌,即俗谓吃醋拈酸。绮阁之春,闺阁春情。绮阁,绮丽的闺阁。蓝桥,桥名,在今陕西蓝田东南蓝溪上。传说唐人裴航下第归,路经此处,与仙女云英结为夫妇。详《太平广记》五〇《裴航》。

〔112〕"又或"六句:谓又或因悍妇悭吝,使之与故人断绝往来。即坐,就坐。斗酒藏而不设,苏轼《后赤壁赋》有云:"归而谋诸妇,妇曰:'我有斗酒,藏之久矣,以待子不时之须。'"此反用其意,谓冷淡客人。逐客之书,即逐客之令。《史记·李斯列传》载,秦王应宗室大臣请,下令"一切逐客",李斯为此而上《谏逐客书》。遂,乃。自我,由我。绝交,与朋友断绝往来。南朝梁文学家刘峻,曾感于世态炎凉而作《广绝交论》。此处只用字面意思。

〔113〕"甚而"四句:谓更有甚者,因悍妇妒忌使兄弟分居,或虐待前妻之子女。雁影,雁飞行之影。《礼记·王制》:"父之齿,随行;兄之齿,雁行。"雁飞时行列有序,因以雁行喻指兄弟。雁影分飞,谓兄弟分居。荆树,也指兄弟分家之事。吴均《续齐谐记》载,京兆田氏三兄弟均分家产,堂前一株荆树也要截为三段;第二天树即枯死。兄弟为其所感,决定不再分树,树即荣茂如初。兄弟三人因此重新合并家产,在一起生活。鸾胶再见,指续娶后妻,即续弦。鸾胶,传说中能接续弓弦的一种胶。因也称"续弦胶"。《汉武外传》:"西海献鸾胶。武帝弦断,以胶续之,弦两头遂相着。终日射,不断。"因以续胶、续弦或鸾胶再续称男子续娶。芦花,以芦花代絮,做绵衣。《太平御览》八一九引《孝子传》:"闵子骞幼时,为后母所苦,冬月以芦花衣之以代絮。其父后知之,欲出后母。子骞跪曰:'母在一子单,母去三子寒。'父遂止。"旧时以"芦花"、"芦衣"代指孝子。

〔114〕"故饮酒"六句:谓阳城不娶,商子孤身;古人所以如此,盖有其难言之痛。阳城,唐代北平人,字亢宗,进士及第后便隐居于中条山。为怕娶妻疏间兄弟,终身不娶。其弟阳塏、阳域深为感动,也

终身未娶。德宗时,诏拜阳城为右谏议大夫。因见其他谏官言事琐碎,使皇帝讨嫌,便日夜与兄弟们饮酒。事详《新唐书·卓行传》。吹竽商子,即商丘子胥,传说中的仙人。据说他"好牧豕吹竽。年七十,不娶妇而死。"见《列仙传》。隐痛,内心的痛苦。

〔115〕 "百年"四句:谓本应是终老相守的贤妻,竟常常成为附骨恶疮;纳采娶妇,得到的竟是切肤之痛。鸳偶,如鸳鸯一般生死不渝的恩爱夫妻。鸳,鸳鸯。崔豹《古今注》:"鸳鸯,水鸟,雌雄不相离。人得其一,则其一相思而死,故谓之'匹鸟'。"附骨之疽(jū居),长在骨头上、剜除不掉的恶疮。五两鹿皮,指定婚礼物。古时定婚礼物,用帛十端(一端一丈八尺,或云两丈),每两端合卷,总为五疋(即五两),称为束帛;又用鹿皮两张,称为俪皮。《仪式·士昏礼》:"纳征:玄𫄸、束帛、俪皮,如纳吉礼。"《注》:"俪,两也。……皮,鹿皮。"剥床之痛,即伤肤之痛。《易·剥》:"剥床以肤,切近灾也。"

〔116〕 "髯如"四句:谓惧内者虽也是须眉男儿,但却没有制服悍妒之妇的胆量和勇气;本不敢除掉悍妇以断绝祸根,也没有勇气自阉而忘情。髯如戟者,谓须眉男儿,见前《狐联》注。胆似斗,《三国志·蜀志·姜维传》"杀会及维"注引《世语》谓:"维死时见剖,胆如斗大。"何人,谓无人。马栈下,《战国策·齐策》载,齐国匡章之母启,因得罪丈夫而被杀,埋于马栈之下。蚕室,受宫刑者所居狱室。语出《汉书·司马迁传》载《报任安书》。受宫者畏风,所居须温室,因作窨室,蓄火,如饲蚕之室,故称。

〔117〕 "娘子"二句:谓悍妇如军兵,苦于无方制止。娘子军,由女子率领的军队。唐高祖女平阳公主,与其丈夫柴绍,响应高祖,起兵反隋;二人各置幕府,军中称公主军为"娘子军"。见《唐会要·公主杂录》。此借指悍妒之妇。疗妒,治疗妒忌之病。

〔118〕 "胭脂"二句:谓悍妇似虎,幸有佛法可以挽救。《清异录·女行》载,陆慎言为尉氏令,政事统由其妻决定而后行,而其妻惨毒狡妒,吏民称为"胭脂虎"。生灵,犹生民,百姓。幸,幸而。渡迷有楫,谓佛法可以超度。佛教谓迷妄的境界为"迷津"(见敬播《大唐西域记序》),即超脱生死,进入佛境。

〔119〕"天香"四句：谓悍妒之妇只有敬事神灵，死后才可免受汤镬之刑；如能感动得天落花雨，则可免受地狱刀山剑树之苦。天香，祭神之香。澄，使之清澈平静。汤镬（huò获），古代酷刑之一的烹刑。花雨，雨花，天花坠落如雨。相传梁武帝时，有云光法师在建康（今江苏南京市）讲经，天花坠落如雨，因名其地为雨花台。见《永乐大典》引《建康志》。剑轮，谓地狱中的刀山剑树。轮，轮回。迷信谓生前作恶，死后下地狱，要受汤镬及刀山剑树等各种酷刑。

〔120〕"极乐"四句：谓如能信佛修身，则可进入极乐世界，夫妻恩爱，妻妾和美。极乐之境，佛教指阿弥陀佛所居之境。《阿弥陀经》："从是西方，过十万亿佛土，有世界曰极乐。……其国众生，无有众苦，但受诸乐，故名极乐。"彩翼双栖，以鸟儿双飞双栖，喻夫妻恩爱和美。李商隐《无题二首》之二："身无彩凤双飞翼，心有灵犀一点通。"沈佺期《古意》："卢家少妇郁金堂，海燕双栖玳瑁梁。"长舌之端，谓妒妇多诵佛经。长舌，长舌妇。《诗·大雅·瞻卬》："妇有长舌，维厉之阶。"《笺》："长舌，喻多言语。"习指搬弄是非的妇女。男子纳妾，妒妇聒噪，因以"长舌"为喻。青莲并蒂，谓妒妇受佛教化，消除妒意，妻妾和美。青莲，青莲花。即梵语优钵罗的义译。此与通常所指莲花暗合，而并蒂莲花喻妻妾双美。辛弃疾《念奴娇·谢王广文双姬》词："并蒂芳莲，双头红药，不意俱攀折。"

〔121〕"拔苦恼"二句：谓如此则可从佛境拔除了苦恼，摆脱了情欲的纠缠。拔，拔除。优婆之国，谓佛国，即上文所云"极乐世界"。佛教称在家奉佛的男子为"优婆塞"，女子为"优婆夷"。道场，佛道讲经说法之处。爱河，佛教喻指男女情欲。谓情欲如河水可以溺人，故称。

〔122〕"愿此"二句：谓希望上述这几条劝诫，能作为救世甘露，为悍妇疗妒，使其新生。贝叶文，本指佛经，详前《林四娘》注，此指作者所称"妙音经之续言"的这篇骈文。杨枝水，佛教喻称能化恶为善、使万物苏生的甘露。张鷟《送谟侍者还江阴》："杨枝偏洒瓶中水，贝叶时缥笈内经。"

魁　星

郓城张济宇[1],卧而未寐,忽见光明满室。惊视之,一鬼执笔立,若魁星状[2]。急起拜叩。光亦寻灭。由此自负,以为元魁之先兆也[3]。后竟落拓无成;家亦雕落,骨肉相继死,惟生一人存焉。彼魁星者,何以不为福而为祸也?

据《聊斋志异》手稿本

----

[1] 郓城:县名。今属山东省。
[2] 魁星:"奎星"的俗称。本为我国古代天文学中二十八宿之一的"奎宿",因汉代纬书《孝经援神契》中有"奎主文章"的说法,后世便视为主司文运之神而加以崇祀。但神像"不能像'奎',改'奎'为'魁',又不能像'魁',而取之字形,为鬼举足而起其斗。"(顾炎武《日知录》)所以魁星神像头部像鬼,一脚向后翘起,如"魁"字的大弯钩:一手捧斗,如"魁"字中的"斗"字;一手执笔,意为点定中式人的姓名。
[3] 元魁:犹首魁,谓在科举考试中取得第一名。

厍 将 军

厍大有[1],字君实,汉中洋县人[2]。以武举隶祖述舜麾下[3]。祖厚遇之,屡蒙拔擢,迁伪周总戎[4]。后觉大势既去,潜以兵乘祖[5]。祖格拒伤手,因就缚之,纳款于总督蔡[6]。至都,梦至冥司,冥王怒其不义,命鬼以沸汤浇其足。既醒,足痛不可忍。后肿溃,指尽堕。又益之疟。辄呼曰:"我诚负义!"遂死。

异史氏曰:"事伪朝固不足言忠;然国士庸人[7],因知为报,贤豪之自命宜尔也。是诚可以惕天下之人臣而怀二心者矣[8]。"

据《聊斋志异》手稿本

---

〔1〕 厍(shě 舍):姓。
〔2〕 汉中洋县:今陕西省洋县,明清属汉中府。
〔3〕 武举:武举人的简称。科举时代选士分文、武两科。唐武后长安二年(702)始置武举,明成化十四年(1478)始设武科乡、会试,乡试中选者为武举人。
〔4〕 伪周总戎:伪周,指清初明降将吴三桂叛清之后所建立的地方割据政权(1673—1681)。总戎,一方军事长官。
〔5〕 乘:偷袭。
〔6〕 纳款于总督蔡:向姓蔡的总督表示归顺。总督,明清地方军事最高长官。蔡,指蔡毓荣,清汉军正白旗人,字仁庵。吴三桂叛清作乱,蔡以绥远将军总督云贵,事详《碑传集》。

〔7〕 "国士"二句：谓无论国士还是普通人，都根据所受的知遇而作相应的报答。国士，国中杰出之人。庸人，众人，普通人。《史记·刺客列传》："豫让曰：'臣事范、中行氏，范、中行氏皆众人遇我，我故众人报之。至于智伯，国士遇我，我故国士报之。'"
〔8〕 "是诚"句：这的确可以使天下做臣子而不忠于君上的人有所戒惧。惕，戒惧。

绛　妃

　　癸亥岁[1]，余馆于毕刺史公之绰然堂[2]。公家花木最盛，暇辄从公杖履[3]，得恣游赏。一日，眺览既归，倦极思寝，解屦登床。梦二女郎被服艳丽，近请曰："有所奉托，敢屈移玉[4]。"余愕然起，问："谁相见召？"曰："绛妃耳。"恍惚不解所谓[5]，遽从之去。俄睹殿阁，高接云汉。下有石阶，层层而上，约尽百馀级，始至颠头[6]。见朱门洞敞，又有二三丽者，趋入通客。无何，诣一殿外，金钩碧箔[7]，光明射眼。内一女人降阶出，环珮锵然[8]，状若贵嫔[9]。方思展拜，妃便先言："敬屈先生，理须首谢。"呼左右以毡贴地，若将行礼。余惶悚无以为地[10]，因启曰："草莽微贱[11]，得辱宠召，已有馀荣[12]。况敢分庭抗礼[13]，益臣之罪[14]，折臣之福[15]！"妃命撤毯设宴，对宴相向。酒数行，余辞曰："臣饮少辄醉，惧有愆仪[16]。教命云何[17]？幸释疑虑。"妃不言，但以巨杯促饮。余屡请命。乃言："妾，花神也。合家细弱，依栖于此，屡被封家婢子[18]，横见摧残。今欲背城借一[19]，烦君属檄草耳[20]。"余惶然起奏[21]："臣学陋不文[22]，恐负重托；但承宠命，敢不竭肝鬲之愚[23]。"妃喜，即殿上赐笔札。诸丽者拭案拂坐，磨墨濡毫[24]。又一垂髫人[25]，折纸为范[26]，置腕下。略写一两句，便二三辈叠背相窥[27]。余素迟钝，此时觉文思若涌。少间，稿脱，争持去，启呈绛妃。妃展阅一过，颇谓

不疵[28],遂复送余归。醒而忆之,情事宛然。但檄词强半遗忘,因足而成之:

"谨按封氏:飞扬成性,忌嫉为心[29]。济恶以才,妒同醉骨[30];射人于暗,奸类含沙[31]。昔虞帝受其狐媚,英、皇不足解忧,反借渠以解愠[32];楚王蒙其蛊惑,贤才未能称意,惟得彼以称雄[33]。沛上英雄,云飞而思猛士[34];茂陵天子,秋高而念佳人[35]。从此怙宠日恣,因而肆狂无忌[36]。怒号万窍,响碎玉于王宫[37];溯湃中宵,弄寒声于秋树[38]。倏向山林丛里,假虎之威[39];时于滟滪堆中,生江之浪[40]。且也,帘钩频动,发高阁之清商;檐铁忽敲,破离人之幽梦[41]。寻帷下榻,反同入幕之宾[42];排闼登堂,竟作翻书之客[43]。不曾于生平识面,直开门户而来[44];若非是掌上留裙,几掠妃子而去[45]。吐虹丝于碧落,乃敢因月成阑[46];翻柳浪于青郊,谬说为花寄信[47]。赋归田者,归途才就,飘飘吹薜荔之衣[48];登高台者,高兴方浓,轻轻落茱萸之帽[49]。蓬梗卷兮上下,三秋之羊角抟空[50];筝声入乎云霄,百尺之鸢丝断系[51]。不奉太后之召,欲速花开[52];未绝坐客之缨,竟吹灯灭[53]。甚则扬尘播土,吹平李贺之山[54];叫雨呼云,卷破杜陵之屋[55]。冯夷起而击鼓,少女进而吹笙[56]。荡漾以来,草皆成偃;吼奔而至,瓦欲为飞[57]。未施抟水之威,浮水江豚时出拜[58];陡出障天之势,书天雁字不成行[59]。助马当之轻帆,彼有取尔;牵瑶台之翠帐,于意云何[60]?至于海鸟有灵,尚依鲁门以避[61];但使行人无恙,愿唤尤郎以归[62]。古有贤豪,乘而破者万里;世无高士,御以行者几人[63]？驾炮车之狂云，遂以夜郎自大[64]；恃贪狼之逆气，漫以河伯为尊[65]。姊妹俱受其摧残，汇族悉为其蹂躏[66]。纷红骇绿，掩苒何穷？擘柳鸣条，萧骚无际[67]。雨零金谷，缀为藉客之裀[68]；露冷华林，去作沾泥之絮[69]。埋香瘗玉，残妆卸而翻飞；朱樹雕阑，杂珮纷其零落[70]。减春光于旦夕，万点正飘愁[71]；觅残红于西东，五更非错恨[72]。翩跹江汉女，弓鞋漫踏春园；寂寞玉楼人，珠勒徒嘶芳草[73]。斯时也：伤春者有难乎为情之怨，寻胜者作无可奈何之歌[74]。尔乃趾高气扬，发无端之踔厉；摧蒙振落，动不已之瑚珊[75]。伤哉绿树犹存，簌簌者绕墙自落[76]；久矣朱幡不竖，娟娟者賈涕谁怜[77]？堕溷沾篱，毕芳魂于一日[78]；朝荣夕悴，免荼毒以何年[79]？怨罗裳之易开，骂空闻于子夜[80]；讼狂伯之肆虐，章未报于天庭[81]。诞告芳邻，学作蛾眉之阵[82]；凡属同气，群兴草木之兵[83]。莫言蒲柳无能，但须藩篱有志[84]。且看莺俦燕侣，公复夺爱之仇；请与蝶友蜂交，共发同心之誓[85]。兰桡桂楫，可教战于昆明[86]；桑盖柳旌，用观兵于上苑[87]。东篱处士，亦出茅庐[88]；大树将军，应怀义愤[89]。杀其气焰，洗千年粉黛之冤；歼尔豪强，销万古风流之恨[90]！"

据《聊斋志异》手稿本

----

〔1〕 癸亥岁：即康熙二十二年，公元一六八三年。
〔2〕 毕刺史：名际有，详前《祝翁》注。绰然堂：当为毕际有罢官家居时所构厅堂，取《孟子·公孙丑》下不居官则"绰绰然有馀裕"之意；

堂为蒲松龄教书处,其匾今存蒲松龄故居。
〔3〕 从公杖履:谓追随毕公之后。杖履,也作"杖屦",扶杖漫步。
〔4〕 敢屈移玉:敬词。犹言敢劳大驾前往。移玉,移动玉趾,前往之意。玉趾,犹言玉步。
〔5〕 不解所谓:没有弄清所指何人。
〔6〕 颠头:最高处。
〔7〕 金钩碧箔:金制的帘钩,碧绿色的门帘。
〔8〕 环珮锵然:身上所佩带的玉器发出铿锵悦耳的声响。《史记·孔子世家》:"夫人自帷中再拜,环珮玉声璆然。"环,玉环。圆形,中心有孔的璧玉。珮,玉珮,一种玉制的佩饰。
〔9〕 贵嫔:女官名。魏文帝置,位次于皇后。后历代相沿,为宫中女官。
〔10〕 惶悚(sǒng耸)无以为地:惶恐得无所措手足。
〔11〕 草莽微贱:谦词。犹言草野低贱之人。草莽,草野,与"朝廷"相对。
〔12〕 馀荣:谓不尽之荣耀。
〔13〕 分庭抗礼:以平等的礼节相见。抗,匹敌。古人待宾之礼:主人坐东侧,客人坐西侧;主客相见时,客人站在庭院西侧向东与主人相对施礼,故谓之"分庭抗礼"。语出《庄子·渔父》。
〔14〕 益:增加。
〔15〕 折:折损。
〔16〕 愆仪:乖违礼仪,指酒醉失态。愆,违。
〔17〕 教命:犹教令,命令。
〔18〕 封家婢子:对封姨的蔑称。封姨为古代神话传说中的风神。郑还古《博异志》记崔玄微春夜遇诸女共饮,席间有封十八姨。诸女为花精,封十八姨为风神。此后诗文中,即以封姨代指风或风神。
〔19〕 背城借一:在自己城下与敌人决一死战;谓最后决战。《左传·成公二年》:"请收合馀烬,背城借一。"
〔20〕 属(zhǔ主)檄(xí习)草:草拟讨敌的檄文。属,撰写。檄,檄文,声讨敌人的文书。
〔21〕 惶然:惶恐的样子。
〔22〕 学陋不文:学识浅薄,不善文辞。
〔23〕 竭肝鬲(gé革)之愚:意为竭尽至诚。鬲,通"膈"。肝位于膈下。

肝鬲,犹肝胆,真诚的心意。愚,诚。

〔24〕濡毫:濡润毛笔。

〔25〕垂髫(tiáo条):头发下垂,谓幼年。

〔26〕折纸为范:旧时书写用无格白纸,书写时为使字行端直,每页折叠成若干竖格。范,式样。

〔27〕叠背:肩背相叠,形容聚观之人众多。

〔28〕不疵:此处犹言不错,很好。疵,瑕疵,玉上的小斑点。喻指细小的毛病,缺点。

〔29〕"飞扬"二句:谓风放纵恣肆,妒忌成性。飞扬,放纵,任性。《庄子·天地》:"且夫失性有五:……五曰趣舍滑心,使性飞扬。"忌嫉,忌刻妒嫉。忌害别人,欲居其上。

〔30〕"济恶"二句:谓风以其才而成其恶,妒忌之性浸骨洽髓。济,成。醉骨,以酒浸渍之骨,意为浸骨洽髓。醉,酒渍。

〔31〕"射人"二句:谓风在暗处害人,其狡诈有如含沙射人之蜮。此二句为含沙射人或含沙射影的略语。喻指暗中攻击或阴谋陷害别人。《诗·小雅·何人斯》:"为鬼为蜮,则不可得。"《释文》:"蜮,状如鳖,三足,一名射工,俗呼之水弩,在水中含沙射人。一云射人影。"

〔32〕"昔虞帝"三句:谓虞舜曾受风的蛊惑,竟想借它解除百姓的烦恼。虞帝,即虞舜。舜为有虞氏。见《史记·五帝本纪》。狐媚,传说狐狸善媚,因以喻指女性对男子的蛊惑。英、皇,女英、娥皇,传说为唐尧二女,嫁舜为妃。见《太平御览》一三五引《列女传》。渠,她,指风神。《孔子家语》载舜歌《南风》事:"舜弹五弦琴,歌《南风》之诗,其诗曰:'南风之薰兮,可以解吾民之愠兮。南风之时兮,可以阜吾民之财兮。'"

〔33〕"楚王"三句:谓楚王也曾受风的蛊惑而借以称雄,但对宋玉的讽谏之意却不予体察。楚王,指楚襄王,即楚顷襄王(公元前298—前263年在位)。传为宋玉所作的《风赋》(见《文选》一三),以风为喻,讽刺楚王一味淫乐骄纵,不知体恤百姓。有云:"楚襄王游于兰台之宫,宋玉、景差侍。有风飒然而至,王乃披襟而当之,曰:快哉此风!寡人所以庶人共者邪?"宋玉回答,指出有"大王之风"和

"庶人之风";前者为"雄风",后者为"雌风",楚王深为其说所动。贤才,盖指宋玉。未能称意,谓其婉转设譬,未能达到讽谏的目的。

〔34〕"沛上"二句:谓起兵沛上的刘邦,竟借《大风》之歌而抒写思守土猛士之意。沛上英雄,指汉高祖刘邦,他于秦二世元年(公元前209年)于家乡沛县起兵反秦。云飞而思猛士,檃括刘邦《大风歌》诗意。汉高祖十二年(公元前195年),刘邦平定英布叛乱之后,路经沛县,"置酒沛宫,悉召故人父老子弟纵酒,发沛中儿得百二十人,教之歌。酒酣,高祖击筑,自为歌诗曰:'大风起兮云飞扬,威加海内兮归故乡,安得猛士兮守四方!'令儿皆和之。高祖乃起舞,慷慨伤怀,泣数行下。"见《史记·高祖本纪》。

〔35〕"茂陵"二句:谓英武盖世的汉武帝竟也以《秋风辞》抒发其怀念佳人之情。茂陵天子,指汉武帝刘彻,因其死葬茂陵,故称。《文选》四五据《汉武帝故事》录汉武帝《秋风辞》有云:"秋风起兮白云飞,草木黄兮雁南归。兰有秀兮菊有芳,携(一作"怀")佳人兮不能忘。"

〔36〕"从此"二句:谓风仗恃以上所言帝王之宠,一天比一天恣意放纵,肆其狂暴。怙,恃,凭仗。

〔37〕"怒号"二句:谓狂风怒号,竟敢将王宫中的占风玉片吹得叮当乱响。万窍,自然界各种空隙。《庄子·齐物论》:"大块噫气,其名为风。是惟无作,作则万窍怒呺。"碎玉,碎玉片。王仁裕《开元遗事》下载,唐玄宗之子岐王,为测定风向,在"宫中于竹林内悬碎玉片,每夜闻相触之声,即知有风,号占风铎"。铎,大铃。

〔38〕"澎湃"二句:谓秋风夜起,在枯树间舞弄出飒飒之声。澎湃,同"澎湃",也作"砰湃",水相击声。此用以形容秋风大作,如惊涛骇浪。欧阳修《秋声赋》描绘秋风云:"闻有声自西南来者,……初淅沥以潇飒,忽奔腾而砰湃;如波涛夜惊,风雨骤至。……童子曰:星月皎洁,明河在天。四无人声,声在树间。"中宵,中夜。寒声,犹秋声。

〔39〕"倏向"二句:谓疾风拂掠山林,不过假借虎威。倏,倏忽,迅疾。假虎之威,从虎而假其威。《易·乾》:"云从龙,风从虎。"

〔40〕"时于"二句:谓偶遇三峡礁石,便在江中掀起触天之浪。时,时

而。滟滪堆，江心突起的巨石，今已炸去。原在今四川奉节县西南瞿塘峡口，为长江三峡著名险滩之一。见《水经注》三三《江水》。

[41] "帘钩"四句：谓帘钩频摇，秋风吹过高阁；风铃猛然响动，惊醒了情思绵绵的离人好梦。帘钩，卷帘之钩。清商，清越、凄厉的商音，此指秋风。商，商音，古为五音（宫、商、角、徵、羽）之一，其音凄厉。旧以阴阳五行（金、木、水、火、土）之说，谓商属金，配合四时为秋。《文选》二九《古诗十九首》之五："清商随风发，中曲正徘徊。"檐铁，即檐马，挂在屋檐下的风铃。也称"铁马"，"玉马"。幽梦，隐约恍惚的梦境。此谓梦中情思。

[42] "寻帷"二句：谓风不经允许径入内室，竟如同关系极为密切的宾客。寻帷下榻，谓不经介绍，直入内室。寻，觅。帷，床帐。下榻，《后汉书·徐稺传》载，陈蕃为豫章太守，在郡不接待宾客，"唯稺来特设一榻。去则县（悬）之。"后因称宾客寄居为下榻。入幕之宾，谓关系极为密切的宾客。入幕，入于帐幕之中。《晋书·郗超传》："谢安与王坦之尝诣（桓）温论事，温令超帐中卧听之。风动帐开，安笑曰：郗生可谓入幕之宾矣。"

[43] "排闼（tà 榻）"二句：谓风竟推门进屋，擅自乱翻桌上书页。排闼，推门。语出《汉书·樊哙传》。闼，门屏。竟作翻书之客，谓吹乱书页。

[44] "不曾"二句：谓风无礼之甚，虽非故旧，却不待传禀而直接闯门入户。李益《竹窗闻风寄苗发、司空曙》有"开门复动竹，疑是故人来"之句，此反其意。

[45] "若非"二句：谓风横暴异常，有时几乎把人吹入空中。妃子，指汉成帝妃赵飞燕。伶玄《飞燕外传》载，汉成帝"于太液池作千人舟，号合宫之舟。后歌舞《归风送远之曲》，侍郎冯元方吹笙以倚后歌。中流歌酣，风大起。后扬袖曰：'仙乎仙乎，去故而就新，宁忘怀乎？'帝令元方持后袖，风止，裙为之绉。他日，宫姝或襞裙为绉，号留仙裙。"

[46] "吐虹丝"二句：谓风狂妄无比，竟敢借月晕而显示自己出现的征兆。虹丝，彩色的光环，喻晕环。碧落，犹碧空，天空。因，借。阑，月阑，即月晕。环绕在月亮四周的彩色模糊的光气。《宋文鉴》九

七苏洵《辨奸论》:"月晕而风,础润而雨,人皆知之。"
〔47〕"翻柳浪"二句:谓风于初春郊野吹动杨柳,却谎称寄送花开的消息。柳浪,形容初春吹拂柳枝的情状。浪,波浪。青郊,春郊。风翻柳浪,盖指柳叶初发之时,即旧历正月末二月初。《艺文类聚》八九引《大戴礼》:"正月柳稊。稊者,发叶也。"而柳花信风在清明节,即旧历三月初。为花寄信,指花信风,古指应花期而来的风。从小寒到谷雨,共八个节气一百二十日;五日为一候,计二十四候,称二十四番花信风。清明节三信,即桐花、麦花、柳花。详程大昌《演繁露·花信风》。
〔48〕"赋归田"三句:此反用陶渊明《归去来辞》文意,谓辞官归隐的高士刚刚踏上归途,风就吹动其衣,加以戏弄。赋归田者,指陶渊明,其辞彭泽令家居之时曾作《归去来辞》。有句云:"舟遥遥以轻飏,风飘飘而吹衣。"写其归途欣喜心情。此反其义。赋,抒写。薜荔之衣,隐者高洁的衣饰。薜荔,一种蔓生香草。屈原《离骚》:"擥木根以结茞兮,贯薜荔之落蕊。"本谓佩饰的芳香高洁,后借为隐者之饰。
〔49〕"登高台"三句:此化取孟嘉九日登高落帽故事,谓人们游兴方浓时,风却故意吹落其帽。高兴,高雅的兴致。落茱萸之帽,即于九月九日吹落帽子。茱萸,一名越椒,为一种有浓烈香味的植物。古人九月九日(重阳节)登高饮酒时,常佩戴茱萸,认为能避邪消灾。九月登高落帽事,见陶渊明《晋故征西大将军长史孟府君传》。孟府君,即孟嘉。嘉为征西将军桓温参军,颇为所重。九日桓温在龙山宴集僚佐,"有风吹君帽堕落,温目左右及宾客勿言,以观其举止。"亦见《晋书》孟嘉本传。
〔50〕"蓬梗"二句:谓飞蓬翻卷,本欲随风荡堕,却不料被旋风吹入高空。蓬梗,蓬草之茎。蓬,草名,即飞蓬。蓬茎当秋而腐,遇风即飞起飘转。曹植《杂诗》之二:"转蓬离本根,飘飘随长风。何意回飚举,吹我入云中。高高上无极,天路安可穷!"三秋,秋季的第三个月,即阴历九月。王勃《滕王阁序》:"时维九月,序属三秋。"羊角,一种旋风。《庄子·逍遥游》:"抟扶摇羊角而上者九万里。"抟(tuán团)空,盘旋于空中。

〔51〕"筝声"二句：谓发出悦耳之声的风筝，风竟吹断丝线使其飘没入云。筝，风筝。陈沂《询蒭录·风筝》：风筝"即纸鸢，又名风鸢。初，五代汉李业于宫中作纸鸢，引线乘风为戏，后于鸢首以竹为笛，使风入作声，如筝鸣，俗呼风筝。"鸢丝，即风筝线。

〔52〕"不奉"二句：谓风违时令，隆冬而令花开。此用武则天诏令冬令花开事。太后，指武后，即武则天，唐高宗死后称太后。据载，武则天冬日要游上苑，遣使宣诏云："明朝游上苑，火急报春知：花须连夜发，莫待晓风吹！"第二日凌晨，除牡丹而外，百花俱开。详《事物纪原》和《全唐诗话》。

〔53〕"未绝"二句：谓风宴中灭灯，暗中助邪臣逞奸。《韩诗外传》七载，楚庄王一次赐宴群臣，"日暮酒酣，左右皆醉。殿上烛灭，有牵王后衣者。后扢冠缨而绝之。言于王曰：'今烛灭，有牵妾衣者，妾扢其缨而绝之。愿趣火视绝缨者。'王曰：'止！'立出令曰：'与寡人饮，不绝缨者，不为乐也。'于是冠缨无完者，不知王后所绝冠缨者谁。于是王遂与群臣欢饮，乃罢。"

〔54〕"甚则"二句：谓更其甚者，是狂风扬尘把山吹为平地。李贺（791—817），字长吉，唐代杰出诗人，著有《昌谷集》。其《浩歌》诗有云："南风吹山作平地，帝遣天吴移海水。"

〔55〕"叫雨"二句：谓狂风携云带雨，卷去茅屋顶上苫盖之草。杜陵，地名，在长安（今陕西西安市）城东南，秦为杜县地，因汉宣帝葬于此而称杜陵，为唐代大诗人杜甫的祖籍所在地。因其常自称"杜陵野客"（《醉时歌》），后人即以"杜陵"指代杜甫。杜甫《茅屋为秋风所破歌》云："八月秋高风怒号，卷我屋上三重茅，茅飞渡江洒江郊。……南邨群童欺我老无力，忍能对面为盗贼。公然抱茅入竹去，唇焦口燥呼不得。归来倚杖自叹息。俄顷风定云墨色，秋天漠漠向昏黑。……"

〔56〕"冯夷"二句：谓即使微风也能在河中鼓起波浪，如笙一般的西风过后却是倾盆大雨。冯夷击鼓，谓水神鼓起河中微波。冯（píng 平）夷，神话传说中的水神名。又称"冰夷"、"元夷"。曹植《洛神赋》："于是屏翳收风，川后静波。冯夷鸣鼓，女娲清歌。"少女，少女风，即西风。《易》以八卦配八方，兑为西方；兑为少女，西方之

卦,因称。《三国志·魏书·管辂传》"今夕当雨"注引《管辂列传》:"至日向暮,了无云气,众人并嗤辂。辂言:树上已有少女微风,树间又有阴鸟和鸣。……其应至矣。"吹笙,谓风声如奏笙竽一般悦耳。笙,管乐器。相传吹笙用吸气,微吸作响,与风过林木相类。

〔57〕 "荡漾"四句:谓微风吹来,草皆低伏;狂风骤至,则屋瓦欲飞。荡漾,飘荡。草皆成偃,即草皆倒伏。《论语·颜渊》:"草上之风,必偃。"偃,倒伏。

〔58〕 "抟水"二句:谓风尚未施击水腾空之威,江豚却怕得时出江面拜舞。抟水之威,谓风作浪起,托物腾空的威力。《庄子·逍遥游》:"《齐谐》者,志怪者也。《谐》之言曰:'鹏之徙于南冥也,水击三千里,抟扶摇而上者九万里。"江豚,鲸类,产于我国长江及印度大河中。据说江豚在浪中跳跃,每每起风,舟人用以占风。《南越志》:"江豚似猪,居水中,每于浪间跳跃,风辄起。"

〔59〕 "陡出"二句:谓风陡然扬沙遮天,雁群因而散乱。障天,遮天,谓风播沙扬尘,遮天蔽日。书天雁字,指大雁飞行时在天空排成一字或人字形。不成行,谓雁群散乱。

〔60〕 "助马当"四句:谓风助王勃早抵南昌尚有可取,而拂动瑶台翠帐则存心不良。助马当之轻帆,指王勃南行至马当遇顺风事。王勃(650—676),字子安,唐初著名诗人。马当,山名。在今江西彭泽县东北,横枕大江,其形似马,回风掀浪,舟行艰难。王勃南行,至此恰遇顺风,一夜即抵南昌,写了著名的《滕王阁诗序》。见《九江记》。瑶台,传说中西王母的宫殿,见《穆天子传》。沈约《拟风赋》中有"时卷瑶台翠帐,乍动佚女轻衣"之句,为"牵瑶台之翠帐"所本。

〔61〕 "至于"二句:谓海鸟有灵,尚且依附鲁门以避大风。海鸟,名爰居。鲁门,指古曲阜城门。曲阜为春秋鲁国都城。《国语·鲁语》上:"海鸟爰居,止于鲁东门之外三日,臧文仲使人祭之。展禽曰:'今兹海其有灾乎?夫广川鸟兽,恒知避灾。'是岁也,海多大风。"

〔62〕 "但使"二句:谓只要能使行人安全,愿唤回尤郎以平息风患。据伊世珍《琅嬛记》引《江湖纪闻》载,传闻石氏女嫁尤郎为妇,情好

甚笃。尤郎要外出经商,石氏加以劝阻,不从。后尤出不归,石氏忧思而死。死前发誓变作大风,以阻商旅远行。自此商旅发船,遇打头逆风,即云石尤风。后来有人说,密写"我为石娘唤尤郎归也,须放我舟行"十四字沉于水中,风便停息。

〔63〕"古有"四句:谓古有乘风破浪、志在四方的贤哲英豪,今却没有御风而行、不汲汲追求利禄的高士。古有贤豪,指宗悫。《宋书·宗悫传》:"悫少时,叔父炳问其志,曰:'愿乘长风,破万里浪。'"御以行者,御风而行的人,指列御寇。《庄子·逍遥游》:"夫列子御风而行,泠然善也,旬有五日而后反。彼于致福者,未数数然也。"

〔64〕"驾炮车"二句:谓暴风因伴狂云而起,便妄自尊大。炮车云,伴暴风而起的狂云。风起云涌,伴同飞砂走石,类古发石攻战之炮车,故名。李肇《国史补》:"暴风之后有炮车云。"夜郎自大,喻妄自尊大。夜郎,汉时西南小国,在今贵州桐梓县。《史记·西南夷列传》:"滇王与汉使者言曰:'汉孰与我大?'及夜郎侯亦然。以道不通,故各自以为一州主,不知汉广大。"

〔65〕"恃贪狼"二句:谓河伯恃暴风之威,泛滥成灾。贪狼,旧时阴阳术士迷信,以岁月日时附会人事,以"贪狼"指申时。并谓申主贪狼,而水生于申,其气动而成暴风。详《汉书·翼奉传》及注引孟康说。后因以贪狼指暴风。《新五代史·前蜀王衍世家》:"行至梓潼,大风发屋拔木。太史曰:'此贪狼风也,当有败军杀将者。'"风兴而浪作,溃堤成灾,因云"以河伯为尊"。

〔66〕"姊妹"二句:谓百花全都受到暴风的摧残和蹂躏。姊妹,花类,花神的姊妹。汇族,全族,合族。悉,皆。此承上句,风兴浪作,河伯恃暴风逞恶,因亦暗用河伯娶妇事。古时迷信,巫祝为消弭水患,须为河伯娶妇,年年将一少女抛于河内。详《史记·滑稽列传·西门豹》。

〔67〕"纷红"四句:谓花木受风摧残,永无休止。纷红骇绿,红花纷然,绿叶扰扰,形容大风过后花木摇动之状。柳宗元《袁家渴记》:"每风自四山而下,振动大木,掩冉众草,纷红骇绿,蓊勃香气。"掩冉,或作"奄冉",披拂之状。何穷,谓无穷,并下句"无际",谓无已时。擘柳、鸣条,既是风名,也状疾风吹残花木的情景。擘柳,吹花擘柳

风,为河朔(泛指今黄河以北地区)一带春日疾风,"数日一作,三日乃止。"见《韵府》。鸣条,一种乍微渐疾之风。《格致镜原》引《乙巳占》谓"凡风动叶,十里鸣条。"萧骚,风吹林木声。

〔68〕"雨零"二句:谓风雨过后,花瓣坠落成为客人的坐垫。零,落。金谷,金谷园,在今河南洛阳市西北,为晋石崇所筑别墅,崇常于其中宴客赋诗。裀(yīn 因),褥垫。此指花裀,即以花作坐垫。王仁裕《开元遗事·花裀》:"学士许慎选放旷不拘小节,多与亲友结宴于花圃中,未尝设帷幄,设坐具,使童仆辈聚落花铺为坐下。慎选曰:'吾自有花裀,何消坐具?'"

〔69〕"露冷"二句:谓柳絮飘落,沾濡露水,随即为泥土所污。华林,华林园,三国吴时旧宫苑,在建业台城(今江苏南京市)内,见《景定建康志》。沾泥之絮,本谓心志坚定,不为色情所动。宋代参寥《赠妓诗》:"禅心已作沾泥絮,不逐东风上下狂。"此取字面意思,谓柳絮因风飘落而为露水所濡,沾上泥土。

〔70〕"埋香"四句:谓花虽枯萎凋零,仍不免受风吹之灾。埋香瘗(yì 意)玉,指美女死亡。高启《听教坊旧妓郭芳卿弟子陈氏歌》:"回头乐事浮云改,瘗玉埋香今几载!"此喻花之枯萎、凋零。残妆卸,本指妇女临晚卸妆,此喻花谢。朱榭雕栏,华丽的楼阁,雕镂的栏杆。牡丹花傍栏杆而开。元稹《牡丹花片》:"可怜颜色经年别,取次朱栏一片红。"榭,台上高屋。栏,栏杆。杂珮,左右佩玉。指女子身上佩带的各种玉饰。《诗·郑风·女曰鸡鸣》:"知子之来之,杂佩以赠之。"此喻花片。

〔71〕"减春光"二句:谓一片花飞,顷刻减却春光而播散了春愁。杜甫《曲江二首》之一:"一片花飞减却春,风飘万点正愁人。"秦观《千秋岁》:"春去也,飞红万点愁如海。"此化用其诗意。

〔72〕"觅残红"二句:谓落花飘散东西,是风吹所致,应该对其怨责。王建《宫词》:"树头树底觅残红,一片西飞一片东。自是桃花贪结子,错教人怨五更风。"此处反用其意。

〔73〕"翩跹"四句:谓风吹花落,春光消逝,使游春少女徒劳往返。翩跹,轻盈飘逸的样子。江汉女,江汉游女。《诗·周南·汉广》:"汉有游女,不可求思。"朱熹注:"江汉之俗,其女好游,汉魏以后

犹然。"弓鞋,旧时女子缠足而足背弓起,因称其鞋为"弓鞋"。漫踏春园,谓花被风吹落,园内无可赏玩。漫,枉,徒然。玉楼人,指怀春少女。玉楼,华丽的高楼。珠勒,以珠为饰的马勒。嘶,马鸣。

〔74〕"斯时"三句:谓在此花落春归之时,有的产生难以为情的哀怨,有的发出无可奈何的歌吟。江淹《恨赋》:"置酒欲饮,悲来填膺。千秋万岁,为怨难胜。"晏殊《浣溪沙》:"无可奈何花落去,似曾相识燕归来。"

〔75〕"尔乃"四句:谓风送春归之后,仍十分猛烈。尔,你,指风。趾高气扬,骄气盈溢的样子。《战国策·齐策》三:"今何举趾高,志之扬也?"踔(chuō戳)厉,发扬蹈厉。此取意于"踔厉风发",谓风吹动不已摧残花木幼芽,振摇已开之花使之陨落。摧,此据二十四卷抄本,原作"催"。蒙,通"萌",花草幼芽。《易·序卦》:"蒙者蒙也,物之稚也。"落,落叶,落花。瓓珊,同"阑珊"。风名。即初秋凉风。杜甫《秋雨叹》之二:"阑风伏雨秋纷纷,四海八荒同一云。"赵子栋注:"阑珊之风,沉伏之雨,言其风雨之不已也。"

〔76〕"伤哉"二句:谓可伤的是,大风过后花落而只存枝叶。簌簌者,指落花。元稹《连昌宫词》:"连昌宫中满宫竹,岁久无人森似束;又有墙头千叶桃,风动落花红簌簌。"

〔77〕"久矣"二句:谓众花任风摧残,其哀苦无人同情。朱幡不竖,谓众花得不到庇护,任风摧残。谷神子《博异志》载,唐天宝中,处士崔玄微入嵩山采药时,独处一院,遇众花之精所化的女子宴请封十八姨(即风神)。石榴花之精(醋醋)因不奉迎风神,惧为其摧残,求崔庇护,嘱崔云:"但处士每岁岁旦,与作一朱幡,上图日月五星之文,于苑东立之,则免难矣。今岁已过,但请至月二十一日平旦,微有东风则立之,庶夫免于患也。"崔依其言,"至此日立幡。是日东风刮地,自洛南折树飞沙,而苑中繁花不动。"旛,同"幡"。娟娟者,谓鲜美的花朵。娟娟,美好的样子。贾涕,落泪。《诗·小雅·小弁》:"心之忧矣,涕既陨之。"

〔78〕"堕溷(hùn混)"二句:谓花随风荡落,堕溷沾篱,命运可悲。堕溷沾篱,本喻人生而贫贱,详《聊斋自志》注,此指花随风飘落各处。溷,粪坑。篱,藩篱。毕,结束。芳魂,本指女性精魂,此指花。

〔79〕"朝荣"二句：谓花晨开夕落，无法摆脱风的残害。荣，花。悴，憔悴。此指花枯萎凋零。荼毒，残害。

〔80〕"怨罗裳"二句：谓春风撩拨少女春情，便遭到人们的嘲骂。罗裳，丝罗衣裙，女性服装。子夜，指《子夜歌》，见《乐府诗集》四四。其词云："擥裙未结带，约眉出窗前。罗裳易飘飏，小开骂春风。"

〔81〕"讼狂伯"二句：谓狂风引起人们公愤，却未受到天帝的制裁。狂伯，狂暴的风伯，即风神。天庭，神话传说中天帝所在的朝廷。见扬雄《甘泉赋》。章，奏章。此指韩愈《讼风伯文》。该文结语云："上天孔明兮有纪有纲，我今上讼兮其罪谁当？天诛加兮不可悔，风伯虽死兮人谁汝伤？"

〔82〕"诞告"二句：谓众花应联合起来，共同对付狂风。诞告：犹广告。诞，大。语出《尚书·汤诰》。芳邻，指相邻之花。蛾眉之阵，谓女子组成战阵。春秋时期著名军事家孙武曾以美女一百八十人训练军阵。见《史记·孙子吴起列传》。蛾眉，女子细长之眉，代指女子，此喻花。

〔83〕"凡属"二句：谓凡属花草，都应成为与狂风斗争的战士。同气，气质相近或相同，即同类。见《易·乾》。此指花类。草木之兵，化用"草木皆兵"之意。《晋书·苻坚载记》载，苻秦南渡，与晋军相持于淝水。苻坚登城而望晋军，"见部阵整齐，将士精锐；又北望八公山上草木皆类人之形，顾谓融（苻融）曰：此亦勍（劲）敌也，何谓少乎？"

〔84〕"莫言"二句：谓即便如蒲柳一般柔弱，只要有志，编作篱笆也可尽到卫护花的责任。蒲柳，即水杨，枝条可编作篱笆。因其秋季较早凋落，常喻衰弱的体质，故云"无能"。藩篱，以竹编成的篱笆。引申为守卫之意。

〔85〕"且看"四句：谓众花与蜂蝶联合起来，誓复狂风伤残花类之仇。莺俦燕侣，喻称女伴，此指众花。莺、燕，春天飞鸣，常喻少女。公，大家，即"莺俦燕侣"。复，报复。夺爱，强力夺其所爱。指风伤残花类。与蝶友蜂交，谓与蝴蝶、蜜蜂交朋友。同心之誓，谓同仇敌忾的誓言。《左传·成公十三年》："昔逮我献公，及穆公相好，戮力同心，申之以盟誓，重之以昏姻。"

〔86〕"兰桡(ráo 饶)"二句：谓兰、桂以其香洁、贞正，可率众花进行讨伐狂风的训练。兰桡桂楫(jí及)，本谓船桨的香洁(见屈原《九歌·湘君》)，此取字面意思，即指兰(木兰)、桂(桂树)二种香木。《拾遗记》："兰桂可折，而不可掩其贞。"昆明，指昆明池，即今云南滇池。汉武帝元狩三年(前120)，武帝欲通身毒(今印度)，而为越巂、昆明所阻，于是在长安(今西安市)近郊，仿作昆明池，以教习水战，事详《三辅黄图·池沼》、《西京杂记》。

〔87〕"桑盖"二句：谓桑可为车盖、柳可为旌旗，以备战前观兵之用。桑盖柳旌，桑柳的形象说法：桑叶大荫浓，形如车盖；柳枝条柔细，拂拂如旌旗招展。观兵，检阅军队，以示军威。观，示。上苑，供帝王游猎的园林。

〔88〕"东篱"二句：谓高逸的菊花也出而参战。东篱处士，指东晋诗人陶渊明。陶性爱菊，常以菊喻其品质贞洁。其诗《饮酒》之五有"采菊东篱下，悠然见南山"之句，因称。此处借指菊花。处士，古称有才德而隐居不仕的人。陶渊明一生大半隐居，《晋书》、《南史》、《宋书》都将其列入《隐逸传》。出茅庐，谓由隐居而出仕。茅庐，简陋的居室。

〔89〕"大树"二句：谓独立的大树对于狂风也怀有义愤。大树将军，指东汉将军冯异。冯为人谦退不伐，"每所止舍，诸将并坐论功，异常独屏树下，军中号曰'大树将军'。"见《后汉书·冯异传》。此取字面意思，借指大树。

〔90〕"杀其"四句：谓齐力讨伐，打掉狂风的嚣张气焰；歼灭强暴，为众花雪沉冤、销积恨。杀，灭。粉黛，搽脸白粉和描眉的黛墨，均为旧时女子化妆用品，因借指美女，此借以喻花。豪强，喻风。销，消解。风流，风韵，借指女子。此指花。

河 间 生

河间某生[1],场中积麦穰如丘,家人日取为薪,洞之[2]。有狐居其中,常与主人相见,老翁也。一日,屈主人饮[3],拱生入洞[4]。生难之,强而后入。入则廊舍华好。即坐,茶酒香烈。但日色苍皇,不辨中夕。筵罢既出,景物俱杳。翁每夜往夙归,人莫能迹[5]。问之,则言友朋招饮。生请与俱,翁不可;固请之,翁始诺。挽生臂,疾如乘风,可炊黍时[6],至一城市。入酒肆,见坐客良多,聚饮颇哗,乃引生登楼上。下视饮者,几案栉餐[7],可以指数[8]。翁自下楼,任意取案上酒果,抔来供生[9]。筵中人曾莫之禁[10]。移时,生视一朱衣人前列金橘,命翁取之。翁曰:"此正人[11],不可近。"生默念:狐与我游,必我邪也。自今以往,我必正!方一注想[12],觉身不自主,眩堕楼下。饮者大骇,相哗以妖[13]。生仰视,竟非楼上,乃梁间耳。以实告众,众审其情确,赠而遣之。问其处,乃鱼台[14],去河间千里云。

据《聊斋志异》手稿本

---

〔1〕 河间:河间府,治所在今河北河间县。
〔2〕 洞之:把麦穰垛掏出一个洞。洞,掏洞。
〔3〕 屈:屈驾,延请别人的敬辞。

〔4〕 拱：拱手礼让。
〔5〕 人莫能迹：没有谁能知其踪迹。
〔6〕 炊黍时：做一顿饭的工夫。
〔7〕 柈：同"盘"。
〔8〕 可以指数：意谓能够一一看清。
〔9〕 抔（póu掊）：双手捧物。
〔10〕 莫之禁：莫禁之，没有人制止他。
〔11〕 正人：品格端正之人。
〔12〕 注想：专心思考。
〔13〕 相哗以妖：彼此喧哗起来，认为是妖异。
〔14〕 鱼台：县名，今属山东省，旧治在今县城西南。

云　翠　仙

梁有才，故晋人[1]，流寓于济[2]，作小负贩。无妻子田产。从村人登岱[3]。岱，四月交[4]，香侣杂沓[5]。又有优婆夷、塞[6]，率众男子以百十，杂跪神座下，视香炷为度[7]，名曰"跪香"。才视众中有女郎，年十七八而美，悦之。诈为香客，近女郎跪；又伪为膝困无力状，故以手据女郎足。女回首似嗔，膝行而远之。才又膝行近之；少间，又据之。女郎觉，遽起，不跪，出门去。才亦起，亦出，履其迹[8]，不知其往。心无望，怏怏而行。途中见女郎从媪，似为女也母者[9]。才趋之。媪女行且语。媪云："汝能参礼娘娘[10]，大好事！汝又无弟妹，但获娘娘冥加护，护汝得快婿[11]。但能相孝顺，都不必贵公子、富王孙也。"才窃喜，渐渍诘媪[12]。媪自言为云氏，女名翠仙，其出也。家西山四十里。才曰："山路涩[13]，母如此蹜蹜[14]，妹如此纤纤，何能便至？"曰："日已晚，将寄舅家宿耳。"才曰："适言相婿，不以贫嫌，不以贱鄙，我又未婚，颇当母意否？"媪以问女，女不应。媪数问，女曰："渠寡福，又荡无行，轻薄之心，还易翻覆。儿不能为逼伎儿作妇[15]。"才闻，朴诚自表，切矢皦日[16]。媪喜，竟诺之。女不乐，勃然而已。母又强拍咻之[17]。才殷勤，手于橐[18]，觅山兜二[19]，舁媪及女。己步从，若为仆。过隘[20]，辄诃兜夫不得颠摇动，良殷。俄抵村舍，便邀才同入舅家。舅出翁，妗出媪也。云兄之嫂之[21]。谓:"才吾婿。日适良[22],不须别择,便取今夕。"舅亦喜,出酒肴饵才。既,严妆翠仙出,拂榻促眠。女曰:"我固知郎不义,迫母命,漫相随[23]。郎若人也[24],当不须忧偕活。"才唯唯听受。明日早起,母谓才:"宜先去,我以女继至。"

才归,扫户闼。媪果送女至。入视室中,虚无有,便云:"似此何能自给?老身速归,当小助汝辛苦[25]。"遂去。次日,有男女数辈,各携服食器具,布一室满之。不饭俱去,但留一婢。才由此坐温饱[26],惟日引里无赖朋饮竞赌,渐盗女郎簪珥佐博[27]。女劝之,不听;颇不耐之,惟严守箱奁,如防寇。一日,博党款门访才,窥见女,适适惊[28]。戏谓才曰:"子大富贵,何忧贫耶?"才问故,答曰:"曩见夫人,实仙人也。适与子家道不相称。货为媵[29],金可得百;为妓,可得千。千金在室,而听饮博无资耶[30]?"才不言,而心然之。归,辄向女欷歔,时时言贫不可度。女不顾,才频频击桌,抛匕箸,骂婢,作诸态。

一夕,女沽酒与饮。忽曰:"郎以贫故,日焦心。我又不能御穷[31],分郎忧,中岂不愧怍?但无长物,止有此婢,鬻之,可稍稍佐经营[32]。"才摇首曰:"其值几许!"又饮少时,女曰:"妾于郎,有何不相承?但力竭耳。念一贫如此,便死相从,不过均此百年苦,有何发迹?不如以妾鬻贵家,两所便益,得直或较婢多。"才故愕言:"何得至此!"女固言之,色作庄[33]。才喜曰:"容再计之。"遂缘中贵人[34],货隶乐籍[35]。中贵人亲诣才,见女大悦。恐不能即得,立券八百缗[36],事濒就矣[37]。女曰:"母日以婿家贫,常常萦念,今意断矣,我将暂归省;且郎与妾绝,何得不告母?"才虑母阻。女曰:"我顾自乐之,保无差贷[38]。"才从之。夜将半,始抵母家。挝阖入[39],见楼舍华好,婢仆辈往来憧憧[40]。才日与女居,每请诣母,女辄止之,故为甥馆年馀[41],曾未一临岳家。至此大骇,以其家巨,恐媵妓所不甘也。女引才登楼上。媪惊问:"夫妻何来?"女怨曰:"我固道渠不义,今果然。"乃于衣底出黄金二铤[42],置几上,曰:"幸不为小人赚脱,今仍以还母。"母骇问故,女曰:"渠将鬻我,故藏金无用处。"乃指才骂曰:"豺鼠子!曩日负肩担,面沾尘如鬼。初近我,熏熏作汗腥,肤垢欲倾塌,足手皴一寸厚[43],使人终夜恶。自我归汝家,安坐餐饭,鬼皮始脱。母在前,我岂诬耶?"才垂首,不敢少出气。女又曰:"自顾无倾城姿,不堪奉贵人;似若辈男子,我自谓犹相匹。有何亏负,遂无一念香火情[44]?我岂不能起楼宇、买良沃?念汝儇薄骨、乞丐相[45],终不是白头侣!"言次,婢妪连衿臂,旋旋围绕之。闻女责数,便都唾骂,共言:"不如杀却,何须复云云。"才大惧,据地自投,但言知悔。女又盛气曰[46]:"鬻妻子已大恶,犹未便是剧[47];何忍以同衾人赚作娼!"言未已,众眦裂[48],悉以锐簪、剪刀股攒刺胁膊[49]。才号悲乞命。女止之,曰:"可暂释却。渠便无仁义,我不忍觳觫[50]。"乃率众下楼去。

才坐听移时,语声俱寂,思欲潜遁。忽仰视,见星汉,东方已白,野色苍莽[51];灯亦寻灭。并无屋宇,身坐削壁上。俯瞰绝壑,深无底。骇绝,惧堕。身稍移,塌然一声,堕石崩坠。壁半有枯横焉[52],罥不得堕[53]。以枯受腹,手足无着。下视茫茫,不知几何寻丈[54]。

不敢转侧,喧怖声嘶,一身尽肿,眼耳鼻舌身力俱竭。日渐高,始有樵人望见之;寻绠来,缒而下,取置崖上,奄将溘毙[55]。异归其家。至则门洞敞[56],家荒荒如败寺,床篚什器俱杳,惟有绳床败案[57],是己家旧物,零落犹存。嗒然自卧。饥时,日一乞食于邻。既而肿溃为癞[58]。里党薄其行[59],悉唾弃之。才无计,货屋而穴居,行乞于道,以刀自随。或劝以刀易饵;才不肯,曰:"野居防虎狼,用自卫耳。"后遇向劝鬻妻者于途,近而哀语,遽出刀擘而杀之[60],遂被收。官廉得其情[61],亦未忍酷虐之,系狱中,寻瘐死[62]。

异史氏曰:"得远山芙蓉[63],与共四壁,与以南面王岂易哉!己则非人,而怨逢恶之友[64];故为友者不可不知戒也。凡狭邪子诱人淫博[65],为诸不义,其事不败,虽则不怨亦不德。迨于身无襦,妇无裤,千人所指[66],无疾将死,穷败之念,无时不萦于心;穷败之恨,无时不切于齿。清夜牛衣中[67],辗转不寐。夫然后历历想未落时[68],历历想将落时,又历历想致落之故,而因以及发端致落之人。至于此,弱者起,拥絮坐诅[69];强者忍冻裸行,篝火索刀[70],霍霍磨之,不待终夜矣。故以善规人,如赠橄榄[71];以恶诱人,如馈漏脯也[72]。听者固当省[73],言者可勿惧哉!"

据《聊斋志异》手稿本

----

[1] 晋:山西省的简称。
[2] 济:指济南府所在地,即今山东济南市。
[3] 岱:泰山的别称。

〔4〕 四月交：刚交四月，即四月之初。此盖为浴佛节，亦称"佛诞节"。为纪念佛祖释迦牟尼诞生的节日。届时各佛寺举行诵经法会、拜佛祭祖、施舍僧侣等庆祝活动，并据传说以各种名香浸水为佛像洗浴，并供奉各种花卉。中国汉族地区，一般将节日定于夏历四月初八。

〔5〕 香侣：结伴朝拜泰山的香客。

〔6〕 优婆夷、塞：即优婆夷、优婆塞，均为梵语音译。优婆夷，指接受佛教五戒的女居士。优婆塞，指接受佛教五戒的男居士。他们是佛教信徒，不同于一般香客。

〔7〕 视香炷为度：以一支香燃烧完为跪拜时间的限度。炷，点香。

〔8〕 履其迹：尾寻其踪迹。此从铸雪斋抄本，"迹"字原作"即"，盖音近而讹。

〔9〕 女也母者：即女之母。也、者，均为语助词，无义。

〔10〕 参礼娘娘：指参拜碧霞元君。传说东岳大帝之女，宋真宗时封为天仙玉女碧霞元君。见张尔岐《蒿庵闲话》。道教称其应九炁以生，受玉帝之命，证位天仙，统领岳府神兵，照察人间善恶。今泰山极顶有碧霞元君祠。

〔11〕 快婿：称心的女婿。语出《魏书·刘昞传》。

〔12〕 渐渍：犹浸润，由渐而入，犹水之渐次浸渍润泽。

〔13〕 山路涩（sè 啬）：谓山路坎坷难行。涩，不平坦。

〔14〕 蹜蹜（sù sù 宿宿）：脚步细碎、频促。语出《论语·乡党》。

〔15〕 遢（tà 榻）伎儿：举止猥琐而轻薄的人。

〔16〕 切矢皦（jiǎo 矫）日：恳切地指着太阳发誓。《诗·王风·大车》："偃则异室，死则同穴。谓予不信，有如皦日。"

〔17〕 强拍咻（xiū 休）之：勉强她，抚慰她。拍，拍拊其背；咻，同"怮"，噢（yǔ 宇）咻，抚慰之声。

〔18〕 手于橐（tuó 驮）：把手插进钱袋里，谓掏出钱来。

〔19〕 山兜（dōu 哇）：山轿。兜，同"篼"。兜子，一种二人抬着的便轿。

〔20〕 隘（ài 爱）：隘口，险要之处。

〔21〕 兄之嫂之：称之为兄，称之为嫂。

〔22〕 日适良：今日恰好是吉日。

[23] 漫:犹胡乱。
[24] 若人:像个人。
[25] 小助汝辛苦:意为略微帮助你们度日。辛苦,谓穷苦的生活。
[26] 坐:坐享。
[27] 簪珥(zān ěr 糌耳):均为旧时女子的金玉首饰。簪,古时女子插定发髻、男连冠于发的一种长针,后专指女子的首饰。珥,女子的珠玉耳饰,也称"珰"、"瑱"。
[28] 逷逷(tì tì 惕惕):形容吃惊的样子。
[29] 货为媵(yìng 应):卖作人妾。媵,本指为诸侯之女作陪嫁的人,称为"妾媵",后泛指妾。
[30] 听:听任。
[31] 御穷:当穷,对付贫穷。《诗·邶风·谷风》:"宴尔新婚,以我御穷。"朱熹注:"御,当也。"
[32] 佐经营:帮助筹谋家事。
[33] 色作庄:脸色表现得很郑重。
[34] 缘中贵人:通过中贵人的关系。缘,因,由,借着。中贵人,本指在宫中而贵幸的人,后专指皇帝宠信的宦官。
[35] 隶乐籍:隶属于乐户的名籍。乐户,指官妓。
[36] 立券:签署契约。缗(mín 民):穿钱的绳子。古时用铜钱,有孔,可以用绳贯串起来,一般一千钱为一串,称一缗。
[37] 滨就:快要成功。
[38] 差忒(tè 特):谓失误。忒,通"忒"。
[39] 抯(zhuā 抓)阁:敲打门户。
[40] 憧憧(chōng chōng 冲冲):往来不绝的样子。
[41] 为甥馆:谓做女婿。古代称妻父为外舅,称婿为甥。舜娶尧女后,谒见尧,尧把舜安置在他的副宫里,即《孟子·万章下》所谓"馆甥于贰室"。后因以"甥馆"称女婿在岳丈家的住处,也代指女婿。
[42] 铤(dìng 订):"锭"的本字。金银锭的计量单位。一铤为五两至十两。
[43] 皴(cūn 村):因受冻而皮肤开裂或皮肤上绽裂的积垢,此指后者。
[44] 香火情:焚香誓约之情,此谓夫妻之情。

[45] 儇薄骨：轻薄相。骨，骨相，人的骨格相貌。
[46] 盛气：此处意为气冲冲地。《战国策·赵策》："太后盛气而揖之。"
[47] 犹未便是剧：谓还不算是极恶。犹，还。剧，甚，最。
[48] 眦（zì 自）裂：瞋目，形容愤怒到极点。
[49] 胁胒（lěi 垒）：两胁突起之处。
[50] 不忍其觳觫（hú sù 胡速）：不忍看到他颤抖的可怜样。觳觫，因恐惧而颤抖的样子。《孟子·梁惠王》上："吾不忍其觳觫，若无罪而就死地。"
[51] 野色苍莽：荒野一片青翠。苍莽，犹莽苍，绿野与碧空相连，一望无际的样子。
[52] 枯：枯树。
[53] 罥（juàn 绢）：挂。
[54] 几何寻丈：多少寻丈高。寻，此为长度单位，古时以八尺为"寻"。
[55] 奄将溘（kè 嗑）毙：气息奄奄，将要死去。奄，奄奄，气息微弱的样子。溘，忽然。
[56] 门洞敞：屋门大开。
[57] 绳床：用绳索穿缠捆缚的卧床。
[58] 癞（lài 赖）：恶疮，即麻风病。
[59] 里党：犹乡党，邻里。
[60] 摮（áo 敖）而杀之：语见《公羊传·宣公六年》。摮，旁击。
[61] 廉：查察。
[62] 瘐（yǔ 雨）死：旧谓囚犯因拷打、饥寒或疾病而死于狱中。《汉书·宣帝纪》："今系者或以掠辜（拷打）若（及）饥寒瘐死狱中。"
[63] 远山芙蓉：眉若远山抹黛，脸若芙蓉盛开。形容女子貌美，此指美女。详前《鸦头》注。
[64] 逢恶之友：迎合所好、勾引作恶的朋友。
[65] 狭邪（xié 斜）子：本指巷居而从不远行的人（见《山堂肆考》），此指作狭斜游者。狭邪，同狭斜，曲巷。古乐府《长安有狭斜行》述少年冶游之事，诗中有"堂上置樽酒，作使邯郸倡"语，后因称娼家为狭斜，狎妓饮酒为狭斜游。
[66] "千人"二句：俗谚，语见《汉书·王嘉传》。原作"千人所指，无病

而死"。千人,许多人。指,指责。
[67] 清夜牛衣中:卧牛衣之中,清夜扪心自思。清,冷,凉。牛衣也称"牛被",编草而成,给牛披以御寒,盖蓑衣之类。卧牛衣中,形容穷困。《汉书·王章传》:"章疾病,无被,卧牛衣中。"
[68] 历历:分明可数,此谓一一分明地。
[69] 拥絮坐诅:围着被,坐着咒骂。
[70] 篝火:详前《董生》注。此处意为点灯。
[71] 橄榄:果木名。一名青果,又名谏果。果实"味虽苦涩,咀之芳馥,胜含鸡骨香。"(嵇含《南方草木状》下)
[72] 漏脯:腐败变质的干肉。脯,干肉。脯本为美味,而变质者入口或不觉,过后将中毒致死。《抱朴子·嘉遯》:"咀漏脯以充饥,酣鸩酒以止渴。"
[73] 省(xǐng醒):醒悟。

跳　神

济俗[1]：民间有病者,闺中以神卜[2]。倩老巫击铁环单面鼓,婆娑作态,名曰"跳神"。而此俗都中尤盛[3]。良家少妇[4],时自为之。堂中肉于案[5],酒于盆,甚设几上[6]。烧巨烛,明于昼。妇束短幅裙,屈一足,作"商羊舞"[7]。两人捉臂,左右扶掖之[8]。妇刺刺琐絮,似歌,又似祝；字多寡参差,无律带腔[9]。室数鼓乱挝如雷,蓬蓬聒人耳。妇吻辟翕[10],杂鼓声,不甚辨了[11]。既而首垂,目斜睨；立全须人,失扶则仆。旋忽伸颈巨跃,离地尺有咫[12]。室中诸女子,凛然愕顾曰："祖宗来吃食矣。"便一嘘,吹灯灭,内外冥黑。人慴息立暗中[13],无敢交一语；语亦不得闻,鼓声乱也。食顷,闻妇厉声呼翁姑及夫嫂小字[14],始共爇烛,伛偻问休咎。视樽中、盎中、案中,都复空空。望颜色,察嗔喜。肃肃罗问之[15],答若响[16]。中有腹诽者[17],神已知,便指某姗笑我[18],大不敬,将裭汝裤。诽者自顾,莹然已裸,辄于门外树头觅得之。满洲妇女[19],奉事尤虔。小有疑,必以决。时严妆,骑假虎、假马,执长兵[20],舞榻上,名曰"跳虎神"。马、虎势作威怒,尸者声伧佇[21]。或言关、张、元坛[22],不一号。赫气惨凛[23],尤能畏怖人。有丈夫穴窗来窥,辄被长兵破窗刺帽,挑入去。一家媪媳姊若妹[24],森森蹜蹜[25],雁行立[26],无岐念,无懈骨[27]。

据《聊斋志异》手稿本

----

〔1〕 济:泛指济南府地区。
〔2〕 闺中以神卜:闺阁中女子以求神来占卜休咎(吉凶)。闺,闺阁,女子居卧处。
〔3〕 都中:指京都北京。
〔4〕 良家:旧谓清白人家。
〔5〕 肉于案:即把肉放在盂内。案,盂,食器,与"碗"通。见《说文通训定声》。
〔6〕 甚设:设备非常齐全。语见《史记·大宛列传》。此谓供馔十分齐全。
〔7〕 商羊舞:此谓一足着地而舞。商羊,传说中的一种鸟。《论衡·变动》:"商羊者,知雨之物也;天且雨,屈其一足起舞。"《孔子家语》也有类似的记载。
〔8〕 扶掖:挟持,架着胳膊。
〔9〕 无律带腔:不合乎音律,却拖着长腔。
〔10〕 辟禽(xī吸):开合。
〔11〕 辨(biǎn扁)了:辨别清楚。
〔12〕 尺有咫(zhǐ纸):一尺多。咫,古长度单位,周制八寸,合今市尺六寸二分二厘。《国语·鲁语》:"其长尺有咫。"
〔13〕 惵(dié蝶)息:畏惧得不敢出声息。惵,恐惧。
〔14〕 翁姑:公婆。
〔15〕 肃肃:恭敬的样子。
〔16〕 答若响:有问必答。响,回声。
〔17〕 腹诽:也作"腹非"。口中不说,心里不以为然。
〔18〕 姗(shàn善)笑:犹讪笑,讥笑。姗,古"讪"字。
〔19〕 满洲:满族,我国少数民族名,简称满。
〔20〕 长兵:长兵器。
〔21〕 尸者:指跳神者。尸,托为神灵附体之巫。声伧儜:声音粗重。
〔22〕 关、张、元坛:关,关羽,详《萧七》注。张,张飞(? —221),三国蜀汉大将,字益德,涿郡(今河北涿县)人,与关羽并称"关张"。元

坛，即玄坛，赵姓，名公明。此为避康熙帝玄烨讳，改"玄"为"元"。相传为秦时人，得道于终南山，被道教尊奉为财神，也称"赵公元帅"。
〔23〕 赫气惨凛：威严阴冷的样子。赫气，威猛严厉的气概。惨凛，阴冷的样子。
〔24〕 媪媳姊若妹：此从二十四卷抄本，原作"妪媳姊若妹"。若，与，及。
〔25〕 森森蹜蹜（sù sù 宿宿）：一个接一个紧靠在一起。森森，繁密的样子。蹜蹜，通"缩缩"，紧缩在一起。
〔26〕 雁行立：一字排开站着。
〔27〕 无懈骨：意谓都挺直身躯站着，没有松懈的。

铁布衫法

沙回子[1]得铁布衫大力法[2]。骈其指[3],力斫之,可断牛项;横搠之[4],可洞牛腹[5]。曾在仇公子彭三家,悬木于空,遣两健仆极力撑去,猛反之;沙裸腹受木,砰然一声,木去远矣。又出其势即石上[6],以木椎力击之,无少损。但畏刀耳。

据《聊斋志异》手稿本

----

[1] 沙回子:姓沙的回族人。称回族人为"回子",为当地方言。此据青柯亭本,原作"狗"。
[2] 铁布衫:拳术之一。吕湛恩注:"《易筋经》大力方有铁布衫、金钟扣诸名。"
[3] 骈其指:两手指并在一起。
[4] 搠(shuò朔):戳。
[5] 洞:戳透。
[6] 势:男性外生殖器。

大力将军

查伊璜[1]，浙人。清明饮野寺中，见殿前有古钟，大于两石瓮；而上下土痕手迹，滑然如新。疑之，俯窥其下，有竹筐受八升许，不知所贮何物。使数人抠耳[2]，力掀举之，无少动。益骇。乃坐饮以伺其人。居无何，有乞儿入，携所得糗糒[3]，堆累钟下。乃以一手起钟，一手掬饵置筐内；往返数四，始尽。已，复合之，乃去。移时复来，探取食之。食已复探，轻若启椟[4]。一座尽骇。查问："若男儿胡行乞[5]?"答以："啖噉多，无佣者。"查以其健，劝投行伍。乞人愀然虑无阶[6]。查遂携归饵之；计其食，略倍五六人。为易衣履，又以五十金赠之行。

后十馀年，查犹子令于闽[7]，有吴将军六一者，忽来通谒。款谈间，问："伊璜是君何人？"答言："为诸父行[8]。与将军何处有素？"曰："是我师也。十年之别，颇复忆念。烦致先生一赐临也。"漫应之。自念：叔名贤，何得武弟子？会伊璜至，因告之。伊璜茫不记忆。因其问讯之殷，即命仆马，投刺于门。将军趋出，逆诸大门之外。视之，殊昧生平[9]。窃疑将军误，而将军伛偻益恭[10]。肃客入[11]，深启三四关，忽见女子往来，知为私廨，屏足立。将军又揖之。少间登堂[12]，则卷帘者、移座者，并皆少姬。既坐，方拟展问，将军颐少动，一姬捧朝服至，将军遽起更衣。查不知其何为。众姬捉袖整衿讫，先命数人捺查座上不使动，而后朝拜，如觐君父[13]。查大愕，莫解所以。拜已，以便服侍坐。笑曰："先生不忆举钟之乞人耶？"查乃悟。既而华筵高列，家乐作于下。酒阑，群姬列侍。将军入室，请衽何趾[14]，乃去。查醉起迟，将军已于寝门外三问矣。查不自安，辞欲返。将军投辖下钥[15]，锢闭之。见将军日无他作，惟点数姬婢、养厮卒[16]，及骡马服用器具，督造记籍，戒无亏漏。查以将军家政，故未深叩[17]。一日，执籍谓查曰："不才得有今日，悉出高厚之赐。一婢一物，所不敢私，敢以半奉先生。"查愕然不受。将军不听。出藏镪数万，亦两置之。按籍点照，古玩床几，堂内外罗列几满。查固止之，将军不顾。稽婢仆姓名已，即令男为治装，女为敛器，且嘱敬事先生。百声悚应[18]。又亲视姬婢登舆，厮卒捉马骡，阗咽并发[19]，乃返别查。后查以修史一案，株连被收[20]，卒得免，皆将军力也。

异史氏曰："厚施而不问其名，真侠烈古丈夫哉！而将军之报，其慷慨豪爽，尤千古所仅见[21]。如此胸襟，自不应老于沟渎[22]。以是知两贤之相遇，非偶然也。"

据《聊斋志异》手稿本

---

〔1〕 查伊璜：名继佐，浙江海宁人。举人，有文名。
〔2〕 抠（kōu 眍）：把手指伸进，抓牢。
〔3〕 糗（qiǔ 求上声）糒（bèi 备）：干粮。
〔4〕 椟（dú 读）：木匣。
〔5〕 若：你。胡：何，为什么。
〔6〕 无阶：无阶以进，犹言没有门路。

〔7〕 犹子:侄子。《礼记·檀弓》上:"兄弟之子,犹子也。"令于闽:做闽地的县令。闽,福建省的简称。
〔8〕 诸父行:伯父、叔父这一辈。叔父、伯父统称"诸父"。行,行辈。
〔9〕 殊昧生平:谓彼此从无任何交往,从不相识。
〔10〕 伛偻:曲身弯背,表示恭敬。
〔11〕 肃客入:谓敬请客人进去。肃,敬。
〔12〕 堂:此据铸雪斋抄本补,原无此字。
〔13〕 觐(jìn 近):古称诸侯朝见天子曰"觐";晋见的意思。
〔14〕 请衽何趾:意谓亲自为尊者安排卧处。请,询问。衽,卧席。趾,足。《礼记·曲礼》上:"请席何乡(向),请衽何趾。"孔颖达疏:"请席何乡(向),请衽何趾者,既奉席来,当随尊者所欲眠坐也。……卧是阴,足亦阴也,卧故问足何所趾也,皆从尊者所安也。"
〔15〕 投辖下钥:均为坚意留客的表示。辖,车轴的键,去辖则车不得行。《汉书·陈遵传》:"遵耆(嗜)酒,每大饮,宾客满堂,辄关门,取客车辖投井中,虽有急,终不得去。"钥,锁钥。下钥,谓锁上门。
〔16〕 养厮卒:指供作奴仆驱使的兵卒。
〔17〕 深叩:深问。叩,问。
〔18〕 悚(sǒng 耸)应:诚惶诚恐地答应。
〔19〕 阗咽:车声。
〔20〕 "后查"二句:后来查伊璜因修史一案,受牵连而入狱。修史案,指庄氏史案。清初,湖州(今浙江吴兴)人庄廷𨰒集众编撰《明书》,因人告密而被清廷究治。顺治十八年(1661)案发,康熙二年(1663)查办,"江浙名士列名书中者皆死,刻工与鬻书者亦皆同时被刑。惟海宁查继佐、仁和陆圻,当狱初起即首告,谓廷𨰒慕其名,列之参校,以故得免于罪。"见《鲒埼亭集·外编》二二《江浙两大狱记》。株连,一人犯罪而牵连其他人。《释名·释丧制》:"罪及馀人曰诛。诛,株也,如株木根,枝叶尽落也。"
〔21〕 仅:少。
〔22〕 老于沟渎:谓老死于草野而不显达于世。沟渎,犹沟壑,指死于荒野。

白 莲 教

白莲盗首徐鸿儒[1],得左道之书[2],能役鬼神。小试之,观者尽骇,走门下者如鹜[3]。于是阴怀不轨。因出一镜,言能鉴人终身。悬于庭,令人自照,或幞头[4],或纱帽[5],绣衣貂蝉[6],现形不一。人益怪愕。由是道路摇播[7],踵门求鉴者[8],挥汗相属[9]。徐乃宣言:"凡镜中文武贵官,皆如来佛注定龙华会中人[10]。各宜努力,勿得退缩。"因以对众自照,则冕旒龙衮[11],俨然王者。众相视而惊,大众齐伏。徐乃建旗秉钺[12],罔不欢跃相从,冀符所照。不数月,聚党以万计,滕、峄一带[13],望风而靡[14]。后大兵进剿[15],有彭都司者[16],长山人,艺勇绝伦。寇出二垂髫女与战。女俱双刃,利如霜;骑大马,喷嘶甚怒。飘忽盘旋,自晨达暮,彼不能伤彭,彭亦不能捷也。如此三日,彭觉筋力俱竭,哮喘而卒。追鸿儒既诛,捉贼党械问之,始知刃乃木刀,骑乃木凳也。假兵马死真将军,亦奇矣!

据《聊斋志异》手稿本

---

〔1〕 白莲:白莲教,佛教宗派之一,详前《白莲教》注。
〔2〕 左道:旁门邪道。此指方术。
〔3〕 走门下者如鹜:投奔其门下者甚多。如鹜,趋之若鹜。鹜,野鸭。
〔4〕 幞头:包头软巾,隋唐以后官帽之一种。详《珠儿》注。

〔5〕 纱帽:古代君主、贵族和官员所戴的一种帽子。后因以戴纱帽为居官的代称。
〔6〕 绣衣貂蝉:绣衣,汉直指使者(皇帝特遣的执法大吏)的衣饰,见《汉书·武帝纪》;貂蝉,为汉侍中、中常侍的冠饰,见《汉书·舆服志》下。幞头、纱帽、绣衣貂蝉,均指汉官服饰。
〔7〕 摇播:迅速传播。摇,疾,迅速。见《〈广雅·释诂〉疏证》。
〔8〕 踵门:亲至其门。
〔9〕 挥汗相属:谓来的人众多,接连不断。挥汗,意犹挥汗成雨,形容人多。《晏子春秋·杂》下:"临淄三百闾,张袂成阴,挥汗成雨。"相属,相连。
〔10〕 如来佛:即佛祖释迦牟尼。如来,梵语多陀阿伽陀的意译,为释迦牟尼的十种称号之一,表示他是从如实道而来成正觉。龙华会:"指龙华三会"。中国民间宗教谓宇宙生灭历经三个时期,即所谓龙华初会是燃灯佛铁菩提树开花,二会是释迦菩提树开花,三会是弥勒佛铁菩提树开花。明清时期民间宗教教派的宗教思想均与"龙华三会"说有关。白莲教及其教派吸收了"龙华三会"说和弥勒降世说。
〔11〕 冕(miǎn免)旒(liú流)龙衮(gǔn滚):古帝王冠服。冕,宋以后专指皇冠。旒,为皇冠前后悬垂的玉串。龙衮,即衮龙袍,天子、上公之服。
〔12〕 建旂秉钺:谓自称王侯。旂,上画龙形,竿头系铃的旗。《周礼·春官·司常》:"日月为常,交龙为旂。……王建大常,诸侯建旂。"秉,持。钺,黄钺,以黄金为饰的斧,为帝王所专用。《尚书·牧誓》:"王左杖黄钺。"
〔13〕 滕、峄:滕县、峄县,今山东滕州市、枣庄市一带。
〔14〕 望风而靡:此泛言滕、峄一带军民仰望风声而披靡。
〔15〕 大兵:清人对政府军的称呼。
〔16〕 都司:驻各省武官。清代为正四品。

颜　氏

顺天某生,家贫。值岁饥,从父之洛[1]。性钝,年十七,不能成幅[2]。而丰仪秀美,能雅谑[3],善尺牍[4]。见者不知其中之无有也。无何,父母继殁,孑然一身,授童蒙于洛汭[5]。时村中颜氏有孤女,名士裔也。少惠。父在时,尝教之读,一过辄记不忘。十数岁,学父吟咏。父曰:"吾家有女学士,惜不弁耳[6]。"锺爱之,期择贵婿。父卒,母执此志,三年不遂,而母又卒。或劝适佳士,女然之而未就也。适邻妇逾垣来,就与攀谈。以字纸裹绣线,女启视,则某手翰[7],寄邻生者。反复之而好焉。邻妇窥其意,私语曰:"此翩翩一美少年,孤与卿等,年相若也。倘能垂意,妾嘱渠侬聆合之[8]。"女脉脉不语[9]。妇归,以意授夫。邻生故与生善,告之,大悦。有母遗金鸦镮[10],托委致焉。刻日成礼,鱼水甚欢。及睹生文,笑曰:"文与卿似是两人,如此,何日可成?"朝夕劝生研读,严如师友。敛昏,先挑烛据案自哦,为丈夫率[11],听漏三下,乃已。

如是年馀,生制艺颇通[12];而再试再黜,身名蹇落[13],饔飧不给[14],抚情寂漠,嗷嗷悲泣。女诃之曰:"君非丈夫,负此弁耳!使我易髻而冠,青紫直芥视之[15]!"生方懊丧,闻妻言,睒眙而怒曰[16]:"闺中人,身不到场屋[17],便以功名富贵似汝在厨下汲水炊白粥;若冠加于顶,恐亦犹人耳[18]!"女笑曰:"君勿怒。俟试期,妾请易装相代。倘落拓如君,当不敢复藐天下士矣[19]。"生亦笑曰:"卿自不知蘗苦[20],真宜使请尝试之。但恐绽露,为乡邻笑耳。"女曰:"妾非戏语。君尝言燕有故庐[21],请男装从君归,伪为弟。君以襁褓出,谁得其辨非?"生从之。女入房,巾服而出,曰:"视妾可作男儿否?"生视之,俨然一顾影少年也[22]。生喜,遍辞里社。交好者薄有馈遗,买一羸蹇,御妻而归[23]。

生叔兄尚在,见两弟如冠玉[24],甚喜,晨夕恤顾之。又见宵旰攻苦[25],倍益爱敬。雇一剪发雏奴,为供给使。暮后,辄遣去之。乡中吊庆,兄自出周旋,弟惟下帷读。居半年,罕有睹其面者。客或请见,兄辄代辞。读其文,瞠然骇异[26]。或排闼入而迫之,一揖便亡去。客睹丰采,又共倾慕。由此名大噪,世家争愿赘焉。叔兄商之,惟靦然笑。再强之,则言:"矢志青云[27],不及第,不婚也。"会学使案临,两人并出。兄又落。弟以冠军应试[28],中顺天第四[29];明年成进士;授桐城令[30],有吏治[31];寻迁河南道掌印御史[32],富埒王侯。因托疾乞骸骨[33],赐归田里。宾客填门,迄谢不纳。又自诸生以及显贵,并不言娶,人无不怪之者。归后,渐置婢。或疑其私;嫂察之,殊无苟且。

无何,明鼎革[34],天下大乱。乃告嫂曰:"实相告:我小郎妇也[35]。以男子阘茸[36],不能自立,负气自为之。深恐播扬,致天子召问,贻笑海内耳。"嫂不信。脱靴而示之足,始愕;视靴中,则败絮满焉。于是使生承其衔[37],仍闭门而雌伏矣[38]。而生平不孕,遂出资购妾。谓生曰:"凡人置身通显,则买姬媵以自奉;我宦迹十年,犹一身耳。君何福泽,坐享佳丽?"生曰:"面首三十人[39],请卿自置耳。"相传为笑。是时生父母,屡受覃恩矣[40]。搢绅拜往,尊生以侍御礼[41]。生羞袭闱衔,惟以诸生自安,终身未尝舆盖云。

异史氏曰:"翁姑受封于新妇,可谓奇矣。然侍御而夫人也者[42],何时无之?但夫人而侍御者少耳。天下冠儒冠、称丈夫者,皆愧死矣!"

据《聊斋志异》手稿本

----

[1] 洛:洛阳的省称。
[2] 不能成幅:谓写不出一篇完整的八股文。科举时代,学习习作八股文,最初先学作一段,然后再学作半篇,逐渐学作全篇;能写成全篇的,叫"成篇"或"成幅"。
[3] 雅谑:高雅的戏谑。
[4] 善尺牍:会写书信。古时信札,札长约一尺,故称书信为"尺牍"。牍,供书写的木简。
[5] 童蒙:智力未开的儿童。洛汭(ruì 锐):古地区名,指今洛河入古黄河处,在今河南省巩县境。
[6] 不弁(biàn 变):不着男冠。古代男子加冠称"弁"。《诗·齐风·甫田》:"婉兮娈兮,总角丱兮。未几见兮,突而弁兮。"
[7] 手翰:手笔;此指亲笔书信。翰,毛笔。
[8] 渠侬:吴地方言,犹言"他"。这里是邻妇指称自己的丈夫。耳(ér 而)合:撮合。耳,调和。
[9] 脉脉:形容眼含深情。
[10] 金鸦镮:饰有金乌的指环。金鸦,犹金乌,传说太阳中有三足乌称金乌,故以之指太阳。
[11] 率:表率,榜样。
[12] 制艺:也称"制义",即科举应试的八股文。

〔13〕 身名蹇落:身蹇名落;谓困顿失意。蹇,困苦。
〔14〕 饔飧(yōng sūn 雍孙)不给:意谓吃饭都成问题。饔,早餐。飧,晚餐。
〔15〕 青紫直芥视之:意谓取得高官显位,看作如同拾取草芥那样容易。青、紫,指官印上的绶带。汉制,丞相、太尉金印紫绶,御史大夫银印青绶。芥,小草。《汉书·夏侯胜传》:"胜每讲授,常谓诸生曰:'士病不明经术,经术苟明,其取青紫,如俛拾地芥耳。'"
〔16〕 睒眎(shǎn shì 闪式):目光闪烁;疾视。
〔17〕 场屋:科举考场。
〔18〕 犹人:和一般人一样。
〔19〕 藐:藐视,小看。
〔20〕 檗:黄柏,中药名,味极苦。
〔21〕 燕:河北省的别称,周时为燕国之地,故名。此指某生的家乡顺天。
〔22〕 顾影:自顾其影,表示自负。
〔23〕 御:原指驾御车马;这里是驮载的意思。
〔24〕 冠玉:冠上的玉饰,用以比喻美男子。语见《史记·陈丞相世家》。
〔25〕 宵旰攻苦:起早贪黑地用功读书。宵,天不亮。旰,天晚。攻,攻读。
〔26〕 矞(xuè 谑)然:惊视的样子。
〔27〕 矢志青云:立志取得高官。青云,高空,喻高官显位,语见《史记·范雎列传》。后世称登科为平步青云。
〔28〕 以冠军应试:此指以科试第一名而参加乡试。
〔29〕 中顺天第四:考中顺天府乡试第四名。
〔30〕 桐城:县名,在今安徽省。
〔31〕 有吏治:犹言有政声。
〔32〕 河南道掌印御史:明代都察院下分十三道,每道设置监察御史,给以印信,持之巡按州县,考察吏治,称"掌印御史"。河南道所辖地区正是颜氏家乡。
〔33〕 乞骸骨:封建时代,官员因老病请求朝廷准予退职,叫"乞骸骨"。《史记·项羽本纪》:"范增大怒曰:天下事大定矣,君王自为之。愿赐骸骨归卒伍!"

〔34〕 鼎革:"鼎"与"革"均是《易经》卦名。鼎,取新。革,去故。后因以"鼎革"称改朝换代。
〔35〕 小郎:旧时妇女称丈夫之弟为小郎。这里是颜氏借嫂嫂口吻,称谓自己的丈夫。
〔36〕 阘茸:无能,平庸。
〔37〕 承其衔:指承袭颜氏的官衔。
〔38〕 雌伏:《后汉书·赵典传》谓其兄子赵温,"初为京兆郡丞,叹曰:'丈夫当雄飞,安能雌伏!'遂弃官去。"雌伏,原指屈居人下;此处语意双关,指仍为深闺妇女。
〔39〕 "面首"二句:此为戏谑之言,意思是你可以购置一批男宠。《宋书·前废帝纪》:"山阴公主淫恣过度,谓帝曰:'妾与陛下,虽男女有殊,俱托体先帝。陛下六宫万数,而妾唯驸马一人。事不均平,一何至此!'帝乃置面首左右三十人。"面首,指男宠。面,取其貌美。首,取其发美。
〔40〕 覃恩:深恩。此指朝廷封赐之恩。
〔41〕 侍御:侍御史,即"掌印御史"。
〔42〕 侍御而夫人也者:指身为侍御,不能刚正执法,弹劾奸邪,却怯懦如妇人的为官者。

杜　翁

杜翁,沂水人[1]。偶自市中出,坐墙下,以候同游。觉少倦,忽若梦,见一人持牒摄去[2]。至一府署,从来所未经。一人戴瓦垄冠[3],自内出,则青州张某[4],其故人也。见杜惊曰:"杜大哥何至此?"杜言:"不知何事,但有勾牒。"张疑其误,将为查验。乃嘱曰:"谨立此,勿他适。恐一迷失,将难救挽。"遂去,久之不出。惟持牒人来,自认其误,释令归。杜别而行。途中遇六七女郎,容色媚好,悦而尾之。下道,趋小径,行十数步,闻张在后大呼曰:"杜大哥,汝将何往?"杜迷恋不已。俄见诸女入一圭窦[5],心识为王氏卖酒者之家。不觉探身门内,略一窥瞻,即见身在苙中[6],与诸小豭同伏[7]。豁然自悟,已化豕矣,而耳中犹闻张呼。大惧,急以首触壁。闻人言曰:"小豕颠痫矣。"还顾,已复为人。速出门,则张候于途。责曰:"固嘱勿他往,何不听信?几至坏事!"遂把手送至市门,乃去。杜忽醒,则身犹倚壁间。诣王氏问之,果有一豕自触死云。

据《聊斋志异》手稿本

----

[1] 沂水:县名。今属山东省。
[2] 持牒摄去:手持公文,拘捕而去。牒,公文,即下文"勾牒",拘捕犯人的公牒。摄,拘捕。

〔3〕 瓦垄冠：即瓦楞帽，明代平民戴的一种帽子，帽顶折叠似瓦楞，因称。
〔4〕 青州：府名，治所在今山东益都县。
〔5〕 圭窦：墙上凿门，上锐下方，其形如圭，故称圭窦。窦，或作"窬"。《文苑英华》三五一梁昭明太子（萧统）《七契》："荜门鸟宿，圭窦狐潜。"
〔6〕 苙（lì 历）：此从二十四卷抄本，原作"笠"。苙，牲畜的栏圈。《方言》三："苙，圂也。"圂（hùn 混），猪圈。
〔7〕 豭（jiā 家）：猪的别称。见《方言》。

小　谢

渭南姜部郎第[1],多鬼魅,常惑人。因徙去。留苍头门之而死[2]。数易皆死。遂废之。里有陶生望三者,夙倜傥,好狎妓,酒阑辄去之。友人故使妓奔就之[3],亦笑内不拒;而实终夜无所沾染。常宿部郎家,有婢夜奔,生坚拒不乱,部郎以是契重之。家綦贫,又有"鼓盆之戚[4]",茅屋数椽,溽暑不堪其热,因请部郎,假废第。部郎以其凶故,却之。生因作《续无鬼论》献部郎[5],且曰:"鬼何能为!"部郎以其请之坚,诺之。

生往除厅事[6]。薄暮,置书其中;返取他物,则书已亡。怪之。仰卧榻上,静息以伺其变。食顷,闻步履声,睨之,见二女自房中出,所亡书送还案上。一约二十,一可十七八,并皆姝丽。逡巡立榻下,相视而笑。生寂不动。长者翘一足踹生腹,少者掩口匿笑。生觉心摇摇若不自持,即急肃然端念[7],卒不顾。女近以左手捋髭,右手轻批颐颊,作小响。少者益笑。生骤起,叱曰:"鬼物敢尔!"二女骇奔而散。生恐夜为所苦,欲移归,又耻其言不掩[8],乃挑灯读。暗中鬼影幢幢,略不顾瞻。夜将半,烛而寝。始交睫,觉人以细物穿鼻,奇痒大嚏;但闻暗处隐隐作笑声。生不语,假寐以俟之。俄见少女以纸条拈细股,鹤行鹭伏而至[9];生暴起诃之,飘窜而去。既寝,又穿其耳。终夜不堪其扰。鸡既鸣,乃寂无声,生始酣眠,终日无所睹闻。日既下,恍惚出现。生遂夜炊,将以达旦。长者渐曲肱几上[10],观生读;既而掩生卷。生怒捉之,即已飘散;少间,又抚之。生以手按卷读。少者潜于脑后,交两手掩生目,瞥然去,远立以哂。生指骂曰:"小鬼头!捉得便都杀却!"女子即又不惧。因戏之曰:"房中纵送,我都不解,缠我无益。"二女微笑,转身向灶,析薪溲米[11],为生执爨[12]。生顾而奖曰:"两卿此为,不胜憨跳耶[13]?"俄顷,粥熟,争以匕、箸、陶碗置几上[14]。生曰:"感卿服役,何以报德?"女笑云:"饭中溲合砒、酖矣[15]。"生曰:"与卿夙无嫌怨,何至以此相加。"啜已,复盛,争为奔走。生乐之,习以为常。日渐稔,接坐倾语,审其姓名。长者云:"妾秋容,乔氏;彼阮家小谢也。"又研问所由来。小谢笑曰:"痴郎!尚不敢一呈身,谁要汝问门第,作嫁娶耶?"生正容曰:"相对丽质,宁独无情;但阴冥之气,中人必死。不乐与居者,行可耳;乐与居者,安可耳。如不见爱,何必沾两佳人?如果见爱,何必死一狂生?"二女相顾动容,自此不甚虐弄之;然时而探手于怀,捋裤于地,亦置不为怪。

一日,录书未卒业而出,返则小谢伏案头,操管代录[16]。见生,掷笔睨笑。近视之,虽劣不成书[17],而行列疏整[18]。生赞曰:"卿雅人也!苟乐此,仆教卿为之。"乃拥诸怀,把腕而教之画。秋容自外入,色乍变,意似妒。小谢笑曰:"童时尝从父学书,久不作,遂如梦寐。"秋容不语。生喻其意,伪为不觉者,遂抱而授以笔,曰:"我视卿能此否?"作数字而起,曰:"秋娘大好笔力!"秋容乃喜。生于是折两纸为范[19],俾共临摹[20];生另一灯读。窃喜其各有所事,不相侵扰。仿毕，衹立几前[21]，听生月旦[22]。秋容素不解读[23]，涂鸦不可辨认，花判已[24]，自顾不如小谢，有惭色。生奖慰之，颜始霁[25]。二女由此师事生，坐为抓背，卧为按股，不惟不敢侮，争媚之。逾月，小谢书居然端好，生偶赞之。秋容大惭，粉黛淫淫[26]，泪痕如线。生百端慰解之，乃已。因教之读，颖悟非常，指示一过，无再问者。与生竞读，常至终夜。小谢又引其弟三郎来，拜生门下。年十五六，姿容秀美。以金如意一钩为贽[27]；生令与秋容执一经[28]。满堂咿唔；生于此设鬼帐焉[29]。部郎闻之喜，以时给其薪水。积数月，秋容与三郎皆能诗，时相酬唱。小谢阴嘱勿教秋容，生诺之；秋容阴嘱勿教小谢，生亦诺之。一日，生将赴试，二女涕泪持别。三郎曰："此行可以托疾免；不然，恐履不吉[30]。"生以告疾为辱，遂行。

先是，生好以诗词讥切时事，获罪于邑贵介，日思中伤之。阴赂学使，诬以行检[31]，淹禁狱中。资斧绝，乞食于囚人，自分已无生理。忽一人飘忽而入，则秋容也，以馔具馈生。相向悲咽，曰："三郎虑君不吉，今果不谬。三郎与妾同来，赴院申理矣[32]。"数语而出，人不之睹。越日，部院出[33]，三郎遮道声屈[34]，收之。秋容入狱报生，返身往侦之，三日不返。生愁饿无聊，度一日如年岁。忽小谢至，怆惋欲绝，言："秋容归，经由城隍祠，被西廊黑判强摄去[35]，逼充御媵[36]。秋容不屈，今亦幽囚。妾驰百里，奔波颇殆；至北郭，被老棘刺吾心，痛彻骨髓，恐不能再至矣。"因示之足，血殷凌波焉[37]。出金三两，跛踦而没。部院勘三郎，素非瓜葛，无端代控，将杖之，扑地遂灭。异之。览其状，情词悲恻。提生面鞫，问："三郎何人？"生伪为不知。部院悟其冤,释之。既归,竟夕无一人。更阑,小谢始至,惨然曰:"三郎在部院,被廨神押赴冥司[38];冥王以三郎义,令托生富贵家。秋容久锢,妾以状投城隍,又被按阁[39],不得入,且复奈何?"生忿然曰:"黑老魅何敢如此!明日仆其像,践踏为泥,数城隍而责。案下吏暴横如此,渠在醉梦中耶!"悲愤相对,不觉四漏将残。秋容飘然忽至。两人惊喜,急问。秋容泣下曰:"今为郎万苦矣!判日以刀杖相逼,今夕忽放妾归,曰:'我无他,原以爱故;既不愿,固亦不曾污玷。烦告陶秋曹[40],勿见谴责。'"生闻少欢,欲与同寝,曰:"今日愿为卿死。"二女戚然曰[41]:"向受开导,颇知义理,何忍以爱君者杀君乎?"执不可。然俯颈倾头,情均伉俪。二女以遭难故,妒念全消。

会一道士途遇生,顾谓:"身有鬼气。"生以其言异,具告之。道士曰:"此鬼大好,不拟负他。"因书二符付生,曰:"归授两鬼,任其福命:如闻门外有哭女者,吞符急出,先到者可活。"生拜受,归嘱二女。后月馀,果闻有哭女者。二女争奔而去。小谢忙急,忘吞其符。见有丧舆过,秋容直出,入棺而没;小谢不得入,痛哭而返。生出视,则富室郝氏殡其女。共见一女子入棺而去,方共惊疑;俄闻棺中有声,息肩发验,女已顿苏。因暂寄生斋外,罗守之。忽开目问陶生。郝氏研诘之,答云:"我非汝女也。"遂以情告。郝未深信,欲舁归;女不从,径入生斋,偃卧不起。郝乃识婿而去。生就视之,面庞虽异,而光艳不减秋容,喜惬过望,殷叙平生。忽闻呜呜鬼泣,则小谢哭于暗陬。心甚怜之,即移灯往,宽譬哀情,而衿袖淋浪[42],痛不可解。近晓始去。天明,郝以婢媪赍送香奁,居然翁婿矣。暮入帷房,则小谢又哭。如此六七夜。夫妇俱为惨动,不能成合卺之礼。生忧思无策。秋容曰:"道士,仙人也。再往求,倘得怜救。"生然之。迹道士所在,叩伏自陈。道士力言"无术"。生哀不已。道士笑曰:"痴生好缠人。合与有缘,请竭吾术。"乃从生来,索静室,掩扉坐,戒勿相问。凡十馀日,不饮不食。潜窥之,瞑若睡。一日晨兴,有少女搴帘入,明眸皓齿,光艳照人。微笑曰:"跋履终日,惫极矣!被汝纠缠不了,奔驰百里外,始得一好庐舍[43],道人载与俱来矣。得见其人,便相交付耳。"敛昏,小谢至,女遽起迎抱之,翕然合为一体,仆地而僵。道士自室中出,拱手径去。拜而送之。及返,则女已苏。扶置床上,气体渐舒,但把足呻言趾股酸痛,数日始能起。后生应试得通籍[44]。有蔡子经者与同谱[45],以事过生,留数日。小谢自邻舍归,蔡望见之,疾趋相蹑;小谢侧身敛避,心窃怒其轻薄。蔡告生曰:"一事深骇物听[46],可相告否?"诘之,答曰:"三年前,少妹夭殒,经两夜而失其尸,至今疑念。适见夫人,何相似之深也?"生笑曰:"山荆陋劣,何足以方君妹[47]?然既系同谱,义即至切,何妨一献妻孥[48]。"乃入内,使小谢衣殉装出[49]。蔡大惊曰:"真吾妹也!"因而泣下。生乃具述其本末。蔡喜曰:"妹子未死,吾将速归,用慰严慈[50]。"遂去。过数日,举家皆至。后往来如郝焉。

异史氏曰:"绝世佳人,求一而难之,何遽得两哉!事千古而一见,惟不私奔女者能遘之也。道士其仙耶?何术之神也!苟有其术,丑鬼可交耳。"

据《聊斋志异》手稿本

---

〔1〕 渭南:县名,在今陕西省。部郎:旧时中央六部的郎中、员外郎等官员的统称。

〔2〕 苍头:仆人。门:看门。

〔3〕 奔:古时称女子私就男子为"奔"。

〔4〕 鼓盆之戚:指丧妻。《庄子·至乐》:"庄子妻死,惠子吊之,庄子则方箕踞鼓盆而歌。"后因以"鼓盆之戚"指丧妻之痛。

〔5〕 《续无鬼论》:晋人阮瞻曾作《无鬼论》,所以陶生以其所作称《续无鬼论》。

〔6〕 厅事:也作"听事",本为官府听事办公的地方,后来私宅的厅房也称厅事。

〔7〕 端念:端正意念;指不为邪念所动。

〔8〕 其言不掩:意谓自己《续无鬼论》之说,有失检点。掩,通"检",检束。

〔9〕 鹤行鹭伏:意思是屈身轻步,悄悄行动。

〔10〕 曲肱几上:弯曲着胳膊,伏在几案上。肱,臂。

〔11〕 析薪:劈柴。溲(sōu 搜)米:淘米。

〔12〕 执爨:烧火做饭。

〔13〕 憨跳:憨痴跳腾;谓其调皮闹腾。

〔14〕 匕:饭匙。

〔15〕 溲合:调合,掺杂。砒、酖:指毒药。砒,砒霜。酖,用有毒的鸟羽浸成的毒酒。

〔16〕 操管:执笔。

〔17〕 成书:成字。

〔18〕 行列疏整:指抄写得横竖成行。直称行。横称列。

〔19〕 范:规范、榜样。此指供描摹的仿影。

〔20〕 临摹:照样摹写。

〔21〕 衹立：敬立。
〔22〕 月旦：品评，详《阿宝》注。这里指评判书写的好坏。
〔23〕 解读：指识字。
〔24〕 花判：本指旧时官吏对民、刑案件所作的骈体判词；此指对所写字仿的评阅意见。
〔25〕 颜始霁：脸色方始喜悦。霁，天晴，此处形容愧色消失。
〔26〕 粉黛淫淫：脸上搽的粉和眉上涂的黛，随着泪水流下。黛，古时女子描眉用的青黑色颜料。淫淫，水流貌。
〔27〕 贽（zhì 至）：晋见的礼物。
〔28〕 执一经：学习一种经书。执，持。手持经书，指从师受业。
〔29〕 设鬼帐：犹言设鬼学。设帐，教授生徒，详《娇娜》注。
〔30〕 恐履不吉：恐蹈凶险。履，践。
〔31〕 诬以行检：对其品行，加以诬陷诋毁。陶生好以诗词讥切时事，诬陷内容，当与此有关。《钦定大清会典事例》卷三八九，谓康熙初年，礼部题准，"生员如果犯事情重，地方官先报学政，俟黜革后治以应得之罪。"行检，品行；此据二十四卷抄本，原作"行简"。
〔32〕 院：指巡抚衙门。
〔33〕 部院：指巡抚。清代各省巡抚多带兵部侍郎及都察院副都御史衔，因称巡抚为"部院"。
〔34〕 遮道：拦路。声屈：喊冤。
〔35〕 判：判官。
〔36〕 御媵：侍妾。
〔37〕 血殷（yān 烟）凌波：流血染红了鞋袜。殷，红黑色，这里是染红的意思。曹植《洛神赋》："陵（通凌）波微步，罗袜生尘。"本指女子步履轻盈，这里指女子鞋袜。
〔38〕 廨神：保护官衙的神。廨，官署。
〔39〕 阁：搁置、压下。阁，同"搁"。
〔40〕 秋曹：对刑部官员的尊称。古以刑部为秋官，故称其部员为"秋曹"。这里称陶生为秋曹，是预示陶将来当任职刑部。
〔41〕 二：据铸雪斋抄本，原作"一"。
〔42〕 衿袖淋浪：襟袖均被泪水沾湿。淋浪，水湿的样子。

〔43〕 庐舍：指灵魂所依附的躯体。
〔44〕 通籍：指仕宦新进。封建时代新进仕宦，通其名籍于朝，故曰"通籍"。
〔45〕 同谱：犹"同榜"，指科举考试同届录取者。
〔46〕 物听：众闻。物，众人。
〔47〕 方：比拟。
〔48〕 一献妻孥：使妻、子出来相见；旧时朋友情谊亲密，才能出妻见子。
〔49〕 殉装：殉葬的衣服。
〔50〕 严慈：父母。

缢 鬼

范生者,宿于逆旅[1]。食后,烛而假寐[2]。忽一婢来,襆衣置椅上;又有镜奁掭箧[3],一一列案头,乃去。俄一少妇自房中出,发箧开奁,对镜栉掠[4];已而髻,已而簪,顾影徘徊甚久。前婢来,进匜沃盥[5]。盥已捧帨[6],既,持沐汤去。妇解襆出裙帔[7],炫然新制,就着之。掩衿提领,结束周至[8]。范不语,中心疑怪,谓必奔妇[9],将严装以就客也。妇装讫,出长带,垂诸梁而结焉。讶之。妇从容跂双弯[10],引颈受缢。才一着带,目即合[11],眉即竖,舌出吻两寸许,颜色惨变如鬼。大骇奔出,呼告主人,验之已渺。主人曰:"曩子妇经于是[12],毋乃此乎?"吁,异哉!既死犹作其状,此何说也?

异史氏曰:"冤之极而至于自尽,苦矣!然前为人而不知,后为鬼而不觉,所最难堪者,束装结带时耳。故死后顿忘其他,而独于此际此境,犹历历一作,是其所极不忘者也。"

据《聊斋志异》手稿本

---

[1] 逆旅:客店。
[2] 烛:点燃着的蜡烛。
[3] 镜奁(lián 连)掭(tì 替)箧:存放妇女梳妆品的器具。镜奁,镜匣。

掭,梳、篦。
〔4〕 栉掠:栉发掠鬓,言其梳妆。
〔5〕 匜(yí夷):古代洗手盛水的用具。洗手时,把匜中的水,倒在手上,下面用盘承接。《左传·僖公二十三年》:"奉匜沃盥。"
〔6〕 帨(shuì税):拭物之佩巾。此指拭手之巾。《礼记·内则》:"盥卒授巾。"郑玄注:"巾以帨手。"
〔7〕 裙帔(pèi配):下裙和披肩。泛指女人衣裳。
〔8〕 结束:装束,打扮。
〔9〕 奔妇:私奔之妇。
〔10〕 跂(qǐ企)双弯:跷起双脚。跂,通"企"。跷起脚后跟。双弯,即双脚。旧时女子缠足,足背弓起,故称。
〔11〕 合:此据铸雪斋抄本,原作"含"。
〔12〕 经于是:自缢于此。经,自经,即上吊而死。

吴门画工

吴门画工某[1],忘其名,喜绘吕祖[2],每想象而神会之,希幸一遇。虔结在念,靡刻不存。一日,值群丐饮郊郭间,内一人敝衣露肘,而神采轩豁。心忽动,疑为吕祖。谛视[3],觉愈确,遽捉其臂曰:"君吕祖也。"丐者大笑。某坚执为是,伏拜不起。丐者曰:"我即吕祖,汝将奈何?"某叩头,但祈指数。丐者曰:"汝能相识,可谓有缘。然此处非语所,夜间当相见也。"再欲遽问,转盼已杳。骇叹而归。至夜,果梦吕祖来,曰:"念子志虑专凝,特来一见。但汝骨气贪吝,不能为仙。我使子见一人可也。"即向空一招,遂有一丽人蹑空而下[4],服饰如贵嫔[5],容光袍仪,焕映一室。吕祖曰:"此乃董娘娘[6],子审志之[7]。"既而又问:"记得否?"答:"已记之。"又曰:"勿忘却。"俄而丽者去,吕祖亦去。醒而异之,即梦中所见,肖而藏之[8],终亦不解所谓。后数年,偶游于都。会董妃薨[9],上念其贤,将为肖像。诸工群集,口授心拟,终不能似。某忽触念梦中人,得无是耶[10]?以图呈进。宫中传览,皆谓神肖[11]。由是授官中书[12],辞不受;赐万金。于是名大噪。贵戚家争遗重币,乞为先人传影[13]。但悬空摹写,罔不曲似[14]。浃辰之间[15],累数巨万。莱芜朱拱奎曾见其人[16]。

据《聊斋志异》手稿本

----

〔1〕 吴门:古吴县的别称,即今江苏苏州市。

〔2〕 吕祖:即吕洞宾,传说中的"八仙之一"。道教全真道尊为北五祖之一,因通称"吕祖"。

〔3〕 谛视:仔细看。

〔4〕 蹑空:犹踏空。

〔5〕 贵嫔:宫中女官名。三国曹魏置,历代相沿,位尊卑不同。

〔6〕 董娘娘:指董贵妃,或称董鄂妃,鄂硕之女,顺治十三年(1656)受封,十七年(1660)死。娘娘,皇帝后妃的俗称。

〔7〕 审志:仔细记住。

〔8〕 肖而藏之:摹画其像而藏之。肖,肖像。此谓画像。

〔9〕 薨(hōng 轰):《礼记·曲礼》下:"天子死曰崩,诸侯死曰薨。"后诸侯王及后妃之死,亦称"薨"。

〔10〕 得无是:该不是。无,通毋,不。

〔11〕 神肖:传神酷似。

〔12〕 中书:清为内阁属员,从七品。

〔13〕 传影:临摹肖像。传,传写,临摹。影,像,图像。

〔14〕 罔不曲似:无不委曲相似。罔,无。曲,委曲而成。《易·系辞》上:"曲成万物而不遗。"

〔15〕 浃(jiá 夹)辰:古以干支记日,称自子至亥一周十二日为"浃辰"。《左传·成公九年》:"浃辰之间,而楚克其三都。"

〔16〕 莱芜:县名,今属山东省。

林　氏

济南戚安期,素佻达[1],喜狎妓[2]。妻婉戒之,不听。妻林氏,美而贤。会北兵入境[3],被俘去。暮宿途中,欲相犯。林伪诺之。适兵佩刀系床头,急抽刀自刭死;兵举而委诸野[4]。次日,拔舍去[5]。有人传林死,戚痛悼而往。视之,有微息。负而归,目渐动;稍稍喃呻[6];扶其项,以竹管滴沥灌饮,能咽。戚抚之曰:"卿万一能活,相负者必遭凶折[7]!"半年,林平复如故;但首为颈痕所牵,常若左顾。戚不以为丑,爱恋逾于平昔。曲巷之游[8],从此绝迹。林自觉形秽,将为置媵;戚执不可。

居数年,林不育,因劝纳婢。戚曰:"业誓不二,鬼神宁不闻之?即嗣续不承[9],亦吾命耳。若未应绝,卿岂老不能生者耶?"林乃托疾,使戚独宿;遣婢海棠,襆被卧其床下。既久,阴以宵情问婢。婢言无之。林不信。至夜,戒婢勿往,自诣婢所卧。少间,闻床上睡息已动。潜起,登床扪之。戚醒,问谁,林耳语曰:"我海棠也。"戚却拒曰:"我有盟誓,不敢更也。若似曩年,尚须汝奔就耶?"林乃下床出。戚自是孤眠。林使婢托己往就之[10]。戚念妻生平曾未肯作不速之客,疑焉;摸其项,无痕,知为婢,又咄之。婢惭而退。既明,以情告林,使速嫁婢。林笑云:"君亦不必过执[11]。倘得一丈夫子[12],即亦幸甚。"戚曰:"苟背盟誓,鬼责将及,尚望延宗嗣乎?"

林翼日笑语戚曰[13]:"凡农家者流[14],苗与秀不可知[15],播种常例不可违。晚间耕耨之期至矣。"戚笑会之。既夕,林灭烛呼婢,使卧己衾中。戚入就榻,戏曰:"佃人来矣[16]。深愧钱镈不利[17],负此良田。"婢不语。既而举事,婢小语曰:"私处小肿,颠猛不任。"戚体意温恤之。事已,婢伪起溺,以林易之。自此时值落红,辄一为之,而戚不知也。

未几,婢腹震。林每使静坐,不令给役于前。故谓戚曰:"妾劝内婢[18],而君弗听。设尔日冒妾时[19],君误信之,交而得孕,将复如何?"戚曰:"留犊鬻母。"林乃不言。无何,婢举一子。林暗买乳媪,抱养母家。积四五年,又产一子一女。长子名长生,已七岁,就外祖家读。林半月辄托归宁[20],一往看视。婢年益长,戚时时促遣之。林辄诺。婢日思儿女,林从其愿,窃为上鬟[21],送诣母所。谓戚曰:"日谓我不嫁海棠,母家有义男[22],业配之。"

又数年,子女俱长成。值戚初度[23],林先期治具,为候宾友。戚叹曰:"岁月骛过[24],忽已半世。幸各强健,家亦不至冻馁。所阙者,膝下一点[25]。"林曰:"君执拗,不从妾言,夫谁怨? 然欲得男,两亦非难,何况一也?"戚解颜曰:"既言不难,明日便索两男。"林言:"易耳,易耳!"早起,命驾至母家,严妆子女,载与俱归。入门,令雁行立,呼父叩祝千秋[26]。拜已而起,相顾嬉笑。戚骇怪不解。林曰:"君索两男,妾添一女。"始为详述本末。戚喜曰:"何不早告?"曰:"早告,恐绝其母。今子已成立,尚可绝乎?"戚感极,涕不自禁。

乃迎婢归,偕老焉。古有贤姬,如林者,可谓圣矣!

据《聊斋志异》手稿本

----

〔1〕 素佻达：谓平日轻薄无行。佻达,同"挑达"。《诗·郑风·子衿》：
"挑兮达兮,在城阙兮。"朱熹注："挑,轻儇跳跃之貌；达,放恣也。"
后多用为轻薄义。
〔2〕 妓：此据铸雪斋抄本,原作"姬"。
〔3〕 北兵：明未亡时,汉人对清兵之称。
〔4〕 委诸野：弃之于荒野。委,丢弃。
〔5〕 拔舍去：拔营离去。
〔6〕 颦呻：皱眉呻吟。
〔7〕 凶折：犹凶死,不得善终。折,夭折。本谓短命,此谓遭横祸而不得
寿终。
〔8〕 曲巷：偏僻的狭巷。此指妓院。
〔9〕 嗣：此据铸雪斋抄本,原作"似"。
〔10〕 托己：假托自己。
〔11〕 执：固执。
〔12〕 丈夫子：男孩。古时子女通称子,男称丈夫子,女称女子子。《战国
策·燕策》二："人生之爱子也,不如布衣之甚也；非徒不爱子也,又
不爱丈夫子独甚。"
〔13〕 翼日：明天,第二天。翼,通"翌"。
〔14〕 农家者流：《汉书·艺文志》中语,此借为戏谑之词。农家,原指先
秦百家中论议农事的一个思想流派,此借指农民。
〔15〕 苗与秀：植物初生叫苗,开花叫秀。
〔16〕 佃人：即种田人。
〔17〕 钱镈(jiǎn bó 剪博)：古代两种锄田用的农具。见《诗·周颂·臣
工》。
〔18〕 内婢：谓收婢为妾。内,同"纳"。
〔19〕 尔日：那日。

[20] 归宁:旧谓已嫁女子回母家探视。《诗·周南·葛覃》:"害澣害否,归宁父母。"
[21] 上鬟:挽上发髻。指梳成已嫁女子的发式。
[22] 义男:养子,俗称干儿子。
[23] 初度:指生日。见《离骚》。
[24] 骛过:匆匆而过。骛,急,速。
[25] 膝下:子女幼时依偎于父母膝下,因以称谓孩幼之时。《孝经·圣治》:"故亲生之膝下。"后常用为儿女写信于父母的敬辞。膝下一点,谓年幼儿女。
[26] 叩祝千秋:跪拜祝寿。

胡 大 姑

益都岳于九[1],家有狐祟,布帛器具,辄被抛掷邻堵。蓄细葛,将取作服;见捆卷如故,解视,则边实而中虚,悉被剪去。诸如此类,不堪其苦。乱诟骂之。岳戒止云:"恐狐闻。"狐在梁上曰:"我已闻之矣。"由是祟益甚。

一日,夫妻卧未起,狐摄衾服去。各白身蹲床上,望空哀祝之。忽见好女子自窗入,掷衣床头。视之,不甚修长;衣绛红,外袭雪花比甲[2]。岳着衣,揖之曰:"上仙有意垂顾,即勿相扰。请以为女,如何?"狐曰:"我齿较汝长,何得妄自尊?"又请为姊妹,乃许之。于是命家人皆呼以胡大姑。

时颜镇张八公子家[3],有狐居楼上,恒与人语。岳问:"识之否?"答云:"是吾家喜姨,何得不识?"岳曰:"彼喜姨曾不扰人,汝何不效之?"狐不听,扰如故。犹不甚祟他人,而专祟其子妇:履袜簪珥,往往弃道上;每食,辄于粥碗中埋死鼠或粪秽。妇辄掷碗骂骚狐,并不祷免。岳祝曰:"儿女辈皆呼汝姑,何略无尊长体耶?"狐曰:"教汝子出若妇,我为汝媳,便相安矣。"子妇骂曰:"淫狐不自惭,欲与人争汉子耶?"时妇坐衣笥上[4],忽见浓烟出尻下,熏热如笼。启视,藏裳俱烬;剩一二事,皆姑服也。又使岳子出其妇,子不应。过数日,又促之,仍不应。狐怒以石击之,额破裂,血流,几毙。岳益患之。

西山李成爻,善符水,因币聘之。李以泥金写红绢作符[5],三日始成。又以镜缚梃上[6],捉布柄,遍照宅中。使童子随视,有所见,即急告。至一处,童言:"墙上若犬伏。"李即戟手写符其处[7]。既而禹步庭中[8],咒移时,即见家中犬豕并来,帖耳戢尾,若听教命。李挥曰:"去!"即纷然鱼贯而去。又咒,群鸭即来,又挥去之。已而鸡至。李指一鸡,大叱之。他鸡俱去,此鸡独伏,交翼长鸣,曰:"予不敢矣!"李曰:"此物是家中所作紫姑也[9]。"家人并言不曾作。李曰:"紫姑今尚在。"因共忆三年前,曾为此戏,怪异即自尔日始也。遍搜之,见刍偶在厩梁上。李取投火中。乃出一酒瓻[10],三咒三叱,鸡起径去。闻瓻口言曰:"岳四狠哉!数年后,当复来。"岳乞付之汤火;李不可,携去。或见其壁间挂数十瓶,塞口者皆狐也。言其以次纵之,出为祟,因此获聘金,居为奇货云[11]。

据《聊斋志异》手稿本

----

〔1〕 益都:县名。今属山东省。
〔2〕 外袭雪花比甲:外套雪白的背心。袭,加穿。比甲,马甲,犹今所谓背心。
〔3〕 颜镇:颜神镇,即今山东省淄博市博山区所在地。
〔4〕 衣笥(sì饲):盛衣物的竹器。
〔5〕 泥金:金屑,金末。可用于书画。
〔6〕 梃(tǐng挺):犹棍。
〔7〕 戟手:用食指和中指指点、指画,其形如戟,常用以表示怒斥或勇武的情状。《左传·哀公二年》:"褚师出,公戟其手,曰:'必断而足!'"此处谓以食指和中指悬空写符。

〔8〕 禹步:跛行。巫师作法时的步态。
〔9〕 紫姑:也叫"坑三姑娘"。厕神名。传说莱阳人何媚(字丽卿),初为唐寿阳刺史李景妾,后于武后垂拱三年(687)正月十五日夜,被大妇曹氏暗杀于厕所之中。上帝怜其无辜,命为厕神。旧时民间于农历正月十五日夜于厕所中祀之,并作其形态,用以占卜。
〔10〕 瓻(chī痴):古时盛酒瓶。
〔11〕 居为奇货:积囤以为获取暴利的货物。居,囤积。奇货,利大而稀少的货物。语出《史记·吕不韦列传》。

细　侯

昌化满生[1]，设帐于余杭[2]。偶涉廛市[3]，经临街阁下，忽有荔壳坠肩头。仰视，一雏姬凭阁上[4]，妖姿要妙[5]，不觉注目发狂。姬俯哂而入。询之，知为娼楼贾氏女细侯也。其声价颇高，自顾不能适愿。归斋冥想，终宵不枕。明日，往投以刺，相见，言笑甚欢，心志益迷。托故假贷同人，敛金如干[6]，携以赴女，款洽臻至。即枕上口占一绝赠之云："膏腻铜盘夜未央[7]，床头小语麝兰香。新鬟明日重妆凤，无复行云梦楚王[8]。"细侯蹙然曰："妾虽污贱，每愿得同心而事之。君既无妇，视妾可当家否？"生大悦，即叮咛，坚相约。细侯亦喜曰："吟咏之事，妾自谓无难，每于无人处，欲效作一首，恐未能便佳，为观听所讥。倘得相从，幸教妾也。"因问生："家田产几何？"答曰："薄田半顷，破屋数椽而已。"细侯曰："妾归君后，当长相守，勿复设帐为也。四十亩聊足自给，十亩可以种桑[9]，织五匹绢，纳太平之税有馀矣。闭户相对，君读妾织，暇则诗酒可遣，千户侯何足贵[10]！"生曰："卿身价略可几多？"曰："依媪贪志，何能盈也？多不过二百金足矣。可恨妾齿稚，不知重贵财，得辄归母，所私者区区无多。君能办百金，过此即非所虑。"生曰："小生之落寞，卿所知也，百金何能自致。有同盟友，令于湖南，屡相见招，仆以道远，故惮于行。今为卿故，当往谋之。计三四月,可以归复,幸耐相候。"细侯诺之。

生即弃馆南游,至则令已免官,以罣误居民舍,宦囊空虚,不能为礼。生落魄难返,就邑中授徒焉。三年,莫能归。偶笞弟子,弟子自溺死。东翁痛子而讼其师[11],因被逮囹圄。幸有他门人,怜师无过,时致馈遗,以是得无苦。

细侯自别生,杜门不交一客。母诘知故,不可夺,亦姑听之。有富贾慕细侯名,托媒于媪,务在必得,不靳直。细侯不可。贾以负贩诣湖南,敬侦生耗[12]。时狱已将解,贾以金赂当事吏,使久锢之。归告媪云:"生已瘐死[13]。"细侯疑其信不确。媪曰:"无论满生已死,纵或不死,与其从穷措大以椎布终也[14],何如衣锦而厌粱肉乎[15]?"细侯曰:"满生虽贫,其骨清也[16];守龌龊商,诚非所愿。且道路之言,何足凭信!"贾又转嘱他商,假作满生绝命书寄细侯,以绝其望。细侯得书,惟朝夕哀哭。媪曰:"我自幼于汝,抚育良勤。汝成人二三年,所得报者,日亦无多。既不愿隶籍[17],即又不嫁,何以谋生活?"细侯不得已,遂嫁贾。贾衣服簪珥[18],供给丰侈。年余,生一子。

无何,生得门人力,昭雪而出,始知贾之锢己也。然念素无郤,反复不得其由。门人义助资斧以归。既闻细侯已嫁,心甚激楚,因以所苦,托市媪卖浆者达细侯。细侯大悲,方悟前此多端,悉贾之诡谋。乘贾他出,杀抱中儿,携所有亡归满;凡贾家服饰,一无所取。贾归,怒质于官。官原其情,置不问。

呜呼!寿亭侯之归汉[19],亦复何殊?顾杀子而行,亦天下之忍人也[20]!

据《聊斋志异》手稿本

---

〔1〕 昌化:旧县名,明清时属浙江省杭州府。
〔2〕 余杭:县名,在浙江省富阳县北,清属杭州府。
〔3〕 廛市:街市。
〔4〕 雏姬:少女。雏,幼小。姬,古时对妇女的美称。
〔5〕 要(yāo腰)妙:美好的样子。
〔6〕 如干:若干。
〔7〕 膏腻铜盘夜未央:意谓灯光明亮,夜已很深。膏,灯油。铜盘,指灯盘或烛盘。央,尽。
〔8〕 "新鬟"二句:意谓明天你重新梳妆,另会他人,也就把我忘掉了。鬟,女子发髻。凤,指凤头钗。襄王,指楚襄王。宋玉《高唐赋》:楚襄王游于云梦,梦中与巫山神女欢会,神女临别时对襄王说:"妾在巫山之阳,高丘之阻。旦为朝云,暮为行雨。朝朝暮暮,阳台之下。"故后来以此故事喻男女欢会。
〔9〕 桑:此据青柯亭刻本,原作"黍"。
〔10〕 千户侯:食邑千户的侯爵,喻高官厚禄。
〔11〕 东翁:旧时被雇佣的仆人、塾师、幕友等,称雇主为"东家"或"东翁"。
〔12〕 敬侦:暗地打听。敬,警、警戒。
〔13〕 瘐死:囚犯在狱中因拷打、饥饿、疾病而死。详《云翠仙》注。
〔14〕 穷措大:犹言"穷酸",旧时对贫穷读书人的蔑称。椎布:椎髻布裙;指贫家妇女。椎髻,发髻梳头顶,有如棒槌,为贫妇的发式。
〔15〕 衣锦:穿锦绣衣服。厌粱肉:吃上等饭菜。厌,同"餍",饱食。粱,精米、细粮。肉,肉食。
〔16〕 其骨清:意谓其人品清高。骨,风骨,品格。
〔17〕 隶籍:隶属于乐籍,即做妓女。
〔18〕 珥:古代妇女的珠玉耳饰。

〔19〕 寿亭侯之归汉：汉末，关羽与刘备失散，曾一度归降曹操，被封为汉寿亭侯。后来，关羽探知刘备下落，遂弃曹归汉，投奔刘备。

〔20〕 忍人：忍心的人。

狼 三 则

有屠人货肉归,日已暮。欻一狼来[1],瞰担中肉,似甚涎垂[2],步亦步[3],尾行数里。屠惧,示之以刃,则稍却;既走,又从之。屠无计,默念狼所欲者肉,不如姑悬诸树而蚤取之[4]。遂钩肉,翘足挂树间,示以空空。狼乃止。屠即径归。昧爽往取肉[5],遥望树上悬巨物,似人缢死状,大骇。逡巡近之,则死狼也。仰首审视,见口中含肉,肉钩刺狼腭,如鱼吞饵。时狼革价昂,直十馀金,屠小裕焉。缘木求鱼,狼则罹之[6],亦可笑已!

一屠晚归,担中肉尽,止有剩骨[7]。途中两狼,缀行甚远[8]。屠惧,投以骨。一狼得骨止,一狼仍从;复投之,后狼止而前狼又至;骨已尽,而两狼之并驱如故。屠大窘,恐前后受其敌[9]。顾野有麦场,场主积薪其中,苫蔽成丘[10]。屠乃奔倚其下,弛担持刀[11]。狼不敢前,眈眈相向[12]。少时,一狼径去;其一犬坐于前[13],久之,目似瞑,意暇甚[14]。屠暴起[15],以刀劈狼首,又数刀毙之。方欲行,转视积薪后,一狼洞其中[16],意将隧入以攻其后也[17]。身已半入,露尻尾[18]。屠自后断其股,亦毙之。乃悟前狼假寐,盖以诱敌。狼亦黠矣[19]!而顷刻两毙,禽兽之变诈几何哉[20],止增笑耳[21]!

一屠暮行,为狼所逼。道傍有夜耕者所遗行室[22],奔入伏焉。狼自苫中探爪入。屠急捉之,令不可去。顾无计可以死之。惟有小刀不盈寸,遂割破爪下皮,以吹豕之法吹之。极力吹移时,觉狼不甚动,方缚以带。出视,则狼胀如牛,股直不能屈,口张不得合。遂负之以归。非屠,乌能作此谋也[23]！三事皆出于屠;则屠人之残,杀狼亦可用也。

据《聊斋志异》手稿本

---

[1] 欻(xū虚):忽然。
[2] 涎垂:即垂涎。
[3] 步亦步:屠行狼亦行,谓狼尾随屠后,紧追不舍。
[4] 蚤:通"早"。
[5] 昧爽:犹黎明。天将亮未亮时。
[6] "缘木"二句:谓屠人悬肉树上只为避害而非为捉狼,而狼却贪食肉而被钩死。缘木求鱼,爬到树上捉鱼,喻行为与其目的相反,一定落空。语出《孟子·梁惠王》上。罹,遭遇。
[7] 止:只。
[8] 缀行:尾随而行。
[9] 敌:攻击。
[10] 苫(shān删)蔽成丘:谓柴草苫盖成堆,如同小丘。苫,本指用稻草、谷秸编制的覆盖物,俗称草苫子,此处意为苫盖。
[11] 弛担:放下肉担。
[12] 眈眈相向:相对瞪目而视。
[13] 犬坐:像狗似的蹲坐。
[14] 意暇甚:意态十分悠闲。
[15] 暴起:突然跃起。
[16] 洞:打洞。
[17] 隧入:打洞进去。
[18] 尻(kāo)尾:臀部和尾巴。
[19] 黠(xiá侠):狡猾。

〔20〕 "禽兽"句:禽兽的欺诈手段能有多少呢。
〔21〕 增笑:增加笑料。
〔22〕 行室:农田中供暂时歇息的简易房子,多用草苫或谷秸搭成,北方俗称"窝棚"。
〔23〕 乌:同"何"。

小谢

考弊司

阎罗

江城

美 人 首

诸商寓居京舍。舍与邻屋相连,中隔板壁;板有松节脱处,穴如盏。忽女子探首入,挽凤髻,绝美;旋伸一臂,洁白如玉。众骇其妖,欲捉之[1],已缩去。少顷,又至,但隔壁不见其身。奔之[2],则又去之。一商操刀伏壁下。俄首出,暴决之,应手而落,血溅尘土。众惊告主人。主人惧,以其首首焉[3]。逮诸商鞫之,殊荒唐。淹系半年[4],迄无情词[5],亦未有以人命讼者,乃释商,瘗女首[6]。

据《聊斋志异》手稿本

----

[1] 欲捉之:原"欲捉"二字下"兵"与"之"并列,盖改"兵"字为"之"而未曾将"兵"字圈去。
[2] 奔之:直扑向她。奔,直往。
[3] 以其首首焉:带着美人头向官衙出首。
[4] 淹系:久拘狱中。系,拴系。此谓系于狱中。
[5] 情词:符合犯罪事实的供词。情,情实。
[6] 瘗(yì 意):埋葬。

刘 亮 采

闻济南怀利仁言：刘公亮采[1]，狐之后身也。初，太翁居南山[2]，有叟造其庐，自言胡姓。问所居，曰："只在此山中。闲处人少，惟我两人，可与数晨夕[3]，故来相拜识。"因与接谈，词旨便利[4]，悦之。治酒相欢，醺而去。越日复来，愈益款厚。刘云："自蒙下交，分即最深[5]。但不识家何里，焉所问兴居[6]？"胡曰："不敢讳，实山中之老狐也。与若有夙因，故敢内交门下[7]。固不能为君福，亦不敢为君祸[8]，幸相信勿骇。"刘亦不疑，更相契重[9]。即叙年齿，胡作兄，往来如昆季。有小休咎，亦以告。时刘乏嗣，叟忽云："公勿忧，我当为君后。"刘讶其言怪。胡曰："仆算数已尽[10]，投生有期矣。与其他适，何如生故人家？"刘曰："仙寿万年，何遂及此？"叟摇首云："非汝所知。"遂去。夜果梦叟来，曰："我今至矣。"既醒，夫人生男，是为刘公。公既长，身短，言词敏谐，绝类胡。少有才名，壬辰成进士[11]。为人任侠，急人之急，以故秦、楚、燕、赵之客，趾错于门[12]；货酒卖饼者，门前成市焉。

据《聊斋志异》手稿本

------

[1] 刘公亮采：刘亮采，字公严，历城（今济南市）人。明万历壬辰进士。

官至户部主事。辞官后，隐居灵岩。工诗，善书画，通音律，著名当时。据说他个子矮小，性情诙谐，嬉笑怒骂皆成文章。详见《历城县志》、《济南府志》。
- 〔2〕 太翁：此谓刘亮采之父。
- 〔3〕 数（shuò 朔）晨夕：谓朝夕相处在一起。陶渊明《移居二首》之一："闻多素心人，乐与数晨夕。"
- 〔4〕 词旨便利：谓言词意趣敏捷适宜。
- 〔5〕 分（fèn 奋）：情分。
- 〔6〕 问兴居：请安问好。兴居，犹起居。
- 〔7〕 内交：纳交，犹结交。内，同"纳"。
- 〔8〕 固不能为君福，亦不敢为君祸：此据铸雪斋抄本，"君"原作"翁"。
- 〔9〕 契重：投合珍重。
- 〔10〕 数已尽：意即到了死期。数，命数。
- 〔11〕 壬辰：指明神宗万历二十年（1592）。
- 〔12〕 趾错于门：谓纷纷投其门下。趾错，足趾交错，形容来人之多。

蕙　芳

马二混,居青州东门内,以货面为业。家贫,无妇,与母共作苦。一日,媪独居,忽有美人来,年可十六七,椎布甚朴,而光华照人。媪惊顾穷诘,女笑曰:"我以贤郎诚笃,愿委身母家[1]。"媪益惊曰:"娘子天人,有此一言,则折我母子数年寿[2]!"女固请之。意必为侯门亡人[3],拒益力。女乃去。越三日,复来,留连不去。问其姓氏,曰:"母肯纳我,我乃言;不然,固无庸问。"媪曰:"贫贱佣保骨,得妇如此,不称亦不祥。"女笑坐床头,恋恋殊殷。媪辞之,言:"娘子宜速去,勿相祸。"女乃出门,媪窥之西去。

又数日,西巷中吕媪来,谓母曰[4]:"邻女董蕙芳,孤而无依,自愿为贤郎妇,胡弗纳?"母以所疑虑具白之。吕曰:"乌有此耶?如有乖谬,咎在老身。"母大喜,诺之。吕既去,媪扫室布席,将待子归往娶之。日将暮,女飘然自至。入室参母,起拜尽礼。告媪曰:"妾有两婢,未得母命,不敢进也。"媪曰:"我母子守穷庐,不解役婢仆。日得蝇头利,仅足自给。今增新妇一人,娇嫩坐食,尚恐不充饱;益之二婢,岂吸风所能活耶?"女笑曰:"婢来,亦不费母度支[5],皆能自得食。"问:"婢何在?"女乃呼:"秋月、秋松!"声未及已,忽如飞鸟堕,二婢已立于前。即令伏地叩母。既而马归,母迎告之。马喜。入室,见翠栋雕梁,侔于宫殿;中之几屏帘幕,光耀夺视。惊极,不敢入。女下床迎笑,睹之若仙。益骇,却退。女挽之,坐与温语。马喜出非分,形神若不相属[6]。即起,欲出行沽。女曰:"勿须。"因命二婢治具。秋月出一革袋,执向扉后,格格撼摆之。已而以手探入,壶盛酒,样盛炙,触类熏腾。饮已而寝,则花罽锦裯[7],温腻非常。天明出门,则茅庐依旧。母子共奇之。媪诣吕所,将迹所由[8]。入门,先谢其媒合之德。吕讶云:"久不拜访,何邻女之曾托乎?"媪益疑,具言端委。吕大骇,即同媪来视新妇。女笑逆之,极道作合之义。吕见其惠丽,愕眙良久[9],即亦不辨,唯唯而已。女赠白木搔具一事[10],曰:"无以报德,姑奉此为姥姥爬背耳。"吕受以归,审视则化为白金。马自得妇,顿更旧业,门户一新。笥中貂锦无数[11],任马取着;而出室门,则为布素[12],但轻暖耳。女所自衣亦然。

积四五年,忽曰:"我谪降人间十馀载,因与子有缘,遂暂留止。今别矣。"马苦留之。女曰:"请别择良偶,以承庐墓[13]。我岁月当一至焉。"忽不见。马乃娶秦氏。后三年,七夕,夫妻方共语,女忽入,笑曰:"新偶良欢,不念故人耶?"马惊起,怆然曳坐,便道衷曲。女曰:"我适送织女渡河,乘间一相望耳。"两相依依,语无休止。忽空际有人呼"蕙芳",女急起作别。马问其谁,曰:"余适同双成姊来[14],彼不耐久伺矣。"马送之。女曰:"子寿八旬,至期,我来收尔骨。"言已,遂逝。今马六十馀矣。其人但朴讷[15],并无他长。

异史氏曰:"马生其名混,其业亵,蕙芳奚取哉?于此见仙人之贵朴讷诚笃也。余尝谓友人:若我与尔,鬼狐且弃之矣;所差不愧于仙人者，惟'混'耳。"

据《聊斋志异》手稿本

----

〔1〕 委身：托身，以身许人。此指许嫁。
〔2〕 折寿：减损寿数。旧时迷信谓过度享用或无故受益，会缩减寿命，称"折寿"。
〔3〕 侯门亡人：公侯府中逃亡的人。
〔4〕 母：据铸雪斋抄本。原作"马"。下文二"母"字均据铸本改。
〔5〕 度(duó夺)支：计划开支；指支付费用。度，计算。
〔6〕 形神若不相属：躯体和精神好像不相依附；形容欢喜得出神。属，附着。
〔7〕 罽(jì计)：毛毯。裀：垫褥。
〔8〕 迹所由：察访来历。
〔9〕 愕眙(chì赤)：惊愕呆视。眙，惊视、直视。
〔10〕 搔具：爬背挠痒的器具。
〔11〕 貂锦：貂裘锦衣。
〔12〕 布素：布衣。素，言其无彩。
〔13〕 承庐墓：指继承宗祧。古礼，遇君父、尊长之丧，在其墓旁搭草庐守墓，称"庐墓"或"依庐"。
〔14〕 双成：指董双成，神话传说中西王母的侍女。见《汉武帝内传》。
〔15〕 朴讷：诚朴而拙于言辞。讷，据铸雪斋抄本，原作"诺"。下文"讷"同此。

山　神

益都李会斗[1],偶山行,值数人籍地饮[2]。见李至,欢然并起,曳入坐,竞觞之[3]。视其柈馔[4],杂陈珍错[5]。移时,饮甚欢;但酒味薄涩[6]。忽遥有一人来,面狭长,可二三尺许;冠之高细称是[7]。众惊曰:"山神至矣!"即都纷纷四去。李亦伏匿坎窞中[8]。既而起视,则肴酒一无所有,惟有破陶器贮溲浡[9],瓦片上盛蜥蜴数枚而已[10]。

据《聊斋志异》手稿本

----

〔1〕 益都:县名,即今山东省青州市。
〔2〕 籍地:坐在地上。籍,通"藉"。
〔3〕 觞之:向他敬酒。
〔4〕 柈(pán 盘)馔:盘里的菜肴。柈,通"盘"。
〔5〕 珍错:山珍海错,山海所产的珍馐美味。错,海错,犹海味。因海产种类繁多错杂,故称。《尚书·禹贡》:"海物唯错。"
〔6〕 薄涩:淡薄而苦涩。
〔7〕 冠之高细称是:谓帽子的大小与其狭长的面孔相称。称是,与此相称。
〔8〕 坎窞(dàn 旦):深坑。见《易·坎》。
〔9〕 溲(sōu 搜)浡(bó 勃):小便。
〔10〕 蜥蜴(xī yì 析易):爬行动物。俗称"四脚蛇",一般指壁虎、草蜥。

萧 七

徐继长,临淄人[1],居城东之磨房庄。业儒未成,去而为吏。偶适姻家[2],道出于氏殡宫[3]。薄暮醉归,过其处,见楼阁繁丽,一叟当户坐[4]。徐酒渴思饮,揖叟求浆。叟起,邀客入,升堂授饮。饮已,叟曰:"曛暮难行,姑留宿,早旦而发如何也?"徐亦疲殆,乐遵所请。叟命家具酒奉客,即谓徐曰:"老夫一言,勿嫌孟浪[5]:郎君清门令望[6],可附婚姻。有幼女未字,欲充下陈[7],幸垂援拾[8]。"徐踧踖不知所对[9]。叟即遣伻告其亲族[10],又传语令女郎妆束。顷之,峨冠博带者四五辈[11],先后并至。女郎亦炫妆出[12],姿容绝俗。于是交坐宴会。徐神魂眩乱,但欲速寝。酒数行,坚辞不任。乃使小鬟引夫妇入帏,馆同爱止[13]。徐问其族姓,女自言:"萧姓,行七。"又细审门阀[14]。女曰:"身虽贱陋,配吏胥当不辱寞[15],何苦研穷[16]?"徐溺其色,款昵备至,不复他疑。女曰:"此处不可为家。审知汝家姊姊甚平善,或不拗阻,归除一舍[17],行将自至耳。"徐应之。既而加臂于身,奄忽就寐。

既觉,则抱中已空。天色大明,松阴翳晓,身下籍黍穰尺许厚[18]。骇叹而归,告妻。妻戏为除馆,设榻其中,阖门出[19],曰:"新娘子今夜至矣。"因与共笑。日既暮,妻戏曳徐启门,曰:"新人得无已在室耶?"既入,则美人华妆坐榻上。见二人入,桥起逆之[20]。

夫妻大愕。女掩口局局而笑[21]，参拜恭谨。妻乃治具，为之合欢。女早起操作，不待驱使。一日谓徐："姊姨辈俱欲来吾家一望。"徐虑仓卒无以应客。女曰："都知吾家不饶，将先赍馔具来，但烦吾家姊姊烹饪而已。"徐告妻，妻诺之。晨炊后，果有人荷酒藏来[22]，释担而去。妻为职庖人之役[23]。晡后[24]，六七女郎至，长者不过四十以来，围坐并饮，喧笑盈室。徐妻伏窗以窥，惟见夫及七姐相向坐，他客皆不可睹。北斗挂屋角，欢然始去。女送客未返。妻入视案上，杯样俱空。笑曰："诸婢想俱饿，遂如狗舐砧[25]。"少间，女还，殷殷相劳，夺器自涤，促嫡安眠。妻曰："客临吾家，使自备饮馔，亦大笑话。明日合另邀致。"

逾数日，徐从妻言，使女复召客。客至，恣意饮啖；惟留四簋[26]，不加匕箸。群笑曰："夫人谓吾辈恶，故留以待'调人'[27]。"座间一女，年十八九，素帬缟裳，云是新寡，女呼为六姊；情态妖艳，善笑能口。与徐渐洽，辄以谐语相嘲。行觞政[28]，徐为录事[29]，禁笑谑。六姊频犯，连引十馀爵，酡然径醉[30]。芳体娇懒，茌弱难持。无何，亡去。徐烛而觅之，则酣寝暗帏中。近接其吻，亦不觉。以手探裤，私处坟起。心旌方摇[31]，席中纷唤徐郎；乃急理其衣，见袖中有绫巾，窃之而出。迨于夜央，众客离席，六姊未醒。七姐入摇之，始呵欠而起，系裙理发从众去。徐拳拳怀念[32]，不释于心，将于空处展玩遗巾，而觅之已渺。疑送客时遗落途间，执灯细照阶除，都复乌有，意顶顶不自得[33]。女问之，徐漫应之。女笑曰："勿诳语，巾子人已将去，徒劳心目。"徐惊，以实告，且言怀思。女曰："彼与君无宿分[34],缘止此耳。"问其故,曰:"彼前身曲中女[35];君为士人,见而悦之,为两亲所阻,志不得遂,感疾贻危[36]。使人语之曰:'我已不起。但得若来,获一扪其肌肤,死无憾!'彼感此意,诺如所请。适以冗羁[37],未遽往;过夕而至,则病者已殒:是前世与君有一扪之缘也。过此即非所望。"后设筵再招诸女,惟六姊不至。徐疑女妒,颇有怨怼。

女一日谓徐曰:"君以六姊之故,妄相见罪。彼实不肯至,于我何尤?今八年之好,行将别矣,请为君极力一谋,用解从前之惑。彼虽不来,宁禁我不往?登门就之,或人定胜天,不可知。"徐喜,从之。女握手,飘若履虚,顷刻至其家。黄甍广堂[38],门户曲折,与初见时无少异。岳父母并出,曰:"拙女久蒙温煦。老身以残年衰惫,有疏省问,或当不怪耶?"即张筵作会。女便问诸姊妹。母云:"各归其家,惟六姊在耳。"即唤婢请六娘子来,久之不出。女入,曳之以至。俯首简默[39],不似前此之谐。少时,叟媪辞去。女谓六姊曰:"姐姐高自重,使人怨我!"六姊微哂曰:"轻薄郎何宜相近!"女执两人残卮,强使易饮,曰:"吻已接矣,作态何为?"少时,七姐亡去,室中止馀二人。徐遽起相逼,六姊宛转撑拒。徐牵衣长跽而哀之,色渐和,相携入室。裁缓襦结,忽闻喊嘶动地,火光射闼。六姊大惊,推徐起曰:"祸事忽临,奈何!"徐忙迫不知所为,而女郎已窜避无迹矣。徐怅然少坐,屋宇并失。猎者十馀人,按鹰操刃而至,惊问:"何人夜伏于此?"徐托言迷途,因告姓字。一人曰:"适逐一狐,见之否?"答云:"不见。"细认其处,乃于氏殡宫也。

怏怏而归。尤冀七姊复至,晨占雀喜,夕卜灯花[40],而竟无消息矣。董玉铉谈。

据《聊斋志异》手稿本

----

〔1〕 临淄:县名。今为山东淄博市临淄区。
〔2〕 姻家:有婚姻关系的亲戚,俗谓"亲家"。
〔3〕 殡宫:古代称临时停柩之所。此处犹言墓地。
〔4〕 当户坐:在门里向外而坐。
〔5〕 孟浪:犹鲁莽。
〔6〕 清门令望:门第清白,威仪令人仰望、式法。清门,指寒素高洁之家。令望,有威仪而为人景仰。语出《诗·大雅·卷阿》。
〔7〕 充下陈:谦言备侍妾之列。语见《战国策·齐策》四。充,备。下陈,后列侍女之称。
〔8〕 援拾:收纳。
〔9〕 蹴(cú 徂)踖(jí 籍):恭敬而不安的样子。
〔10〕 伻(bēng 崩):使者。《尚书·洛诰》:"伻来,以图及献卜"。
〔11〕 峨冠博带:着高冠,束宽带。为古时儒者装束。
〔12〕 炫装:犹华装、艳装。炫,光彩夺目。
〔13〕 馆同爰止:谓居如凤凰双栖。馆,止宿。同,如。爰止,止宿于所止。《诗·大雅·卷阿》:"凤凰于飞,翙翙其羽,亦集爰止。"此借凤凰栖止之意,喻夫妻新婚洞房之乐。
〔14〕 门阀:门第阀阅。
〔15〕 吏胥:即胥吏。旧官府中书办之类的小吏。辱寞:玷辱。寞,通"没"。
〔16〕 研究:犹穷究,追问到底。
〔17〕 除:清除整理。
〔18〕 籍:通"藉",衬垫。
〔19〕 阖:此据青柯亭本,原作"合"。

〔20〕 桥（qiāo 跷）起逆之：急起迎之。桥起，疾起，急起。《庄子·则阳》："欲恶去就，于是桥起。"逆，迎。
〔21〕 局局而笑：犹言吃吃而笑。局局，笑貌。语出《庄子·天地》。
〔22〕 酒胾（zì 字）：酒肉。胾，大块肉。
〔23〕 庖人：厨师。
〔24〕 晡（bū 逋）后：谓黄昏后。宋玉《神女赋》："晡夕之后，精神恍忽，若有所喜，纷纷扰扰，未知何意。"晡，晡夕，傍晚。
〔25〕 砧（zhēn 斟）：通"椹"。砧板。切肉的木板。孙光宪《北梦琐言》："唐卢延让……又有'饿猫临鼠穴，馋犬舐鱼砧。'"
〔26〕 四簋（guǐ 鬼）：即四碗。簋，古代食器，青铜或陶制，圆口、圈足，或圆口、方座，无耳，或有两耳。有的带盖。《诗·秦风·权舆》："每食四簋。"朱熹注云："四簋，礼食之盛也。"
〔27〕 调（tiáo 条）人：此谓调味之人。徐妻"职庖人之役"，庖人调和众味，故称。
〔28〕 觞政：即酒令。语出《说苑·善说》。旧时饮宴中，为助酒兴，先推一人为令官，众皆听其号令，或吟诗对句，或作其他游戏，并规定输赢饮酒之数。
〔29〕 录事：此指酒宴中监督座客执行酒令及饮酒之数的人。据载，唐时考中进士者，即聚饮于曲江亭。宴会中请一人为录事，行纠察座客饮酒之数。参见王定保《唐摭言·散序》。
〔30〕 酡（tuó 驼）然：酒后脸红的样子。《楚辞·招魂》："美人既醉，朱颜酡些。"
〔31〕 心旌：心如悬旌，谓心神不定，摇曳如旌。《战国策·楚策》一："心摇摇如悬旌，而无所终薄。"旌，旗帜。
〔32〕 拳拳：犹"惓惓"。耿耿于心，牢记不舍。《中庸》："得一善，则拳拳服膺而弗失之矣。"
〔33〕 项项（xū 虚）：自失的样子。《庄子·天地》："子贡卑陬失色，项项然不自得。"
〔34〕 宿分：犹言"宿缘"，旧时迷信以为前生所定的缘分。也作"夙分"。
〔35〕 曲中女：即行院妓女。曲，曲巷，指妓院。
〔36〕 阽（diàn 电）危：犹濒危，谓生命垂危。

〔37〕 适以冗羁:恰为冗事所羁绊。冗,繁杂琐事。
〔38〕 甓(pì 辟):砖。
〔39〕 简默:少言沉默。简,少。
〔40〕 "晨占"二句:谓早晚占卜,希望出现七姊复至的征兆。古人以清晨雀噪、晚间灯芯爆花为远出亲人归来的征兆。

乱 离 二 则

学师刘芳辉,京都人。有妹许聘戴生,出阁有日矣[1]。值北兵入境[2],父兄恐细弱为累[3],谋妆送戴家。修饰未竟,乱兵纷入,父子分窜。女为牛录俘去[4]。从之数日,殊不少狎。夜则卧之别榻,饮食供奉甚殷。又掠一少年来,年与女相上下,仪采都雅[5]。牛录谓之曰:"我无子,将以汝继统绪[6],肯否?"少年唯唯。又指女谓曰:"如肯,即以此为汝妇。"少年喜,愿从所命。牛录乃使同榻,浃洽甚乐。既而枕上各道姓氏,则少年即戴生也。

陕西某公,任盐秩[7],家累不从。值姜瓖之变[8],故里陷为盗薮[9],音信隔绝。后乱平,遣人探问,则百里绝烟,无处可询消息。会以复命入都[10],有老班役丧偶[11],贫不能娶,公赍数金使买妇[12]。时大兵凯旋,俘获妇口无算,插标市上[13],如卖牛马。遂携金就择之。自分金少,不敢问少艾[14]。中一媪甚整洁,遂赎以归。媪坐床上,细认曰:"汝非某班役耶?"问所自知,曰:"汝从我儿服役,胡不识!"役大骇,急告公。公视之,果母也。因而痛哭,倍偿之。班役以金多,不屑谋媪。见一妇年三十馀,风范超脱[15],因赎之。既行,妇且走且顾,曰:"汝非某班役耶?"又惊问之,曰:"汝从我夫服役,如何不识!"班役益骇,导见公,公视之,真其夫人。又悲失声。一日而母妻重聚,喜不可已。乃以百金为班役娶美妇焉。意必公有大德,故鬼神为之感应。惜言者忘其姓字,秦中或有能道之者。

异史氏曰:"炎昆之祸,玉石不分[16],诚然哉。若公一门,是以聚而传者也。董思白之后[17],仅有一孙,今亦不得奉其祭祀,亦朝士之责也。悲夫!"

据《聊斋志异》手稿本

----

〔1〕 出阁:方言,谓出嫁。阁,通"阁"。
〔2〕 北兵:与下则"大兵",均指清兵。此言明末事,因称清兵为"北兵";下言清初事,故以"大兵"称之。
〔3〕 细弱:妻子儿女,泛指家属。
〔4〕 牛录:牛录章京。满语。后金武官名。清太祖时始编三百人为一牛录,官长称"牛录额真"。太宗天聪八年(1634)定为官名,改称额真为章京。
〔5〕 仪采都雅:仪容风采,漂亮而闲雅。都,漂亮。《诗·郑风·有女同车》:"洵美且都。"
〔6〕 继统绪:意为继承家世。一脉相承谓之"统",前人开创而未竟之事谓之"绪";统绪谓宗族的延续。
〔7〕 盐秩:盐官。清代设盐政、都转运盐使司运使、盐法道、驿盐道等督理盐务。秩,职位。
〔8〕 姜瓖:陕西榆林人,明河北宣化镇总兵。李自成义军至居庸关,姜瓖迎降。后李自成义军为清兵所逼撤离北京,姜瓖即入大同降清,任大同总兵。清顺治五年(1648)十一月,又据城叛清,自称大将军,易明冠服,为清兵所围困,第二年八月被部下杀死,城遂陷。但其他各处仍继续抗清,直到顺治十二年始平息。清兵在山、陕一带,前后七八年,烧杀掳掠,害民甚惨。"姜瓖之变"系指其据大同抗清事。
〔9〕 盗薮(sǒu叟):盗贼聚集之处。
〔10〕 复命:回朝复命,即向朝廷述职。

〔11〕 班役:服侍官员的差役。
〔12〕 赉(lài 赖):赐给。金:此据山东博物馆本及铸雪斋抄本,原作"命"。
〔13〕 标:标记。旧时掠卖人口,或因穷困自卖,均在被卖者头上插草为标。
〔14〕 少艾:少女。
〔15〕 风范:风度容仪。
〔16〕 "炎昆"二句:炎,焚烧。昆,崐冈,山名,传说山上出玉石。《尚书·胤征》:"火炎崐冈,玉石俱焚。"此以"玉石俱焚"喻指清兵镇压抗清军民,祸及拥清的汉族地主官僚,如盐官亲属,亦遭掳掠。
〔17〕 董思白:即明代著名书画家董其昌(1555—1636),字玄宰,号思白、香光居士,华亭(今上海市松江县)人。官南京礼部尚书,谥文敏。生平详《明史·文苑传》。

豢 蛇

泗水山中[1],旧有禅院[2],四无村落,人迹罕及,有道士栖止其中[3]。或言内多大蛇,故游人益远之。一少年入山罗鹰。入既深,无所归宿;遥见兰若[4],趋投之。道士惊曰:"居士何来[5]?幸不为儿辈所见!"即命坐,具饘粥。食未已,一巨蛇入,粗十馀围,昂首向客,怒目电瞵[6]。客大惧。道士以掌击其额,呵曰:"去!"蛇乃俯首入东室。蜿蜒移时,其躯始尽;盘伏其中,一室尽满。客大惧,摇战。道士曰:"此平时所豢养。有我在,不妨;所患者,客自遇之耳。"客甫坐,又一蛇入,较前略小,约可五六围。见客遽止,睒䁟吐舌如前状[7]。道士又叱之,亦入室去。室无卧处,半绕梁间,壁上土摇落有声。客益惧,终夜不寝。早起欲归,道士送之。出屋门,见墙上阶下,大如盆盏者,行卧不一。见生人,皆有吞噬状。客惧,依道士肘腋而行,使送出谷口,乃归。

余乡有客中州者[8],寄居蛇佛寺。寺僧具晚餐,肉汤甚美,而段段皆圆,类鸡项。疑,问寺僧:"杀鸡几何遂得多项?"僧曰:"此蛇段耳。"客大惊,有出门而哇者[9]。既寝,觉胸上蠕蠕;摸之,则蛇也。顿起骇呼。僧起曰:"此常事,乌足骇怪[10]!"因以火照壁间,大小满墙,榻上下皆是也。次日,僧引入佛殿。佛座下有巨井,井中有蛇,粗如巨瓮,探首井边而不出。爇火下视,则蛇子蛇孙以数百万计,族居其中。僧云，"昔蛇出为害，佛坐其上以镇之，其患始平"云。

据《聊斋志异》手稿本

----

〔1〕 泗水：县名。今属山东省。
〔2〕 禅（chán 蝉）院：佛教寺院。禅，梵文音译"禅那"的略称。
〔3〕 道士：此指僧徒。宗密《盂兰盆经疏》下："佛教初传此方，呼僧为道士。"
〔4〕 兰若：梵语"阿兰若"音译，简称兰若。佛教僧徒静修处，因泛指一般佛寺。此指上文所云"禅院"。
〔5〕 居士：佛教称居家信佛的人为居士，也作为对普遍人的敬称。
〔6〕 怒目电瞤（cōng 匆）：愤怒的目光像闪电一样。语出张协《七命》。电瞤，如电光闪烁。瞤，目光。
〔7〕 睒睒（shǎn shǎn 闪闪）：闪闪，闪烁。
〔8〕 中州：指今河南一带。古时分中国全境为九州（见《尚书·禹贡》），而豫州（今河南一带）居中，因称。
〔9〕 哇：呕吐。
〔10〕 乌：何。

雷　公

亳州民王从简[1],其母坐室中,值小雨冥晦,见雷公持锤[2],振翼而入。大骇,急以器中便溺倾注之。雷公沾秽,若中刀斧,返身疾逃;极力展腾,不得去。颠倒庭际,嗥声如牛。天上云渐低,渐与檐齐。云中萧萧如马鸣[3],与雷公相应。少时,雨暴澍[4],身上恶浊尽洗,乃作霹雳而去。

据《聊斋志异》手稿本

---

[1] 亳(bó泊)州:州名,治所在今安徽省亳县。
[2] 雷公:古代神话中的司雷之神,也称"雷祖"、"雷师"。《山海经·海内东经》:"雷泽中有雷神,龙身而人头,鼓其腹,在吴西。"《论衡·雷虚》:"图画之工,图雷之状,累累如连鼓之形。又图一人,若力士之容,谓之雷公。使之左手引连鼓,右手持椎,若击之状;其意以为雷声隆隆者,连鼓相扣击之意也。"
[3] 云中萧萧如马鸣:指施雨之龙。古人喻称龙为"天神上帝之马",见《艺文类聚》九六引刘琬《神龙赋》。
[4] 澍(zhù注):通"注",浇灌。

菱　角

胡大成,楚人。其母素奉佛。成从塾师读,道由观音祠[1],母嘱过必入叩。一日至祠,有少女挽儿遨戏其中,发裁掩颈,而风致娟然[2]。时成年十四,心好之。问其姓氏,女笑云:"我祠西焦画工女菱角也。问将何为?"成又问:"有婿家无?"女酡然曰[3]:"无也。"成言:"我为若婿,好否?"女惭云[4]:"我不能自主。"而眉目澄澄[5],上下睨成,意似欣属焉。成乃出。女追而遥告曰:"崔尔诚,吾父所善,用为媒,无不谐。"成曰:"诺。"因念其慧而多情,益倾慕之。归,向母实白心愿。母止此儿,常恐拂之,即浼崔作冰[6]。焦责聘财奢,事已不就。崔极言成清族美才[7],焦始许之。

成有伯父,老而无子,授教职于湖北[8]。妻卒任所,母遣成往奔其丧。数月将归,伯又病,亦卒。淹留既久,适大寇据湖南,家耗遂隔。成窜民间,吊影孤惶而已[9]。一日,有媪年四十八九,萦回村中[10],日昃不去[11]。自言:"离乱罔归,将以自鬻。"或问其价,言:"不屑为人奴,亦不愿为人妇,但有母我者[12],则从之,不较直[13]。"闻者皆笑。成往视之,面目间有一二颇肖其母[14],触于怀而大悲。自念只身无缝纫者,遂邀归,执子礼焉。媪喜,便为炊饭织屦,勤劳若母。拂意辄谴之;而少有疾苦,则濡煦过于所生[15]。忽谓曰:"此处太平,幸可无虞。然儿长矣,虽在羁旅,大伦不可废[16]。

三两日,当为儿娶之。"成泣曰:"儿自有妇,但间阻南北耳。"媪曰:"大乱时,人事翻覆,何可株待[17]?"成又泣曰:"无论结发之盟不可背[18],且谁以娇女付萍梗人[19]?"媪不答,但为治帘幌衾枕[20],甚周备。亦不识所自来。

一日,日既夕,戒成曰:"烛坐勿寐,我往视新妇来也未。"遂出门去。三更既尽,媪不返,心大疑。俄闻门外哗,出视,则一女子坐庭中,蓬首啜泣[21]。惊问:"何人?"亦不语。良久,乃言曰:"娶我来,即亦非福,但有死耳!"成大惊,不知其故。女曰:"我少受聘于胡大成;不意胡北去,音信断绝。父母强以我归汝家。身可致,志不可夺也!"成闻而哭曰:"即我是胡某。卿菱角耶?"女收涕而骇,不信。相将入室,即灯审顾,曰:"得无梦耶?"于是转悲为喜,相道离苦。

先是乱后,湖南百里,涤地无类[22]。焦携家窜长沙之东,又受周生聘。乱中不能成礼,期是夕送诸其家[23]。女泣不盥栉,家中强置车中。至途次,女颠堕车下。遂有四人荷肩舆至,云是周家迎女者,即扶升舆,疾行若飞,至是始停。一老姥曳入,曰:"此汝夫家,但入勿哭。汝家婆婆,且晚将至矣。"乃去,成诘知情事,始悟媪神人也。夫妻焚香共祷,愿得母子复聚。

母自戎马戒严[24],同侪人妇奔伏涧谷[25]。一夜,噪言寇至,即并张皇四匿。有童子以骑授母。母急不暇问,扶肩而上,轻迅剽遬[26],瞬息至湖上。马踏水奔腾,蹄下不波。无何,扶下,指一户云:"此中可居。"母将启谢;回视其马,化为金毛犼[27],高丈馀,童子超乘而去[28]。母以手挝门,豁然启扉。有人出问,怪其音熟,视之,成也。母子抱哭。妇亦惊起，一门欢慰。疑媪为大士现身[29]。由此持观音经咒益虔。遂流寓湖北，治田庐焉。

据《聊斋志异》手稿本

----

[1] 观音祠：奉祀观音的庙堂。观音，梵语意译，本译作"观世音"，因唐人讳"世"字，故简称"观音"，也译作"观自在"，为佛教中的菩萨。佛经说他救苦救难，赐人以福。我国旧时民间对其信仰极为普遍，各地多建有寺庙。
[2] 娟然：美好的样子。
[3] 酡（tuó 驮）然：酒后脸上发红的样子。此指因害羞而脸红。
[4] 惭：羞惭。
[5] 澄澄：本为形容水清澈，此处借以形容目光晶亮，即目如秋水之意。
[6] 浼（měi 每）：请托，央求。冰：冰人。《晋书·索统传》："孝廉令狐策梦立冰上，与冰下人语。统曰：'冰上为阳，冰下为阴，阴阳事也；士如归妻，迨冰未泮，婚姻事也。君在冰上，与冰下人语，为阳语阴，媒介事也。君当为人作媒，冰泮而婚成。'"后因称媒人为冰人。
[7] 清族：犹清门。清白人家。
[8] 授教职：被任为教官。明清府州县教官有教授、学正、教谕、训导等，负责管理士子，主持孔庙祭祀等。
[9] 吊影：形影相吊，谓孤立无依。
[10] 萦回：绕来转去。
[11] 日昃（zè 仄）：日斜，太阳平西。
[12] 母我者：以我为母的人。
[13] 直："值"本字。价钱。
[14] 肖：相似。
[15] 濡煦：意谓体恤、爱护。《庄子·大宗师》："泉涸，鱼相与处于陆，相呴以湿，相濡以沫，不若相忘于江湖。"濡，湿润。煦，通"呴"、"昫"，吐出之沫。

〔16〕 大伦:伦常大道,此指夫妇伦常。伦常是古时封建统治阶级所规定的人与人之间关系的根本准则。《孟子·公孙丑》下:"内则父子,外则君臣,人之大伦也。"父子、君臣而外,加夫妇、兄弟、朋友,封建礼教称为"五伦"。

〔17〕 株待:"守株待兔"的省词。株,树桩。《韩非子·五蠹》:"宋人有耕者,田中有株,兔走触株,折颈而死,因释其耒而守株,冀复得兔。兔不可复得,而身为宋国笑。"后便以这个寓言故事讽喻拘泥而不知变通的人。

〔18〕 无论:不必说,不要说。

〔19〕 萍梗人:像浮萍枝梗一样飘泊无定的人。

〔20〕 帘幌:窗帘、帷幔。

〔21〕 蓬首:头发散乱得像飞蓬一样。飞蓬,即蓬草,根枯断后遇风飞旋,故名。《诗·卫风·伯兮》:"自伯之东,首如飞蓬。"

〔22〕 涤地无类:意谓全被杀光。涤,洗。此为洗劫、扫荡的意思。类,噍类,活人。

〔23〕 期:约期,预定的日期。

〔24〕 戎马戒严:此谓处于战争状态。戎马,军马。戒严,在战时采取的严密防备措施。

〔25〕 俦人:同行人。

〔26〕 剽(piào 票)遫(sù 素):轻捷的样子。《史记·礼书》:"轻利剽遫,卒(猝)为熛风。"

〔27〕 犼(hǒu 吼):传说中北方像狗一样的野兽。《集韵》:"犼,北方兽名,似犬,食人。"在旧小说中,"金毛犼"是佛门菩萨的坐骑。

〔28〕 超乘(shèng 剩):跳上车马坐骑。语出《左传·昭公元年》。

〔29〕 大士:菩萨称号,此指观音。

饿 鬼

马永,齐人,为人贪,无赖[1],家卒屡空[2],乡人戏而名之"饿鬼"。年三十馀,日益窭[3],衣百结鹑[4],两手交其肩,在市上攫食。人尽弃之,不以齿。

邑有朱叟者,少携妻居于五都之市[5],操业不雅。暮岁归其乡,大为士类所口[6];而朱洁行为善,人始稍稍礼貌之。一日,值马攫食不偿,为肆人所苦。怜之,代给其直。引归,赠以数百,俾作本。马去,不肯谋业,坐而食。无何,资复匮,仍蹈旧辙。而常惧与朱遇,去之临邑[7]。暮宿学宫[8],冬夜凛寒,辄摘圣贤颠上旒而煨其板[9]。学官知之[10],怒欲加刑。马哀免,愿为先生生财。学官喜,纵之去。马探某生殷富,登门强索资,故挑其怒;乃以刀自劙[11],诬而控诸学。学官勒取重赂,始免申黜。诸生因而共愤,公质县尹[12]。尹廉得实[13],笞四十,梏其颈,三日毙焉。

是夜,朱叟梦马冠带而入,曰:"负公大德,今来相报。"既寤,妾举子。叟知为马,名以马儿。少不慧,喜其能读。二十馀,竭力经纪,得入邑泮[14]。后考试寓旅邸,昼卧床上,见壁间悉糊旧艺[15];视之,有"犬之性"四句题,心畏其难,读而志之。入场,适是其题,录之,得优等,食饩焉[16]。六十馀,补临邑训导[17]。官数年,曾无一道义交。惟袖中出青蚨[18],则作鸱鹕笑[19];不则睫毛一寸长,棱棱若不相识[20]。偶大令以诸生小故[21],判令薄惩,辄酷掠如治盗贼[22]。有讼士子者[23],即富来叩门矣。如此多端,诸生不复可耐。而年近七旬,臃肿聋瞆,每向人物色乌须药。有狂生某,锉茜根给之[24]。天明共视,如庙中所塑灵官状。大怒,拘生;生已早夜亡去。以此愤气中结,数月而死。

据《聊斋志异》手稿本

----

[1] 无赖:指品格恶劣,强横无耻,放刁、撒泼等。
[2] 屡空:常常贫困。《论语·先进》:"回(颜回)也其庶乎!屡空。"
[3] 窭(jù据):贫困。
[4] 百结鹑:即悬鹑百结之意。鹑鸟毛斑尾秃,很像褴褛的衣服,因以悬鹑、鹑衣形容衣服的破烂。庾信《拟连珠》:"盖闻悬鹑百结,知命不忧。"
[5] 五都之市:五大城市,历代所指不同,此盖泛指繁华的都市。
[6] 士类:即士人。所口:所诟病。
[7] 临邑:此指邻近县城。临,邻。
[8] 学宫:即文庙,亦为县学所在地。详《金世成》注。
[9] "辄摘"句:就摘取圣人冠上的玉串以换取钱财,烧掉贤人手中的笏板以取暖。圣贤,指孔子及陪祀的孔门高足弟子。颠,头。旒,冕旒,古代王侯及卿大夫冕服(礼服)的冠饰。旒,玉串。煨,焚烧。板,手板,也叫"笏"。古时大臣朝见君主用以记事或指画,用玉、象牙或竹片制作。
[10] 学官:清代县级学官为教谕。
[11] 劙(lí离):割。旧时街头有一种泼皮乞丐常自劙头皮或胳膊,诬人行凶以赖取钱财。
[12] 公质县尹:大家一起到县令处评理。公,公众。质,质讼。县尹,即县令。尹,原作"君",据铸雪斋抄本改。

〔13〕 廉：查察。

〔14〕 邑泮（pàn 判）：即县学。科举时代，学童考进县学为生员（俗称"秀才"），叫入泮。详《婴宁》注。

〔15〕 艺：制艺。即八股文。详《陆判》注。

〔16〕 食饩（xì 戏）：领取饩廪。谓成为廪生。详《考城隍》注。

〔17〕 训导：清代县一级教官，教谕之副，从八品。

〔18〕 青蚨（fú 弗）：传说中的虫名，也叫"鱼伯"。《搜神记》一三："南方有虫，名蠩蝰，一名蜩蟝，又名青蚨。形似蝉而稍大。味辛美，可食。生子必依草叶，大如蚕子。取其子，母即飞来，不以远近。虽潜取其子，母必知处。以母血涂钱八十一文，以子血涂钱八十一文，每市物，或先用母钱，或先用子钱，皆复飞归，轮转不已，故《淮南子术》以之还钱，名曰青蚨。"后因称钱为"青蚨"。

〔19〕 作鸬（lú 卢）鹚（cí 词）笑：以鸬鹚得鱼而喜，形容贪财者之笑。鸬鹚，水鸟名，又名乌鬼，俗称"水老鸦"，栖息河川、湖沼和海滨，善潜水捕食鱼类，渔人常用以捕鱼。《初学记》一九朱彦时《黑儿赋》："忿如鹡鸰斗，乐似鸬鹚喜。"

〔20〕 "不（fǒu 否）则"二句：谓眯起双目，摆出威严的架势，像素不相识一样。棱棱，威严的样子。

〔21〕 大令：汉代县官凡万户以上称令，以下称长，因多称县官为令，大令是对县令的敬称。

〔22〕 掠：搒掠，拷打。

〔23〕 士子：旧时读书人的通称，即学子，此指县学生员。

〔24〕 茜（qiàn 欠）：茜草。根黄红色，可作大红色染料。

考　弊　司

闻人生，河南人。抱病经日，见一秀才入，伏谒床下，谦抑尽礼。已而请生少步，把臂长语，刺刺且行[1]，数里外犹不言别。生伫足，拱手致辞[2]。秀才云："更烦移趾，仆有一事相求。"生问之。答云："吾辈悉属考弊司辖。司主名虚肚鬼王。初见之，例应割髀肉[3]，浼君一缓颊耳[4]。"生惊问："何罪而至于此？"曰："不必有罪，此是旧例。若丰于贿者，可赎也。然而我贫。"生曰："我素不稔鬼王，何能效力？"曰："君前世是伊大父行[5]，宜可听从。"言次，已入城郭。至一府署，廨宇不甚弘敞，惟一堂高广；堂下两碣东西立[6]，绿书大于栲栳[7]，一云"孝弟忠信[8]"，一云"礼义廉耻"。躐阶而进[9]，见堂上一匾，大书"考弊司"。楹间，板雕翠字一联云："曰校、曰序、曰庠，两字德行阴教化[10]；上士、中士、下士，一堂礼乐鬼门生[11]。"游览未已，官已出，鬈发鲐背[12]，若数百年人；而鼻孔撩天[13]，唇外倾，不承其齿。从一主簿吏[14]，虎首人身。又十馀人列侍，半狞恶若山精[15]。秀才曰："此鬼王也。"生骇极，欲却退。鬼王已睹，降阶揖生上，便问兴居。生但诺。又问："何事见临？"生以秀才意具白之。鬼王色变曰："此有成例，即父命所不敢承！"气象森凛，似不可入一词。生不敢言，骤起告别。鬼王侧行送之，至门外始返。

生不归，潜入以观其变。至堂下，则秀才已与同辈数人，交臂历指[16],俨然在徽缅中[17]。一狞人持刀来,裸其股,割片肉,可骈三指许。秀才大嗥欲嗄[18]。生少年负义,愤不自持,大呼曰:"惨惨如此,成何世界!"鬼王惊起,暂命止割,跻履迎生[19]。生岔然已出,遍告市人,将控上帝。或笑曰:"迂哉!蓝蔚苍苍[20],何处觅上帝而诉之冤?此辈惟与阎罗近,呼之或可应耳。"乃示之途。趋而往,果见殿陛威赫,阎罗方坐[21];伏阶号屈。王召讯已,立命诸鬼绾绠提锤而去。少顷,鬼王及秀才并至。审其情确,大怒曰:"怜尔凤世攻苦,暂委此任,候生贵家[22];今乃敢尔!其去若善筋,增若恶骨,罚令生生世世不得发迹也[23]!"鬼乃箠之,仆地,颠落一齿;以刀割指端,抽筋出,亮白如丝。鬼王呼痛,声类斩豕。手足并抽讫,有二鬼押去。

生稽首而出。秀才从其后,感荷殷殷[24]。挽送过市,见一户垂朱帘,帘内一女子露半面,容妆绝美。生问:"谁家?"秀才曰:"此曲巷也[25]。"既过,生低徊不能舍,遂坚止秀才。秀才曰:"君为仆来,而令踽踽以去,心何忍。"生固辞,乃去。生望秀才去远,急趋入帘内。女接见,喜形于色。入室促坐,相道姓名。女自言:"柳氏,小字秋华。"一妪出,为具肴酒。酒阑,入帷,欢爱殊浓,切切订婚嫁。既曙,妪入曰:"薪水告竭,要耗郎君金资,奈何!"生顾念腰橐空虚,惶愧无声。久之,曰:"我实不曾携得一文,宜署券保[26],归即奉酬。"妪变色曰:"曾闻夜度娘索逋欠耶[27]?"秋华啴䜴[28],不作一语。生暂解衣为质。妪持笑曰:"此尚不能偿酒直耳。"呶呶不满志,与女俱入。生惭。移时,犹冀女出展别,再订前约;久久无音,潜入窥之,见妪与秋华,自肩以上化为牛鬼,目睒睒相对立。大惧,趋出;欲归,则百道岐出,莫知所从。问之市人,并无知其村名者。徘徊廛肆之间,历两昏晓,凄意含酸,响肠鸣饿,进退无以自决。忽秀才过,望见之,惊曰:"何尚未归,而简亵若此[29]?"生靦颜莫对。秀才曰:"有之矣!得勿为花夜叉所迷耶?"遂盛气而往,曰:"秋华母子,何遽不少施面目耶!"去少时,即以衣来付生曰:"淫婢无礼,已叱骂之矣。"送生至家,乃别而去[30]。生暴绝三日而苏,言之历历。

据《聊斋志异》手稿本

----

[1] 刺刺:形容话多。韩愈《送殷员外序》:"语刺刺不能休。"
[2] 致辞:告辞。辞,别去。
[3] 髀:大腿。
[4] 浼:请托。缓颊:求情;婉言劝解。
[5] 大父行(háng 杭):祖父辈。大父,祖父。行,行辈。
[6] 碣:顶端呈半圆形的碑石。
[7] 栲栳(kǎo lǎo 考老):用柳条编织的汲水器具,形似笆斗。
[8] 弟(tì 悌):同"悌",兄弟间的友爱。
[9] 躐阶而进:不按台阶级次,大步跨登而上。躐,越级。
[10] "曰校、曰序、曰庠,两字德行阴教化":意谓阴间学校,都重视德行的教化。校、序、庠,古代地方所设的乡学,夏代称"校",殷代称"序",周代称"庠"。德行,道德品行。
[11] "上士、中士、下士,一堂礼乐鬼门生":意谓各类读书人,聚于一堂学习礼乐,都是鬼王的门生。上士、中士、下士,本是周代的官名,位低于大夫;这里指科举时代各类士人。
[12] 鲐(tái 台)背:驼背,形容老态。鲐,鱼名,体呈纺锤形,背隆起。
[13] 撩天:朝天。

〔14〕 主簿吏：主管文书簿籍的佐吏。
〔15〕 山精：又名"枭阳"，传说中的山中怪兽，似人而大，黑脸毛身，脚跟朝前。见《淮南子·氾论》注。
〔16〕 交臂历指：语出《庄子·天地》。交臂，反手捆绑。历指，手指加上刑具。历，同"枥"，指"枥撕"，古时一种拶指的刑具。
〔17〕 徽纆：捆绑犯人的绳索。
〔18〕 大嗥欲嘎(shā 沙)：大声号叫，声嘶欲哑。嘎，声音嘶哑。
〔19〕 跻履：踮起脚跟行走。跻，此据铸雪斋抄本，原作"桥"。跻，同"跷"。
〔20〕 蓝蔚苍苍：指苍天。
〔21〕 方坐：端坐。
〔22〕 候生贵家：等候将来投生富贵之家。生，指迷信所谓"投生转世"。
〔23〕 发迹：由微贱而得志通显；指立功扬名。
〔24〕 殷殷：情意恳切。
〔25〕 曲巷：狭曲小巷；这里指妓院。
〔26〕 署券保：写下字据保证偿还。
〔27〕 夜度娘：指娼妓。《乐府诗集·西曲歌》有《夜度娘》篇，辞为："夜来冒霜雪，晨去历风波。虽得叙微情，奈侬身苦何！"后以夜度娘借称娼妓。
〔28〕 嚬蹙：皱眉蹙额；谓心甚不悦。嚬，同"颦"，皱眉。
〔29〕 简亵：轻慢不庄重；指闻人生极不庄重地穿着内衣。简，简慢、懈惰。亵，不庄重。
〔30〕 "送生至家"二句：底本残阙，据铸雪斋抄本补。

阎　罗

沂州徐公星[1]，自言夜作阎罗王。州有马生亦然。徐公闻之，访诸其家，问马："昨夕冥中处分何事[2]？"马言，"无他事，但送左萝石升天[3]。天上堕莲花[4]，朵大如屋"云。

据《聊斋志异》手稿本

----

〔1〕 沂州：清初州名。治所在今山东临沂县。
〔2〕 处分：犹处置、处理。
〔3〕 左萝石：即左懋第（1601—1646），因其父死葬萝石山，遂自号萝石。山东莱阳人。明思宗崇祯四年（1631）进士。明亡后，奉福王朱由崧于南京继位，官太常卿。后自请赴北京祭悼崇祯帝，即以兵部右侍郎衔使清。至京被拘执，不屈被害，时人以南宋文天祥誉之。著有《萝石山房集》四卷。事迹详《明史》本传。
〔4〕 天上堕莲花：谓左懋第得道成佛。莲花，莲花形的佛座，即莲台。见唐释道世《诸经要集·宝敬佛》。

大　人

长山李孝廉质君诣青州[1]，途中遇六七人，语音类燕[2]。审视两颊，俱有瘢，大如钱。异之，因问何病之同。客曰：旧岁客云南，日暮失道，入大山中，绝壑巉岩，不可得出。因共系马解装，傍树栖止。夜深，虎豹鸮鸱，次第嗥动，诸客抱膝相向，不能寐。忽见一大人来，高以丈许。客团伏，莫敢息。大人至，以手攫马而食，六七匹顷刻都尽。既而折树上长条，捉人首穿腮，如贯鱼状。贯讫，提行数步，条毳折有声[3]。大人似恐坠落，乃屈条之两端，压以巨石而去。客觉其去远，出佩刀自断贯条，负痛疾走。见大人又导一人俱来。客惧，伏丛莽中。见后来者更巨，至树下，往来巡视，似有所求而不得。已乃声啁啾[4]，似巨鸟鸣，意甚怒，盖怒大人之绐己也。因以掌批其颊，大人伛偻顺受，不敢少争。俄而俱去。诸客始仓皇出。

荒窜良久，遥见岭头有灯火，群趋之。至则一男子居石室中。客入环拜，兼告所苦。男子曳令坐，曰："此物殊可恨，然我亦不能箝制[5]。待舍妹归，可与谋也。"无何，一女子荷两虎自外入，问客何来。诸客叩伏而告以故。女子曰："久知两个为孽，不图凶顽若此！当即除之。"于石室中出铜锤，重三四百斛，出门遂逝。男子煮虎肉饷客。肉未熟，女子已返，曰："彼见我欲遁，追之数十里，断其一指而还。"因以指掷地，大于胫骨焉。众骇极，问其姓氏，不答。少间，肉熟，客创痛不食。女以药屑遍糁之[6]，痛顿止。天明，女子送客至树下，行李俱在。各负装行十馀里，经昨夜斗处，女子指示之，石洼中残血尚存盆许。出山，女子始别而返。

据《聊斋志异》铸雪斋抄本

----

〔1〕 长山李孝廉：名斯义，字质君，长山（今山东邹平县一带）人，康熙二十七年（1688）进士，官至福建巡抚。见《清史稿》本传及《山东通志·人物志》。孝廉，俗称举人。见前《画壁》注。
〔2〕 燕：古国名。西周初，封召公奭于燕，都蓟（今北京市），辖今河北北部和辽宁一部。旧时用为河北省的别称。
〔3〕 毳（cuì 脆）：通"脆"。
〔4〕 啁啾（zhōu jiū 州究）：鸟鸣声。
〔5〕 箝制：也作"钳制"。此谓约束。
〔6〕 糁（sǎn 伞）：碎米屑，泛指散粒状的东西。此指以药屑敷撒于创上。

向杲

向杲,字初旦,太原人。与庶兄晟[1],友于最敦[2]。晟狎一妓,名波斯,有割臂之盟[3];以其母取直奢[4],所约不遂。适其母欲从良[5],愿先遣波斯。有庄公子者,素善波斯,请赎为妾。波斯谓母曰:"既愿同离水火[6],是欲出地狱而登天堂也。若妾媵之[7],相去几何矣!肯从奴志,向生其可。"母诺之,以意达晟。时晟丧偶未婚,喜,竭资聘波斯以归。庄闻,怒夺所好,途中偶逢,大加诟骂;晟不服。遂嗾从人折箠笞之[8],垂毙乃去。杲闻奔视,则兄已死,不胜哀愤。具造赴郡[9]。庄广行贿赂,使其理不得伸。杲隐忿中结,莫可控诉,惟思要路刺杀庄。日怀利刃,伏于山径之莽。久之,机渐泄。庄知其谋,出则戒备甚严;闻汾州有焦桐者[10],勇而善射,以多金聘为卫。杲无计可施,然犹日伺之。

一日,方伏,雨暴作,上下沾濡,寒战颇苦。既而烈风四塞[11],冰雹继至,身忽然痛痒不能复觉。岭上旧有山神祠,强起奔赴。既入庙,则所识道士在内焉。先是,道士尝行乞村中,杲辄饭之,道士以故识杲。见杲衣服濡湿,乃以布袍授之,曰:"姑易此。"杲易衣,忍冻蹲若犬,自视,则毛革顿生,身化为虎。道士已失所在。心中惊恨,转念得仇人而食其肉,计亦良得。下山伏旧处,见己尸卧丛莽中,始悟前身已死;犹恐葬于乌鸢[12],时时逻守之。越日,庄始经此,虎暴出,于马上扑庄落,龁其首,咽之。焦桐返马而射,中虎腹,蹶然遂毙[13]。杲在错楚中,恍若梦醒;又经宵,始能行步,厌厌以归[14]。家人以其连夕不返,方共骇疑,见之,喜相慰问。杲但卧,謇涩不能语[15]。少间,闻庄信,争即床头庆告之。杲乃自言:"虎即我也。"遂述其异。由此传播。庄子痛父之死甚惨,闻而恶之,因讼杲。官以其诞而无据,置不理焉。

异史氏曰:"壮士志酬,必不生返,此千古所悼恨也。借人之杀以为生[16],仙人之术亦神哉!然天下事足发指者多矣[17]。使怨者常为人,恨不令暂作虎!"

据《聊斋志异》铸雪斋抄本

----

〔1〕 庶兄:庶母所生的兄长。旧时称父妾为"庶母"。
〔2〕 友于最敦:兄弟情谊最为深厚。友于,语出《尚书·君陈》:"惟孝友于兄弟。"于,本介词,后常与"友于"连用,以称兄弟之间的友爱。
〔3〕 割臂之盟:春秋时,鲁庄公见大夫党氏之女孟任,表示愿娶她为夫人,孟任乃"割臂盟公"。见《左传·庄公三十二年》。后来,因称男女密订婚约为"割臂之盟"。
〔4〕 其母:指妓院鸨母。
〔5〕 从良:旧时妓女脱离乐籍称"从良"。身家清白曰"良"。
〔6〕 水火:水深火热,喻苦难的处境。
〔7〕 妾媵之:使之充当妾媵。
〔8〕 折箠笞之:谓用短杖肆意殴打他。《南史·侯景传》:"是何能为,吾以折箠笞之。"谓折断策马之杖,用短杖即可轻易制敌取胜。
〔9〕 具造赴郡:写状纸到郡城告状。造,兴讼,此指讼词。
〔10〕 汾州:州名,明万历时升为府,治所在今山西省汾阳县。

〔11〕 烈风:暴风。
〔12〕 葬于乌鸢:葬身于乌鸦和老鹰之腹;指尸体被乌鸢所食。
〔13〕 蹶然:跌倒的样子。
〔14〕 厌厌(yān yān 烟烟):精神萎靡的样子。
〔15〕 謇涩:迟钝的样子。
〔16〕 借人之杀以为生:指因焦桐杀虎,向杲得以复活。
〔17〕 足发指者:足以使人愤慨的事。极端愤怒,头发竖立,称"发指"。

董 公 子

青州董尚书可畏[1],家庭严肃,内外男女,不敢通一语。一日,有婢仆调笑于中门之外,公子见而怒叱之,各奔去。及夜,公子偕僮卧斋中。时方盛暑,室门洞敞。更深时,僮闻床上有声甚厉,惊醒。月影中,见前仆提一物出门去。以其家人故,弗深怪,遂复寐。忽闻靴声訇然,一伟丈夫赤面修髯,似寿亭侯像[2],捉一人头入。僮惧,蛇行入床下。闻床上支支格格,如振衣,如摩腹,移时始罢。靴声又响,乃去。僮伸颈渐出,见窗棂上有晓色。以手扪床上,着手粘湿[3],嗅之血腥。大呼公子,公子方醒。告而火之,血盈枕席。大骇,不知其故。

忽有官役叩门。公子出见,役愕然,但言怪事。诘之,告曰:"适衙前一人神色迷罔,大声曰:'我杀主人矣!'众见其衣有血污,执而白之官。审知为公子家人。渠言已杀公子,埋首于关庙之侧。往验之,穴土犹新,而首则并无。"公子骇异,趋赴公庭,见其人即前狎婢者也。因述其异。官甚惶惑,重责而释之。公子不欲结怨于小人,以前婢配之,令去。积数日,其邻堵者[4],夜闻仆房中一声震响若崩裂,急起呼之,不应。排闼入视,见夫妇及寝床,皆截然断而为两。木肉上俱有削痕,似一刀所断者。关公之灵迹最多,未有奇于此者也。

据《聊斋志异》铸雪斋抄本

----

〔1〕 董尚书可畏：疑即董可威。董可威，字严甫，号葆元，山东益都人。明万历丁未(1607)进士，官至工部尚书。详见《益都县志》。

〔2〕 寿亭侯：即关羽。关羽(160—219)，字云长，河东解(今山西永济县东)人。三国时蜀汉名将。汉献帝建安五年(200)，为曹操所俘，并由曹操以征讨袁绍的军功，表为汉寿亭侯。后成为封建统治阶级宣扬"忠""义"的偶像，并为佛道等宗教所神化。宋徽宗崇宁元年(1102)追封"忠惠公"，宣和五年(1123)封"义勇武安王"，明万历三十三年(1605)加封"三界伏魔大帝神威远震天尊关圣帝君"。并在各地建庙设祭。后世因称"关公"、"关帝"。下文"关庙"即关帝庙。

〔3〕 粘：此据山东省博物馆本，原作"沾"。

〔4〕 邻堵者：隔墙邻人。堵，墙。

周 三

泰安张太华[1],富吏也。家有狐扰,遣制罔效。陈其状于州尹[2],尹亦不能为力。时州之东亦有狐居村民家,人共见为一白发叟。叟与居人通吊问[3],如世人礼。自云行二,都呼为胡二爷。适有诸生谒尹,间道其异[4]。尹为吏策[5],使往问叟。时东村人有作隶者[6],吏访之,果不诬,因与俱往。即隶家设筵招胡。胡至,揖让酬酢,无异常人。吏告所求,胡曰:"我固悉之,但不能为君效力。仆友人周三,侨居岳庙[7],宜可降伏,当代求之。"吏喜,申谢。胡临别与吏约,明日张筵于岳庙之东。吏领教。胡果导周至。周虬髯铁面,服裤褶[8]。饮数行,向吏曰:"适胡二弟致尊意,事已尽悉。但此辈实繁有徒[9],不可善谕,难免用武。请即假馆君家,微劳所不敢辞。"吏转念:去一狐,得一狐,是以暴易暴也[10]。游移不敢即应。周已知之,曰:"无畏。我非他比,且与君有喜缘,请勿疑。"吏诺之。周又嘱:"明日偕家人阖户坐室中[11],幸勿哗。"吏归,悉遵所教。俄闻庭中攻击刺斗之声,逾时始定。启关出视,血点点盈阶上。墀中有小狐首数枚,大如碗盏焉。又视所除舍,则周危坐其中[12],拱手笑曰:"蒙重托,妖类已荡灭矣。"自是馆于其家,相见如主客焉。

据《聊斋志异》铸雪斋抄本

〔1〕 泰安:泰安州,属济南府,治所在今山东省泰安市。
〔2〕 州尹:州的长官,即知州。
〔3〕 通吊问:谓有礼仪交往。吊问,吊死问疾。
〔4〕 间:乘间。
〔5〕 策:策划。
〔6〕 作隶者:当衙役的人。隶,隶役,特指衙役。《国语·周语》下:"子孙为隶。"丰昭注:"隶,役也。"
〔7〕 岳庙:指东岳庙,即岱庙,在泰山脚下,奉祀东岳大帝。
〔8〕 裤褶(xí 习):古时军中一种便于骑乘的服装,上着褶而下服裤。褶,夹上衣。裤,胫衣,套裤。
〔9〕 实繁有徒:确实有很多党羽。繁,多。徒,众,指同党之人。
〔10〕 以暴易暴:谓以凶暴代替凶暴。语出《史记·伯夷列传》。
〔11〕 阖(hé 合)户:关门。此从二十四卷抄本,原作"合户"。
〔12〕 危坐:端坐。

鸽　异

鸽类甚繁,晋有坤星[1],鲁有鹤秀[2],黔有腋蝶[3],梁有翻跳[4],越有诸尖[5]:皆异种也。又有靴头、点子、大白、黑石、夫妇雀、花狗眼之类,名不可屈以指,惟好事者能辨之也。邹平张公子幼量[6],癖好之,按经而求[7],务尽其种。其养之也,如保婴儿;冷则疗以粉草[8],热则投以盐颗[9]。鸽善睡,睡太甚,有病麻痹而死者。张在广陵[10],以十金购一鸽,体最小,善走,置地上,盘旋无已时,不至于死不休也,故常须人把握之。夜置群中使惊诸鸽,可以免痹股之病,是名"夜游"。齐鲁养鸽家[11],无如公子最;公子亦以鸽自诩。

一夜,坐斋中,忽一白衣少年叩扉入,殊不相识。问之,答曰:"漂泊之人,姓名何足道。遥闻畜鸽最盛,此亦生平所好,愿得寓目。"张乃尽出所有,五色俱备,灿若云锦。少年笑曰:"人言果不虚,公子可谓养鸽之能事矣。仆亦携有一两头,颇愿观之否?"张喜,从少年去。月色冥漠[12],野旷萧条,心窃疑惧。少年指曰:"请勉行,寓屋不远矣。"又数武,见一道院,仅两楹。少年握手入,昧无灯火。少年立庭中,口中作鸽鸣。忽有两鸽出:状类常鸽,而毛纯白;飞与檐齐,且鸣且斗,每一扑,必作勌斗。少年挥之以肱,连翼而去。复撮口作异声[13],又有两鸽出:大者如鹜[14],小者裁如拳;集阶上[15],学鹤舞。大者延颈立,张翼作屏[16],宛转鸣跳,若引之;小者上下飞鸣,时集其顶,翼翩翩如燕子落蒲叶上,声细碎,类鼗鼓[17];大者伸颈不敢动,鸣愈急,声变如磬[18],两两相和[19],间杂中节[20]。既而小者飞起,大者又颠倒引呼之。张嘉叹不已,自觉望洋可愧[21]。遂揖少年,乞求分爱;少年不许。又固求之。少年乃叱鸽去,仍作前声,招二白鸽来,以手把之,曰:"如不嫌憎,以此塞责。"接而玩之[22]:睛映月作琥珀色,两目通透,若无隔阂,中黑珠圆于椒粒[23];启其翼,胁肉晶莹,脏腑可数。张甚奇之,而意犹未足,诡求不已[24]。少年曰:"尚有两种未献,今不敢复请观矣。"方竞论间,家人燎麻炬入寻主人[25]。回视少年,化白鸽,大如鸡,冲霄而去。又目前院宇都渺,盖一小墓,树二柏焉[26]。与家人抱鸽,骇叹而归。试使飞,驯异如初。虽非其尤,人世亦绝少矣。于是爱惜臻至。积二年,育雌雄各三。虽戚好求之,不得也。

有父执某公,为贵官。一日,见公子,问:"畜鸽几许?"公子唯唯以退。疑某意爱好之也,思所以报而割爱良难。又念长者之求,不可重拂[27]。且不敢以常鸽应,选二白鸽,笼送之,自以千金之赠不啻也。他日见某公,颇有德色;而其殊无一申谢语。心不能忍,问:"前禽佳否?"答云:"亦肥美。"张惊曰:"烹之乎?"曰:"然。"张大惊曰:"此非常鸽,乃俗所言'靼鞑'者也!"某回思曰:"味亦殊无异处。"张叹恨而返。至夜,梦白衣少年至,责之曰:"我以君能爱之,故遂托以子孙。何以明珠暗投[28],致残鼎镬[29]!今率儿辈去矣。"言已,化为鸽,所养白鸽皆从之,飞鸣径去。天明视之,果俱亡矣。心甚恨之,遂以所畜,分赠知交,数日而尽。

异史氏曰:"物莫不聚于所好,故叶公好龙,则真龙入室[30];而况学士之于良友,贤君之于良臣乎[31]?而独阿堵之物[32],好者更多,而聚者特少,亦以见鬼神之怒贪[33],而不怒痴也[34]。"

向有友人馈朱鲫于孙公子禹年[35],家无慧仆,以老佣往。及门,倾水出鱼,索柈而进之。及达主所,鱼已枯毙。公子笑而不言,以酒犒佣,即烹鱼以飨。既归,主人问:"公子得鱼颇欢慰否?"答曰:"欢甚。"问:"何以知?"曰:"公子见鱼便欣然有笑容,立命赐酒,且烹数尾以犒小人。"主人骇甚,自念所赠,颇不粗劣,何至烹赐下人。因责之曰:"必汝蠢顽无礼,故公子迁怒耳。"佣扬手力辩曰:"我固陋拙,遂以为非人也[36]!登公子门,小心如许,犹恐筲斗不文[37],敬索柈出,一一勺排而后进之,有何不周详也?"主人骂而遣之。

灵隐寺僧某[38],以茶得名,铛臼皆精[39]。然所蓄茶有数等,恒视客之贵贱以为烹献;其最上者,非贵客及知味者,不一奉也。一日,有贵官至,僧伏谒甚恭,出佳茶,手自烹进,冀得称誉。贵官默然。僧惑甚,又以最上一等烹而进之。饮已将尽,并无赞语。僧急不能待,鞠躬曰:"茶何如?"贵官执盏一拱曰:"甚热。"此两事,可与张公子之赠鸽同一笑也。

据《聊斋志异》铸雪斋抄本

----

[1] 晋:周初晋国在今山西省西南部建国,春秋时奄有今山西大部、河北西南部、河南北部一带地区。近代以"晋"为山西省简称。坤星:坤星以及下文的鹤秀、腋蝶、翻跳、诸尖、靴头、点子、大白、黑

石、夫妇雀、花狗眼等,都是鸽的品种名。
〔2〕 鲁:今山东泰山以南,汶水、泗水、沂水、沭水等流域,在春秋时为鲁地。秦以后仍沿称这一地区为鲁。
〔3〕 黔:贵州省的简称,因省境东北部在战国时及秦代为黔中郡,在唐代属黔中道,故名。
〔4〕 梁:古九州之一。东界华山,南至长江,北为雍州,西无可考。魏晋以降,辖境约当陕西秦岭以南及汉水流域一带。
〔5〕 越:古越国原建都于会稽(今浙江绍兴),春秋末越国疆域向北扩展,奄有今浙江北部、江苏南部、安徽南部、江西东部一带地区。
〔6〕 邹平:县名,在今山东省。
〔7〕 经:指《鸽经》。邹平张万锺著有《鸽经》,见《檀几丛书》。
〔8〕 粉草:中药名,即粉甘草。
〔9〕 盐颗:盐粒。
〔10〕 广陵:古县名,秦置,治所在今扬州市。后因以广陵称扬州。
〔11〕 齐鲁:古时齐国和鲁国都在今山东省境内,因以齐鲁代称山东省地区。
〔12〕 冥漠:幽暗不明。
〔13〕 撮口:嘴唇聚合。
〔14〕 鹜:野鸭。
〔15〕 集:鸟类落止叫"集"。
〔16〕 作屏:犹言"开屏";鸟翼展开像屏风。
〔17〕 鼗(táo 陶)鼓:长柄小摇鼓,俗称拨浪鼓。
〔18〕 磬:玉石制作的打击乐,其声清越。
〔19〕 和(hè 贺):声音相应。
〔20〕 间杂中节:意思是声音抑扬顿挫,合乎节拍。间,间歇、顿挫。杂,错杂、繁响。
〔21〕 望洋可愧:指大开眼界,自愧不如。《庄子·秋水》谓,秋水灌河,"河伯欣然自喜,以天下之美尽在己。顺流而东行,至于北海,东面而视,不见水端。于是焉河伯始旋其面目,望洋向若而叹曰:野语有之曰,闻道百,以为莫己若者,我之谓也。"后因以"望洋"喻见了大世面而自愧弗如。

〔22〕 玩：观赏。
〔23〕 椒粒：花椒内的黑子。
〔24〕 诡求：巧言求索。
〔25〕 燎：点燃。麻炬：束麻秆而制作的火把。
〔26〕 树：植；竖立。
〔27〕 重拂：过分地违其意愿。
〔28〕 明珠暗投：《史记·邹阳列传》："臣闻明月之珠，夜光之璧，以暗投人于道路，人无不按剑相眄者，何则？无因而至前也。"后因以"明珠暗投"喻有才能的人所事非主，或珍贵之物不遇识者。
〔29〕 致残鼎镬：以致惨死于油锅。鼎、镬，古代烹饪器皿。
〔30〕 "叶（shè设）公好龙"二句：《新序·杂事》：叶公爱龙。一切物器都刻有龙饰，天上的真龙知道了，乃降入其家，叶公反而吓得逃跑。后以"叶公好龙"比喻表面上的爱好，并非真的爱好。这里用此故事，意指痴爱某种事物，就能够真正得到。
〔31〕 "而况学士"二句：意谓如能出于至诚，则学士渴求良友就能得到良友，贤君渴求良臣就能得到良臣。
〔32〕 阿（ē婀）堵之物：指金钱。《世说新语·规箴》：王夷甫自鸣清高，口不言钱。其妻欲试之，夜间以钱堆其床前。夷甫晨起，见钱碍路，命令婢女"举却阿堵物"，终不说钱字。后因以"阿堵物"指钱。阿堵，六朝人口语，犹言"这"或"这个"。
〔33〕 贪：指对钱财的贪求。
〔34〕 痴：指对美好事物的癖爱。
〔35〕 孙公子禹年：淄川人，名琰龄，清代顺治年间兵部尚书孙之獬的儿子。见《淄川县志》卷五。
〔36〕 非人：不懂事理之人；俗谓不干人事的人。
〔37〕 筲（shāo烧）斗不文：意谓用小水桶盛鱼以献，不够体面。筲斗，水筲，小水桶。
〔38〕 灵隐寺：佛寺名，在浙江省杭州西湖畔。
〔39〕 铛（chēng撑）臼：煎茶、碎茶用具。铛，三足饮具。臼，茶臼，用以捣碎饼茶，然后烹沏。

聂　政

怀庆潞王[1]，有昏德[2]。时行民间，窥有好女子，辄夺之。有王生妻，为王所睹，遣舆马直入其家[3]。女子号泣不伏，强舁而出。王亡去，隐身聂政之墓[4]，冀妻经过，得一遥诀。无何，妻至，望见夫，大哭投地。王恻动心怀，不觉失声。从人知其王生，执之，将加搒掠。忽墓中一丈夫出[5]，手握白刃，气象威猛，厉声曰："我聂政也！良家子岂可强占[6]！念汝辈不能自由，姑且宥恕。寄语无道王：若不改行，不日将抉其首[7]！"众大骇，弃车而走。丈夫亦入墓中而没。夫妻叩墓归，犹惧王命复临。过十馀日，竟无消息，心始安。王自是淫威亦少杀云[8]。

异史氏曰："余读刺客传[9]，而独服膺于轵深井里也：其锐身而报知己也，有豫之义[10]；白昼而屠卿相，有鱄之勇[11]；皮面自刑，不累骨肉[12]，有曹之智[13]。至于荆轲[14]，力不足以谋无道秦，遂使绝裾而去，自取灭亡；轻借樊将军之头[15]，何日可能还也？此千古之所恨，而聂政之所嗤者矣。闻之野史：其坟见掘于羊、左之鬼[16]。果尔，则生不成名，死犹丧义，其视聂之抱义愤而惩荒淫者，为人之贤不肖何如哉！噫！聂之贤，于此益信。"

据《聊斋志异》铸雪斋抄本

〔1〕 怀庆潞王：怀庆，清代府名，治在今河南沁阳县。潞王，指明穆宗第四子朱翊镠，封于卫辉，怀庆亦在其封疆之内。
〔2〕 昏德：不德。《左传·襄公十三年》："上下无礼，乱虐并生，由争善也，谓之昏德。"此指淫乱之行。
〔3〕 舆马：车马。
〔4〕 聂政：战国时的刺客。据《史记·刺客列传》载，聂政，轵（今河南济源县）深井里人，杀人避仇于齐，为韩国严遂所知，后为严遂杀其仇人韩相侠累，"因自皮面决眼，自屠出肠，遂以死。"
〔5〕 丈夫：男子。
〔6〕 良家子：清白人家的子女。
〔7〕 抉其首：砍他的头。抉，通"决"。
〔8〕 少杀：稍减。
〔9〕 刺客传：指《史记·刺客列传》。
〔10〕 豫：指豫让，春秋战国之交的刺客，为晋国智伯所知。后智伯被赵襄子所灭，豫让漆身作癞，吞炭为哑，誓杀襄子以为智伯报仇。后被执自杀。事详《史记·刺客列传》。
〔11〕 鱄：即鱄诸（？—公元前515），亦作"专诸"，春秋吴国刺客。楚人伍子胥避难于吴，事公子光。公子光欲刺杀吴王僚而自立，伍子胥即推荐专诸去刺杀僚。席间，专诸置匕首于鱼腹，以献鱼为名，借机刺死僚，自己也当场被杀。事详《史记·刺客列传》。
〔12〕 皮面自刑，不累骨肉：指聂政自杀前，故意毁坏自己的面容，以免牵累其姊。
〔13〕 曹：指春秋鲁国刺客曹沫。沫事鲁庄公，在与齐交战中多次失利，以致使鲁国献土求和。于是齐桓公与鲁庄公会盟于柯（齐地）。曹沫于会盟时，以匕首劫齐桓公，逼其退还侵地，从而取得外交上的胜利。事详《史记·刺客列传》。
〔14〕 荆轲：即荆卿（？—公元前227），战国末燕国的刺客，本卫人，在燕国受到燕太子丹的知遇，因为其谋刺秦王。荆轲赴秦，以献秦逃将樊于期的首级及燕督亢地图为名，而在图中藏有匕首。献图时"左手把秦王之袖，而右手持匕首揕之。未至身，秦王惊，自引而起，袖

绝。"行刺未成，荆轲被当场杀死。事详《史记·刺客列传》。

〔15〕樊将军：指樊于（wū乌）期，秦国将军，获罪，逃至燕。秦以千金、万家邑购其头。荆轲为取得秦王信任，以达谋刺秦王的目的，而使樊自杀，借其首以献秦，事详《史记·刺客列传》。

〔16〕羊、左：指战国羊角哀、左伯桃。相传羊左为友，闻楚王招贤，一同赴楚。途中遇雪，衣薄粮少，势难俱生。伯桃即以衣食赠角哀，自入空树中死。角哀至楚，为上卿。楚王因以上卿礼葬伯桃。"角哀梦伯桃曰：'蒙子之恩而获厚葬，正苦荆将军冢相近。今月十五日，当大战以决胜负。'角哀至期，陈兵马诣其冢，作三桐人，自杀，下而从之。"(《后汉书·申屠刚传》注引《烈士传》)。而明代冯梦龙《古今小说》第七卷《羊角哀舍命全交》则加以演义，云角哀死后"埋于伯桃墓侧"。"是夜二更，风雨大作，雷电交加，喊杀之声闻数十里。"清晓视之，荆轲墓破，白骨抛露，祠庙焚毁，"荆轲之灵，自此绝矣。"

冷　生

平城冷生[1],少最钝,年二十馀,未能通一经。忽有狐来,与之燕处[2]。每闻其终夜语,即兄弟诘之,亦不肯泄。如是多日,忽得狂易病[3]:每得题为文,则闭门枯坐[4];少时,哗然大笑。窥之,则手不停草,而一艺成矣[5]。脱稿,又文思精妙。是年入泮[6],明年食饩[7]。每逢场作笑,响彻堂壁,由此"笑生"之名大噪。幸学使退休[8],不闻。后值某学使规矩严肃,终日危坐堂上。忽闻笑声,怒执之,将以加责。执事官代白其颠。学使怒稍息,释之,而黜其名[9]。从此佯狂诗酒。著有"颠草"四卷,超拔可诵[10]。

异史氏曰:"闭门一笑,与佛家顿悟时何殊间哉[11]!大笑成文,亦一快事,何至以此褫革[12]?如此主司,宁非悠悠[13]!"

学师孙景夏,往访友人。至其窗外,不闻人语,但闻笑声嗤然,顷刻数作。意其与人戏耳。入视,则居之独也。怪之。始大笑曰:"适无事,默熟笑谈耳[14]。"

邑宫生,家畜一驴,性蹇劣。每途中逢徒步客,拱手谢曰:"适忙,不遑下骑,勿罪!"言未已,驴已蹶然伏道上,屡试不爽[15]。宫大惭恨,因与妻谋,使伪作客。己乃跨驴周于庭,向妻拱手,作遇客语。驴果伏。便以利锥毒刺之。适有友人相访,方欲款关[16],闻宫言于内曰:"不遑下骑,勿罪!"少顷,又言之。心大怪异,叩扉问其故,以实告,相与捧腹[17]。

此二则,可附冷生之笑以传矣[18]。

据《聊斋志异》铸雪斋抄本

----

〔1〕 平城:县名。故地在今山西大同市东。

〔2〕 燕处:友好相处。

〔3〕 狂易病:精神失常。《汉书·外戚传》:"由(张由)素有狂易病。"颜师古注:"狂易者,狂而复易常性也。"

〔4〕 枯坐:坐如枯槁之木,谓寂坐。

〔5〕 一艺:一篇制艺文(八股文)。

〔6〕 入泮:入县学为生员(秀才)。详前《叶生》"游泮"注。

〔7〕 食饩:谓成为廪生,详《考城隍》注。

〔8〕 学使:主管一省学政的官员。明代称提学道,清称提督学政,简称"学政"。详《鬼哭》注。退休:指学使离开考场,退居别室休憩。

〔9〕 黜其名:除去其生员的名籍。

〔10〕 超拔:超群拔俗。

〔11〕 佛家顿悟:佛教禅宗有南北两派,南宗主张顿悟,即认为人人自心本有佛性,悟即一切悟,不分阶段,即可明心见性而成佛。

〔12〕 褫革:谓除去生员名籍。详《红玉》注。

〔13〕 悠悠:荒谬,《晋书·王导传》:"悠悠之谈,宜绝智者之口。"

〔14〕 默熟笑谈:谓独自默念所闻或自己曾说之笑话趣谈。

〔15〕 不爽:没有差错。

〔16〕 款关:敲门。款,叩,敲。

〔17〕 相与捧腹:一起捧腹大笑。捧腹,形容大笑之状。见《史记·日者列传》。

〔18〕 以:此据二十四卷抄本,原作"并"。

狐惩淫

某生购新第,常患狐。一切服物,多为所毁,且时以尘土置汤饼中[1]。一日,有友过访,值生出,至暮不归。生妻备馔供客,已而偕婢啜食馀饵。生素不羁,好蓄媚药,不知何时,狐以药置粥中,妇食之,觉有脑麝气。问婢,婢云不知。食讫,觉欲焰上炽,不可暂忍;强自按抑,燥渴愈急。筹思家中无可奔者,惟有客在[2],遂往叩斋。客问其谁,实告之。问何作,不答。客谢曰:"我与若夫道义交,不敢为此兽行。"妇尚流连。客叱骂曰:"某兄文章品行,被汝丧尽矣!"隔窗唾之。妇大惭,乃退。因自念:我何为若此?忽忆碗中香,得毋媚药也?检包中药,果狼藉满案,盍盏中皆是也。稔知冷水可解,因就饮之。顷刻,心下清醒,愧耻无以自容。展转既久,更漏已残。愈恐天晓难以见人,乃解带自经[3]。婢觉救之,气已渐绝。辰后,始有微息。客夜间已遁。生晡后方归[4],见妻卧,问之,不语,但含清涕[5]。婢以状告。大惊,苦诘之。妻遣婢去,始以实告。生叹曰:"此我之淫报也,于卿何尤[6]?幸有良友;不然,何以为人!"遂从此痛改往行,狐亦遂绝。

异史氏曰:"居家者相戒勿蓄砒鸩[7],从无有相戒不蓄媚药者,亦犹人之畏兵刃而狎床笫也[8]。宁知其毒有甚于砒鸩者哉!顾蓄之不过以媚内耳!乃至见嫉于鬼神;况人之纵淫,有过于蓄药者乎?"

某生赴试,自郡中归,日已暮[9],携有莲实菱藕,入室,并置几上。又有藤津伪器一事[10],水浸盎中。诸邻人以生新归,携酒登堂,生仓卒置床下而出,令内子经营供馔,与客薄饮。饮已,入内,急烛床下,盎水已空。问妇,妇曰:"适与菱藕并出供客,何尚寻也?"生忆肴中有黑条杂错,举座不知何物。乃失笑曰:"痴婆子!此何物事,可供客耶?"妇亦疑曰:"我尚怨子不言烹法,其状可丑,又不知何名,只得糊涂脔切耳[11]。"生乃告之,相与大笑。今某生贵矣,相狎者犹以为戏。

据《聊斋志异》铸雪斋抄本

------

〔1〕 汤饼:汤煮的面食,今俗称"面条"一类食物。
〔2〕 惟:通"唯"。只有。
〔3〕 自经:上吊自杀。
〔4〕 晡:晡时,即申时,约当黄昏之时。
〔5〕 但含清涕:此从二十四卷抄本,底本"含"字字迹不清。
〔6〕 尤:责怪。
〔7〕 砒鸩(zhèn朕):两种毒药。砒,砷(shēn申)的旧称。鸩,传说中的一种毒鸟。雄的叫运日,雌的叫阴谐,喜吃蛇,羽毛紫绿色,置酒中能使人中毒而死。
〔8〕 畏:此从二十四卷抄本,原作"异"。
〔9〕 日已暮:此从二十四卷抄本,原无此句。
〔10〕 一事:一件。
〔11〕 脔(luán銮)切:切成肉块。

山　市

奂山山市[1],邑景之一也[2]。数年恒不一见[3]。孙公子禹年[4],与同人饮楼上,忽见山头有孤塔耸起,高插青冥。相顾惊疑,念近中无此禅院[5]。无何,见宫殿数十所[6],碧瓦飞甍[7],始悟为山市。未几,高垣睥睨[8],连亘六七里,居然城郭矣。中有楼若者、堂若者、坊若者[9],历历在目,以亿万计。忽大风起,尘气莽莽然,城市依稀而已。既而风定天清,一切乌有;惟危楼一座[10],直接霄汉。五架窗扉皆洞开[11];一行有五点明处,楼外天也。层层指数:楼愈高,则明愈少;数至八层,裁如星点[12];又其上,则黯然缥缈,不可计其层次矣。而楼上人往来屑屑[13],或凭或立,不一状。逾时,楼渐低,可见其顶;又渐如常楼;又渐如高舍;倏忽如拳如豆,遂不可见。又闻有早行者,见山上人烟市肆[14],与世无别,故又名"鬼市"云。

据《聊斋志异》铸雪斋抄本

------

〔1〕 奂山:山名。奂,或作"焕"。在淄川旧城西十五里。"常有山市出现,城市、楼台、人物之状,有类海市。"(《山东通志》引《济南府志》)

〔2〕 邑景之一:据嘉靖《淄川县志》,淄川八景为郑公书院、季子石桥、万山石桥、丰水牧唱、梵刹浮图、文庙古桧、般阳晓钟、昆仑山色,天奂山山市。

〔3〕 恒:常。
〔4〕 孙公子禹年:即孙琰龄,淄川人。见《鸽异》注。
〔5〕 禅院:指佛寺。
〔6〕 见:同"现"。
〔7〕 飞甍(méng 蒙):两端向上卷起如飞的高屋脊,喻指高大的楼房。《释名·释宫室》:"屋脊曰甍。"
〔8〕 睥睨:也作"埤堄"或"埤垸",城上有孔的矮墙。《释名·释宫室》:"城上垣曰睥睨。言于其孔中睥睨非常也。"
〔9〕 若:如,似。
〔10〕 危楼:高楼。
〔11〕 五架:一楼五架。室内两柱之间为一架。
〔12〕 裁:通"才"。
〔13〕 屑屑:往来奔走之状。
〔14〕 市肆:市中商店。

江　城

临江高蕃[1]，少慧，仪容秀美。十四岁入邑庠。富室争女之；生选择良苛，屡梗父命。父仲鸿，年六十，止此子，宠惜之，不忍少拂[2]。东村有樊翁者，授童蒙于市肆[3]，携家僦生屋。翁有女，小字江城，与生同甲[4]，时皆八九岁，两小无猜[5]，日共嬉戏。后翁徙去，积四五年，不复闻问。一日，生于隘巷中，见一女郎，艳美绝俗。从以小鬟，仅六七岁。不敢倾顾，但斜睨之。女停睇，若欲有言。细视之，江城也。顿大惊喜。各无所言，相视呆立，移时始别，两情恋恋。生故以红巾遗地而去。小鬟拾之，喜以授女。女入袖中，易以己巾，伪谓鬟曰[6]："高秀才非他人，勿得讳其遗物，可追还之。"小鬟果追付生。生得巾大喜。归见母，请与论婚。母曰："家无半间屋，南北流寓，何足匹偶？"生曰："我自欲之，固当无悔。"母不能决，以商仲鸿；鸿执不可。

生闻之闷闷，噉不容粒[7]。母大忧之[8]，谓高曰："樊氏虽贫，亦非狙侩无赖者比[9]。我请过其家，倘其女可偶，当亦无害。"高曰："诺。"母托烧香黑帝祠[10]，诣之。见女明眸秀齿，居然娟好，心大爱悦。遂以金帛厚赠之，实告以意。樊媪谦抑而后受盟。归述其情，生始解颜为笑。逾岁，择吉迎女归，夫妻相得甚欢。而女善怒，反眼若不相识；词舌嘲啁[11]，常聒于耳。生以爱故，悉含忍之。翁媪闻之，心弗善也[12],潜责其子。为女所闻,大恚,诟骂弥加。生稍稍反其恶声,女益怒,挞逐出户,阖其扉。生嚅嚅门外[13],不敢叩关,抱膝宿檐下。女从此视若仇。其初,长跪犹可以解;渐至屈膝无灵,而丈夫益苦矣。翁姑薄让之,女牴牾不可言状[14]。翁姑忿怒,逼令大归[15]。樊惭惧,浼交好者请于仲鸿[16];仲鸿不许。

年馀,生出遇岳;岳邀归其家,谢罪不遑。妆女出见,夫妇相看,不觉恻楚。樊乃沽酒款婿,酬劝甚殷。日暮,坚止宿留,扫别榻,使夫妇并寝。既曙辞归,不敢以情告父母,掩饰弥缝。自此三五日,暂一寄岳家宿,而父母不知也。樊一日自诣仲鸿。初不见,迫而后见之。樊膝行而请。高不承,诿诸其子。樊曰:"婿昨夜宿仆家,不闻有异言。"高惊问:"何时寄宿?"樊具以告。高赧谢曰:"我固不知。彼爱之,我独何仇乎?"樊既去,高呼子而骂。生但俯首,不少出气。言间,樊已送女至。高曰:"我不能为儿女任过,不如各立门户,即烦主析爨之盟[17]。"樊劝之,不听。遂别院居之,遣一婢给役焉。月馀,颇相安,翁妪窃慰。未几,女渐肆,生面上时有指爪痕;父母明知之,亦忍不置问。一日,生不堪挞楚,奔避父所,芒芒然如鸟雀之被鹯殴者[18]。翁媪方怪问,女已横梃追入[19],竟即翁侧捉而箠之。翁姑涕噪,略不顾瞻,挞至数十,始悻悻以去。高逐子曰:"我惟避嚣,故析尔[20]。尔固乐此,又焉逃乎?"生被逐,徙倚无所归[21]。母恐其折挫行死,令独居而给之食。又召樊来,使教其女。樊入室,开谕万端[22],女终不听,反以恶言相苦。樊拂衣去,誓相绝。无何,樊翁愤生病,与妪相继死。女恨之,亦不临吊,惟日隔壁噪骂,故使翁姑闻。

高悉置不知。

生自独居,若离汤火,但觉凄寂。暗以金啖媒媪李氏,纳妓斋中,往来皆以夜。久之,女微闻之,诣斋嫚骂。生力白其诬,矢以天日,女始归。自此,日伺生隙。李媪自斋中出[23],适相遇,急呼之;媪神色变异,女愈疑,谓媪曰:"明告所作,或可宥免;若有隐秘,撮毛尽矣[24]!"媪战而告曰:"半月来,惟构栏李云娘过此两度耳[25]。适公子言,曾于玉笥山见陶家妇[26],爱其双翘[27],嘱奴招致之。渠虽不贞,亦未便作夜度娘[28],成否故未必也。"女以其言诚,姑从宽恕。媪欲去,又强止之。日既昏,呵之曰:"可先往灭其烛,便言陶家至矣。"媪如其言。女即遽入。生喜极,挽臂促坐,具道饥渴。女默不语。生暗中索其足,曰:"山上一觐仙容,介介独恋是耳[29]。"女终不语。生曰:"夙昔之愿,今始得遂,何可觌面而不识也?"躬自促火一照[30],则江城也。大惧失色,堕烛于地,长跪觳觫,若兵在颈。女摘耳提归,以针刺两股殆遍,乃卧以下床,醒则骂之。生以此畏若虎狼;即偶假以颜色,枕席之上,亦震慑不能为人。女批颊而叱去之,益厌弃不以人齿。生日在兰麝之乡,如犴狴中人,仰狱吏之尊也[31]。

女有两姊,俱适诸生。长姊平善,讷于口,常与女不相洽。二姊适葛氏,为人狡黠善辨,顾影弄姿,貌不及江城,而悍妒与埒[32]。姊妹相逢无他语,惟各以阃威自鸣得意[33]。以故二人最善。生适戚友,女辄嗔怒;惟适葛所,知而不禁。一日,饮葛所。既醉,葛嘲曰:"子何畏之甚?"生笑曰:"天下事顾多不解:我之畏,畏其美也;乃有美不及内人,而畏甚于仆者,惑不滋甚哉?"葛大惭,不能对。婢闻,以告二姊。二姊怒,操杖遽出。生见其凶,踟蹰欲走[34]。杖起,已中腰膂[35];三杖三蹶而不能起。误中颅,血流如潘[36]。二姊去,生蹒跚而归[37]。妻惊问之。初以连姨故,不敢遽告;再三研诘,始具陈之。女以帛束生首,忿然曰:"人家男子,何烦他挞楚耶!"更短袖裳,怀木杵,携婢径去。抵葛家,二姊笑语承迎。女不语,以杵击之,仆;裂裤而痛楚焉。齿落唇缺,遗失溲便。女返,二姊羞愤,遣夫赴诉于高。生趋出,极意温恤。葛私语曰:"仆此来,不得不尔。悍妇不仁,幸假手而惩创之,我两人何嫌焉。"女已闻之,遽出,指骂曰:"腌臜贼!妻子亏苦,反窃窃与外人交好!此等男子,不宜打煞耶!"疾呼觅杖。葛大窘,夺门窜去。生由此往来全无一所。

同窗王子雅过之,宛转留饮。饮间,以闺阁相谑,颇涉狎亵。女适窥客,伏听尽悉,暗以巴豆投汤中而进之[38]。未几,吐利不可堪[39],奄存气息。女使婢问之曰:"再敢无礼否?"始悟病之所自来,呻吟而哀之。则绿豆汤已储待矣。饮之乃止。从此同人相戒,不敢饮于其家。王有酤肆[40],肆中多红梅,设宴招其曹侣[41]。生托文社,禀白而往。日暮,既酣,王生曰:"适有南昌名妓,流寓此间,可以呼来共饮。"众大悦。惟生离座[42],兴辞。群曳之曰:"阃中耳目虽长,亦听睹不至于此。"因相矢缄口。生乃复坐。少间,妓果出。年十七八,玉珮丁冬,云鬟掠削[43]。问其姓,云:"谢氏,小字芳兰。"出词吐气,备极风雅,举座若狂。而芳兰犹属意生,屡以色授[44]。为众所觉,故曳两人连肩坐。芳兰阴把生手,以指书掌作"宿"字。生于此时,欲去不忍,欲留不敢,心如乱丝,不可言喻。而倾头耳语,醉态益狂,榻上胭脂虎[45],亦并忘之。少选,听更漏已动,肆中酒客愈稀;惟遥座一美少年,对烛独酌,有小僮捧巾侍焉。众窃议其高雅。无何,少年罢饮,出门去。僮返身入,向生曰:"主人相候一语。"众则茫然,惟生颜色惨变,不遑告别,匆匆便去。盖少年乃江城,僮即其家婢也。生从至家,伏受鞭扑。从此禁锢益严,吊庆皆绝。文宗下学,生以误讲降为青[46]。一日,与婢语,女疑与私,以酒坛囊婢首而挞之。已而缚生及婢,以绣剪剪腹间肉互补之,释缚令其自束。月馀,补处竟合为一云。女每以白足踏饼尘土中,叱生摭食之。如是种种。

母以忆子故,偶至其家,见子柴瘠[47],归而痛哭欲死。夜梦一叟告之曰:"不须忧烦,此是前世因[48]。江城原静业和尚所养长生鼠,公子前生为士人,偶游其地,误毙之。今作恶报,不可以人力回也。每早起,虔心诵观音咒一百遍,必当有效。"醒而述于仲鸿,异之,夫妻遵教。虔诵两月馀,女横如故,益之狂纵。闻门外钲鼓[49],辄握发出[50],憨然引眺,千人指视,恬不为怪。翁姑共耻之,而不能禁。忽有老僧在门外宣佛果[51],观者如堵。僧吹鼓上革作牛鸣。女奔出,见人众无隙,命婢移行床[52],翘登其上。众目集视,女如弗觉。逾时,僧敷衍将毕[53],索清水一盂,持向女而宣言曰:"莫要嗔,莫要嗔!前世也非假,今世也非真。咄!鼠子缩头去,勿使猫儿寻。"宣已,吸水噀射女面[54],粉黛淫淫,下沾衿袖。众大骇,意女暴怒,女殊不语,拭面自归。僧亦遂去。女入室痴坐,嗒然若丧[55],终日不食,扫榻遽寝。中夜,忽唤生醒。生疑其将遗,捧进溺盆。女却之,暗把生臂,曳入衾。生承命,四体惊悚,若奉丹诏[56]。女慨然曰:"使君如此,何以为人!"乃以手抚扪生体,每至刀杖痕,嘤嘤啜泣,辄以爪甲自掐,恨不即死。生见其状,意良不忍,所以慰藉之良厚。女曰:"妾思和尚必是菩萨化身。清水一洒,若更腑肺。今回忆曩昔所为,都如隔世。妾向时得毋非人耶?有夫妇而不能欢,有姑嫜而不能事[57],是诚何心!明日可移家去,仍与父母同居,庶便定省[58]。"絮语终夜,如话十年之别。昧爽即起,折衣敛器,婢携簏[59],躬襆被[60],促生前往叩扉。母出骇问,告以意。母尚迟回有难色,女已偕婢入。母从入。女伏地哀泣,但求免死。母察其意诚,亦泣曰:"吾儿何遽如此?"生为细述前状,始悟曩昔之梦验也。喜,唤厮仆为除旧舍。女自是承颜顺志,过于孝子。见人,则觍如新妇。或戏述往事,则红涨于颊。且勤俭,又善居积;三年翁媪不问家计,而富称巨万矣。生是岁乡捷[61]。每谓生曰:"当日一见芳兰,今犹忆之。"生以不受荼毒,愿已至足,妄念所不敢萌,唯唯而已。会以应举入都,数月乃返。入室,见芳兰方与江城对弈。惊而问之,则女以数百金出其籍矣[62]。此事浙中王子雅言之甚详。

异史氏曰:"人生业果,饮啄必报,而惟果报之在房中者,如附骨之疽[63],其毒尤惨。每见天下贤妇十之一,悍妇十之九,亦以见人世之能修善业者少也。观自在愿力宏大[64],何不将盂中水洒大千世界也[65]?"

据《聊斋志异》铸雪斋抄本

----

〔1〕 临江:临江府,治所在今江西清江县。
〔2〕 少拂:稍微违拗其意。拂,拂逆,违拗。
〔3〕 童蒙:智力未开的儿童。
〔4〕 同甲:同年。
〔5〕 两小无猜:男女孩童之间友谊纯真,无所避嫌和猜疑。李白《长干行》:"同居长干里,两小无嫌猜。"
〔6〕 鬟:此从二十四卷抄本,原作"嬛"。
〔7〕 嗌不容粒:语出《谷梁传·昭公十九年》,谓吃不下一点东西。嗌,咽喉。
〔8〕 大:底本无此字,据山东省博物馆本增补。
〔9〕 狙侩:同"驵会",市场经纪人。此谓市侩狡诈。
〔10〕 黑帝:即玄帝。道教称真武大帝为玄天上帝,省称"玄帝",为主北方之神。
〔11〕 词舌嘲哳:谓话语絮烦。嘲哳,声音细碎繁杂。
〔12〕 善:此从二十四卷抄本,原作"闻"。
〔13〕 嗏嗏(sǎ sǎ 洒洒):忍寒声。
〔14〕 抵(dǐ 抵)牾(wǔ 五):也作"抵牾"、"抵忤"。抵触。此谓顶撞。
〔15〕 大归:已嫁妇女被夫家弃逐,永不回返。
〔16〕 浼(měi 每):请托。
〔17〕 析爨(cuàn 窜):分炊,即分门立户,自为炊爨,俗谓"分家"。
〔18〕 芒芒然:筋疲力竭的样子。《孟子·公孙丑》上:"芒芒然归。"鹯(zhān 占):即晨风。鸷鸟。《左传·文公十八年》:"如鹰鹯之逐鸟雀也。"
〔19〕 梃(tǐng 挺):棍杖。《孟子·梁惠王》上:"杀人以梃与刃,有以异乎?"
〔20〕 析:此从二十四卷抄本,原作"柝"。
〔21〕 徙倚:留连徘徊。
〔22〕 开谕:开导晓谕。
〔23〕 李媪:此从二十四卷抄本,"媪"原作"妪"。
〔24〕 撮毛:拔头发。

〔25〕 构栏:一作"勾栏"或"勾阑",妓院。
〔26〕 玉笥山:在临江府境,清江县南。
〔27〕 双翘:双足。
〔28〕 夜度娘:古乐府诗篇名。属《清商曲辞·西曲歌》,见《乐府诗集》卷四十九。词云:"夜来冒霜雪,晨去履风波。虽得叙微情,奈侬身苦何。"后借称娼妓为夜度娘。
〔29〕 介介:犹耿耿,言介于怀,不能忘却。
〔30〕 促火:举灯就近。
〔31〕 "生日在兰麝之乡"三句:意谓高生日处兰闺,却同身系牢狱,仰事狱吏,受尽折磨。日,日日。兰麝之乡,犹兰闺、兰室,指女子所居之处。犴(àn岸)狴(bì币),传说中的凶兽,旧时狱门上绘制犴狴,故又作牢狱的代称。
〔32〕 埒(liè劣):相等。
〔33〕 阃(kǔn捆)威:意即妻子制服丈夫的威风。阃,阃门,旧指女子居住的内室,因借指女子。
〔34〕 蹍履:同"蹁履"。来不及提鞋,形容惶遽之状。语出《汉书·隽不疑传》。
〔35〕 膂(lǔ旅):脊骨。
〔36〕 瀋:汁。
〔37〕 蹒跚:跛行的样子,犹云一瘸一拐。
〔38〕 巴豆:植物名,一名巴菽,产于巴蜀,而形如菽豆,故名。果实有毒,食之吐泻不止。果实阴干后,可入药。
〔39〕 吐利:上吐下泻。利,通"痢",泻泄。
〔40〕 酤(gū姑)肆:犹酒店。酤,酒。
〔41〕 曹侣:同辈友人。
〔42〕 离座:此从二十四卷抄本,原作"离所"。
〔43〕 云鬟掠削:如云的发鬟梳理高高的。掠,梳理。削,高峭。元稹《连昌宫词》:"春娇满眼睡红绡,掠削云鬟旋装束。"
〔44〕 色授:以眉眼传送情意。《史记·司马相如列传》载《上林赋》:"长眉连娟,微睇绵藐,色授魂与,心愉于侧。"
〔45〕 胭脂虎:喻凶悍之妇。见前《马介甫》注。

〔46〕 "文宗下学"二句:谓学政按临府县考试诸生,高生因讲错试题内容而革去功名。文宗,详前《考城隍》注。明清时称提学、学政为"文宗"。下学,谓提学按临府县学,对府县生员进行岁考。明代"提学官在任三年,两试诸生,先以六等试诸生优劣,谓之岁考。"(《明史·选举志》)清沿明制,且由学政对各府州县应乡试的生员进行考试,称科试。以,因,因为。误讲,对指定的考试内容讲解错误。明时生员岁试四等,清时岁试五等的附生、六等的增生,皆降为青,即改着青衣,革去功名。参见《清会典·礼部·学校》及《学政全书》。

〔47〕 柴瘠:骨瘦如柴。

〔48〕 因:佛教名词。此指三世(过去世、现在世、未来世)善恶业(身、口、意三方面的善恶表现)的果报,通称因果报应。前世因,意谓今世所得的果报,乃前世所造成。

〔49〕 钲(zhēng征)鼓:锣鼓。钲,铜锣。

〔50〕 握发出:手握头发奔出。谓不待梳妆完毕即跑出看热闹,极言其不守闺训。

〔51〕 佛果:佛法因果。

〔52〕 行床:此指椅凳之类。床,坐具。《释名·释床帐》:"人所坐卧曰床。"

〔53〕 敷衍:同"敷演",铺张论说。

〔54〕 噀(xùn迅)射:喷射。噀,喷。

〔55〕 嗒然若丧:语本《庄子·齐物论》"嗒焉似丧其耦",谓茫然若失,心境空虚。

〔56〕 丹诏:皇帝的诏敕,即圣旨。

〔57〕 姑嫜:公婆。姑,旧时女子称丈夫的母亲;嫜,旧指丈夫的父亲。

〔58〕 定省(xǐng醒):昏定晨省,谓奉侍问安。参《水莽草》"奉晨昏"注。

〔59〕 籚(lù鹿):用竹、柳或篾条编制的盛器。此指箱籚。

〔60〕 躬襆被:谓亲自抱着被褥。躬,亲自。

〔61〕 乡捷:乡试告捷,谓考中举人。

〔62〕 出籍:古时娼妓,隶于乐籍,不得随意改易身份。以金钱赎身从良,谓出籍;出籍之后,才能享受良家女子的权利,如结婚等。

〔63〕附骨之疽：长在骨头上的恶疮。
〔64〕观自在：即观世音。详《瞳人语》注。
〔65〕大千世界：广大无边的世界；即佛教所说的"三千大千世界"。原为古印度世界构成说，谓合三种数以千计的世界，而成为一个广大无边的世界：以须弥山为中心，同一日月所照的四天下为一小世界，合一千小世界为小千世界；合一千小千世界为中千世界；合一千中千世界为大千世界，称"三千大千世界"，或"三千世界"，简称"大千世界"。佛教用以指一佛教化的范围。详《释世要览·界趣》。

孙　生

孙生,娶故家女辛氏[1]。初入门,为穷裤[2],多其带,浑身纠缠甚密,拒男子不与共榻。床头常设锥簪之器以自卫。孙屡被刺剟[3],因就别榻眠。月馀,不敢问鼎[4]。即白昼相逢,女未尝假以言笑[5]。同窗某知之,私谓孙曰:"夫人能饮否?"答云:"少饮。"某戏之曰:"仆有调停之法,善而可行。"问:"何法?"曰:"以迷药入酒,绐使饮焉,则惟君所为矣。"孙笑之,而阴服其策良。询之医家,敬以酒煮乌头[6],置案上。入夜,孙醻别酒,独酌数觥而寝。如此三夕,妻终不饮。一夜,孙卧移时,视妻犹寂坐,孙故作鼾声;妻乃下榻,取酒煨炉上。孙窃喜。既而满饮一杯;又复酌,约尽半杯许,以其馀仍内壶中,拂榻遂寝。久之无声,而灯煌煌尚未灭也。疑其尚醒,故大呼:"锡檠熔化矣[7]!"妻不应,再呼仍不应。白身往视[8],则醉睡如泥。启衾潜入,层层断其缚结。妻固觉之,不能动,亦不能言,任其轻薄而去。既醒,恶之,投缳自缢。孙梦中闻喘吼声,起而奔视,舌已出两寸许。大惊,断索,扶榻上,逾时始苏。孙自此殊厌恨之,夫妻避道而行,相逢则俯其首。积四五年,不交一语。妻或在室中,与他人嬉笑;见夫至,色则立变,凛如霜雪。孙尝寄宿斋中,经岁不归;即强之归,亦面壁移时,默然就枕而已。父母甚忧之。

一日,有老尼至其家,见妇,亟加赞誉。母不言,但有浩叹。尼诘其故，具以情告。尼曰："此易事耳。"母喜曰："倘能回妇意，当不靳酬也[9]。"尼窥室无人，耳语曰："购春宫一帧[10]，三日后，为若厌之[11]。"尼去，母即购以待之。三日，尼果来，嘱曰："此须甚密，勿令夫妇知。"乃剪下图中人，又针三枚、艾一撮，并以素纸包固，外绘数画如蚓状，使母赚妇出，窃取其枕，开其缝而投之；已而仍合之，返归故处。尼乃去。至晚，母强子归宿。媪往窃听。二更将残，闻妇呼孙小字，孙不答。少间，妇复语，孙厌气作恶声[12]。质明，母入其室，见夫妇面首相背，知尼之术诬也。呼子于无人处，委谕之[13]。孙闻妻名，便怒，切齿。母怒骂之，不顾而去。越日，尼来，告之罔效。尼大疑。媪因述所听。尼笑曰："前言妇憎夫，故偏厌之。今妇意已转，所未转者男耳。请作两制之法，必有验。"母从之，索子枕如前缄置讫，又呼令归寝。更馀，犹闻两榻上皆有转侧声，时作咳，都若不能寐。久之，闻两人在一床上唧唧语，但隐约不可辨。将曙，犹闻嬉笑，吃吃不绝。媪以告母，母喜。尼来，厚馈之。孙由是琴瑟和好。生一男两女，十馀年从无角口之事。同人私问其故，笑曰："前此顾影生怒，后此闻声而喜，自亦不解其何心也。"

异史氏曰："移憎而爱，术亦神矣。然能令人喜者，亦能令人怒，术人之神，正术人之可畏也。先哲云：'六婆不入门[14]。'有见矣夫！"

据《聊斋志异》铸雪斋抄本

〔1〕 故家:勋旧世家。即世代仕宦之家。《孟子·公孙丑》上:"纣之去武丁未久也,其故家遗俗,流风善政,犹有存者。"
〔2〕 穷裤:裆裤。《汉书·孝昭上官皇后传》:"(霍)光欲皇后擅宠有子,……虽宫人使令皆为穷绔,多其带。"颜师古注引服虔曰:"穷绔,有前后当(裆),不得交通也。绔古袴字,即今之绲裆袴也。"
〔3〕 刺剟(duō多):刺。语出《史记·张耳陈馀列传》。
〔4〕 问鼎:《左传·宣公三年》载,楚子伐陆浑,路过洛(洛阳),"观兵于周疆。定王使王孙满劳楚子,楚子问鼎之大小轻重焉。"传说夏禹收九州之金,铸为九鼎,夏、商、周视为传国重器,国立鼎存,国灭鼎迁。楚子向王孙满问鼎,有觊觎周室政权之意。后遂以"问鼎"喻指夺取政权。此处隐喻接触妻子之意。
〔5〕 假以言笑:给以好言笑脸。假,给与。
〔6〕 乌头:中药名。亦名土附子、乌喙、奚毒,茎、叶、根都有毒。
〔7〕 檠(qíng情):灯架。
〔8〕 白身:此谓裸体。
〔9〕 靳:吝惜。
〔10〕 春宫:淫秽的图画。一帧(zhèng正),即一幅。
〔11〕 厌:厌胜。古代方士骗人巫术。
〔12〕 厌气:厌恶的口吻。气,口气。
〔13〕 委谕:谓委婉劝说。委,曲。
〔14〕 六婆:指牙婆、媒婆、师婆、虔婆、药婆、稳婆。见陶宗仪《辍耕录·三姑六婆》。

八 大 王

临洮冯生[1],盖贵介裔而凌夷矣[2]。有渔鳖者,负其债,不能偿,得鳖辄献之。一日,献巨鳖,额有白点。生以其状异,放之。后自婿家归,至恒河之侧[3],日已就昏,见一醉者,从二三僮,颠跛而至。遥见生,便问:"何人?"生漫应:"行道者。"醉人怒曰:"宁无姓名,胡言行道者?"生驰驱心急,置不答,径过之。醉人益怒,捉袂使不得行,酒臭熏人。生更不耐,然力解不能脱。问:"汝何名?"呓然而对曰[4]:"我南都旧令尹也[5]。将何为?"生曰:"世间有此等令尹,辱寞世界矣[6]!幸是旧令尹;假新令尹[7],将无途人耶?"醉人怒甚,势将用武。生大言曰:"我冯某非受人挝打者!"醉人闻之,变怒为欢,踉蹡下拜曰[8]:"是我恩主,唐突勿罪!"起唤从人,先归治具。

生辞之不得。握手行数里,见一小村。既入,则廊舍华好,似贵人家。醉人醒稍解[9],生始询其姓字。曰:"言之勿惊,我洮水八大王也。适西山青童招饮,不觉过醉,有犯尊颜,实切愧悚。"生知其妖,以其情辞殷渥,遂不畏怖。俄而设筵丰盛,促坐欢饮。八大王最豪,连举数觥。生恐其复醉,再作萦扰,伪醉求寝。八大王已喻其意,笑曰:"君得无畏我狂耶?但请勿惧。凡醉人无行,谓隔夜不复记者,欺人耳。酒徒之不德,故犯者十之九。仆虽不齿于侪偶[10],顾未敢以无赖之行,施之长者[11],何遂见拒如此?"生乃复坐,正容而谏曰："既自知之，何勿改行？"八大王曰："老夫为令尹时，沉湎尤过于今日。自触帝怒[12]，谪归岛屿[13]，力返前辙者十馀年矣。今老将就木[14]，潦倒不能横飞[15]，故态复作，我自不解耳。兹敬闻命矣。"

倾谈间，远钟已动。八大王起，捉臂曰："相聚不久。蓄有一物，聊报厚德。此不可以久佩，如愿后，当见还也。"口中吐一小人，仅寸许。因以爪掐生臂，痛若肤裂；急以小人按捺其上，释手已入革里[16]，甲痕尚在，而漫漫坟起，类痰核状。惊问之，笑而不答。但曰："君宜行矣。"送生出，八大王自返。回顾村舍全渺，惟一巨鳖，蠢蠢入水而没。错愕久之。自念所获，必鳖宝也。由此目最明，凡有珠宝之处，黄泉下皆可见[17]；即素所不知之物，亦随口而知其名。于寝室中，掘得藏镪数百，用度颇充。后有货故宅者，生视其中有藏镪无算，遂以重金购居之。由此与王公埒富矣[18]。火齐木难之类皆蓄焉[19]。得一镜，背有凤纽，环水云湘妃之图，光射里馀，须眉皆可数。佳人一照，则影留其中，磨之不能灭也；若改妆重照，或更一美人，则前影消矣。

时肃府第三公主绝美[20]，雅慕其名。会主游崆峒[21]，乃往伏山中，伺其下舆，照之而归，设置案头。审视之，见美人在中，拈巾微笑，口欲言而波欲动。喜而藏之。年馀，为妻所泄，闻之肃府。王怒，收之[22]。追镜去，拟斩。生大贿中贵人[23]，使言于王曰："王如见赦，天下之至宝，不难致也。不然，有死而已，于王诚无所益。"王欲籍其家而徙之[24]。三公主曰："彼已窥我，十死亦不足解此玷，不如嫁之。"王不许。公主闭户不食。妃子大忧,力言于王。王乃释生囚,命中贵以意示生。生辞曰:"糟糠之妻不下堂[25],宁死不敢承命。王如听臣自赎,倾家可也。"王怒,复逮之。妃召生妻入宫,将鸩之。既见,妻以珊瑚镜台纳妃,词意温恻[26]。妃悦之,使参公主[27]。公主亦悦之,订为姊妹,转使谕生。生告妻曰:"王侯之女,不可以先后论嫡庶也[28]。"妻不听,归修聘币纳王邸,赍送者迨千人[29]。珍石宝玉之属,王家不能知其名。王大喜,释生归,以公主嫔焉[30]。公主仍怀镜归。生一夕独寝,梦八大王轩然入曰:"所赠之物,当见还也。佩之若久,耗人精血,损人寿命。"生诺之,即留宴饮。八大王辞曰:"自聆药石[31],戒杯中物,已三年矣。"乃以口啮生臂,痛极而醒。视之,则核块消矣。后此遂如常人。

异史氏曰:"醒则犹人,而醉则犹鳖,此酒人之大都也[32]。顾鳖虽日习于酒狂乎[33],而不敢忘恩,不敢无礼于长者,鳖不过人远哉?若夫己氏则醒不如人[34],而醉不如鳖矣。古人有龟鉴[35],盍以为鳖鉴乎?乃作'酒人赋'。赋曰:

'有一物焉,陶情适口;饮之则醺醺腾腾,厥名为"酒"。其名最多,为功已久:以宴嘉宾,以速父舅[36],以促膝而为欢,以合卺而成偶[37];或以为"钓诗钩",又以为"扫愁帚[38]"。故麯生频来,则骚客之金兰友[39];醉乡深处,则愁人之逋逃薮[40]。糟丘之台既成,鸱夷之功不朽;齐臣遂能一石,学士亦称五斗[41]。则酒固以人传,而人或以酒丑[42]。若夫落帽之孟嘉[43],荷锸之伯伦[44],山公之倒其接䍦[45],彭泽之漉以葛巾[46]。酣眠乎美人之侧也,或察其无心[47]；濡首于墨汁之中也，自以为有神[48]。井底卧乘船之士[49]，槽边缚珥玉之臣[50]。甚至效鳖囚而玩世[51]，亦犹非害物而不仁。至如雨宵雪夜，月旦花晨，风定尘短[52]，客旧妓新，履舄交错[53]，兰麝香沉[54]，细批薄抹，低唱浅斟[55]；忽清商兮一奏，则寂若兮无人[56]。雅谑则飞花粲齿，高吟则戛玉敲金[57]。总陶然而大醉，亦魂清而梦真。果尔，即一朝一醉，当亦名教之所不嗔[58]。尔乃嘈杂不韵[59]，俚词并进[60]；坐起谨哗，呶呶成阵[61]。涓滴忿争，势将投刃；伸颈攒眉，引杯若鸩；倾潘碎觥，拂灯灭烬[62]。绿醑葡萄，狼藉不靳[63]；病叶狂花，觞政所禁[64]。如此情怀，不如弗饮。又有酒隔咽喉，间不盈寸；呐呐呢呢[65]，犹讥主客。坐不言行，饮复不任：酒客无品，于斯为甚。甚有狂药下，客气粗；努石棱，磔髭须；袒两臂，跃双趺[66]。尘蒙蒙兮满面，哇浪浪兮沾裾[67]；口猖獗兮乱吠[68]，发蓬蓬兮若奴。其吁地而呼天也，似李郎之呕其肝脏[69]；其扬手而掷足也，如苏相之裂于牛车[70]。舌底生莲者[71]，不能穷其状；灯前取影者[72]，不能为之图。父母前而受忤[73]，妻子弱而难扶。或以父执之良友，无端而受骂于灌夫[74]。婉言以警，倍益眩瞑[75]。此名"酒凶"，不可救拯。惟有一术，可以解酗[76]。厥术维何[77]？只须一梃[78]。絷其手足，与斩豕等。止困其臀[79]，勿伤其顶；捶至百馀，豁然顿醒。'"

据《聊斋志异》铸雪斋抄本

----

〔1〕 临洮：县名。在洮水河畔。今属甘肃省。
〔2〕 贵介：谓尊贵，语出《左传·襄公二十六年》。此指富贵大家。凌

夷:也作"陵夷",衰落、颓败。
〔3〕 恒河:即恒水,古水名,即今河北曲阳县北横河。
〔4〕 呓然:梦呓似的。
〔5〕 南都旧令尹:未详。此或化用神话中关于鳖令的故事。《文选》张衡《思玄赋》注引《蜀王本纪》云:"望帝治汶山下邑曰郫,积百馀岁,荆地有一死人名鳖令,其死尸随江水上至郫,与望帝相见。望帝以鳖令为相,以德薄不及鳖令,乃委国授之而去。"南都,唐至德二年(757)曾改蜀郡为成都府,建号南京。令尹,本为战国时楚官,相当于国相。
〔6〕 辱寞世界:谓辱没尽世间之人。寞,通"没"。
〔7〕 假:假设是。
〔8〕 踉跄:谓行走歪斜不正。
〔9〕 酲(chéng 呈)稍解:酒意渐消。酲,病酒。
〔10〕 侪偶:同类。
〔11〕 长者:谓年德素著之人。凡年龄、辈分、德位尊于己者,均可称为"长者"。
〔12〕 帝:指玉帝。详《雹神》注。
〔13〕 谪:贬谪,因犯过失而受到降职的处罚。
〔14〕 就木:犹言入棺,谓死亡。语出《左传·僖公二十二年》。
〔15〕 横飞:纵横飞翔于太空。此谓飞黄腾达。
〔16〕 革里:皮下。
〔17〕 黄泉下:此谓地表深处。
〔18〕 埒富:等富,同样富有。
〔19〕 火齐、木难:珍宝名。火齐为宝石名。《文选》载左思《吴都赋》:"火齐之宝。"刘逵注引《异物志》:"火齐如云母,重沓而可开,色黄赤似金。"木难,宝珠名。也作"莫难"。崔豹《古今注·杂注》:"莫难珠,一名木难,色黄,出东夷。"
〔20〕 肃府:肃庄王府。肃庄王,名楧,明太祖朱元璋第十四子,洪武二十五年(1392)封肃王,二十八年(1395)就藩甘州(治在今甘肃张掖市),建文元年(1399)内移兰州(治在今兰州市),永乐十七年(1419)卒。子孙世袭,治兰州,至明亡。

[21] 崆峒:山名。在今甘肃平凉县西、泾原县东,属六盘山。
[22] 收之:收系之,即逮捕入狱。
[23] 中贵人:帝王近侍之臣,指宦官。
[24] 籍:籍没。籍其家,即抄没其家产。徙:流放外地。
[25] 糟糠之妻不下堂:谓曾共过患难的妻子不能离异。《后汉书·宋弘传》:"帝(光武帝)姊湖阳公主新寡,帝与共论朝臣,微观其意。主曰:'宋公威容德器,群臣莫及。'帝谓弘曰:'谚言"贵易交,富易妻",人情乎?'弘曰:'臣闻贫贱之知不可忘,糟糠之妻不下堂。'帝顾谓主曰:'事不谐矣!'"
[26] 温恻:言辞温柔,情意恳切。
[27] 参:参拜。
[28] 嫡庶:旧时一夫多妻,先娶者为嫡,为正室,称妻;后娶者为庶,为侧室,称妾。而封建时代娶王侯之女,则不论先娶后娶,一概做嫡妻正室。
[29] 迨:近。
[30] 嫔:封建社会帝王之女下嫁,叫"嫔"。《尚书·尧典》:"(尧)厘降二女于妫汭,嫔于虞。"
[31] 药石:治病的药物和砭石;借喻劝善改过的规劝。语出《左传·襄公二十三年》。
[32] 大都:大概。
[33] 酒狂:饮酒使气者。
[34] 夫己氏:犹今言"那个人"、"某人"。《左传·文公十四年》:"齐公子元不顺懿公之为政也,终不曰'公',曰'夫己氏'。"
[35] 龟鉴:犹"龟镜"。龟可占卜吉凶,镜能照见美丑,因喻借鉴之意。语出《北史·长孙道生传》。
[36] 以速父舅:用以宴请父亲、岳父。速,请。《诗·小雅·伐木》:"既有肥羜,以速诸父。"舅,外舅,指岳父。《礼记·坊记》:"昏(婚)礼,婿亲迎,见于舅姑。"郑玄注:"舅姑,妻之父母也。"
[37] 合卺:指结婚。见前《新郎》注。
[38] "或以"二句:谓酒可以钓诗(引发诗兴)、扫愁(解除烦愁)。钓诗钩、扫帚愁,均指酒。苏轼《洞庭春色》:"要当立名字,未用问升

斗。应呼钓诗钩,亦号扫愁帚。"洞庭春色,酒名。

〔39〕"故麯生"二句:谓酒是诗人的契友。麯生,酒的别称。郑棨《开元传信记》载,唐代道士叶法善有异术。一日,会朝士数十人于玄冥观。正在满座思酒之时,忽然一少年傲睨直入,自称麯秀才,抗言谈论,一座皆惊。其起,如风旋转。法善以为妖魅,俟其复至,以剑击之,随手堕于堦下,化为瓶榼,中有美酒。坐客共饮,并说:"麯生风味,不可忘也。"后以"麯生"、"麯秀才"为酒的别称。骚客,指诗人。金兰友,同心知己的朋友,语出《易·系辞》上。

〔40〕"醉乡"二句:谓醉酒昏昏,可使逃避烦愁。逋(bū 亻)逃薮(sǒu 叟),此指逃避愁烦者聚集之处。逋逃,本指逃亡罪人,见《书·牧誓》。薮,渊薮,鱼和兽聚居之处,喻指人和物类聚集之所。

〔41〕"糟丘"四句:谓酿出美酒,不断地盛用,于是便出现了以酒著闻的淳于髡和刘伶。糟丘之台既成,谓酿造出美酒。糟丘,酒糟堆积而成的小山。《新序·节士》:"桀为酒池,足以运舟;糟丘足以望七星。"鸱夷,也作"鸱鹈",皮制的囊袋,可以盛酒。《汉书·陈遵传》:"鸱夷滑稽,腹如大壶,尽日盛酒,人复借酌。"齐臣,指淳于髡。《史记·滑稽列传》载,楚国侵略齐国,齐威王派淳于髡赴赵国求救,楚兵便连夜退走。威王在后宫设宴招待淳于髡,问他能饮多少酒致醉,他说:"臣饮一斗亦醉,一石亦醉。"并解说其中的道理,从而讽谏齐王"罢长夜之饮"。学士,此指文人。《世说新语·任诞》载,刘伶饮酒无度,其妻劝止,伶表示要祝鬼神自誓,然后断酒。其妻便"供酒于神前,请伶祝誓。伶跪而祝曰:'天生刘伶,以酒为名。一饮一斛,五斗解酲。妇人之言,慎不可听。'便饮酒进肉,隗然已醉。"

〔42〕"则酒"二句:谓酒固然因饮用的名人而传世,但也有的因饮酒而出丑。以下几句写以酒名世的几个历史人物。

〔43〕落帽之孟嘉:指晋代孟嘉。嘉字万年,原籍江夏鄂(今河南罗山县),其先世移居新阳(今湖北京山县)。嘉为征西将军桓温参军时,曾预九月九日桓温于龙山举行的酒宴。宴会上,嘉帽被风吹落而不觉,引出一段诗文对答的佳话。详见《晋书·孟嘉传》。

〔44〕荷锸之伯伦:指刘伶。刘伶,字伯伦,晋沛国(今安徽濉溪市西)

人，文学家，为"竹林七贤"之一。仕晋为建威参军。伶纵酒放诞，常乘鹿车（一种小车），携一壶酒，使人荷锸（铁锹）相随，说"死便埋我"。详见《晋书·刘伶传》。

〔45〕山公：山简，字季伦。晋河内怀县（今河南武陟县境）人，《世说新语·任诞》载，山简镇守襄阳时，经常外出饮酒，大醉而归。人为之歌曰："山公时一醉，径造高阳池。日莫（暮）倒载归，茗芋无所知。复能乘骏马，倒著白接䍦。"䍦，也作"罗"，白接䍦，一种白色的帽子。

〔46〕彭泽：指陶渊明。渊明字元亮，一名潜。东晋著名诗人。曾仕晋为江州祭酒、镇军参军等职。退隐前，任彭泽令，因称"陶令"、"陶彭泽"，诗文中或称"彭泽先生"。其诗中写酒处甚多，故以豪饮著称。漉（lù 鹿）以葛巾，以葛巾滤酒。漉，过滤。葛巾，葛布做的头巾。据《宋书》本传载，陶渊明在家时以葛巾滤酒，邻人招饮，见酒中有渣滓，也脱下头巾漉之；漉毕，随即还着头上。

〔47〕"酣眠"二句：三国魏著名诗人阮籍，生于魏晋易代之际，为避免司马氏集团的迫害，纵酒放诞，蔑弃礼法。《世说新语·任诞》篇载，阮籍邻人妇貌美，当垆卖酒。籍常到其处饮酒，"醉便眠其妇侧。夫始殊疑之，伺察终无他意。"

〔48〕"濡首"二句：唐代著名书法家张旭，善草书。时人称之为"草圣"。性好饮酒，醉后以头濡水墨中，索笔挥毫，若有神助。详见《唐国史补》。

〔49〕"井底"句：杜甫《饮中八仙歌》有句云："知章骑马似乘船，眼花落井水底眠。"知章，即贺知章，诗人，嗜酒狂放。这两句诗通过写其醉态，表现其豪放不拘的性格。前句写醉中骑马，似在风浪中的船上，摇来晃去；后句写醉眼昏花，跌进井里，就在井底昏睡，极言其醉酒忘形。

〔50〕"槽边"句：晋代毕卓为吏部郎，常饮酒废职。邻人酒酿熟，卓夜至其酒瓮间盗饮，被主人捉住捆缚起来；知为毕卓，便释放了他。而他就瓮边邀主人燕饮，醉而后归。珥玉，尚书冠上插戴的玉饰。

〔51〕鳖囚：鳖饮、囚饮。以毛席自裹其身，伸头出饮，饮毕缩回，谓之鳖饮；露发跣足，著械而饮，谓之囚饮。见张舜民《画墁录》。

〔52〕 尘短：犹言尘少、尘净。
〔53〕 履舄交错：客人的鞋子纵横错杂，形容宾客众多。《史记·滑稽列传》："履舄交错，杯盘狼藉。"履舄，泛指鞋；单底鞋叫履，复底鞋叫舄。古人席地而坐，宾客入室须脱鞋就席，因以履舄错杂形容客人之多。
〔54〕 兰麝香沉：兰、麝香气浓郁。兰、麝，皆名贵香料。古时女子常用作薰香。《晋书·石崇传》："崇婢数十人，皆蕴兰麝，披罗縠。"此盖指席上妓者婆娑起舞时，衣襟香气四溢。
〔55〕 细批薄抹：指妓者弹奏乐器以侑酒娱客。批、抹，都是弹奏琵琶一类乐器的动作。批，拢，推，左手指按弦向里推。抹，弹，向左拨弦。白居易《琵琶行》："轻拢慢捻抹复挑，初为霓裳后六幺。"低唱浅斟：或作"浅斟低唱"。语出陶谷《清异录·释族》。此处形容士大夫让歌妓侑酒，陶情忘形的情态。浅斟，谓缓缓饮酒。斟，筛酒。低唱，谓曼声歌唱。此指歌妓以歌侑酒。
〔56〕 "忽清商"二句：谓清商乐曲奏起，全座静听。清商，清商乐，即清乐，指古代起源于民间的优美乐曲，包括清调、平调、瑟调三种曲调。各调所用乐器不尽相同。见《通典·清乐》。此处泛指清越悠扬的民间乐曲。
〔57〕 "雅谑"二句：谓饮宴者乘着酒兴雅言戏谑，逗人大笑；或高歌赋诗，声调铿锵。雅，文雅。谑，开玩笑。戛玉敲金，形容音节抑扬，铿锵悦耳。
〔58〕 名教：以正名定分为中心的封建礼教。
〔59〕 嘈杂不韵：此指乐器喧闹，极不风雅。《抱朴子·刺骄》："曲宴密集，管弦嘈杂。"
〔60〕 俚词：鄙俗粗野的曲词。
〔61〕 "坐起"二句：谓人们时坐时起，喧闹得不可开交。谨哗，犹喧哗。呶呶，喧闹声。
〔62〕 "涓滴"六句：写酒后无状的各种情态。涓滴忿争，谓罚酒逼饮。引杯若鸩，谓被罚者勉力强饮。鸩，鸩毒，毒酒。鸩为一种有毒的鸟，以其羽浸酒饮之可致人于死。倾瀋，喝尽最后一滴酒。瀋，汁。此指酒滴。觥（gōng ㄍㄨㄥ），兽角或木、铜制的酒具。

[63] "绿醑(xǔ许)"二句:谓恣意滥饮。绿醑葡萄,绿碧的葡萄美酒。不靳,不吝惜。
[64] "病叶"二句:谓醉酒喧闹或醉后昏睡,是酒令所禁止的。饮酒者称醉后入眠者为病叶,醉而喧闹者为狂花,见曾慥《类说》四三载皇甫松《醉乡日月》。觞政,酒令。
[65] 呐呐呢呢:谓醉后嘟嘟囔囔,说个不了。呐呐,形容言语迟钝。呢呢,犹呢喃,小声说个不了。
[66] "甚有"六句:写酒后狂态。狂药,指酒。《晋书·裴楷传》:"长水校尉孙季舒尝与(石)崇酣燕,慢傲过度,崇欲表免之。楷闻之,谓曰:'足下饮人狂药,责人正礼,不亦乖乎?'"客气粗,谓酒客喝酒过量,呼吸紧促。努石棱,皱眉瞪眼之状。磔(zhé哲)髯(níng宁)须,形容饮至酣处,须发散张之状。磔,张开。髯,须发散乱的样子。袒,裸露。跃双趺,双脚乱跳。趺,足。
[67] 哇浪浪:形容吐酒之状。
[68] 口狺狺(yín yín银银)兮乱吠:谓酒后胡乱叫骂撒赖,像疯狗一般。
[69] 李郎:指李贺,唐代著名诗人。呕其肝脏,详《聊斋自志》注。
[70] 苏相之裂于牛车:苏相,指苏秦,战国时期洛阳(今河南洛阳市)人,著名纵横家,曾主张合纵抗秦,曾佩六国相印。后由燕入齐,被车裂而死。事详《史记·苏秦列传》。裂于牛车,即车裂,俗称"五牛分尸",为古代一种酷刑,即将头及四肢系于五辆牛车之上,同时分驰,撕裂人的肢体。
[71] 舌底生莲:谓言词便巧。
[72] 灯前取影:谓绘画技艺高超。苏轼《题吴道子画后》:"道子画人物,如以灯取影,送往顺来,旁见侧出,横斜平直,各相乘除,得自然之数,不差毫末,古今一人而已。"
[73] 父母前而受忤:父母前来也被其顶撞。忤,违逆。
[74] "或以"二句:谓醉后不分尊卑,使酒谩骂尊长。父执,父亲的知心朋友。执,志同道合的人。灌夫,汉颍阴(今河南禹县)人,本姓张,因其父曾为颍阴侯灌婴舍人而改姓灌,因平定吴楚之乱的军功,任中郎将,人称"灌将军"。为人刚直使酒,不好面谀。一次,在祝丞相田蚡新婚的酒宴上,田蚡祝酒,皆避席伏地表示恭敬,而当失势

的魏其侯窦婴祝酒时,却只有老友避席。灌夫对此十分不满,便借酒使气,指桑骂槐,痛斥田蚡,因劾为"骂座不敬",终被诛杀。

〔75〕 "婉言"二句:谓委婉地劝戒,却更加醉酒昏昏。警,告戒。眩瞑,谓因醉酒头眩晕而目昏花。

〔76〕 解酲:解酒。酲,酩酊,大醉。

〔77〕 厥术维何:其解酒的办法是什么?厥,其。维,是。

〔78〕 梃:木棒。

〔79〕 困其臀:使其臀部痛苦,即打屁股。困,犹苦。

戏 缢

邑人某,佻达无赖[1]。偶游村外,见少妇乘马来,谓同游者曰:"我能令其一笑。"众不信,约赌作筵。某遽奔去,出马前,连声哗曰:"我要死!"因于墙头抽梁藋一本[2],横尺许,解带挂其上,引颈作缢状。妇果过而哂之,众亦粲然。妇去既远,某犹不动,众益笑之。近视,则舌出目瞑,而气真绝矣。梁干自经,不亦奇哉?是可以为儇薄者戒[3]。

据《聊斋志异》铸雪斋抄本

----

〔1〕 佻达:轻薄放荡。
〔2〕 梁藋(jiē 皆):高粱秸。一本:一根。
〔3〕 儇薄:犹轻薄。